信仰・敎化・娛樂
—中國寶卷研究及其他—

車錫倫著

臺灣 學生書局 印行

序

　　中國寶卷自上個世紀二十年代鄭振鐸先生開始研究後，從向達、陳志良、惲楚材先生等的書錄、提要的介紹，到四十年代法國巴黎大學北京中法漢學研究所傅惜華先生的編目，可以說在相當長的一段時間裏，寶卷是作為探究意義的解釋科學而研究的。其間雖有杜穎陶先生注意到寶卷對演唱文藝的影響，寫有文章，但對寶卷系統全面的理解不足，也還不是以尋求規律性的實證科學的研究成果。至於，國外的研究，受我國學者研究的一定影響下，如 Daniel Overmyer、Susan Naquin 等人撰有一些論著；撰寫「寶卷文學」專著的 Janet Lynn 並把《香山寶卷》譯成英文（此寶卷也有俄文譯本），顯然就是接受鄭振鐸先生的寶卷研究觀點。

　　但是近二十餘年來，我國社會經歷了較大的變化，過去重視社會與機能的觀點，漸漸轉變為力圖對文化與意義進行研究；同時研究領域的擴展，已經試圖概括人們行為的普遍規律，對社會現象和文化現象需要進行整體性的全面考慮。而中國寶卷，是一種宗教性與民間信仰活動相結合的演唱文藝形式，可以說它是渴望與企求行動書寫的文本。車錫倫教授這部寶卷論文集的各篇應該就是在這種客觀形勢下，於不同時期完成的。

　　本書所收十餘篇論文和調查報告中，都體現了既是歷史的和繼承的，又是發展和創新的學術思想體系，以實證的科學研究方法，

使一些前人未能涉及的新課題，在研究中取得了輝煌成果。例如幾篇「調查報告」，都是前人未作的研究工作。而作者長時期進行了艱苦的科學考察，獲得大量第一手資料，並且對許多重要問題，提出了獨立見解。可以說都是比較成功的力作，可使讀者概要瞭解這項研究的內容，具有較高的學術價值，堪稱創舉。

再例如論文中，對明清教派寶卷中小曲的研究，也是前人尚未開發和研究的課題。作者依據不同時代的不同條件，人們以不同的方式採用時尚小曲及其表現手法的分析，開始用統計方法來處理具有一定主異傾向的大量曲調資料，所論小曲在明清寶卷中消長情況，是可以信服的。

這部論文集精煉、獨到的論述很多，作者有較長的「自序」，這裏即不再一一復述。總之，書中的許多內容，相信都有助於我們對祖國的某些文化現象的理解，從中或許可以獲得一些可貴的眞知，對人文科學的許多領域的科研工作非常有益。

關　德　棟

二零零二年十一月一日於山東大學

自　序

　　本集收我近年所作寶卷研究論文和調查報告，也收入新近整理出的幾篇關於「香火」、「贊神歌」和其他同信仰有關的調查報告和文章。不論寶卷、香火、神歌，在民間都具有信仰、教化、娛樂的文化功能，因以爲本集名。

一

　　在介紹收入本集的有關寶卷研究的文章之前，先談一下「寶卷」的定義。在一些文章中我曾分別談過寶卷的定義，此處是綜合的考慮。

　　中國寶卷是在宗教（主要是佛教和明清各民間教派）和民間信仰活動中，按照一定儀軌演唱的說唱文本。演唱寶卷稱做宣卷（或做念卷、講經）。寶卷淵源於佛教的俗講，產生於宋元時期。最初它是佛教僧侶講經說法、悟俗化眾的宗教宣傳形式，進而又在民間佛教信徒祈福禳災、禮佛了願的信仰活動中演唱。明代正德以後，各新興民間教派均以寶卷爲佈道書，宣卷又成爲這些民間教派信徒的宗教信仰活動。清代初年，宣卷發展爲廣大民眾參與的民間信仰、教化、娛樂活動，在南北各地流傳。從現存的寶卷文本看，宗教寶卷的內容，主要是宣傳教理，並伴隨信徒的信仰活動，唱述宗

教儀禮和修持儀軌；民間寶卷則主要是演唱文學故事，倡導勸善。由於寶卷發展和內容方面的特徵，所以，一方面寶卷成爲研究宋元以來的宗教（特別是民間宗教）的重要文獻，同時宣卷和寶卷又被視爲一種民間演唱文藝和說唱文學體裁，納入中國俗文學史（民間文學史）和曲藝史的研究範圍。

收入本集的寶卷研究論文主要有以下幾篇：

〈寶卷淺說〉介紹中國寶卷的一般常識。考慮讀者的閱讀興趣，著重介紹文學寶卷和清及近現代民間寶卷的作品。由於一般文學史均不涉及寶卷，現行的各種俗文學史、工具書和有關著作中的寶卷論述，又多是互相抄襲一些似是而非、不著邊際的說法，因此，概括介紹這種已有七八百年歷史、至今仍在流傳演唱的說唱體裁的常識，還是很有必要的。

〈中國寶卷的淵源〉一文，更正前人提出寶卷是「變文的嫡派子孫」、是「談經等的別名」的推論，指出唐代佛教的俗講是寶卷的淵源，演唱寶卷最初也是佛教僧侶向世俗民眾講經說法的活動；南宋時期「瓦子」中出現的「說經」等同寶卷無關；宋代佛教信徒的法會道場和結社念佛的活動，孕育了寶卷。

〈中國寶卷的形成及其演唱形態〉一文，依據可確認產生於宋元時期的三種寶卷的分析，指出寶卷出現於南宋時期，寶卷之名出現於元代。它繼承了唐代佛教俗講講經說法的傳統，其內容仍分爲演釋佛經和說唱因緣兩大類，但是，寶卷是一種新的佛教說唱形式：由於受彌陀淨土信仰普及的影響，滿足信眾的信仰需求，在寶卷作品中多有弘揚西方淨土、勸人「持齋念佛」的內容；其形式和演唱形態，同時受佛教懺法的影響，注重道場威儀，整個演唱過程

儀式化，文辭格式化，結構形式嚴整；演唱的曲調，除了傳統的佛教歌讚外，受宋元詞曲的影響，出現了長短句的歌讚，也偶唱散曲。

〈明清民間教派寶卷的形式和演唱形態〉一文指出，教派寶卷的主體形式繼承前期佛教寶卷的演唱形態，在各種法會道場和民間齋會上演唱，「開經（卷）」和「結經」有繁雜的儀式，演唱寶卷稱爲「宣卷」；寶卷的形式，由「散說」和傳統的歌讚、時興曲調的唱段構成固定的演唱段落，這種演唱段落反復說唱，形成嚴整、勻稱的整體結構。它不同於前期佛教寶卷的是：散說和歌讚形式較靈活，時興曲調唱段除唱七字句（「七字佛」）外，又大量唱十字句（「十字佛」），同時也插唱「蓮花落」曲和一些專題歌；在每個演唱段落末尾，加唱時興小曲；一個演唱段落稱做一品，在寶卷文本中加上品名，一般二十四品，也有長達八十餘品、短僅十餘品的寶卷。

〈江浙吳方言區的民間宣卷和寶卷〉一文，通過文獻研究和田野調查所得的材料，介紹清代以來吳方言區民間宣卷的形成、發展及其與宗教和民間信仰活動的關係，民間寶卷的流通和分類、當代民間宣卷存在和發展的空間等情況。填補了前人研究的空白，並更正前人關於江浙民間宣卷是同治、光緒以後始發展起來的結論。

〈明清民間教派與甘肅的念卷和寶卷〉一文，論證甘肅的寶卷和念卷是明末清初隨民間教派的傳播而傳入的，因而同內地的寶卷和宣卷有同源同流的關係。這同許多研究者以當代甘肅河西地區流傳的念卷和寶卷是敦煌俗文學的「活化石」的說法不同。

〈山東的宣卷〉是爲《山東省曲藝志》改寫的條目。目前各地都在編寫「曲藝志」，像江蘇、浙江、甘肅、山西、河北等省都要

介紹本地區歷史上宣卷和寶卷的發展。就我所見到的一兩種「曲藝志」的有關條目看，由於編寫者對寶卷發展的總體面貌缺少瞭解，難免出現一些誤解。在本文的附錄〈關於宣卷和寶卷的區域性研究〉中談了一些個人的認識，可供參考。

以上幾篇文章，均提出一些前人未曾涉及的問題，或有異於前人的結論，希望能與專家討論。

〈中國寶卷研究的世紀回顧〉是中國俗文學學會編《中國俗文學研究的世紀回顧》的約稿，2001 年 6 月我在臺灣中央研究院中國文哲研究所也以此爲題做過學術演講。文中所「回顧」的，除了涉及寶卷的淵源、形成、分類和發展過程的一般研究外，主要是作爲民間文學（俗文學）和民俗文藝的寶卷和宣卷的研究。而上個世紀國內外的宗教學者，特別是民間宗教（民間秘密宗教）學者對寶卷的研究，有很大的進展。這些研究多以民間教派寶卷爲基本資料，研究某個教派及中國民間宗教史和民間信仰文化史中的問題。對這些研究，從宗教學的角度給以總結，會更得體一些。自然，要深入研究寶卷發展中的諸問題，必須把寶卷放到特定的宗教和信仰文化背景中去認識，必須研究寶卷產生和發展過程中同佛教及各民間教派的關係。上述兩方面的研究如何交流和整合，是新世紀寶卷研究發展面臨的重要問題。

收入本集的幾篇寶卷演唱活動的調查報告，是我對當代各地寶卷演唱活動系統調查的一部分。田野調查是從事寶卷研究必須做的工作，因爲這些仍在民間存活的寶卷演唱活動，不僅向研究者展現了寶卷演唱的形態，同時，田野調查所得的材料也可以「以今證史」，補文獻記載的不足，以便勾畫出不同時期寶卷發展的歷程。

自然，更需要探討是：這種古老的民間說唱形式，歷盡滄桑巨變，何以不絕如縷，至今仍在民間流傳、激動民眾？

從八十年代開始，我即從事此類調查，其中江蘇靖江做會講經的調查用力最多。這些調查沒有經費支援，都是在業餘時間，順便利用某些機會，斷斷續續進行的。在調查中，遇到的困難不僅是被調查對象顧慮重重，也有一些人為設置的障礙。我寫成發表的報告，堅持一個原則：凡沒有調查清楚的事項，不寫入報告，寧缺勿錯。正因如此，像靖江做會講經調查全面的報告，至今沒有寫出來；其他的報告，更像「調查筆記」。

二

以下談談我從事寶卷研究以來的體會。

我在教學之餘研究寶卷二十年，從先前收入《俗文學叢考》（1995）和《中國寶卷研究論集》（1997）的文章可以看出，那時我還無力對寶卷的發展過程做系統的研究。寶卷的產生和發展過程，涉及的問題相當多。這些跨學科的問題，大多超出了研究者原有的知識架構。僅憑一知半解，貿然下筆，不僅難有突破，且容易出錯。所以，前十餘年間，我主要就是閱讀可能讀到的一切寶卷文本，做寶卷文獻的整理工作（編輯《中國寶卷總目》）和寫讀書筆記（這些筆記零星發表過一些，另結集為《中國寶卷漫錄》一書，未出版），進行寶卷演唱活動的田野調查；同時，學習宗教和民間信仰等多方面的知識，借鑒時賢的研究成果。系統研究寶卷的發展過程，是近五、六年的事。以下介紹兩篇文章的寫作過程為例。

1982 年 5 月我到甘肅參加敦煌學學術討論會，聽敦煌文化館的朋友介紹，當地民間仍流傳著寶卷，驚喜異常。鄭振鐸先生曾提出寶卷是「變文的嫡派子孫」，而這裏正是發現「變文」的地方。因向友人甘肅大學柯揚教授（甘肅省民間文藝家協會主席）等建議，組織人力發掘研究。八十年代中後期，甘肅有不少研究者對河西地區的寶卷進行了發掘和研究，引起了海內外學界（尤其是敦煌學界）的重視。研究者多把河西寶卷作為「敦煌俗文學的活化石」。最初，我也想發現能夠證明它們之間直接繼承的材料。稍做深入考察後發現，從河西走廊地區唐宋以來歷史文化發展的變遷看，不存在這種直接繼承的條件；而早期寶卷發展的歷史，雖不甚清晰，其系統性卻很強。因此，對上述結論表示懷疑。九十年代初，得友人白化文、李鼎霞教授的幫助，讀到了北京大學收藏清康熙年間編刊於甘肅張掖的《敕封平天仙姑寶卷》，這種信念增強了。但是，〈明清民間教派與甘肅的念卷和寶卷〉這篇論文，直到 1999 年初又讀到其他一些新發現的材料才寫成。

我對吳方言區民間宣卷和寶卷的調查和研究用力最多。前人認為這一地區民間宣卷是清同治、光緒年間開始發展起來的，當我讀到一些清代同治以前的民間寶卷抄本後，對這一結論產生懷疑，但難以成文。後來編成《中國寶卷總目》，同時對吳方言區的民間宣卷普遍做了調查，直到 1996 年才寫出〈江浙吳方言區的宣卷和寶卷〉一文（本書收入的是這篇文章的改寫稿），指出江浙民間宣卷出現在清代初年（康熙年間），咸豐末年太平天國運動失敗以後有較大發展。

舉出上述例子，是想說明寶卷研究的甘苦。面對歷史文獻中極

少記載，卻又留有千種以上難以讀到的卷子，對前人的研究成果，不可盡信；但糾正前人的結論，提出新的見解，也需要認真讀些書，做些調查研究。八十年代「文化熱」中，有一些研究者涉獵寶卷，後來大都離去，我佩服這些研究者的實事求是的治學態度。但是，在上個世紀末以來，中國大陸的學界也出現一種浮躁之風，這種浮躁之風也影響到寶卷的研究。

比如，《金山寶卷》本是很普通的一種近現代吳方言區民間寶卷，講唱白蛇傳故事，據吳語彈詞和民間傳說改編，留有十幾種民間宣卷人的傳抄本，並有各種異名。一位作者偶然得到了這個寶卷的一種手抄本，由於對寶卷發展的歷史不甚瞭解，便視為重大「發現」。僅據抄本封面所署的「干支」，便指定了它產生的具體年代；又斷章取義，把一些政治判斷，都加在這本寶卷頭上。於是得出了一些不著邊際的結論，如稱此卷具有「反道教、反佛教、反封建官府」的價值和具有「配合明末乃至清代的農民起義」的意義。（參見拙文〈金山寶卷和白蛇傳故事研究中的幾個問題〉，收入《俗文學叢考》）

又如，鄭振鐸對寶卷的淵源、形成問題的結論，都未加論證；有的結論，也沒有舉出文獻根據。上個世紀五十年代便有國內外學者對此提出質疑。但鄭的推論，經過輾轉抄襲，在一些文章和工具書的介紹中，變成了定論；有的研究者抄襲鄭說，誇誇其談，並揮舞大棒，打擊他人對此做有意義的探討。更有甚者，在個別文章中，不僅抄襲鄭說，且胡亂敷衍，編出一些奇談怪論。如，鄭說寶卷是「變文的嫡派子孫」，宋真宗時禁僧侶講唱「變文」；一篇文章則說「（變文）是寶卷的直系前輩」，「變文是寶卷的原名；寶卷一

名源起於我國宋代眞宗年間」，並杜撰了「寶卷」之名的由來：「在長期故事說唱活動中，僧俗兩界廣大群眾對說唱活動產生了濃厚感情。爲了方便記憶、流佈，人們將說唱的故事撰寫成題綱式的卷本，在暗地裏珍藏、流傳著。在當時的物質條件、技術條件下，人們得到一件卷本實屬不容易。得到卷本者精心愛之寶之，千方百計不使卷本落入官府手中。於是，說唱故事的卷本在這時便有一個新名稱——寶卷。」（《寶卷在中國文學史中的地位》，載《故宮學術季刊》，臺北，17：3，2000·2—4）

上述謬誤，研究者容易辨識，引起混亂的是個別作者在田野調查報告和介紹寶卷資料時胡編亂造。如一位作者在「河陽寶卷」的報告中，爲了誇飾其歷史久遠，稱該地區一個寺廟的僧人東漢末年帶來西方佛經，用當地山歌「唱導」；唐代「俗講」，宋代發展爲「河陽寶卷」；該寺廟上世紀五十年代初尚有歷代收藏寶卷上萬冊，後遭破壞流散。在同時披露的一抄本寶卷的唱詞上，加了「押座文」的標題。（參見本書〈江蘇張家港市港口鎭的做會講經〉附錄五）作者如此胡編，意在嘩眾取寵、一鳴驚人，如信其爲眞，則被誤導。

我從事寶卷研究過程中遇到的困難，還來自需要應付對寶卷的無知和偏見。上個世紀五十年代後，作爲民間文學（俗文學）的寶卷，便被從民間文學和古代文學的教學和研究領域中清除了，幾代人不知道「寶卷」爲何物，所以，我開始從事寶卷研究時便不被理解和支持。在任職的學校中，規定我的教學任務是講授古代文學，主要是指導古代戲曲碩士研究生。研究寶卷被視爲「不務正業」。而那時我已不願再指導研究生們完全進行學院式的戲曲文本的研

究，我認為這種沒有出息；有的朋友開玩笑說這種研究「不懂戲」，不無道理。1987 年我曾向學校主管人提出改為指導中國俗文學史研究生，這位主管者不屑一顧。現在一些朋友為我惋惜，沒有培養出研究寶卷的學生，我也感到遺憾。

九十年代我為《中國寶卷總目》的出版而四處求援的時候，友人程毅中先生曾感慨萬分地寫信鼓勵我：「板凳要坐十年冷，再坐十年冷板凳！」現在《總目》已經出版了，如今又編集這第二本寶卷研究論文集。二十年過去，寶卷發展中的某些問題，我還沒有弄清楚，雖已退休，這「冷板凳」還得繼續坐下去。在已開始的二十一世紀，相信會有較多關心民俗文化的青年學者投入寶卷研究。如今臺灣的青年學子，已有數位完成了寶卷研究的學位論文。我祝願他們在新的高度上將寶卷的研究推進一步。

三

以下對收入本集關於「香火」和「贊神歌」的調查報告和文章做些介紹。贊神歌和香火神書，各自在民間文學史和民間信仰文化史上應有自己的地位，同時，它們同吳方言區的寶卷也都有些關聯。這些調查是同寶卷調查同時就便進行的，都難以深入進行，寫出的報告也都是「半成品」。我已無力對它們再進行調查研究。現一併將調查所得的某些罕見材料也整理出來作為附錄。下面談些想法，提供研究者參考。

「贊神歌」主要流傳於太湖流域。贊神歌之名，最初是我提出來的，在「報告」的「附錄一」中做了說明。同樣的說唱形式在江

浙各地有不同的名稱，如在浙江海鹽稱做「騷子」（記音），在上海郊區和浙江平湖又稱「太保書」。上述地區也是民間宣卷和寶卷流傳區域，許多神歌和寶卷有共同的題材，特別是地方信仰的神道故事，如猛將神歌和猛將寶卷。贊神歌不單唱神的故事，也唱俗文學故事歌，如在浙江嘉善發現的《賣花傳》。這些故事歌雖與敬神無關，但在開頭和結尾，都加上敬神的套語，如「香煙飄渺繞華筵，銀燭煌煌供佛前。弟子今宵完心願，鳴鑼奏敬諸大神」。在我閱讀的清末民國年間各地唱本中，發現有的在開始也有此類套語，如清末維揚文魁堂刊《新刻楊排風掃北大祭祖》（《金槍傳》下部）開頭有「金爐又把寶香焚，還請《金槍傳》上人」。民國年間四川成都「古臥龍橋漻記」刻印的一批以「神歌」名的唱本，如《八仙圖神歌》《別妻神歌》《結義神歌》《投江神歌》等，都是唱世俗故事，與「神」沒有一點關係。這說明，民間在此類敬神的活動中，演唱與神無關的世俗故事的「神歌」，是普遍的現象。

江南的贊神歌同蘇北的香火神書是截然不同的民間信仰活動的產物：前者源於古老的「社祭」，後者源於古代的「鄉人儺」，因此，香火神會的執事者「香火童子」「香童」，具有「巫」的身分，贊神歌的執事者被稱做「祝司」「道士先生」「奉香人」。但是，兩者也有相同的地方：香火神書中大量的「小懺」也唱各種民間神的故事，這是蘇北香火吸收了民間社祭的內容，與其他地方的儺戲、儺舞的不同之處。

據我在江蘇各地田野調查瞭解的情況，做會宣卷（講經）、唱贊神歌敬神和香火會的流傳，在江南的一些地區是交叉存在的，但各有所司：香火主要在蘇北籍的漁民及其後裔中活動；做會宣卷和

唱贊神歌不會在同一民間信仰活動中出現，比如各地做「青苗社」
（會），如果請祝司唱贊神歌《劉王得道》，便不會請宣卷先生唱
《猛將寶卷》。在蘇北，除了和尚、道士的活動外，在靖江，佛頭
「做會講經」是主要的民間信仰活動；其他地方則是香火活動的地
盤。香火童子參與各地民間廟會，如都天會、城隍會。著名的觀音
道場揚州觀音寺的觀音聖誕香會上，也有香火童子（俗稱「馬披」）
的活動。（見清李斗《揚州畫舫錄》卷十六）

　　蘇北各地的「香火神會」（「香火會」）、「神書」（這是我
根據民間的說法給它們的定名，有的研究者稱之　「儺歌」、「童
子歌」等）和「香火戲」（或稱「童子戲」），至今在一些地區仍
在流傳。1988 年我開始調查南通的童子戲時，由於題材敏感，尚無
研究者問津。九十年代，它已成為研究的熱門。研究者多丟開香火
演唱的神書（民間又稱「懺」）的發掘和研究，而用力於香火淵源
的探求，目光投向遠古的儺和巫術，強調其儺文化的特質。但是，
蘇北香火的演唱形態及其神書，無疑是唐代以後陸續形成的；在發
展中又同民間的社祭、廟會相結合，形成明顯的地域性信仰文化特
色，而與其他地區遺留的儺戲、儺舞有所不同。其實，蘇北香火神
書值得研究的空間很大，有待深入發掘和研究。

　　香火神書的主體部分是「唐書」（又稱「唐懺」「大懺」），
演唱以「袁樵擺渡」、「袁天罡賣卦」、「魏徵斬龍」、「唐王遊
地府」、「李翠蓮還魂」、「劉全進瓜」、「九郎請神」、「唐僧
出世」和「取經」為主幹的系列說唱故事，每一部分又可分為若干
相對獨立的段落。研究中國古代小說的學者，似乎忽略了一個事
實：何以明代幾部影響巨大的長篇章回小說，多出在江蘇北部地

區？其中與香火神書的題材有明顯關係的是《西遊記》和《封神演義》：《西遊記》與香火的唐書有關，可見上面列舉的唐書目錄；《封神演義》同香火的「小懺」有關。這些「小懺」講唱各種「神」的故事，在「請神」、「跳神」時唱。所說的「神」，原本都是凡人，大都是古代的傳說故事人物。年代最晚的人物故事是明代初年的，此可見這類小懺產生的年代。每部小懺唱到最後，書中的主人便被姜子牙（或玉皇大帝）「封神」，如劉晨阮肇被封爲「鑒福財神」。是香火神書孕育了這些小說，抑或小說影響了神書？我的意見是前者。宋元時期的民間說話孕育了古代章回小說。被稱做「神魔小說」的《西遊記》《封神演義》產生於香火神會、神書流行的蘇北地區，且與香火神書有相似的題材，自非偶然。

其次，香火神書中包含了極其豐富的民間文化信息。比如本書中附錄的〈混天元〉，是「九郎請神」中的一個段落，全部是韻文，分上下卷。唐王李世民爲考驗魏九郎（魏徵的兒子）有無請神的本領，一口氣向他提出二百多個問題（上卷），而後魏九郎一一回答（下卷）。提問的內容涉及開天闢地、天文地理、朝代帝王、歷史人物等等，其中有許多不見於文獻記載的神話傳說；其恢弘的氣勢，讓人聯想起大詩人屈原的〈天問〉。

另外，有一個問題也是研究者所忽略的：爲什麼在江蘇南部乃至浙江北部也可看到香火童子的活動？我認爲是由蘇北流傳過去的，其流傳的管道有二：

清代太湖流域有一種稱做「北洋船」的大型漁船（也載貨），載重在 40－60 噸之間，五桅。北洋船來自蘇北，渡過長江進入太湖，所以也稱做「過江船」。北洋船除在太湖流域作業外，每年也

趕漁訊，出長江，航行到黃海海域作業，並在河口港灣與家鄉親戚相會。清末滬寧鐵路建成，上海市蘇州河上也建起過江橋。橋梁阻隔，北洋船難以過江入海，北上作業停止了，但每年請蘇北家鄉的香火童子們來做香火會的習俗卻仍保留下來，有的香火童子也落戶在江南。所以，調查中可以發現：在浙江嘉興漣泗蕩的「劉王廟會」（劉王即劉猛將，是太湖流域民間最崇信的神）上，有香火童子的表演；蘇北金湖香火神會上供奉的主神，也有這位「劉猛將軍」。

蘇北香火向江南流傳的另一管道是近代蘇北赴上海的移民。鴉片戰爭後，上海迅速發展爲大城市，人口驟增。蘇北移民是數量較多的一支，他們主要是來自蘇北各地農村。這些移民每年也請香火童子去上海做會。由於城市生活的特點，市民對香火表演的娛樂性要求高。本世紀初，來自蘇北的「大開口」（香火戲）和「小開口」（花鼓戲）便聯合做舞臺演出，合成爲「維揚大班」，即今揚劇的前身。

最後，需要交代的是，收入本集的文章，大部分在大陸或臺灣的刊物上發表過，現在又都做了修改，或重寫。非爲藏拙，既然自己已不滿意，就不能繆種流傳，誤導他人。其中，不少問題由本人提出，需要討論，因此，尚祈專家賜正。有的文章另加了「附錄」，或對某些問題做了交代，或附錄一些值得研究的資料，期望能爲研究者多提供一些可資參考的信息。

車錫倫

千禧年春於江蘇省揚州市大虹橋路 10 號寒齋

2001 年 12 月 20 日重新修定全書後寫定

信仰、教化、娛樂
——中國寶卷研究及其他

目　錄

寶卷淺說

一、寶卷概述

　　中國寶卷是一種古老而又同宗教或民間信仰活動相結合的說唱形式，講唱寶卷稱做宣卷（或「念卷」「講經」）。寶卷的淵源可以追溯到唐代佛教寺院中的俗講。南宋時期在佛教信徒的法會道場和結社念佛的活動中孕育和產生了寶卷，但寶卷之名出現於元代。現存最早以寶卷爲名的卷本是題爲北元宣光三年（即洪武五年，1372）脫脫氏施捨的彩繪抄本《目連救母出離地獄生天寶卷》。

　　中國寶卷的發展，大致以清代康熙年間爲界，此前爲宗教寶卷發展時期。它又可分爲兩個階段：明中葉正德以前是佛教寶卷發展階段，正德以後是民間教派寶卷發展階段。

　　明代正德以前的佛教寶卷，文獻記載和現存卷本有兩類：一類如《銷釋金剛科儀（寶卷）》、《大乘金剛寶卷》、《彌陀卷》、《心經卷》、《法華卷》，演釋佛經；一類如《目連寶卷》、《香山寶卷》、《睒子卷》、《王文卷》、《黃氏女卷》等，講唱佛菩薩出身故事或世俗民眾修行因緣故事。寶卷的形式，繼承佛教俗講散說夾唱的傳統形式，但段落嚴整，文辭格式化；唱詞主要是五、七言的歌贊，也偶唱少量散曲曲牌，如〈金字經〉〈掛金鎖〉；唱

詞重複散說的內容，說說唱唱，形成爲明顯的演唱段落。

明代成化、正德間羅清（1442-1527）創無爲教（又稱羅教），正德初年編輯、出版《五部六冊》（即《苦功悟道卷》、《歎世無爲卷》、《破邪顯證鑰匙卷》、《正信除疑無修証自在寶卷》、《巍巍不動太山深根結果寶卷》）。此後，直到清康熙年間，新興的民間教派紛紛創立，它們均以寶卷爲佈道書。這些教派寶卷絕大多數宣講各教派的教義、儀軌和修持方式，只有少數是講唱神道故事和民間傳說故事。寶卷正文一般分爲二十四品（也有長達數十品或短至十幾品者），每品由散說、歌贊、七和十字唱段和流行小曲數支組成。其印刷多爲仿照佛、道教經典的大字經摺本，有的印刷裝幀十分精緻。

清康熙以後，政府嚴厲鎮壓各地民間教派，民間教派寶卷的發展受到遏制。但在清初，宣卷活動已深入南北各地民間社會，成爲民眾信仰、教化、娛樂活動。其流行區域，南方集中於江浙吳方言區，北方散佈於河北、山東、山西乃至邊遠的甘肅河西走廊地區。清咸豐以後到民國初年，是民間寶卷發展的鼎盛時期。在江浙地區，眾多的民間宣卷班社活動在城鎮、鄉村，也進入上海、蘇州、寧波、杭州等大城市中，在民眾結婚鬧喪、祝壽生子、新房落成、祈福禳災及其他節慶民俗活動時，到民眾家中唱堂會；也在朝山進香、廟會社賽等群眾性信仰活動中演唱。從業人員稱「宣卷先生」（或稱「講經先生」、「佛頭」）。宣卷的形式，由單調的「木魚宣卷」發展爲絲竹樂器伴奏的「絲弦宣卷」，並形成地方特色的「蘇州宣卷」、「四明宣卷」。接受彈詞、灘簧等民間演唱文藝的影響，又有「書派宣卷」和「化裝宣卷」的出現。北方諸省的念卷沒有江

浙宣卷普及，主要是農村中一些識字的「先生」爲大家念卷，識字的人也抄傳寶卷。

這一時期民間寶卷大多數是文學故事寶卷，其形式不再分「品」，教派寶卷中的小曲等省略了，留下散説和主要是七、十字句唱詞，用唱經式的韻誦或各地民歌小調演唱。民間宣卷人所用的寶卷主要是師徒傳授的手抄本。清末及民國間，上海、蘇州、杭州、寧波等地的善書局和印書局也大量整理印刷了不少民間寶卷，作爲通俗讀物，發賣、流通到全國各地。

民間宣卷的衰微自三十年代後期已開始，五十年代後由於社會急驟變化，各地城鎮的宣卷（念卷）迅速消失。但據八十年代調查，在江浙及甘肅河西走廊地區，仍有宣卷（念卷）活動。

自宋元以下，留存的寶卷多達一千五百餘種（據車錫倫《中國寶卷總目》）。六七百年來，寶卷在內容和形式上都有較大的變化和發展，可以從不同的角度爲之分類：結合其發展過程，按其信仰特徵，可分爲宗教寶卷和民間寶卷兩大類；按寶卷的內容和題材，又可分爲文學寶卷和非文學寶卷兩大類。宗教寶卷中演釋經典、宣講教義的寶卷，民間寶卷中用於祝禱儀式的大部分寶卷和勸世文寶卷，它們雖利用寶卷文學的講唱形式，有的也穿插某些故事情節，但均非文學作品。文學寶卷主要是由人物、故事構成的文學故事寶卷，它們又可分爲：

1.神道故事寶卷：

包括佛教的佛菩薩、道教的神仙、民間信仰的雜神，講述他們如何成佛、成仙、成神，或爲民眾解厄濟難的故事。這類寶卷在江

浙一帶稱做「神卷」（或「聖卷」）。

2.婦女修行故事寶卷：

這類寶卷中的主人公都是婦女，她們的婚姻、家庭生活中有種種變故、磨難，甚至是幾世遭難，但她們篤志拜佛（或其他神靈），終成正果。

3.民間傳說故事寶卷：

後期民間寶卷中，著名的民間傳說故事，如孟姜女、梁山伯與祝英台、白蛇傳、董永賣身、沉香救母、洛陽橋等，均被改編爲寶卷；也有一些地方性的民間傳說或民間童話故事改編的寶卷。

4.俗文學傳統故事寶卷：

宋元以來俗文學積累了大量傳統故事，它們以說唱、戲曲等演唱文藝形式口頭演唱，也以唱本、曲本、話本等形式作爲通俗文學讀物流傳。清代民間宣卷大量引入這類題材，成爲民間寶卷中最主要的文學故事。

5．時事故事寶卷：

明清說唱文學有「說新文（聞）」的傳統，在江浙一帶的說唱文藝中尤其盛行。寶卷引進此類題材始在清末，作品不多。

另外，民間寶卷中有一部分「小卷」和用於祝禱儀式的歌曲，它們源於民歌小曲，也屬文學寶卷。上述寶卷的分類，可用下面的表格概括：

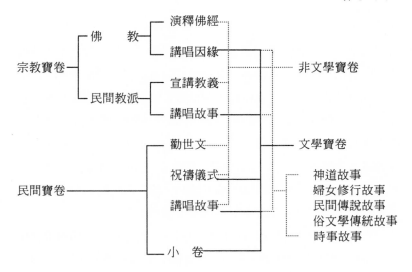

　　表中「勸世文」類寶卷，雖歸入後期的民間寶卷中，但它們多是有民間教派背景的讀書人所編，作爲讀物流通，民間宣卷人一般不演唱它們。

二、目連救母故事寶卷

　　目連救母故事源於佛教《盂蘭盆經》（晉竺法護譯），經中說：佛的弟子目連得道之後，想超度他的父母親，報答哺乳之恩。他的母親墮入餓鬼道（地獄），日夜受苦。目連用鉢盂盛飯去給母親吃，未曾入口，已變成火炭。目連悲哭，去問佛，佛告訴他：七月十五日僧自恣日（佛教僧侶夏天安居結束之日），以百味飲食置盂蘭盆中，供養十方大德眾僧，可救度七世父母。目連按佛的指示做了，

他母親因此脫離餓鬼道。

這部佛經要求人們行孝道，報答父母養育之恩，符合中國傳統的倫理道德，因此受到歡迎。南朝梁武帝蕭衍首倡盂蘭盆會，於七月十五日（農曆）在寺廟中設盂蘭盆齋，供養僧眾。唐宋以後，它逐漸成爲一個民俗節日──中元節。節日中民眾舉行祭祀祖先、追薦亡靈的各種民俗活動。同時，目連救母故事也以說唱文學、戲曲等各種俗文學形式流傳。唐代便出現了《大目乾連冥間救母變文》和《目連緣起》；宋代的目連救母雜劇，據記載可從七夕（七月七日）演到十五日（見南宋孟元老《東京夢華錄》）。

元末明初抄本《目連救母出離地獄生天寶卷》是早期的佛教寶卷，它是一種金碧輝煌的華麗抄本，並附有彩繪插圖，惜僅存下冊。所述故事是：

> （前缺）目連到各大地獄尋找母親，知母親青提夫人在阿鼻地獄受苦。目連得到佛賜給的袈裟、缽盂、錫杖，打開地獄之門，母子相見，卻不能救出母親。目連請佛親自光臨，照破諸大地獄。青提夫人因罪孽深重，又轉入黑暗地獄。目連請諸佛菩薩、十方聖眾念經超度母親，青提夫人出了黑暗地獄，又進入餓鬼城。後來雖被救出餓鬼地獄，卻又到王舍城中轉世爲狗。最後目連於七月十五日中元節建盂蘭盛會，佛現瑞光，普度眾生，青提夫人始得脫離苦海升天。

卷中反復描寫目連到各地獄尋母、救母的過程，既渲染了地獄的恐怖，也展現了目連救母的決心、佛法的威力。現舉目連（卷中

稱「尊者」）到黑暗地獄中飼母一段：

> 尊者駕雲持缽，直至黑暗地獄，將如來香齋餵母。青提見飯，貪心不改，左手接飯，右手推入。飯入口內，化為猛火，流入腹中，翻腸煮肺。尊者見母不能吃飯煩惱，拜辭母去，直至靈山，拜告世尊：「尋母得見，不能飲食，怎能脫離此苦？」世尊曰：「若要汝母得出此獄，請五百阿羅漢，轉念大乘經典，方離此獄。」
>
> 　　尊者聞得依法旨，
> 　　請佛眷屬誦大乘。
> 哀聲苦告好孤恓，仰告如來發慈悲：
> 「母受黑暗無明苦，怎救親娘得出離？」
> 靈山世尊古佛身，喚言徒弟目連聽：
> 「若要汝母離諸趣，拜請大眾念金經。」
> 目連告佛，要救慈親，母在黑暗中。時時受苦，不得安寧；飲食為火，燒煮肝心。佛愍方便，大眾念金經。
> 　　只因冤業重，佛愍顯神通，
> 　　看誦西來意，方能出獄門。

　　以上是這本寶卷中的一個演唱段落，由此也可瞭解寶卷文學的最初形態：它繼承了佛教俗講散說加唱的形式。每一段由散說領起，唱詞（包括各種歌贊）主要是七言句，有的段落中唱〔金字經〕〔掛金鎖〕曲。它們重複散說的內容，此則與俗講文不同。

　　目連救母故事的寶卷明清以來在各地宣卷（或念卷）中均有演

唱。其內容和形式也有發展。明代後期無爲教徒新編的《佛說二十四孝寶卷》中，把這一故事納入表彰孝道的「二十四孝」。產生於清代的《目連三世寶卷》（存刊本和手抄本）則簡化了目連到地獄尋母的過程：目連打開地獄之門，救了母親，也放走了眾多的鬼魂。佛祖讓他到人間收回這些鬼魂，於是目連下生爲黃巢，「黃巢造反」，殺死官兵八百萬；還有些鬼魂轉生爲豬羊，目連再次下生爲屠戶，每日殺豬宰羊無數。這與其說是表現佛教的因果報應思想，倒不如說是平民百姓對歷史的一種變形的解釋。

　　清末紹興地區宣卷人改編的《目連寶卷》（存抄本）中的目連救母故事更加世俗化。這部寶卷卷末的「大集團圓」（交待卷中人物結局）說：

　　　　傅相爲人多行善，身騎白馬早上天。
　　　　劉氏後來多作惡，奔了地獄墮九泉；
　　　　多虧羅卜來超度，變爲天狗也上天。
　　　　羅卜、益利同修道，封爲從神地藏王前。
　　　　曹老爺爲官清正，到了西方上品天。
　　　　曹小姐修得功成滿，身坐五色九品蓮。
　　　　劉二勸姐多作惡，陰司受苦實可憐。
　　　　張蠻打爹忤逆罪，天雷打死取心肝……

　　上面提到的人物：傅相是目連的父親，劉氏是其母；劉二是劉氏的兄弟，他挑唆劉氏作惡多端；目連出家前名羅卜，曹小姐是他的未婚妻，羅卜出家，曹小姐也落髮修行；曹老爺是曹小姐的父親。

「張蠻打爹」是穿插進去的故事,出自紹興目連戲。這部寶卷中,目連在地獄尋母、救母的情節被簡化到不能再簡,但除了增加了上述人物故事外,也加進去許多紹興目連戲中的有趣情節,如「化子串戲」、「啞子背瘋婆」、「僧尼下山」、「土地爺賣皮襖」、「王媽媽罵雞」、「調無常」、「觀音戲目連」等。這些情節的加入,增加了宣卷的趣味性、娛樂性,也使這本寶卷富於地方特色。

清及近代江浙宣卷中多是在子女爲父母祝壽時演唱《目連寶卷》,以表達孝敬父母的孝心。其間還常舉行一種爲母親做的「破血湖」(或稱「醮血湖」)的儀式。江蘇靖江農村做會講經(宣卷)唱的《目連卷》(又稱《血湖卷》),講到目連打開血湖池地獄後,只見許多婦女在那裏喝污穢的血水(民間說法:婦女行經和生育所流血水匯集爲血湖池地獄,死後要受血水浸淹之苦,只有喝盡血水才能出離血湖池地獄)。這些受苦的婦女回憶她們生兒育女之苦,希望丈夫、兒女們救助她們。講到這裏,宣卷人(佛頭)便停下來,子女們個個都要替母親(或祖母)喝「血水」(講經人預先用紅糖、蘇木沖的開水),以免母親將來受苦。即使平時同婆母不和的兒媳(她們也生兒育女),此時也會主動和解,替婆母喝「血水」。

孝敬父母是中華民族的傳統美德。目連地獄救母的故事,契合了這種倫理道德觀念,因此,這一故事雖帶有濃重的宗教迷信觀念,千百年來它仍能在民眾中以各種不同的俗文學形式傳承不斷。

三、觀音故事寶卷

觀音(觀世音)是佛教著名的菩薩,西方極樂世界阿彌陀佛的

左脅侍。中國佛教徒爲他編了一個妙莊王三公主妙善自割手眼救父的出身故事。這一故事廣泛傳播，使之成爲中國民間普遍信仰的女神。在普及觀音信仰的過程中，寶卷起了很大的作用。

北宋元符二年（1099）末京官蔣之奇被貶到汝州（今河南臨汝），在寶豐縣香山寺，住持懷晝向他出示了一卷《香山大悲菩薩傳》。他「刊滅俚辭」，重加整理，並寫了一篇「贊」，立碑於香山寺。這是妙善故事的最早出處。崇寧元年（1102），蔣之奇遷任杭州知府，大概他將這卷《香山大悲菩薩傳》帶到了杭州，所以崇寧三年（1104）杭州天竺寺僧道育再將它刻石立碑（今存碑文拓片），於是這一故事便廣泛傳開了。明代初年佛教徒便把這一故事編成了一本《香山寶卷》。

《香山寶卷》，全稱《觀世音菩薩本行經》。現存最早傳本是清乾隆三十八年（1773）杭州昭慶大字經房重刊本。所述故事：

> 迦葉佛時，須彌山西邊興林國國王婆伽，年號妙莊，皇后寶德，他們生了三個女兒：妙書、妙音，妙善。妙莊皇帝因為沒有太子，不樂，群臣奏請為三位公主招駙馬繼後。大公主招一文人，二公主招一武將，惟三公主妙善是仙女轉世，願捨棄皇宮出家奉佛，不肯招夫。皇帝大怒，把她囚禁在後花園中。一月後，皇后想念女兒，求皇帝赦免她。皇帝命皇后、二位公主和宮娥去勸妙善回心，妙善固執如故。半載後，妙善到白雀寺修行，皇帝令尼僧勸她回來，不然便焚寺滅尼。尼僧勸說不通，便設計折磨妙善。妙善吃盡許多苦，仍不改悔。皇帝起兵包圍寺院放火。妙善禱告上蒼諸佛，口中刺血，

噴向空中，化爲紅雨，滅了大火。皇帝怒氣沖天，派兵把妙善提到京城，用刀斬她不死。妙善禱告虛空，容其一死，免與父王鬥氣。劊子手用弓弦將妙善絞死，立時山崩樹摧，日月無光。突然跳出一隻猛虎，拖公主到屍多林中。

妙善公主赴幽冥地府，以其大慈大悲救度罪鬼超生。閻王怕地獄空虛，便送她還陽。妙善得太白金星指引，到惠州澄心縣香山修行。香山土地化為猛虎將她馱到香山懸崖洞。妙善在此修行九年得道，名觀世音。玉皇上帝以妙莊王毀佛滅法，差瘟部行病使者送病與他。妙莊王得了不治之症，痛苦異常，皇榜招醫。妙善公主化為僧人前往，告訴妙莊王用「不嗔人」手眼合靈丹可治，並說可到香山找不嗔人。妙莊王派人去香山割得仙人手眼，治好了病，同皇后、公主、大臣等一起去香山拜謝仙人。皇后認出不嗔人即女兒妙善。妙莊王禱求妙善「再出手眼如舊日」，果然妙善公主手眼復生。妙莊王、皇后等俱信佛法，出家修行。

故事中出現了玉皇大帝、太白金星等非佛教的神靈，顯然是後人改編竄入。但其故事仍照原傳說的宗教精神，做了生動的鋪述：妙莊王爲阻止妙善奉佛修道，所作所爲殘忍無道；妙善則堅守信仰，義無反顧。表彰妙善爲宗教而獻身的殉教精神，是這部寶卷的主導思想。同時，它又通過妙善自割手眼爲父療疾這種常人難以做出的孝行，適應了中國世俗社會要求的孝道。妙善孝行的結果，是促使妙莊王覺悟前非，出家修道，「盡顯法門浩蕩，普度一切有情」。作爲宣揚佛法的文學作品，這部寶卷是十分圓滿的。

　　這部寶卷從明代以來便廣泛被演唱，特別在觀音信仰最為普及的江南。清嘉慶、道光間程寅錫《吳門新樂府·聽宣卷》詩說：

　　　聽宣卷，聽宣卷，婆兒女兒上僧院。婆兒要似妙莊王，女兒要似三公主。吁嗟乎！大千世界阿彌陀，香兒燭兒一搭施。

　　清代，觀音菩薩的其他故事也被改編為寶卷，如據馬郎婦觀音故事改編的《魚籃觀音寶卷》（今存多種印本和手抄本），它也是中國佛教的傳說，表現觀音菩薩捨己救人的慈悲情懷：金沙灘為惡人把持，玉皇大帝令東海龍王淹沒該地眾生。觀音菩薩心中不忍，奏請玉皇前往該地勸化，玉皇准奏。觀音化為少女，持魚籃到金沙灘叫賣，驚動惡人之首馬二郎。馬二郎要娶她為妻，觀音說：「我有誓約在先，何人念得《蓮經》甚熟，吃素行善，便嫁給他。」馬二郎從此念《蓮經》（指《妙法蓮華經》，即《法華經》）。當他同觀音化身結婚之夕，觀音化身突然腹痛而亡。臨終，她告訴馬二郎，自己是為救金沙灘人而下世的。馬二郎因改惡從善，帶動眾人，金沙灘遂成為善地。

　　明清民間宗教家也盡量利用民眾的觀音信仰。明代西大乘教把教祖尼僧呂牛稱做是觀世音轉世。黃天道徒還編了一部《銷釋白衣觀音送嬰兒下生寶卷》（今存明末清初刊摺本），卷中設計了「白衣觀音送子」的故事：常進員外夫妻向白衣觀音祈求兒女，許願吃長齋、修建廟堂和到普陀山為觀音進香。白衣觀音派善才、龍女下凡為其兒女，取名金哥、銀姐，並親自下凡化為貧婆哺乳他們。後來常進忘記到普陀進香，觀音顯手段讓金哥、銀姐死去。常員外省

悟，全家去普陀進香。觀音向他們指出各自的出身，修行歸天。卷中的白衣觀音被作爲無生老母（明清民間教派崇拜的最高神），善才、龍女是她的一雙「兒女」。這部寶卷巧妙地利用民眾生子延嗣的祈求，演了一齣無生老母送兒女下生，又接他們「還原歸家」的故事。中間又大量穿插進黃天道教義和修持方式的宣傳。

　　民間宗教家改編的神道故事和民間傳說故事寶卷，大都如此作宗教的宣傳。清道光間青蓮教教主彭德源便將上文介紹的《香山寶卷》改編爲《觀音濟度本願眞經》，基本故事沒有改變，以致許多研究者認爲它就是《香山寶卷》。其實它們的宗教內容迥異，此卷中妙善公主的修行鍛鍊，完全像一個修煉內丹的青蓮教徒。

四、《先天原始土地寶卷》

　　在明清民間宗教家編的神道故事寶卷中，《先天原始土地寶卷》（今存明末清初刊本）是極富文學想像力的一本寶卷。卷中的土地神是一位法力無邊又詼諧頑皮的老頭兒。他聽說佛在天宮說法，便上了天宮。三清殿的元始天尊送他如意拐杖，勸他回去到靈山等候佛。他原歸舊路來到南天門，想「隨喜」（遊謁）靈霄殿。把門的天兵天將連推帶搡罵他「老不省事」。土地惱怒，打開南天門。玉皇先後派左右天蓬率二十八宿、九曜星和五方五帝、五斗神星、三十六天罡、七十二地煞，領八萬四千天兵天將，都被土地打敗。玉皇向佛祖處借來的四大天王、八大金剛也不是土地敵手。南極仙翁和通天、齊天大聖率領的群仙也被土地打得各奔深山。最後玉皇請來佛祖，連哄帶騙將土地制伏，捉到靈山，投入爐火內焚斃。土地

肉體雖死，靈魂無處不在。佛祖遣使遍遊天下，在各地建土地祠，供奉土地。

土地與天兵神將的戰鬥，描寫得驚心動魄，如「樹林起火品第九」，寫土地與四大天王等戰鬥：

> 夫卻說：土地現出身來，眾兵圍住。天兵曰：「老頭子從你怎麼變化，也走不了你！」土地曰：「我一個小小的法，我著你當架不起。」天兵曰：「有甚麼法，使來俺看。」土地往地下摟了一把土，滿天一灑，眾天兵閉眼難睜，如砂石磨情（睛），痛如刀剡，甚疼難忍。土地笑曰：「可知我的利害！」卻說那直神奏曰：「若得取勝，問佛借兵。」玉帝准奏，敕命求佛。佛即遣差四大天王、八大金剛來戰土地。兩家對敵三晝三夜。土地一怒，將拐使開，百步打人，拐拐不空，天兵金剛，一齊後退。土地笑曰：「略你眾將，非吾對手。我再使個方法。」土地曰：「極你不過，我今去也。」眾兵後追，土地倒在地下，身化樹木，稠密深林。天兵曰：「老頭子又變化了。這樹就是他的原身，各可伐樹。」無數天兵，齊動刀斧，越砍越長。偶然林中四面火起，燒天燎地，大火無邊。天兵忙著，無處躲避。只燒的袍破甲爛，少眉無鬚，奔走無門，各逃性命，天兵大敗。
>
> 　一切天兵拿土地，
>
> 　秘樹林中大火燒。
>
> 土地手段最高強，無數天兵都著忙。
>
> 天兵又把土地叫，今朝莫當是尋常！

眾人今朝圍著你，插翅難飛那裏藏？

土地搵土只一灑，天兵合眼痛難當。

玉帝求佛把兵借，四個天王八金剛。

一勇齊來戰土地，土地抬頭細端詳。

兩家交鋒三晝夜，土地又使哄人方。

倒在地下樹木長，稠秘深林遮陽光。

天兵一齊來伐樹，四面火起亮堂堂。

火燒眾將袍鎧爛，少眉無鬚都著燒。

樹林火起，天兵著忙，四面起火光。各人奔走，慌慌張張，手（丟）盔掠甲，不顧刀槍；燒眉燎鬚，個個都著傷。

　　　土地鬧天宮，兩家大交兵。

　　　林中失了火，聽唱〔一江風〕。

眾天兵，不違天主命，各賭能合（和）勝，抖威風。一勇齊來，四下相圍定。土地顯神通，神通，（拐）杖手中擎，一人能擋天兵眾。

細參詳，土地好手段。千化有萬變，妙多般。身化松林，將眾來滯賺。四下起狼煙，狼煙，天兵心膽寒，少眉無鬚各逃竄。

　　土地神何以有如此威力？卷中的玉皇大帝屢遭敗績，無可奈何去問佛：「土地撒野，大鬧天宮，是何因由？」佛言：「土地神者，無極化身也。未有天地，先有無極。」按明代後期一些民間教派的宇宙觀，「無極」是宇宙的本原。「無極以後生天化地，有了天地，才有佛祖。一切菩薩羅漢聖僧，一切神仙天人四眾，言也不盡，何

物不從地生，何人不從地住！」幾千年來，中國社會中的主體思想是「以天為尊」，「天主宰萬物」，封建皇帝以「奉行天命」作為統治天下的依據，明代皇帝的「敕命」（聖旨）便以「奉天承運皇帝制曰」開頭。而這部寶卷中卻肯定了地的權威：「安天立地，置下乾坤；萬聖千賢，土上安身。」讓代表大地的土地神在遭受天兵神將的污辱後去「大鬧天宮」，把那些天兵神將、天王金剛、神仙天人打得落花流水。土地神大鬧天宮的情節自有《西遊記》中孫悟空大鬧天宮的影子，但寶卷中有了深刻的哲學和社會的思考。

五、孟姜女故事寶卷

改編民間傳說故事的寶卷，以孟姜女故事寶卷為最早。到清末，著名的民間傳說故事，如孟姜女、梁山伯祝英台、董永賣身、白蛇傳、沉香救母、蔡狀元修洛陽橋等，均被編成寶卷，且有不同的改編流傳本。以下舉孟姜女故事寶卷為例。

孟姜女為丈夫送寒衣、哭倒長城的傳說故事是中國四大民間傳說故事之一，它已流傳近千年。在明代，自開國皇帝朱元璋起，就開始了在京城（南京、北京）和各地修建城池、在北方修建「邊牆」（即長城）的工程。自洪武至萬曆二百多年間，終於修起東起山海關、西至嘉峪關長達六千七百公里的邊牆。人民群眾為這世界歷史上的偉大工程付出了巨大的犧牲，出現了無數類似孟姜女為丈夫送寒衣的故事。所以，明中葉以後，「各地的民間的孟姜女傳說，像春筍一般地透發出來」（顧頡剛《孟姜女的故事研究》）。在這樣歷史背景下，明成化、正德間羅清的《五部六冊》中便把孟姜女作

爲最高神無極聖祖托化的「賢女」:「無極祖來托化孟姜賢女,哭長城十萬里勸化眾生」(《正信除疑無修證自在寶卷》);明末民間宗教家更編了一部《銷釋孟姜忠烈貞節賢良寶卷》(又名《長城寶卷》,今存明末刊本)。

民間宗教家編寫這部寶卷的目的是做宗教宣傳,全卷處處都有宗教說詞。孟姜女到長城尋夫送寒衣,也被暗示爲宗教修持的過程:她歷盡辛苦到了「九江口」,被「無生母」送上「法船」,便到了長城。卷中的秦始皇被說成是「輪轉古佛」轉世的「有道君王」,爲了防備「賊兵反亂,六國來侵」而修長城。范喜良、孟姜女被說成是寒、暑菩薩降世。代父修長城的范喜良「全忠大孝」,被秦始皇封爲「給事中」,代管長城。范喜良的姑舅兄弟蒙恬將軍,因嫌秦始皇「棄舊迎新」,假意讓蒙恬回家探望,卻又以「背主還鄉」的罪名,將他抓回,打入「九宮」;陰府以范喜良「閃君王,拋父母,撇妻子」,將他勾到枉死城。孟姜女也被寫成有貞有烈的賢良女,她爲夫送寒衣,還專門爲君王織了一件「赭黃袍」(龍袍)。因蒙恬心存不良,要娶她做妻小,所以她偷偷換上一件寒衣,讓君王惱怒,把蒙恬拿下。孟姜女見到秦始皇,獻上龍袍,又替蒙恬說情,求君王饒他性命。最後她抱夫主骨殖跳入東海,玉皇丹書召二人升天,掌定寒暑。秦始皇也騎著上方送來的石馬、持趕山鞭升天。三人共赴「蟠桃會」。這樣,一個反映了民眾疾苦、哀怨和反抗意識的傳說,便被改編成充滿宗教說詞並爲統治者開脫的宗教故事。

這部寶卷對清代北方念卷影響較大。清乾隆間某位有民間教團背景的念卷人,便將它改編定名爲《長城寶卷》(存清同治間忍德館抄本),卷中仍然暗示這部寶卷包含了宗教修功的奧秘,保留了

無生老母指示孟姜女躲過「賊船」過江到長城的情節，但原卷的宗教說詞都被刪去了，而故事細節的描述卻盡力敷衍，篇幅超過原卷兩倍以上，增加了故事的生動性。

近代甘肅念卷的改編本《哭長城》（甘肅民樂縣流傳舊抄本，整理者改名為《孟姜女哭長城寶卷》）始脫盡了原來寶卷中的宗教色彩，也簡化或刪除了其中某些情節，而突出了「繡龍袍」，所以甘肅張掖、酒泉地區的民間傳抄本也稱《孟姜女繡龍袍寶卷》。孟姜女為了報「將軍」（指蒙恬）殺夫之仇，一夜間繡了一件龍袍：

> 前面繡上一條龍，報仇要它挖心肝；
> 後面繡上一隻虎，伸冤它是先行官；
> 左邊繡鷹枝頭站，用嘴挖下他的眼；
> 右邊繡隻大公雞，叫雞報曉仇人完！

將軍急於送給皇帝，卻是件送葬的白袍，皇帝大怒之下便把將軍殺了。最後孟姜女大罵秦始皇無恥昏君，同丈夫的棺材漂入東洋大海，夫妻成仙去了。秦始皇用遊方道士的趕石鞭、舀海勺、煉海丹趕石填海、攉海、煮海，玉帝派一仙女假作孟姜女騙過秦始皇，讓他害相思病死了。這樣的改編，也可能出自當代人或整理者之手。

明代江南地區產生了許多富有地方特色的孟姜女傳說故事。清嘉慶初年出現了一本民間宣卷人改編的《尋夫卷》（存清朱容照原抄、嘉慶六年□子法校訂本）。這本寶卷參照江南彈詞文學故事的特點，改變了民間傳說中的人物：范杞梁在家時已娶妻徐氏，並生有一子；逃難中巧遇許孟姜，又娶孟姜為妻，二人成婚三日被迫離

別；徐氏臨別時贈給范杞梁的犀簪，范又贈給許孟姜。許孟姜長城尋夫，將犀簪留給父親許員外。許員外帶著犀簪去范家認親，這條犀簪又回到徐氏手中。這一曲折的過程，卷中稱「犀簪會」。范杞梁的兒子後來娶張知府的女兒爲妻，范、徐、孟、姜四家合爲一家；范子又生了四個兒子，接續四姓香煙。這個傳統的民間悲劇故事，便在現世有了圓滿的結局。

完全據江南孟姜女傳說改編的寶卷是《南瓜寶卷》（存清末、民國抄本多種）：孟興家種的南瓜藤，爬到了鄰居姜斌家，結了一個大南瓜；南瓜中迸出一個眉清目秀的女孩，就是孟姜女。秦始皇修長城，要用一萬個人頭祭祀河神，變通之法是找一個名叫「萬千頭」的人代替。恰巧萬杞良小名「千頭」。他到處躲藏，闖進孟家花園中，無意中看見孟姜女在池邊脫衣揩身，因與孟姜女成親，剛拜過堂便被捉走。孟姜女葬夫後投長江自殺，秦始皇命武士將孟的屍體用鐵絲洗帚洗肉入長江餵魚，這些肉卻變成蟻魚（即銀魚）在江內遊。這部寶卷具有神話特徵的開頭、結尾，雖被蒙上了迷信色彩（萬杞良是「眞僧」轉世，孟姜女是「九狐星」下凡；孟姜女變蟻魚是玉皇派神兵天將作法等），但它展示的這些民間傳說情節，使孟姜女具神格：她像人類始祖女神一樣，從「南瓜」（或葫蘆）中降生，並始終保持了處女的身分；她的精靈不滅，化爲銀魚而長存。銀魚爲太湖特產，細白無鱗，色同白肉，至今民眾傳說爲孟姜女所變。

六、婦女修行故事寶卷

　　明代前期，繼《香山寶卷》之後，便出現了一些以婦女為主角的修行故事寶卷，如《黃（王）氏女寶卷》（又名《佛說黃氏女看經寶卷》）、《劉香女寶卷》、《紅羅寶卷》等。這類寶卷中的女主人公都是一般婦女，她們的婚姻或家庭生活中有種種變故，受到種種磨難，甚至是幾世遭難，但她們都篤志拜佛，歷盡苦難，最後得成正果，升入天界。比如《劉香女寶卷》（這本寶卷在明萬曆年間曾被戲曲家葉憲祖改編為《雙修記傳奇》，劇本已佚，現存最早為清乾隆三十九年刊本），它講唱的故事是：

　　　　宋真宗時，山東太華山紫金鎮開酒店的劉光，生一女名香女。香女自幼持齋把素，感化父親不再殺生，改開素麵店。劉員外看中香女，訂為三子馬玉媳。香女父母坐化，馬家娶香女。結婚三天，兩個伯姆在婆婆面前挑撥是非，使香女不能同丈夫見面，又時時毒打她，後來又把香女趕到墳堂去住。馬玉中狀元，兩個伯姆怕馬玉回來香女成誥命夫人，便誣蔑她在外與人通姦。婆母將香女毒打一頓，逐出家門。香女沿街抄化度日，勸人為善。馬玉回家，知妻子受了不少苦，尋她回來，她不肯同丈夫同居。父母又為馬玉娶金枝小姐，同去潮州赴太守任，香女仍在外居住。馬家人因吃團魚中毒都被毒死，香女回家殯殮他們，又給馬玉報喪。馬玉趕回家追薦亡人。後來香女同丈夫和金枝小姐均坐化升天。馬玉為

無愚佛，香女為寶月尊。

上述幾種婦女故事寶卷，清代仍被廣泛傳唱。民間宣卷人又改編了多種此類寶卷，如《妙英寶卷》《秀女寶卷》《杏花寶卷》。其中《杏花寶卷》（今存最早為清咸豐元年抄本）所述是身為下賤的婢女的修行故事：

> 杏花父母雙亡，也無親眷，十歲被賣身到周太守家為奴。她發願念佛，修行來世。每日在廚房燒火，見稻柴上有穀粒，便揀出剝穀取米。三年中積了三斗六升米。她想齋僧嫌米少，想燒香難出門，便托二相公家人來興去杭州請觀音菩薩像供養。她清早從家中狗洞爬出去送米，回來時被主人發現，誣她偷東西，被痛打一百鞭子。來興把她的米買酒肉吃了，用蒲包包了九塊豬骨頭回來，騙她說是新塑觀音像，三年後才可打開。杏花信以為真，放在柴倉暗處奉養，時時念佛禮拜。周家宴客，她不忍心宰殺雞鵝，遭主母毒打；主母發現她悄悄念佛，誣她是在咒罵人，又毒打她。年三十夜裏，杏花正在柴倉拜佛，被周太守發現，誣她有「私情」，吊打三天三夜。觀音菩薩讓杏花以實情招認。周太守發現蒲包內是豬骨頭，令家人將杏花捆起，同豬骨頭一起丟在後花園荷花池內淹死。杏花哭訴，驚動上天。玉皇令玄天上帝著雷公電母誅滅來興。觀音顯現，荷花池內花開九朵，豬骨頭變作荷葉，杏花坐蓮花升天。

　　鄭振鐸在評述這類婦女修行故事寶卷時說：它們「描寫一個女子堅心向道，經歷苦難，百折不回，具有殉教的最崇高的精神。雖然文字寫得不怎麼高明，但是像這樣的題材，在我們的文學裏卻是很罕見的」（《中國俗文學史》第十一章「寶卷」）。這類寶卷能長流不衰，同宣卷的聽眾歷來以婦女爲主有關。明代世情小說《金瓶梅詞話》中便多處描寫了暴發戶西門慶的妻妾們，請尼姑來家中宣卷的情況，比如第七十四回孟玉樓生日請蓮花庵的薛姑子講《黃氏女卷》，把這部寶卷的原文都寫進書中；第八十二回又寫到吳月娘請姑子講《紅羅寶卷》。封建社會中的婦女們，一般不可能去公眾娛樂場所看戲和聽說書，她們借著各種喜慶活動（《金瓶梅詞話》所述多爲女主人的生日），請尼姑來家宣卷，既滿足了信仰的要求，也娛樂身心。同時，按照封建禮教的要求，婦女要「三從」：「在家從父，出嫁從夫，夫死從子。」在婚姻、家庭這種關係人生的大事，她們沒有自主選擇的可能，只有聽從他人的安排，「聽天由命」。婦女們生兒育女，爲家族、社會的延續做了貢獻，也可能由此帶來榮耀（「母以子貴」），同時也鑄成「罪孽」，死後要到血湖池地獄中受苦（參見上文「目連救母故事的寶卷」），所以，身爲女子就是一種不幸。她們自然不可能像妙善、劉香女、杏花那樣同命運、同社會去抗爭，但是那些女主人公苦難重重的遭遇卻極易引起她們的同情和共鳴；那些女主人公歷盡苦難而得到善終的結局，也會使她們的精神得到愉悅和鼓舞。這就是這類寶卷一直受各階層婦女歡迎的原因。

七、俗文學傳統故事寶卷

　　宋元以來，俗文學積累了大量傳統故事。它們在民間戲曲、說唱文藝舞臺上演唱，也以話本、唱本的形式作爲通俗文學讀物流傳。清代民間寶卷發展起來後，即開始引進這些故事。到清末民初，大量俗文學傳統故事已被改編爲寶卷。如《趙氏賢孝寶卷》（據南戲、傳奇劇本《琵琶記》）、《金鎖寶卷》（據雜劇《寶娥冤》、傳奇《金鎖記》等）、《李三娘磨房寶卷》（據南戲《白兔記》等）、《雙奇冤寶卷》（據話本小說《十五貫戲言成巧禍》、傳奇《雙熊夢》）、《賣花寶卷》（據鼓詞《賣花記》等）等。江浙寶卷更多改編彈詞書目，流行彈詞大都被改編爲寶卷，如《珍珠塔》、《麒麟豹》、《玉蜻蜓》、《倭袍傳》、《何文秀》、《文武香球》、《再生緣》、《大紅袍》、《百花臺》、《黃金印》、《白鶴圖》、《百鳥圖》、《雕龍扇》、《八寶雙鑾釵》、《雙珠鳳》、《雙玉燕》、《雙玉玦》、《蘭香閣》、《十美圖》等，總數近百種。北方及甘肅的念卷則多改編章回小說、鼓詞及地方戲曲劇目，如《二度梅》、《呼延慶打擂》、《薛仁貴征東》、《薛丁山征西》、《羅通掃北》、《薛剛反唐》、《張四姐大鬧東京》、《王員外休妻》、《白玉樓》、《蜜蜂記》等。

　　彈詞和鼓詞分回（本）說唱，藝人們盡量敷衍，枝枝蔓蔓，一天一回書說下去，可唱一個月，甚至數月。一本寶卷必須在固定時間（一般二至四小時）演唱完，唱詞中間又穿插「和佛」（聽眾和唱佛號，見下），容量有限。因此，改編的寶卷只能保留其主要故

事。以下以江浙吳方言區的《玉蜻蜓寶卷》爲例說明。

《玉蜻蜓寶卷》又名《瑞珠寶卷》，今存宣卷人手抄本二十餘
種，並有石印本流傳。這個故事產生於明末，清初即有彈詞《玉蜻
蜓》及同名傳奇劇本，又有據彈詞改編的小說《呼春野史》（見阿
英《小說閒談》）。寶卷據彈詞故事改編，現據清末民初上海宣卷
人抄本《瑞珠寶卷》（此本分四集二冊，在江浙寶卷中是篇幅較長
的）介紹其故事如下：

> 明嘉靖年間，蘇州府元和縣書生申貴升去山塘看戲，同法華
> 庵尼姑志貞邂逅相愛。他不聽妻子張雅雲勸告，住進法華
> 庵。法華庵尼姑普禪等淫亂，張雅雲三次到庵中尋夫，均被
> 普禪等人將貴升藏過。張雅雲與志貞結拜爲姊妹。貴升身染
> 重病，普禪仍不放他回家，死在庵中。志貞懷孕，生一男孩，
> 附上貴升留下的「玉蜻蜓」，派佛婆送往申府。途中遇蘇州
> 知府徐坤，佛婆扔下孩子逃去，孩子爲徐收養，取名徐元宰。
> 元宰認貴升妻張雅雲爲寄母。元宰長大，張雅雲讓他去法華
> 庵找姨母志貞尋寄父，母子相認。後元宰中狀元，將生母志
> 貞接回家中團圓。

寶卷的改編，並非彈詞故事情節的壓縮，而是保留了主要人物
情節線上的故事，刪除了穿插其中的其他人物和蔓延出的故事（參
見譚正璧、譚尋《彈詞敘錄》中《玉蜻蜓前後集》故事介紹）。其
中，對張雅雲庵中尋夫和徐元宰庵堂認母則做了細緻的鋪述。下面
一段文字採自「庵堂認母」，寫徐元宰到志貞臥室中見掛著申貴升

的遺像：

（小生）「呀！姨母，怎壁上掛的什麼圖形？」（小旦）「呀！
公子，怎是真——」（小生）「真什麼？」（小旦）「嚇！
不，不，不是，是神。」（小生）「呀，姨母嚇！

　　因何言語不分明，口內含糊不拎清。

　　還是『真』來還是『神』，望姨母說與外甥聽。」
（小旦）志貞默默難開口，微微白面起紅雲。

　　一言無語心撩亂，失口就把「表兄」稱。
（小生）「噢，噢，噢，是表兄。還是生前的喜照，還是死
後的神像呢？」（小旦）「是亡後的。」（小生笑）「哈，
哈，哈，姨母嚇！

　　並非是甥兒埋怨姨母尊，出家人做事欠通文。

　　堂兄還可房中掛，『表』字當頭不好聽。

　　況且是令表兄他是身亡過，何勞表妹太殷勤！」
（小旦）「公子嚇！

　　前言原是騙你身，實在是神仙呂洞賓。」
（小生）「呀！姨母，又來哄甥兒了。那呂洞賓我也曾見過
的，他是道教中打扮，因何如此打扮？咳，呂仙嚇，呂仙！

　　我想你道教甚端嚴，你的肩上背龍泉。⋯⋯

　　為何改了書生樣，不僧不道不像仙？

　　姨母嚇！

　　釋道相同非正理，我勸你快些除去免人言。」
（小旦）「呀！公子，我看你念書之人，為何多言多語？快

·25·

請外面寬坐，休要勞嘮叨叨。」（小生）「咳，姨母嚇！姨母！

並非甥兒今多言，則為你說話顛倒顛。

不消半盞茶時候，令表兄何德何能成了仙。……」

俗文學傳統故事進入寶卷，拓寬了寶卷反映社會生活的內容，也促進了寶卷演唱形式的發展，這在清末江浙民間宣卷中尤其明顯。即如上述《瑞珠寶卷》，卷中人物的對話，都注出腳色，甚至注出情態，由宣卷人模擬故事中人物的聲口、情態演唱，即彈詞演唱中的「起腳色」。這種形式再往前發展，就是做戲劇形式的「化妝宣卷」了。

八、小 卷

小卷是寶卷中的特殊品種。這類寶卷篇幅短小，大部分僅有唱詞（多為七字句），故也稱做「偈」、「經」。明代教派寶卷中已有這類寶卷，如《佛說地獄還報經》（存明抄摺本）。清及近代民間寶卷中較多，特別是在江浙吳方言區，民間宣卷人多有此類小卷的手抄集子備用，如現存的《佛曲集》（清同治蘇州抄本）、《小偈雜抄寶卷》（民國八年沈耀金抄本）、《勸善良言》（舊抄本）等。這類小卷多在宣卷開始時演唱，猶如唐代佛教俗講的「押座文」、後世彈詞的「開篇」；或在宣卷中間插唱，做「饒頭」（額外增添之意）。「和佛」的人在宣卷中間休息時，也唱小卷娛樂。

民間小卷多係改編傳統的民歌小曲，如《花名寶卷》、《百鳥

名寶卷》、《十月懷胎寶卷》、《螳螂做親寶卷》、《許仙遊春偈》
等；或用民歌小曲的形式新編，最多的是用「十二月花名」聯唱。
小卷的內容，多為勸善，涉及家庭生活、人際關係等方方面面。如
流傳較廣的《花名寶卷》（存各種不同的傳抄本和刊本），下面是
清末常州寶賢堂書坊刊本（收入《滬諺外編》）中的一段：

> 鳳仙花開七月中，成家立業有威風。
> 每日五更清早起，三日起早當一工。
> 男男女女能勤儉，終有飯吃不憂窮。
> 人有千算天一算，奸巧原來天不容。
> 自己享用要節省，待人器量要寬宏。
> 士農工商盡一業，個個行業出英雄。
> 煙酒嫖賭犯一字，個個窮來徹骨窮。

也有些是唱「古人」（傳統故事），如《許仙遊春偈》（載清
同治蘇州抄本《佛曲集》）：

> 正月梅花開滿林，許仙官打扮去遊春。
> 白娘娘私下看中意，小青青做法起烏雲。
> 二月杏花白如銀，叫船送到湧金門。
> 許仙要借釘鞋傘，說明白還傘結成親。
> 三月桃花紅噴噴，白娘娘要去盜庫銀。
> 許仙手把元寶回家轉，錢塘縣裏破案下監門。
> 四月薔薇蕊裏青，白娘娘搬場到蘇城。

專珠巷內開張藥材店，掛燈結綵鬧音音。

五月石榴黃似金，為賞端陽起禍根。

連吃三杯雄黃酒，青紗帳裏現原形。

六月荷花結蓮心，許仙嚇殺地埃塵。

白娘娘要去盜仙草，小青看守死屍靈。

七月鳳仙結子青，來到崑崙駕祥雲。

老壽星擺起雄黃陣，幾何性命活不成。

八月木樨香噴噴，許仙地上轉還魂。

娘娘吊打茅山道，青青捆綁怒生嗔。

九月菊花盆裏青，金山廟裏把香焚。

法海禪師來留住：「你家娘子是妖精！」

十月芙蓉應小春，白娘娘討夫到山門。

法海喝罵妖精怪，一場大戰在山林。

十一月水仙盆內開，娘娘生下小嬰孫。

護法神祈金缽盂，罩住娘娘歸幽冥。

十二月臘梅報三春，雷峰塔造接青雲。

莫怪法海良心壞，水漫金山作孽深。

宋朝一節《義妖傳》，娘娘聖迹到如今。

　　小卷中也有不少是寓言故事，多為動物擬人化。其中《蟲蛉做親》（又名《螳螂做親寶卷》，收入舊抄本《勸善良言》，文中有些方言詞語義不詳）是講各種小動物為螳螂和紡織娘「成親」，敘述活潑、詼諧：

螳螂討個紡織娘，百樣蟲蛉去商量。

先請螻蛄傳庚帖，又請蜘蛛做蚊帳。

蝴蝶娘舅媒人做，菜花蟲蟲做親娘。

淘米蟲蟲來淘米，閒薄薄洗菜滿河浜。

蟑螂哥哥來上竈，燒火竈雞極鬧猛。

細麻田雞扛轎子，紅頭百腳搬家生。

螻蛄背個子孫包，金麻蟲熾竈上前行。

蝦兵當櫓來得快，蟛蜞頭上把篙撐。

跳卜蟲蟲來帶纜，放屁蟲蟲放爆杖。

螞蝗沙蟶來摻轎，蠓蟲道士上路行。

蒼蠅戴仔紅帽帽，螢火蟲提燈亮煌煌。

蜻蜓連忙來賀喜，曲鱔唱禮就開場。

地蝗蝗傳袋來幫襯，蜒蚰身滑做喜娘。

蚊蟲快拿行燈提，土蟞蟲蟲鋪床帳。

蝴蝶兩邊來打扇，壁蜥身邊做梅香。

壁虎廳堂排酒席，高腳駱駝去拿油鹽醬。

知了樹上喊吃酒，大家吃得真鬧猛。

蠓蟲篩酒真鬧熱，個個吃得喜洋洋。

闊嘴賴斷吃乾淨，螞蟻吃口醃水漿。

蜒螂勺勺吃不著，老鴉一到罵散場。

大小蟲蛉多逃走，原歸舊窠轉家鄉。

　　這個小卷把民眾熟悉的各種小動物各具特色地組織在一個「結婚」的熱鬧場面中，構思奇特而富趣味，成人和兒童都喜歡聽。

　　江浙地區做會宣卷中用於祝禱儀式的許多寶卷，也稱「科」（或稱「科儀」）、「偈」、「經」，其中也多採用民歌小曲的形式，與上述小卷相似。如用於「結緣」儀式的《結緣寶卷》（清光緒三十四年呂達周抄本），所結緣者為天、日月、菩薩、父母、阿爹、老太太、兄弟、伯姆、小寶寶、鄉鄰、衣服、口腹，乃至外國人等，表現了濃厚的江浙城鎮市民風情，如：

　　　　結子緣，再結緣，結緣要結口腹緣；
　　　　吃素蘑菇燒豆腐，開葷生煎大肉圓。……
　　　　結子緣，再結緣，結緣要結外國人緣；
　　　　外國人不肯緣來結，頭上載隻面桶廐，
　　　　手裏拿子打狗棒，說起話來雜格亂伴。

　　舉行「解結散花」儀式時，宣卷人例要對解結者唱些有趣的歌。清末無錫抄本《散花偈》中便有這樣的歌：

　　　　一隻盆子一朵花，軟白糰子插鮮花。
　　　　你拿糰子帶轉去，我拿鮮花轉去騙騙老太婆。
　　　　大姐是個水仙花，二姐就叫牡丹花，
　　　　則有三姐無人要，搖車堂裏紡棉花。

　　這類歌謠為那些嚴肅的祝禱儀式，添加了歡樂的氣氛。

九、民間寶卷的神鬼體系和信仰特徵

　　宗教寶卷是宗教文化的組成部分，它們的內容和社會功能是宗教宣傳。本文以下所述主要是民間寶卷的信仰特徵和教化、娛樂作用，它們也體現爲這類寶卷內容和藝術上的特點和審美特徵。

　　清代的民間寶卷雖然沒有明顯的宗教歸屬，但演唱寶卷（宣卷）仍需結合民間的信仰活動進行。這種活動形式，在江浙一帶稱「做會」，有廟會、社會（公會）、家會之別。在大部分社會及家會中宣卷人同時是做會的執事，主持各種敬神、祈福、禳災、了願儀式，同時演唱各種寶卷。因此，依附於這些民間信仰活動的寶卷，必然具有信仰文化的特徵。其核心是「善有善報」的因果報應觀念，執行這種善惡的判斷和賞罰的是居於天庭、地獄和人間的眾多神鬼。

　　玉皇大帝是民間寶卷中經常出現居於天庭的最高神，他統領著天上、地獄、人間的各路神鬼。他是民間信仰和國家觀念合流的產物，猶如世間的最高統治者，宋元以來被民眾普遍視爲神界的「皇帝」。民間寶卷中接受了這種觀念，修行向善的「賢人」（寶卷故事中正面主人公），最後升入天界，受到玉皇的封賞；作惡的人，由他下令給予懲罰。大概玉皇大帝離開人間太遠，所以民間寶卷中沒有專唱他的寶卷。玉皇大帝的配偶神是王母娘娘。這對天庭的最高夫妻沒有兒子，只有七個女兒（仙女）。四姐、七妹耐不住天庭的寂寞，嚮往人間夫妻恩愛，下凡人間，這便是《董永寶卷》、《張四姐大鬧東京寶卷》（又稱《天仙寶卷》）中的故事。七仙女嫁給了勤勞善良的董永，男耕女織，生兒育女，玉皇大帝、王母娘娘卻

活活拆散了這對恩愛夫妻。張四姐（民間傳說中玉皇姓張）卻不像小妹那樣軟弱，且武藝高強。丈夫遭迫害入獄，她一直打到東京汴梁城。皇家的官兵、玉皇派來的天兵天將都被她打敗，王母娘娘親自來勸她回天宮，她提出的條件是帶丈夫一同去。

民間寶卷中的地獄，由幽冥教主地藏王菩薩和十殿閻王掌管。地獄是懲治惡人的處所，因此，地藏王菩薩雖來自佛教，他曾發出「地獄未空，誓不成佛」的大願，但在寶卷中卻成了懲治惡人的正義之神。在舊抄本《地藏寶卷》中，他化為瘋僧，將陷害忠良岳飛父子的秦檜夫妻，一起捉到地獄受苦。

民間寶卷中的人間神紛雜。竈王爺是家家戶戶都供養的家神，所以流傳的《竈王（皇）寶卷》特別多。寶卷中的竈王是玉皇大帝的本家（都姓張），「分佈萬戶，稽查善惡」。玉皇令他「上通天界無阻礙，下達地府個個欽。壽數長短由你判，富貴窮通任你分。加福增祿皆由你，生災降禍聽卿行」。（舊抄本《竈君寶卷》）清末近代江浙地區商品經濟發達，城鎮市民企望發財，特別禮敬財神，演唱各種故事的《財神寶卷》（民間供奉的財神爺有多位）；甘肅河西地區貧窮落後，那裏的農民只求溫飽，還顧不上去發財，所以那邊的念卷中便不傳抄《財神寶卷》。

保護一方土地和平民百姓本是土地神的職責，但各地天災人禍不斷，這位神君「失職」。所以，除了明末清初民間宗教家編的《先天原始土地寶卷》中寫了位神通廣大的土地爺外，後世民間寶卷中不僅少見《土地寶卷》，出現在其他寶卷中的土地爺，也多是被揶揄的角色。如清末浙江紹興抄本《目連寶卷》中的土地爺，廟小無人供獻，「小鬼餓得吱吱叫，判官肚裏想飽飽」，土地爺搜尋出一

件破皮襖，換來半升糙米煮飯，「上頭起泡泡，下底結鑊焦」。小鬼氣得踢翻泥缸竈跑了；土地爺見和尚尼姑進廟親熱，也跟著跑下山。土地爺靠不住，人們轉而讚頌、禮敬那些地方性的保護神，如江浙地區《猛將寶卷》中的劉猛將，甘肅河西走廊流傳《仙姑寶卷》中的平天仙姑。寶卷中此類神的故事，都是源於區域性的民俗文化傳統和民間傳說，他們雖也被玉皇封賞，但長居人間，保護一方百姓。

　　幾乎所有的民間寶卷中，凡賢人受到厄難，便有神佛來相救或指點，扮演這一角色的經常是太白金星。如《梁山伯寶卷》（民初上海抄本）中祝英台女扮男裝去求學，受到惡嫂詰難。英台臨行前埋下紅綾，對天發誓：「若失貞操，三尺紅綾化為污泥！」惡嫂每天用滾湯澆地，意使紅綾快速腐爛。太白金星及時趕來，畫符其上，使紅綾「入土千年塵不染」。另一位佛教菩薩觀音老母也經常扮演這一角色，自然她也是受玉皇大帝的調遣。

　　上述民間寶卷中架構的神鬼體系，不是建立在縝密的宗教觀念之上，而是出自實用和功利的目的，出自平民百姓現實生活中的困擾和祈求。寶卷引導人們追求道德的修養、行為的完善，「去惡揚善」，以調適平民社會人際關係的和諧、社會的安定，而由天庭、地獄、人間的各路神鬼來執行「善有善報，惡有惡報」的判斷和賞罰。這種善惡的因果報應，又可延伸至前生、來世，做宿命論的解釋。這就是民間寶卷中的信仰特徵。

　　平民百姓對神是崇敬的，但有取捨。如果神們做事不公或者「失職」，也會對他們有微詞，或冷落他們。儘管道教徒也仿照佛祖的出身故事為玉皇大帝編了一本《至尊寶卷》，但民間少見傳抄和演

唱它。大概因爲他離人間太遠，又缺乏人情。同樣，佛教的《太子寶卷》講釋迦牟尼出身故事，也只有刻本流傳。竈神、財神的寶卷傳抄最多，是因爲竈神、財神同人們的生活太密切了，人們要祈求他們。而觀音和各種地方神的故事寶卷，被廣泛演唱，則表現了人們對這些神的信賴和崇敬。這也可說明民間信仰同宗教信仰對神的不同態度。

十、民間寶卷的教化作用和故事模式

民間寶卷的教化作用，可以概括爲「勸善」，宣卷人在開講寶卷故事前多有此類表白。如江蘇靖江縣佛頭在講《大聖寶卷》（講唱佛教高僧泗洲大聖的傳說故事。據當代演唱錄音稿，該地區寶卷口頭演唱，不是「照本宣揚」）前說：

> 說者《大聖寶卷》一部勸善，弟子宣演。總要先宣朝代帝王，
> 後講賢人出州。總要講得有頭有尾，有始有終，有苦有甜，
> 有前有後，悲歡離合；先要講到苦中之苦，難中之難。然後
> 講到修仙成正，登山顯靈，留芳百世，方成寶卷一部勸善。

寶卷以勸善爲目的，善惡的標準是什麼？這在許多寶卷中都有說明。如《竈君寶卷》（舊抄本）中說：

> 善者燒香並念佛，持齋吃素誦經文。
> 敬重佛天共三寶，齋供僧尼俗道人。

孝順公婆並父母，敬重鄰房叔伯親。

弟兄竭力相謙讓，夫妻和睦不相爭。

翁姑姐妹常侍奉，官法遵依不敢輕。

常行善心皈三寶，日日時時發善心。

佛殿鐘樓廊廟壞，並不推卻逆半分，

修橋鋪路行方便，發心佈施造完成。

渴施涼茶開泉井，廚中粥飯救飢人。

十二時辰行方便，更兼老少濟貧人。

《地藏寶卷》（舊抄本）中說：

一要敬重天和地，二要堂前孝雙親，

三要人倫安守分，四要戒殺不貪葷……

寶卷所闡述的這些「善行」，歸納起來就是：敬天地、尊神佛、尚禮儀、守國法；孝敬父母、家庭和睦、敬重鄰里、救濟貧困、廣行善事。這些是封建社會中平民百姓世代相傳並遵循的道德、行為準則。在寶卷中，它們又通過那些善惡果報和宿命論的故事來體現。這種信仰教化模式，也使寶卷的形式、故事結構形成為較為固定的模式。

寶卷開始有「開卷偈」，交待寶卷的名稱。表示對聽卷人的祝福，也結合本卷故事宣講勸化之意。它們由七言韻語組成，如：

《遊龍寶卷》初展開，一心恭敬念如來。

閒言雜語休提起，家中雜事盡丟開。

靜心端坐聽宣卷，能消八難免三災。（舊抄本《遊龍寶卷》）

阿彌陀佛念起來，大衆盡心坐定身。

靜心端坐聽宣卷，福也增來壽也增。

□宣《節義卷》中字，一一從頭細談論。

善惡分明無差誤，是有皇天判斷明。

（清光緒庚子新刻《節義寶卷》）

　　寶卷故事開始要先宣「朝代帝王」、「賢人出州」，即交待故事發生的朝代、地點、人物，一般寶卷要交待某朝、某代（皇帝）、某州（府）、某縣、某村；說書化的江蘇靖江講經中，於此要盡量鋪述一番。儘管這些多是杜撰，但寶卷中詳細而認眞的交待，意在表明這是一個「眞實」的故事，讓聽卷人把它當作「眞人眞事」對待。寶卷的結尾，要對卷中主要人物的結局一一重複交待清楚，以明果報不差。在江浙地區的寶卷中，這一段稱「大集（或作「敍」）團圓」，如上文所引清末紹興抄本《目連寶卷》的「大集團圓」。

　　在這頭、尾之間，是一個「有苦有甜」、「悲歡離合」的故事。它們也有較固定的模式：故事中的賢人或因前世造下某種冤孽，再來人間；或是天上的星宿、仙人，因違背天條或某種因緣，謫降人間。賢人在人間有種種不如意處（如婚嫁不幸、貧窮、破家、遭迫害、無子……），受盡「苦中之苦，難中之難」，但他們發心向善（或改惡向善），廣行善事；或立志修道拜神佛，逆來順受；……在最危難之際，自有神明（太白金星或觀音菩薩）前來搭救指點，

或暗中加護，因而出現轉機。在賢人受苦難中，要安排一個夜晚，讓他們唱〔哭五更〕，盡情抒發苦情，那唱詞當然是「怨而不怒」的。賢人受苦，必有惡人作惡，他們的惡行也得到描述。最後，賢人苦盡甘來，得到善果，恩及父母，澤及子孫，享受榮華富貴；或修道成神、成仙，升入天界，得到玉皇封賞。作惡之人，有的在賢人感召之下改惡向善，也可善終；有的怙惡不悛，則受嚴厲懲罰，且殃及來世，變爲畜生。改編俗文學傳統故事和時事傳聞的寶卷，也多按照這一信仰教化模式給以改造。

總之，民間寶卷就是通過上述信仰教化的故事模式，引導聽眾去惡揚善，追求道德的自我完美，暫時擺脫現實生活中的困擾，把希望寄託在今生的善終，或來世的善報，因而取得心靈的慰藉和生活的信心。

十一、民間寶卷的娛樂功能和消亡

民間寶卷的娛樂作用和它的信仰特徵、教化作用結合在一起。演唱寶卷就其本質來說是一種民間信仰文化活動，宣卷的場所被稱做「佛堂」（或「經堂」）。聽眾總是帶著虔誠的信仰情懷去聽寶卷的，宣卷也在一系列的儀式中進行（總稱「做會」）。在許多儀式中，齋主（請做會的人家）的子女要跪在神臺前。在甘肅河西走廊，至今一些老農民還跪著聽念卷；對犯有某種過失的青年晚輩，可選擇某種相應勸化故事的寶卷讓他們跪聽。聽卷者對寶卷中善惡報應的故事深信不疑，他們爲寶卷中的賢人受苦而悲，爲賢人苦盡甘來而樂。因此，寶卷同一般民間說唱文藝不同，它首先是滿足聽

眾的信仰情懷，使他們在感情上得到慰藉，由「動人」而「娛人」。

　　寶卷的演唱形式也配合聽眾信仰情懷的抒發，讓聽眾參與寶卷的演唱，這種特殊的形式稱做「和佛」（北方念卷稱「搭佛」、「接佛」）。和佛的形式在早期的佛教寶卷中已形成，其方式是在唱詞的句尾，宣卷人將末字拖腔，聽卷人齊聲接唱，並和唱佛號，如：

　　　一請我佛牟天君，（和：君——阿彌陀佛）
　　　二請玄壇趙將軍，（和：軍——彌陀南無佛，阿彌陀佛）

　　江浙宣卷曲調豐富，各種曲調和佛形式不一。有的和佛成爲獨立的唱段，聽卷者齊唱佛號，情緒熱烈。如靖江的〔打唱蓮花〕，和佛詞是：「金花銀花蓮花落，嗨海活菩薩」。這種聽唱者當場參與演唱的形式，在其他民間說唱文藝中是沒有的。它使聽眾與宣卷人密切配合，精神處於興奮狀態；聽卷人的心靈同寶卷故事人物的悲歡離合融爲一體，身心得到充分的愉悅。因此，許多寶卷雖然都是雷同的故事，且聽卷人不止聽過一次，但每次都使他們激動不已。

　　清及近現代民間寶卷大量改編彈詞、鼓詞等說唱文藝傳統故事，同時也借鑒它們的藝術形式，注意人物行動和故事細節的描寫，豐富藝術表現力。如上文所引江浙寶卷《玉蜻蜓》，卷本上已註明唱詞的腳色（「出腳色」），宣卷人（不止一個宣卷人演唱）在演唱時要模擬故事人物的聲口，使演唱生動活潑，增加其娛樂性。有的卷本表明，江浙宣卷人甚至直接引進其他演唱文藝的形式，娛樂聽眾。如清光緒三十年（1904）常熟徐憲章抄本《小豬卷》。這本寶卷講述一個「放下屠刀、立地成佛」的勸善故事：胡屠戶要

殺一隻老母豬，五隻小豬口吐人言，各述豬娘養育之恩，爭相代替豬娘去死。胡屠戶因受感動，從此戒殺生靈。於是，南街北巷各色人等，均來看這「小豬開口勸世人」的「新文（聞）」：

說新文，話新文，

帶領格大男小女、娘娘小姐哭格哭，喊格喊，引動多多少少人。

家中軋得人挨擠，

說格說，笑格笑，稀奇格豬會說話，說得人人喜得骨頭輕。

四面八方盡來看，

且說一種生意人：

紙馬店裏夥計先生也要看新文，

鄉下人要買副觀音紙馬，一揭揭格子一帖紅堂子，還有一帖末——揭隻古董老壽星。

裁縫店裏師傅也要看新文，

別人叫他裁條褲子，只想看新文，共成末聽清，裁子一件布背心。

銅匠店裏人也要看新文，

別人買把銅勺，視而不見，聽而不聞，大蝕其本，錯賣落一隻銅面盆！

錫匠也要看新文，

鄉下人叫他打隻錫茶壺，一時不當心，手上敲得痛殺人，恨氣打隻茶葉瓶。

鐵匠也要看新文，

別人叫他打點鋤頭鐵搭釘，耳朵弗聽清，共成打隻棺材釘。
茶館裏堂倌也要看新文，
眼睛奔來奔，開水盡不滾；要緊看新文，出店門，帶領吃茶人，盡斜出堂門。
豆腐店裏師傅也要看新文，
拿風箱拼命煽，勿知滾不滾，拿豆腐漿沸得乾乾淨。

說了各種「生意人」，又說三教九流各色人等：

和尚看新文，軋出光頭頂，
腳跟頭格帽子、膝褲，踢腳絆手；一個小和尚，拾著隻大姑娘格一隻膝褲，就望頭上一套，剛剛套到齊頸深。
道士先生看新文，
頭上軋落破方巾，身上著一件布海青，被別人扯得碎紛紛。
瞎子也去看新文，
勿看見，張開點，著力一個奔，兩眼睜得像銅鈴。

自明代後期江浙地區民間演唱文藝中便有「說新文」的內容，近代出現了專門說新文的民間藝人。這本寶卷中插入的這段說新文，講了三十幾種民眾熟悉的各色人物的失態相，幾占原卷四分之一的篇幅。它用大量鋪陳、極度誇張的方式，烘托出「小豬開言勸世人」的轟動效果，構成熱烈的喜劇氣氛，娛樂聽眾。

從民間寶卷的發展來看，到清代後期已大量引進各種俗文學傳統故事，豐富了寶卷反映社會生活的內容；清末民初寶卷又吸收其

他民間演唱文藝的演唱技藝，增強其娛樂性。但是，由於寶卷與民間信仰活動共存的特殊演唱環境，及由此而形成的寶卷文學的信仰、教化作用，使它不能進入公眾娛樂場所，同其他民間演唱文藝進行廣泛的交流和競爭，而這正是傳統演唱文藝存在和發展的必由之路。因此，在本世紀三十年代後期，由於戰亂，寶卷的發展便走上下坡路。五十年代後，社會急遽變化，人們對神佛的信仰觀念淡薄，加上其他民間文化娛樂活動普及，在許多地區寶卷便迅速消失了。

　　中國寶卷作為流行的民間說唱文藝的消亡，是難以避免的。但是，中國寶卷延續六百多年的曲折發展歷程和留存的大量卷本，為研究中國民俗文化史保留了珍貴的資料，應當認真加以發掘整理和研究。

寶卷研究重要參考文獻

一、鄭振鐸《中國俗文學史》第十一章〈寶卷〉，上海：上海書店影印本，1984。

二、（日）澤田瑞穗《增補寶卷の研究》，日本東京：國書刊行會，1975。

三、車錫倫《中國寶卷研究論集》，臺北：學海出版社，1997。

四、車錫倫《中國寶卷總目》，臺北：中央研究院文哲研究所，1998；修定重編本，北京：北京燕山出版社，2000。

五、李世瑜〈寶卷新研〉，《文學遺產增刊》第四輯，北京：作家出版社，1957。

六、李世瑜〈江浙諸省的宣卷〉,《文學遺產增刊》第七輯,北京:
　　中華書局,1959。

七、方步和《河西寶卷眞本校註研究》,蘭州:蘭州大學出版社,
　　1992。

中國寶卷的淵源

一、前　言

　　中國寶卷是一種在宗教（佛教和明清各民間教派）和民間信仰活動中按照一定儀軌演唱的說唱文本，其演唱形式明代以後稱做「宣卷」（或稱「講經」、「念卷」等）。寶卷的題材，除了直接演釋經文、宣揚教理、倡導勸善外，多為說唱文學故事，所以現代研究者又視寶卷為傳統說唱文學的一種體裁，納入中國俗文學史及說書史、曲藝史的研究範圍。

　　中國寶卷淵源於唐代佛教的俗講，是佛教世俗化的產物。寶卷產生於宋元時期，明代仍有大量佛教寶卷產生和流傳，而在民間，至今在中國大陸江浙吳方言區的一些農村中，民間的宣卷先生和高唱佛號「和佛」聽卷的民眾，仍自認為是「奉佛弟子」。由於明代中葉以後各民間教派也都編製、演唱寶卷，作為佈道的活動形式；近現代的許多民間教團，也多介入寶卷的改編和演唱活動，所以，歷來正統的佛教僧團和文人居士均不承認宣卷是佛教的宗教活動。佛教同寶卷的淵源、形成和發展的研究，便被忽略了。

　　本文探討中國寶卷的淵源，對前人的某些成說提出質疑。這一問題同上個世紀初在敦煌莫高窟藏經洞中發現的說唱文學資料有

關。那些說唱文學作品：最早被羅振玉稱之為「佛曲」，❶ 1934
年鄭振鐸在〈三十年來中國文學新資料的發現史略〉一文中，又將
它們籠統稱之為「變文」。❷ 1938 年鄭振鐸在所著《中國俗文學史》
中提出：「後來的寶卷實即變文的嫡派子孫，也當即談經等的別
名」。❸鄭文所說的「談經等」指南宋時期瓦子勾欄中的說話技藝
「說經」「說諢經」「說參請」。鄭振鐸對他提出的結論均未加以
論證，由於他在中國俗文學史研究領域中的權威地位，這些未加論
證的說法，經有關書刊和詞典的不斷抄襲，已被研究者視為「定
論」。但是，上述結論顯然是有缺陷的：

其一，「變文」是一個籠統的概念，儘管研究者接受以「變文」
作為敦煌說唱文學作品的統稱（即「變文」的廣義），但當代研究
者已注意到這些作品實際上包含了多種演唱形式和體裁。❹

其二，由於對寶卷產生和流傳的宗教文化背景及其演唱形態缺

---

❶　羅著《敦煌零拾》收〈佛曲三種〉，上虞羅氏鉛印本，1924。

❷　載《文學》，上海，2：6，1934·6。

❸　鄭著商務印書館初版於 1938 年，長沙；引文見上海書店影印本，1984，下冊，
頁 307。

❹　最早為敦煌說唱文學作品進行分類研究的是周紹良先生，他在〈談唐代民間文
學——讀「中國文學史」中「變文」一節書後〉（載《新建設》，北京，1963：
1）一文中說：「對這一批材料如果漫無區別地都稱之為『變文』是很不妥當
的，這樣就貶低了唐代豐富多彩的民間文學而混淆了不同的文藝種類。」。文
中把敦煌說唱文學分為變文、俗講文、詞文、詩話、話本、賦等六類；後來在
〈唐代變文及其他〉（《敦煌文學作品選》代序，北京：中華書局，1987）文
中，將「俗講文」又分為「講經文、因緣（緣起）」兩類。張鴻勳〈敦煌講唱
文學的體制及其類型初探〉（載《敦煌學輯刊》第二集）也做了分類研究。

少研究，因而與南宋時期產生於瓦子中的說經等民間演唱技藝混為一談。

二、佛教俗講是寶卷的淵源

敦煌莫高窟藏經洞中發現的說唱文學卷子，其中最多的是佛教俗講和轉變（包括僧侶轉變和民間轉變）的文本，前者包括「講經文」和「緣起」，後者稱做「變文」。與寶卷有淵源關係的是佛教的俗講。佛教的俗講和寶卷，都是中國佛教世俗化的產物；寶卷繼承了俗講的傳統，也可以稱做俗講的「嫡派子孫」。

漢末佛教傳入中國，佛教經典隨之被大量翻譯。由於梵漢語言的不同，天竺佛教詠經唱頌的唄匿（pathaka）不適合於漢聲，由此便產生了漢化的贊唄（歌贊）和轉讀（詠經），精於此者即為「經師」。此後於東晉、南朝之際，又產生了「宣唱法理，開導眾心」的「唱導」。《高僧傳》卷十三「唱導・論曰」：

> 昔佛法初傳，於時齊集，止宣唱佛名，依文致禮。至中宵疲極，事資啟悟，乃別請宿德，升座說法。或雜序因緣，或傍引譬喻。其後廬山釋慧遠，道業貞華，風才秀發。每至齋集，輒自升高座，躬為導首。先明三世因果，卻辯一齋大意。後代傳受，遂承永則。

書中說唱導師要有「聲、辯、才、博」的能力，且要能「知時知眾」「與事而興」，所以「雖於道為末，而悟俗可崇」。於是在

當時的齋集法會中，便出現經師轉經歌讚、導師講唱因緣的形式。南北朝之末，各地佛教僧團爲了爭取信眾，並適應民間齋會法事之請，將轉讀同唱導合一，稱做「唱讀」。❺在此基礎上，唐代初年便出現了面向俗眾講經說法的「俗講」。關於「俗講」的記載，最早見唐釋道宣《續高僧傳》卷二十六〈釋善伏傳〉：

> 貞觀三年（629），竇刺史聞其（按，指善伏）聰敏，追充州學，因而日聽俗講，夕思佛義。博士責之。

竇刺史指常州刺史竇德明。善伏能使這位刺史「日聽俗講，夕思佛義」，其悟俗的效果可觀。這位熱心的刺史把善伏請到「州學」（官學）中去講，則招致了學官的指責。唐王朝統治集團崇道，所以初唐時期文獻中少見佛教俗講的記載。一百多年後，唐玄宗李隆基於開元十九年（731）下了禁斷俗講的詔書：

> 說茲因果，廣樹筌蹄，事涉虛玄，渺同河漢。……近日僧尼此風猶甚。因緣講說，眩惑閭閻；溪壑無厭，唯財是斂。津梁自壞，其教安施；無益於人，有蠹於俗。或出入州縣，假託威權；或巡歷鄉村，恣行教化。因其聚會，便有宿宵；左道不常，異端斯起。自今以後，僧尼除講律之外，一切禁斷。六時祀懺，須依律儀。❻

---

❺　「唱讀」一詞，始見唐釋道宣《續高僧傳》卷三十〈智果傳〉。
❻　《唐大詔令》卷一一三「唐開元十六年四月癸未詔」。

其中提到的「說因果」「講因緣」等均係俗講的內容。僧尼們「出入州縣」「巡歷鄉村」，聚眾教化，反映了俗講活動的普及程度，同時也反映了世俗僧眾依託官府、聚斂錢財的弊病。但是，民眾的信仰需求和佛教的傳播，自然不可能「禁斷」，所以元和十年（815）唐憲宗李純再下詔書，除京師長安寺廟外，准許節度使所在州治於每年正、五、九三個「長齋月」設一寺俗講。❼日本求法僧圓仁在《入唐求法巡禮行記》卷三中記載，唐武宗李炎會昌元年（841）正月京師長安「敕於左、右街七寺開俗講」：資聖寺，海岸法師講《華嚴經》；保壽寺，體虛法師講《法華經》；菩提寺，齊高法師講《涅般經》；會昌寺，文漵法師講《法華經》等。其中具「內供奉、三教講論、賜紫、引駕起居」頭銜的文漵法師，被稱做「城中俗講第一」。這也可為其他唐代文獻證明，如段安節《樂府雜錄》〔文漵子〕：「長慶（821-824）中，俗講僧文漵善吟經，其聲宛暢，感動里人。樂工黃米飯依其念四聲觀世音菩薩，乃撰此曲。」《資治通鑑·唐紀·敬宗紀》：「寶曆二年（826）六月己卯，上幸興福寺觀沙門文漵俗講。」趙棨《因話錄》卷四：「有文漵僧者，……愚夫冶婦樂聞其說，聽者填咽寺舍，瞻禮崇奉，呼為和尚。」

佛教俗講主要是講經和說因緣（緣起）兩類。周紹良〈唐代變文及其他〉中說：

佛教徒宣揚佛教，在正統上大致可分為兩種：一種即講經，

---

❼　見《冊府元龜》卷五二「帝王部·崇釋氏（二）」。

就經釋義，申問答辯，以期闡明哲理，是由法師、都講協作進行的；另外一種是說法，是由法師一人說開示，可以依據一經講說，亦可以綜合哲理，由個人發揮，既無發問，也無辯論。這是講經與說法不同之處。相對俗講方面也有兩種：一種即韻白相間之講經文，也是由法師與都講協作的；至於與說法相應的，則是說因緣，由一人講說，主要擇一段故事，加以編制敷衍，或徑取一段經文或傳記，照本宣科，其旨總不外闡明因果。

就佛教儀規而言，講經文當是大型法會之用，而說因緣則似是在比較小的法會中使用之。❽

講經文在敦煌說唱文學文本中數量最多，如：

1.金剛般若波羅蜜經講經文❾
2.佛說阿彌陀佛經講經文
3.妙法蓮華經講經文
4.長興四年中興殿應聖節講經文
5.盂蘭盆經講經文❿

屬於「因緣（緣起）」的，如：

---

❽　周文爲《敦煌文學作品選》代序，北京：中華書局，1987·12，頁17、19。
❾　以下講經文和因緣文本，除特別註明者，均收入王重民等編《敦煌變文集》，北京：人民文學出版社，1984。
❿　本卷收入潘重規《敦煌變文集新書》，臺北：中國文化大學中文研究所，1984。

1.悉達太子修道因緣❶

2.歡喜國王緣

3.醜女緣起

4.目連緣起

5.四獸因緣

由於講經和說因緣都是在佛教法會上演唱，所以它有一定儀軌，敦煌卷子 P3849 紙背便記了一段俗講儀式：

> 夫為俗講：⑴先作梵了，次念菩薩兩聲，說「押座」了（素舊《溫室經》）；⑵法師唱釋經題了，念佛一聲了，便說「開經」了，便說「莊嚴」了，念佛一聲，便一一說其經題字了，便說經本文了；⑶便說「十波羅蜜」等了，便念念「佛贊」了，便「發願」了，便又念佛「一會」了，回（向）、發願、取散，云云。❷

上文所述為俗講講經的儀式。為了便於說明，現將它分為三段（原件未分段）：

⑴作梵、押座：俗講開始，法師升座，先「作梵」（唱頌贊唄），

---

❶ 本卷為日本龍谷大學圖書館收藏。參見周紹良〈悉達太子修道因緣校注並跋〉，載《1983 年全國敦煌學術討論會文集·文史遺書編（下）》，蘭州：甘肅人民出版社，1987。

❷ 據向達〈唐代俗講考〉引文轉錄。向文載《唐代長安與西域文明》，北京：三聯書店，1987，頁 303。本文轉引時又重新標點、整理，並為之分段編號。

稱念佛菩薩名號；次說「押座」，即指「押座文」。向達〈唐代俗講考〉稱：「押座之押或與壓字義同，所以鎮壓聽眾，使能靜聆也。」❸它是用在講經或說因緣正式開始前唱誦的一種詩篇，多爲七言詩贊。今存《維摩經押座文》❹，每四句唱詞之尾，注有「念菩薩佛子」（或簡作「佛子」），表明聽眾一起稱念佛號，即後世宣卷中的「和佛」。押座文不一定同所講之經內容一致。上述抄件中所說「素舊《溫室經》」即《溫室經講唱押座文》。❺說唱押座文之後開始講經，所以押座文末句多爲提示語「經題名目講將來！」

(2)講經：先由法師唱釋經題，開經，說一段「莊嚴文」，稱頌和祝福法會齋主的功德；然後由都講轉經，法師說解經義。法師的說解，一般是一段白文（散文）加一段唱詞（韻文）。唱詞的末尾有提示都講轉經的話，如「過去未來及現在，三心難辯唱將羅」（《金剛般若波羅蜜經講經文》），「是何名字唱將來」、「重宣偈誦唱將來」（《妙法蓮華經講經文》）。如此反復由都講轉經、法師說解，直至「說經本文了」。

(2)結經：唱佛贊、念佛號，發願，回向，散場。

周紹良提出，講經結束時尚有「解座文」，「是爲結束一般講經而吟唱的詩句，他或者是向聽眾勸募佈施，或囑其明日早來繼續聽經，甚或有調侃聽眾莫遲返家門，以致妻子（阿婆）生氣怪罪」，❻並指出《敦煌變文集》所收《無常經講經文》，即《解座文錄

---

❸　同❷，頁 305。

❹　同❾，頁 829。

❺　同❾，頁 833。

❻　同❽，頁 23。

鈔》。❶❼據這些解座文的文義，似應放在「回向發願」之後，即所謂「取散」。

由於俗講是由六朝以來的讚唄、轉讀和唱導發展而來，所以它的說唱音樂主要使用傳統的讚唄，在現存俗講文本中，有的在唱詞中即以「平」、「側」、「斷」等音曲符號標出；同時，它又吸收當時流行音樂中的曲子。這種吸收流行音樂的情況，在早期的唱導中已出現。

以上是對唐代佛教俗講發展及其內容和形式的簡單介紹。

寶卷產生於宋元時期，現存這一時期的寶卷，可以確認者有：❶❽一、南宋理宗趙昀淳祐二年（1242）宗鏡編述的《銷釋金剛科儀（寶卷）》；二、元末明初抄本《目連救母出離地獄生天寶卷》；三、近年發現的民間抄本古寶卷《佛門西遊慈悲寶卷道場》。❶❾認定寶卷淵源於佛教的俗講：

其一，從這些早期的寶卷來看，它們同俗講一樣是佛教僧侶悟俗化眾的說唱形式，且在民間的法會道場按照一定的宗教儀軌演唱。《銷釋金剛科儀（寶卷）》用之於「金剛道場」，《目連救母出離地獄生天寶卷》用之與「盂蘭盆道場」，《佛門西遊慈悲寶卷道場》用在說唱《生天寶卷》的盂蘭盆道場之前。它們「開卷」和

---

❶❼　同❾，頁 656—671，原卷無題，共收四段解座文。

❶❽　關於產生於宋元時期的寶卷，研究者尚有歧義，參見拙文〈中國最早的寶卷〉，載《中國文哲研究通訊》，臺北，6：3（1996·9），頁 45—52；又，《中國寶卷研究論集》，臺北：學海出版社，1997，頁 57—68。

❶❾　關於上述三種寶卷產生的時間、內容及寶卷形成期的演唱形態，見另文〈中國寶卷的形成及其演唱形態〉。

「結經」的儀式，同俗講的儀式極其相似。

其二，這些寶卷在內容上也分爲講經和說唱因緣兩大類。《銷釋金剛科儀（寶卷）》演釋《金剛般若波羅蜜多經》，《目連救母出離地獄生天寶卷》、《佛門西遊慈悲寶卷道場》分別講唱目連救母和唐僧取經的故事。因此，可以說寶卷的產生是佛教俗講的直接繼承。

但是，由於寶卷的產生也受了佛教懺法的影響，整個演唱過程儀式化，講究道場威儀，體現在寶卷文本中，不僅結構形式嚴整，說、唱、誦詞語也格式化了；同時，由於受宋元詞曲的影響，寶卷中出現了長短句的歌贊，也偶唱流行的散曲。

這裏順便說一下「變文」的問題。變文是「轉變」的演唱文本，轉變是唐代民間廣泛流傳的一種說唱文藝形式。後來佛教僧侶也用轉變形式演唱因緣故事，弘揚佛法，如今存《大目乾連冥間救母變文》。❷據周紹良先生研究，僧侶轉變出現的時間較晚，且多在邊遠州郡。❷它的演唱形式與俗講不同，其最大的特點是對著「變相」（畫卷或壁畫）「一鋪」、「一鋪」地唱。自然，僧侶轉變中演唱佛教因緣故事的變文的傳播，也爲講唱因緣的寶卷提供了題材。❷

---

❷　同❾，頁 714—760。

❷　同❽，頁 8。

❷　在本文寫成之後，讀到王正婷《變文與寶卷關係之研究》（臺灣中正大學中國文學研究所 1998 年碩士論文），該文作者不同意筆者在前此的論文中提出的「寶卷淵源於俗講」的結論。其根據主要是有的學者（如潘重規先生）不同意對敦煌說唱文學作品再做細緻的分類研究。六十年前鄭振鐸先生以「變文」代替「俗文」、「佛曲」，確實是一大進步，所以當代學者在編輯敦煌說唱文學作品總集或綜稱這些說唱文學作品時，一般仍襲用「變文」這一統稱（即變文

三、寶卷與南宋瓦子中的「說經」等無關

鄭振鐸在《中國俗文學史》中提出:

> 當「變文」在宋初被禁令所消滅時,供佛的廟宇再不能夠講
> 唱故事了。……但和尚們也不甘示弱。大約在過了一些時
> 候,和尚們講唱故事的禁令較寬了吧(但在廟宇裏還是不能
> 開講),於是和尚們也便出現於瓦子的講唱場中了。這時有
> 所謂「說經」的,有所謂「說諢經」的,有所謂「說參請」
> 的,均是佛門子弟們為之。
>
> 這裏所謂「談經」等等,當然便是講唱「變文」的變相。可
> 惜宋代的這些作品,今均未見隻字,無從引證,然後來的「寶
> 卷」,實即「變文」的嫡派子孫,也當即「談經」等的別名。㉓

上述鄭文肯定:⑴瓦子中的「說經」(「談經」)、「說諢經」、

的「廣義」)。「變」在唐代有「故事」的意思,故潘重規先生可以找到「醜
女緣起」稱做「醜變」,以及「因緣變」、「經變」這樣的例證。但是,敦煌
發現的那些特別標題爲「變文」的卷子,確實是對著「變相」、一「鋪」一「鋪」
唱故事的「轉變」(「轉」即「唱」)文本,因此,它有力地說明在「變場」
中演唱的「轉變」這種特殊的民間說唱技藝的存在;而以「轉變」的「變文」
通稱俗講及其他所有說唱文學體裁的文本,確有以點代全之弊,且不利於探討
其中某種說唱技藝形式的發展和影響。而王文與寶卷比較的「變文」,主要也
是俗講類作品及其演唱活動。

㉓ 見影印本《中國俗文學史》下冊,頁 306、307。

「說參請」係「變文」的變相、係佛門子弟（和尚）為之；(2)「談經」等即寶卷。這些結論，鄭文中未加論證，因此先介紹文獻中有關「瓦子」和「說經」等的記載。

宋代城市中出現的瓦子（又稱「瓦舍」），是一種大型的遊藝、娛樂場所，也是貨賣雜陳的商業區。北宋京師汴梁的瓦子規模很大，南宋初年孟元老《東京夢華錄》卷三「東角樓街巷」載，這一街區即有瓦子三處：「街南桑家瓦子，近北則中瓦，次裏瓦。其中大小勾欄五十餘座。內中瓦子蓮花棚、牡丹棚，裏瓦子夜叉棚、象棚最大，可容數千人。」㉔瓦子中的勾欄、棚，即各種民間技藝的演出場所。同書卷五「京瓦伎藝」載瓦子中演出的各種技藝有小唱、般（扮）雜劇、傀儡、手技、球杖踢弄、講史、小說、小兒相撲、影戲、弄蟲蟻、諸宮調、商謎、合生、說諢話等，㉕同時「瓦中多有貨藥、賣卦、喝估衣、探搏、飲食、剃剪、紙畫、令曲之類。終日居此，不覺抵暮。」㉖可見瓦子是集吃喝玩樂為一體的民眾休閒娛樂場所。南宋建都臨安（今杭州），城內外也建有瓦子。《夢梁錄》卷十九「瓦舍」條說：

> 瓦舍者，謂其「來時瓦合，去時瓦解」之義，易聚易散也。不知起於何時。頃者京師（按，指東京汴梁），甚為士庶放蕩不羈之所，亦為子弟流連破壞之門。杭城，紹興間

㉔　見《東京夢華錄（外四種）》（校點本），上海：中華書局，1962，頁 14。

㉕　同註㉔，頁 29—30。

㉖　同註㉔，頁 14—15。

（1131-1162）駐蹕於此，殿巖楊和王因軍士多西北人，是以城內外創立瓦舍，招集妓樂，以為軍卒暇日娛戲之地。今貴家子弟郎君，因此蕩遊，破壞尤甚於汴都也。❷

據《西湖老人繁盛錄》卷六載，臨安城內有瓦子 5 座，城外瓦子 20 座。❷瓦子中演出的各種技藝更加豐富，其中便有作為「說話四家」的「說經」（或作「談經」）的演唱技藝。

關於「說經」等的記載，最早見南宋端平二年（1235）灌園耐得翁所著《都城紀勝》：

說經，謂演說佛書。說參請，謂賓主參禪悟道等事。❷

稍後於《都城紀勝》的《西湖老人繁勝錄》介紹瓦子中的民間藝人有：

說經：長嘯和尚、彭道安、陸妙慧、陸妙淨。❸

南宋末年吳自牧《夢粱錄》卷十九「小說講經史」的記錄，承襲《都城紀勝》《西湖老人繁勝錄》的說法，但增加了「說諢經」一項：

---

❷ 同註❷，頁 298。
❷ 同註❷，頁 123—124。
❷ 同註❷，頁 98。
❸ 同註❷，頁 123。

談經者，謂演說佛書；說參請者，謂賓主參禪悟道等事，有
寶庵、管庵、喜然和尚等。又有說諢經者，戴忻庵。[31]

由宋入元的周密在宋亡以後所作《武林舊事》卷六「諸色伎藝
人」中記錄說經、諢經的藝人最多：

說經、諢經：長嘯和尚、彭道（名法和）、陸妙慧（女流）、
余信庵、周太辯（和尚）、陸妙靜（女流）、達理（和尚）、
嘯庵、隱秀、混俗、許安然、有緣（和尚）、借庵、保庵、
戴悅庵、息庵、戴忻庵。[32]

此外，南宋末年羅燁《醉翁談錄》「小說引子」中曾列出「演
史、講經」之名，但在「小說開闢」中羅列的眾多作品中，卻未提
到「講經」類的作品。

以上是宋代人有關「說經」等的記載。其中《都城紀勝》《夢
粱錄》中都有南宋「說話四家」（或稱「四家數」）的提法，但它
們列舉的說話門類，均非並列的四家，所以今人一直對這「四家」
有歧義，不過對「說經」為一家，大致沒有分歧。[33]對現存話本小
說文本及話本名目中哪一些是說經類作品，則一直爭論不休，而無
定見。

---

[31]　同註[24]，頁 313。

[32]　同註[24]，頁 455。

[33]　參見胡士瑩《話本小說概論》第四章〈說話的家數〉，北京：中華書局，1980，
　　　頁 100—129。

從以上宋人文獻中有關說經的記述可以看出：

(1)它們都是南宋（1127-1279）末期到宋亡數十年間的文獻，其中最早的是端平二年（1235）的《都城紀勝》；而介紹北宋（960-1126）都城汴梁（今開封）瓦子技藝最詳的孟元老《東京夢華錄》（約成書於南宋初年）及其他北宋文獻中，均無「說經」等的記載。❸因此，說經等技藝在瓦子中的出現，最早是南宋中葉以後的事。宋亡後的《武林舊事》中所載說經等藝人數目最多，則說明這類技藝是在南宋後期逐漸發展起來的。因此，它不可能是一百多年前即被「禁斷」的「變文」（廣義）的直接繼承，而是一種新出現的民間說唱技藝。

(2)《都城紀勝》等載說經「謂演說佛書」。「佛書」是一個模糊的概念，很可能是瓦子中的藝人選取某些與佛教有關的故事，胡亂敷衍，以取悅聽眾；而冒名佛家「講經」，以作招徠。因而繼之出現了以插科打諢標榜、語涉淫穢的「說諢經」。明刊《墨娥小錄》卷十四「行院聲嗽」載「諢經」，注為「嚼黃」，亦可見世俗民眾對這種技藝的評價。至於「說參請」，研究者認為是借佛教禪堂說法問難的形式，以詼諧謔浪、滑稽可笑的語言，表現說話人「舌辯」的才能。❸因此，它們都不可能是佛教悟俗化眾為目的的講唱技

---

❸ 鄧之誠《東京夢華錄注》，北京：中華書局，1982，頁135注釋引《三朝北盟會編》云：「（靖康）二年正月二十五日，雜劇、說經、小說……」引文中的「說經」係「說話」之誤，見上海古籍出版社影印清許涵度刊《三朝北盟會編》下冊，頁583。

❸ 參見張政烺〈問答錄與說參請〉，《歷史語言研究所集刊》第17本，據胡士瑩《話本小說概論》，頁115—116引。

藝。上述文獻中所載說經等的藝人，除了幾個以「和尚」爲藝名外，多是以道流自居的「某道」「某庵」，更有藝名爲「混俗」的人，這些民間藝人也不可能是「佛門子弟」（和尚）。

(3)上述文獻中均未提到說經等的具體作品，說明它們做爲一種民間說唱技藝，本來就沒有形成富有特色的傳統作品。因此，當代研究者提出了幾種可視爲說經的作品，也多有爭議；即使意見比較一致的《大唐三藏取經詩話》，也有研究者從其內容、體制、語言現象等多方面論證，認爲是唐五代佛教寺院中俗講的底本。❸

最早對鄭振鐸「寶卷即談經等的別名」提出質疑的是日本學者澤田瑞穗，他在《增補寶卷研究》（日文）一書中指出：

> 因爲有這樣一種尚不明確的宋代「談經」，就把它同明朝以後的寶卷簡單地聯結在一起是有些勉強的；把寶卷斷定爲「談經的別名」，更有自以爲是之嫌。❸

這種質疑是有道理的。上文已經指出，最早的寶卷是繼承了唐代佛教俗講講經說法的傳統，並按照一定的宗教儀軌在法會道場中演唱的。而宋代的瓦子勾欄是城鎮市民「娛戲蕩遊」的場所，是士庶「放蕩不羈」、令子弟「流連破壞」的地方，其中不可進行嚴肅的宗教儀式，也就不可能演唱寶卷。事實上，宋元代以來，不僅宗

---

❸ 李時人、蔡鏡浩《大唐三藏取經詩話校注》「前言」及附錄二〈大唐三藏取經詩話成書時代考辨〉，北京：中華書局，1997。

❸ 日本東京：國書刊行會，1975；譯文見車錫倫《中國寶卷研究論集》，頁264。

教寶卷，即使清及近現代的民間寶卷，也都是在民間法會（「廟會」、「家會」）或民眾朝山進香的信仰活動中演唱，而不進入公眾娛樂場所的說書場。

綜上所述，南宋瓦子中的「說經」等既非「佛門子弟」（和尚）以悟俗化眾爲目的說唱，「寶卷即談經等的別名」的說法，亦可否定。

四、宋代佛教悟俗化眾的活動孕育了寶卷

敦煌俗文學中的佛教俗講和轉變文本，年代最遲的是北宋初年的抄本，這也是收藏這些文本的莫高窟藏經洞封閉的時間，因此它不是俗講和轉變消失的年代。❸但是，像唐代那樣，在城市寺廟中奉敕開俗講、化俗法師「出入州縣、巡歷鄉村」聚會說教的局面，宋代便不再存在了，其原因：

⑴唐會昌二年（842）滅佛，對佛教是一次毀滅性的打擊。此後社會一直不安定，五代時期更是戰亂頻仍，各朝政府對佛教大都執行了嚴格的限制政策；從佛教僧團來說，爲了自身的存在和發展，也會澄清一些混亂現象。因此，像唐代那樣的俗講活動（包括用轉變形式說唱因緣故事）除了在邊遠的州郡（如西北及四川地區），在中原地區沒有延續下來。

---

❸ 比如南宋釋宗鑒《釋門正統》「斥僞志」中，便開列出一種《開天括地變文》。《釋門正統》是宗鑒於南宋嘉熙初（西元 1237 年）增補吳克己同名書而成，是天臺宗的史傳。宗鑒既斥其僞，說明這本《開天括地變文》同佛教有關，也就是說，直到南宋末年，民間仍有變文流傳。

(2)北宋時期，由於城市經濟的發展，在京都汴梁及一些大城市中已出現了公眾娛樂場所「瓦子勾欄」。平時各種民間技藝都集中在瓦子勾欄中演出，在各種民俗節日，則沿街搭彩棚演出。❸佛教的寺廟，已不像唐代那樣兼做民眾的娛樂嬉遊的場所。❹這也有利於淨化佛教僧團的宗教活動。

但是佛教僧團仍然有悟俗化眾的講經說法活動，如《夢梁錄》卷十七「歷代方外僧」記宗本、德明兩位僧人入內為皇帝講經說法：

> 宗本，字無詰，姓管，號靜慈圓照禪師。神宗（趙頊，1068-1077
> 在位）召對，賜茶，入福寧殿說法，詔賜肩輿入內。
> 德明，姓顧，字潛堂，入徑山講論禪教四年，因觀竹溜以杵
> 通節有聲，豁然開悟，遂號為竹筒和尚。紹興（1131-1162）
> 年兩嘗宣入慈寧殿，升座講《盤若經》法，高廟（指宋高宗
> 趙構）奇之，賜號及法衣。❹

北宋末年佚名著《道山清話》記了一位普通僧人應民家之請「講說因緣」：

> 京師慈雲寺有曇玉講師者，有道行，每為人誦梵經及講說因

---

❸　參見《東京夢華錄》卷六「正月、立春、元宵」等條。

❹　如唐孫棨《北里志》載：「諸妓以出里艱難，每南街保唐寺有講席（按，指俗
　　講），多以月之八日，相率率聽焉。……故保唐寺每三八日，士子極多，蓋有
　　期於諸妓也。」

❹　同❷，頁 278─279。

緣，都人甚信重之，病家往往延至。一日，與趙先生同在王
聖美家，其僧方講說，趙謂僧曰：「立爾後者何人？」僧回
顧愕然者久之。自是僧彌更修謹，除齋粥外，粒米勺水不入
口。有人招致，聞命即往，一錢亦不受。

上述記載還可從描寫宋元時期民眾生活的小說《水滸傳》中的
一段描寫做參證。百回本《水滸傳》第五回，寫桃花山二頭領小霸
王周通要強娶劉太公的女兒為妻，劉太公為此煩惱，已出家為僧的
魯智深對他說：

洒家在五臺山真長老處學得說因緣，便是鐵石人也勸得他
轉。今晚可教你女兒別處藏了，俺就你女兒房內說因緣勸
他，便回心轉意。

「真長老」是小說中五臺山文殊院的住持智真和尚，是位高
僧。這類面向俗眾的講經說法活動，除了唱誦、講釋佛經外，也會
傳誦各種佛教因緣（傳說）故事。
與寶卷的產生直接有關的是，宋代佛教信眾的各種法會道場及
淨土信仰的結社念佛盛行。《夢粱錄》卷十九「社會」中介紹了南
宋都城臨安各寺廟為奉佛信眾舉行的法會：

奉佛者有上天竺寺「光明會」，俱是富豪之家，及大街鋪席
施以大燭巨香，助以齋貲供米，廣設勝會，齋僧禮懺三日，
作大福田。又有善女人，皆府室宅舍內司之府第娘子夫人

等，建「庚申會」，誦《圓覺經》，俱帶珠翠珍寶首飾赴會，
人呼曰「鬥寶會」。更有城東城北善友道者，建「茶湯會」，
遇諸山寺院建會設齋，又神聖誕日，助緣設茶湯供眾。四月
初八日，六和塔寺集童男童女善信人建「朝塔會」。……每
月遇庚申或八日，諸寺庵舍，集善信人誦經設齋，或建「西
歸會」。寶叔塔寺每歲春季，建「受生寄庫大齋會」。諸寺
院清明建「供天會」，七月十五日建「盂蘭盆會」。二月十
五日，長明寺及諸教院建「涅槃會」。四月八日，西湖放生
池建「放生會」，頃者此會所集數萬人。太平興國傳法寺向
者建「淨業會」，每月十七日集善男信人、十八日集善女信
人，入寺誦經，設齋聽法，年終以所收賷金，建「藥師道場」
七晝夜，以終其會，今廢之久矣。其餘「白蓮」、「行法」、
「三壇」等會，各有所分也。❷

上文中所說的「白蓮」會，即淨土宗結社念佛的組織。宋代彌
陀淨土信仰的結社念佛之風盛行，禪宗、天臺宗、律宗的僧團也兼
弘淨土。北宋時，天臺宗的四明本如法師因慕東晉時慧遠與十八高
賢結白蓮社念佛之風，而結「白蓮社」。南宋紹興（1131-1162）
初年有茅子元，初學天臺教義，後亦慕慧遠「蓮社遺風」，「勸人
皈依三寶，受持五戒」，「念阿彌陀佛五聲，以證五戒」。他編了
《蓮宗晨朝懺儀》，「代爲法界眾生禮佛懺悔，祈生安養」，並在
平江淀山湖（今上海市青浦縣西）建「白蓮禪堂」。孝宗趙昚乾道

---

❷　同❷，頁300。

二年（1166）奉詔於德壽殿演說淨土法門，賜號「白蓮導師、慈照宗主」。他創立白蓮宗，以「普、覺、妙、道」四字定名，「示導教人專念彌陀，同生淨土」。❸這種簡便易行的修行法門，自然易爲世俗民眾所接受。

在上述各式各樣的法會道場和結社念佛的活動中，孕育和產生了寶卷。正因爲寶卷是產生在這樣的宗教文化背景上，所以，不論演釋《金剛經》的《銷釋金剛科儀》，還是說唱傳統因緣故事的《生天寶卷》（即《目連寶卷》），都出現了弘揚西方淨土，乃至於勸導信眾「持齋念佛」的說教，這也是寶卷與同題材的講經文、緣起和變文在內容上的發展。這方面的問題，將結合另文〈中國寶卷的形成及其演唱形態〉再做詳細說明。

（原載《敦煌研究》，蘭州，2001：2，總68）

---

❸　見元普度《蓮宗寶鑒》卷四。

中國寶卷的形成及其演唱形態

一、前　言

　　筆者前已著〈中國寶卷的淵源〉文，指出寶卷淵源於唐代佛教僧侶講經說法、悟俗化眾的俗講，與南宋瓦子中的「說經」等無關。❶但是，寶卷的形成在歷史文獻中找不到有關的記載，因此只能就現存最早的寶卷作品來探討。可供考慮的作品有三種：一、南宋宗鏡編述的《銷釋金剛科儀》，它並未以「寶卷」名；二、元末明初抄本《目連救母出離地獄生天寶卷》，這是可以確認的最早以「寶卷」為名的作品；三、近年發現的民間抄本古寶卷《佛門西遊慈悲寶卷道場》。❷以下介紹這三種作品，並據以討論寶卷形成及其演唱形態等問題。

---

❶　筆者另文〈宋代瓦子中的「說經」與寶卷〉，載《書目季刊》，臺北，34：2，
　　2000・9，亦可參考。

❷　關於最早的寶卷，另有《香山寶卷》產生於宋代、《銷釋真空寶卷》產生於宋
　　元時期、《佛說鬼繡紅羅化仙哥寶卷》產生於金代等不同的說法，這些說法均
　　已為研究者否定。筆者另有〈中國最早的寶卷〉（載《中國文哲研究通訊》，
　　臺北，6：3，1996・9；又，收入拙著《中國寶卷研究論集》，臺北：學海出
　　版社，1997）一文，可供參考。

二、「金剛道場」—《銷釋金剛科儀（寶卷）》

本卷在宋元文獻中未見著錄。其盛行在明代，留有多種刊本。其卷名或作《金剛科儀寶卷》《銷釋金剛科儀寶卷》等，簡稱《金剛科儀》《科儀卷》。現存較早刊本有：

⑴《銷釋金剛科儀錄說記》，一卷一冊，明代初年刊黑口本。題「鳩摩羅什譯，宗鏡述，成桂注」。❸

⑵《銷釋金剛科儀》，一卷一冊，卷末題記爲明嘉靖七年（1528）尚膳太監張俊等出資刊印，摺本。❹

⑶《銷釋金剛科儀會要注解》，九卷九冊，明萬曆七年己卯（1579）刊本，卷首題「姚秦三藏法師鳩摩羅什譯，隆興府百福院宗鏡禪師述，曹洞正宗嗣祖沙門覺連重集」。❺

本卷的編述者宗鏡禪師，不見僧傳記載。《銷釋金剛科儀會要注解》卷末載嘉靖辛亥（三十年，1551）智化寺沙門瑩庵道燈跋云：

> 今宗鏡者，宋時人也。智識雄邁，行解圓融。字該三藏之文，理證一真之妙。依《金剛經》三十二分之全文，科判一經之大義。提綱要旨，明般若之根源；偈頌宣揚，識真如之妙

---

❸ 已故吳曉鈴先生收藏，吳氏手訂《綏中吳氏家藏寶卷目錄》（稿本）著錄。

❹ 周紹良收藏，已收入王見川、林萬傳編《明清民間教派經卷文獻》，第一冊，臺北：新文豐出版公司，1999。

❺ 同❸；又，《續藏經》第一編「經部」第九十二套第二冊所收爲同一版本。

理。……自宋迄今，見聞受持，家喻戶曉也。❻

　　據此記載，宗鏡是宋代的一位禪僧。（日）吉岡義豐因五代宋初著名禪師永明延壽（904-975）編有《宗鏡錄》一百卷，認爲宗鏡即永明延壽。❼（日）澤田瑞穗提出質疑，並考證出「百福院」即南昌縣進賢門外的古刹百福寺，爲晉時所建。❽後來吉岡氏又重新考證，主要依據《銷釋金剛科儀會要注解》卷二所云：「自佛說經（按：指《金剛般若波羅蜜多經》）之後，至大宋第十四帝理宗淳祐二年立此科儀。」❾並參證其他材料，認定此卷爲宗鏡禪師作於南宋理宗趙昀淳祐二年（1242）。❿

　　本卷演釋鳩摩羅什譯《金剛般若波羅蜜多經》，這是在中國佛教徒中流傳較廣的經典之一。它闡述一切法無我，眾生及法皆空，如卷末四句偈所云：「一切有爲法，如夢幻泡影，如露亦如電，應作如是觀。」這部科儀的說解，則多弘揚西方淨土：「西方淨土常安樂，無苦無憂歸去來！」「誓隨淨土彌陀主，接引眾生歸去來！」要求眾生禮念阿彌陀佛，解脫四生六道：「幻身不久，浮世非堅。不久則形軀變異，非堅則火宅無安。由是輪迴六趣幾時休，遷轉四

---

❻　見《續藏經》第一編「經部」第九十二套第二冊，頁 223b。

❼　見《道教的研究》（日文），東京：法藏館，1952，頁 18。

❽　見〈金瓶梅詞話中所引用的寶卷〉（日文），原載《中國文學報》第五號，1966；又，收入《增補寶卷研究》（日文），東京：國書刊行會，1975，頁 288。

❾　同❻，頁 141a。

❿　見〈金剛科儀的成書〉（日文），載《小笠原宮崎兩博士華甲紀念史學論集》，日本龍谷大學史學會，1966·12。

生何日盡？若不念佛求出離，畢竟無由得解脫！」⑪這同宋代民間盛行彌陀淨土信仰的結社念佛之風是一致的。

這部科儀是在佛教信徒的法會道場中演唱，卷中說：

> 今同善衆，共閱最上乘經。慶幸今宵佛事，時當滿散，普集良因，莊嚴會首之福田，成就無窮之善果。⑫

本卷開始「請經」部分有「願今合會諸男女，同證金剛大道場。」⑬卷末的「結經發願文」中有「刹塵沙界諸群品，盡入金剛大道場」。⑭說明演唱這部寶卷的法會稱「金剛道場」。據明代文獻記載，它主要用於追薦亡靈或禮佛了願。明羅清（1442-1527）《苦功悟道卷》「辭師別訪第五」中寫道：

> 不移時鄰居家中老母亡故，衆僧宣念《金剛科儀》。夜晚長街立定，聽《金剛科儀》云……⑮

《金瓶梅詞話》第 51 回中的一段描述可做參證：月娘夜間請

---

⑪　此卷引文均據《民間教派經卷文獻》第一冊收影印嘉靖七年刊本。以上引文分別見頁 43、21、5—6。

⑫　同⑪，頁 57—58。

⑬　同⑪，頁 13。

⑭　同⑪，頁 60。

⑮　據《明清民間教派經卷文獻》第一冊收清雍正七年合抄本《大乘苦功悟道經》，頁 133。

薛姑子、王姑子和她們的兩個徒弟在家中「講說佛法」，演頌《金剛科儀》。這次宣卷與這部小說中多次宣卷不同，被特地安排在「明間」（正房中間的客堂）裏。潘金蓮聽到中途不耐煩，拉著李瓶兒跑出來，說：「大姐姐（月娘）好幹這營生！你家又不死人，平白交姑子家中宣起卷來了！」⑯這也說明，這部科儀一般是在薦亡法會上演唱。

從演唱形態來看，這部科儀是佛教「講經」與「懺法」相結合的產物。懺法是佛教徒結合大乘經典中懺悔和禮贊的內容用於修行的宗教儀式，又稱「懺儀」。隋唐以後，佛教各宗派均以所宗經典撰成懺法修持，如天臺宗的《法華三昧懺儀》《金光照懺法》，淨土宗的《淨土法事贊》，華嚴宗的《圓覺道場修證儀》等。由於演唱懺法是佛教信徒的修行活動，講究道場威儀，整個演唱過程儀式化，它同「俗講」面向俗眾的「講經」，在形式上便有所不同。

這部科儀在正式講釋經文之前，有以下儀式和贊偈、說唱詞：

(1)恭請十方聖賢現坐道場、持頌「三寶」

(2)講解經題

(3)講唱「法會緣起」，先舉香，唱「舉香贊」

(4)請經：先「安土地」護壇；唱誦「淨口業」、「普供養」真言「請經」；再奉請八金剛、四菩薩護壇；唱誦「發願文」、⑰「云何梵」等。

上述儀式結束後「開經」。全部經文講畢，又以同樣形式的兩

⑯　北京：人民文學出版社校點本，頁 659—662，1985。
⑰　此處是法會齋主發願。

段說唱，講唱「道場圓滿」，中間加誦《心經》。後「隨意回向」，誦「結經發願文」，繼以八句七言偈贊「回向」結束。

一般佛教的懺法在開始和結尾也大都舉行相似的儀式。這種開卷和結束的儀式同敦煌卷子 P3849 背面所記俗講儀式便不完全相同。⑱

這部科儀的主體部分是演釋《金剛經》。「開經」後先唱「開經偈」，接著講唱「提綱」，以下即按《金剛經》三十二分，每分先轉讀經文，後說解。這又同懺法書有很大差別：它不是唱述經文大意，而是分段講釋了《金剛經》的全部經文。以下舉「法會因由分第一」為例（為了便於說明和比較，為其中說解文部分編號）：

> 如是我聞，一時佛在舍衛國，祇樹給孤獨園，與大比丘衆，千二百五十人俱。爾時，世尊食時，著衣持鉢，入舍衛大城乞食。於其城中，次第乞已，還至本處。飯食訖，收衣鉢，洗足已，敷座而坐。
>
> ⑴〔白文〕調御師親臨舍衛，感動乾坤；阿羅漢雲集祇園，輝騰日月。入城持鉢，良由悲愍貧窮；洗足收衣，正是晏安時節。若向世尊未舉已前薦得，猶且不堪；開口已後承當，自救不了。宗鏡急為提撕，早遲八刻，何故？
>
> ⑵　　良馬已隨鞭影去，
>
> 　　　阿難依舊世尊前。
>
> ⑶乞良歸來會給孤，收衣敷坐正安居。

---

⑱　筆者在〈中國寶卷的淵源〉一文中對 P3839 所載俗講儀式有較詳細的說明。

真慈洪範超三界，調御人天得自如。

西方寶號能宣演，九品蓮臺必往生。

直下相逢休外覓，何勞十萬八千程。

百歲光陰瞬息迴，其身畢竟化爲灰。

誰人肯向生前悟，悟取無生歸去來。

(4)善現啓請，頓起疑心，合掌問世尊。云何應住，降伏其心。

佛教如是，子細分明。冰消北岸，無花休怨春。

(5)　　金剛般若智，莫向外邊求。

　　空生來請問，教起有因由。❶

　　第一段是轉讀經文。〔白文〕（二字爲原卷所有）以下爲說解經文，其中(1)是散說，但用了便於唱誦的押韻賦體。末句爲發問；有的段落中，句末尙加一「咦」字，加強語氣。在清道光乙未（十五年，1835）僧建基錄《金剛科儀寶卷》❷中，在問句前均加注「問」字，在(2)之前加「答」字。此亦爲佛家講經問難答辯的格式，同時也表示〔白文〕同以下的歌贊不是一人說唱。

　　今存五代俗講文本《金剛般若波羅蜜經講經文》也是演釋鳩摩羅什譯《金剛經》。❸將這部科儀同上述講經文比較，它們在形式上的差別很明顯：這部科儀的說解文格式化了，這是受懺法演唱過程儀式化的影響。這本科儀像講經那樣「依《金剛經》三十二分之

---

❶　同❶，頁14—15。

❷　收入《續藏經》第二編經部第三套第二冊。

❸　這部講經文是後梁末帝朱瑱貞明六年（920）抄本，見《敦煌變文集》，北京：人民文學出版社，1984，二刷，頁446。

全文,科判一經之大義」,而且整個講經過程又如懺法那樣儀式化,這可能是它名爲「科儀」的由來。❷

本卷結束時的「結經發願文」如下:

> 伏願經聲琅琅,上徹穹蒼;梵語玲玲,下通幽府。一願刀山落刃,二願劍樹鋒摧,三願爐炭收焰,四願江河浪息。針喉餓鬼,永絕飢虛;麟角羽毛,莫相食啖;惡星變怪,掃出天門;異獸靈魅,潛藏地穴;囚徒禁繫,願降天恩;疾病纏身,早逢良藥;盲者聾者,願見願聞;跛者啞者,能行能語;懷孕婦人,子母團圓;征客遠行,早還家國。貧窮下賤,惡業衆生,誤殺故傷,一切冤尤,並皆消釋。金剛威力,洗滌身心;般若威光,照臨寶座。舉足下足,皆是佛地。更願七祖先亡,離苦生天;地獄罪苦,悉皆解脫。以此不盡功德,上報四恩,下資三有。法界有情,齊登正覺。
>
> 川老頌曰:如飢得食,渴得漿,病得瘥,熱得涼;貧人得寶,嬰兒見娘;飄舟到岸,孤客還鄉;旱逢甘澤,國有忠良;四夷拱手,八表來降。頭頭總是,物物全彰。古今凡聖,地獄天堂,東西南北,不用思量。剎塵沙界諸群品,盡入金剛大道場。

「川老頌曰」以下文字,取自宋釋道川(川老)《金剛般若波

---

❷　蒙李豐楙教授賜示:科儀之名最早爲道教經典所用。

羅蜜經注》❷卷末最後一條「頌」語。此書卷首載《川老金剛經·序》，末署「淳熙己亥（六年，1179）結制日西隱五理惠藏無盡書」。這段結經發願文也見於《目連救母出離地獄生天寶卷》，明代許多教派寶卷也沿用它（文字有異）。明末清初羅教無極正派祖師應繼南將它做爲《結經》❷。

三、「盂蘭盆道場」──《目連救母出離地獄生天寶卷》

本卷簡名《目連寶卷》《生天寶卷》，孤本，原爲鄭振鐸收藏，現藏北京國家圖書館，僅存下冊。原爲蝴蝶裝，後又重新裝裱爲方冊（約 30×30cm）。封面爲硬紙板裱裝黃彩絹，內文裱裝爲頁子，共 54 頁。工筆小楷精抄，每頁 12 行（單頁 6 行），行 16 字，其中有八幅彩繪插圖。鄭振鐸認爲：「這個寶卷爲元末明初寫本，寫繪極精。插圖類歐洲中世紀的金碧寫本，多以金碧二色繪成。（斯類寫本，元明之間最多，明中葉以後便罕見）」。❷鄭所述本卷的時代，可爲卷末頁彩繪龍牌題識證明。此龍牌上部及左右繪金黃色三條龍盤繞，邊框爲紅黃二色。題識爲金色，因年代久遠，字迹已

---

❷ 本書收入《續藏經》第一編經部第三十八套第四冊。

❷ 見《三祖行腳因由寶卷》「縐雲舟傳」，張希舜等編《寶卷》初集第四冊收影印本，太原：山西人民出版社，1994，頁 265。筆者另有《「結經」探原》（載《揚州大學學報》，1998：3）文，可參考。

❷ 《中國俗文學史》下冊，頁 318，上海書店影印商務印書館 1938 年版，1984。

模糊，仔細觀察，仍可識讀：

敕旨

宣光三年　　　　穀旦造
弟子脫脫氏施捨

　　「宣光」係元順帝退出北京後北走和林，其子愛猷識理達臘所
用年號，史稱「北元」。宣光三年即明洪武五年（1372），恰是元
末明初。本卷是作「功德」施捨的。佛教徒以抄寫經卷爲功德，卷
中亦稱：「若人書寫一本，留傳後世，持頌過去，九祖照依目連，
一子出家，九祖盡生天」。因此，此卷自署的抄寫年代，可以確認，
其產生的年代自然要早。脫脫氏爲蒙古族姓氏，結合此卷抄繪裝幀
金碧輝煌的形式，它可能是元蒙貴族之物。本卷的作者無考。

　　本卷現存下冊故事如下：

　　目連尋娘不見，在獄（火盆地獄）前禪定，夜叉報告獄主。
獄主知目連爲佛弟子，低頭禮拜。目連告訴獄主，爲尋母親
青提夫人而來。獄主遍查牢內沒有其人，遂告目連，前邊尚
有阿鼻地獄，可去尋訪。目連到阿鼻地獄鐵圍城下，無門而
入，回還火盆地獄，哀求獄主。獄主告訴他：若開此獄，須
去問佛。目連回到靈山，哀求如來。佛給目連袈裟、缽盂、
錫杖。目連又來到阿鼻地獄，身披如來袈裟，手持如來缽盂，
振錫杖三聲，獄門自開。獄主知目連爲佛弟子，讓青提夫人
暫出獄門，與兒相見。目連見娘枷鎖纏身，遍身猛火，口內

生煙，昏倒在地。醒來扯住親娘，放聲大哭，把缽盂中的香飯與母食。食未入口，即變爲猛火。母子二人訴苦未盡，獄主催促。目連再到靈山禮佛。佛告訴目連「吾當自去」，便領大衆，駕五色祥雲，放萬道豪光，照破諸大地獄。一切罪人，蒙佛願力，俱得超生。青提夫人因生前作業深重，未得超升，而入黑暗諸惡地獄。目連得佛指示，禮請諸佛菩薩、十方聖衆轉念大乘經典。青提夫人仗佛神通，離開黑暗地獄入餓鬼城。目連見母親受餓鬼形，又到靈山求佛，依佛言，請三世諸佛菩薩燃燈造幡，放生懺悔。青提夫人得出餓鬼趣，去王舍城中托生爲狗。目連又依佛言，於七月十五日中元節修建血盆盂蘭會。啓建道場，引母到會，受佛摩頂授禮。青提頓悟本心，永歸正道。目連孝道感天動地，天母下來迎接，青提超出苦海，升忉利天，受諸快樂。

在說唱完故事後，寶卷中「普勸後人，都要學目連尊者，孝順父母，尋問明師，念佛持齋，生死永息，堅心修道，報答父母養育深恩」，[26]並勸人抄傳這部寶卷。

目連又稱大目連、目犍連，是佛陀釋迦牟尼十大弟子之一。他同舍利佛同爲佛陀衆弟子上首，被稱爲「神足弟一」，曾代佛陀爲衆說法。目連救母的故事見於《佛說盂蘭盆經》[27]等。經中稱：目

---

[26] 本卷以下均引文均據原卷。《中國俗文學史》下冊第十一章「寶卷」介紹本卷時，大量摘引本卷原文（頁318—327），可參見。

[27] 此經收入《大正藏》第十六冊。一般認爲它是中國佛教徒所編。

連得道後，欲度父母，報乳哺之恩。以天眼通見亡母墮於餓鬼道，皮骨連立，不得飲食。目連悲苦，求佛救母之法。佛指示目連，於七月十五日僧自恣日（僧眾結夏安居結束之日）具百味五果於盂蘭盆，供養十方大德眾僧，得救七世父母。目連母因脫離餓鬼之苦。佛教傳入中國後，因要求僧眾出家修行，與中國傳統道德「不孝有三、無後為大」相違背，因受到責難和攻擊。此經要求人們行孝道，報答父母養育之恩，因受歡迎，並迅速傳播。南朝梁武帝蕭衍首倡盂蘭盆會，每年七月十五日在寺廟中設盂蘭盆齋。唐宋以來，此風大行，並逐漸成為中國民眾的民俗節日──中元節。除了佛教寺廟、僧眾舉行盂蘭盆會外，一般民眾也把它作為「鬼節」，進行祭祀祖先、追奠亡靈的各種民俗活動。《東京夢華錄》卷八「中元節」載北宋京都汴梁民俗：

> 七月十五日中元節。先數日，市井賣冥器靴鞋、幞頭帽子、金犀假帶、五綵衣服，以紙糊架子盤遊出賣。潘樓並州東西瓦子亦如七夕，要鬧處亦賣果食種、生花果之類，及印賣《尊勝》、《目連經》。又以竹竿斫成三腳，高三五尺，上織燈窩之狀，謂之「盂蘭盆」，掛搭衣服、冥錢在上焚之。構肆樂人，自過七夕便搬《目連救母雜劇》，直至十五日止，觀者增倍。中元前一旦，即賣練葉，享祀時鋪襯桌面；又賣麻穀窠兒，亦是繫在桌子腳上，乃告祖先秋成之意；又賣雞冠花，謂之「洗手花」。十五日供養祖先素食，纔明即賣穄米飯，巡門叫賣，亦告成意也。……城外有新墳者，即往拜掃。禁中亦出車馬詣道者院謁墳。本院官給祠部十道，設大會，

焚錢山，祭軍陣亡歿，設孤魂之道場。❷

　　這本寶卷就是在這種「盂蘭盆會（道場）」中演唱，所以卷末
「結經發願文」結尾說：「剎塵沙界諸群品，盡入盂蘭大道場」。
　　這本寶卷開卷的形式，將在下文結合《佛門西遊慈悲寶卷道場》
介紹。除了寶卷結束部分之外，它也是由許多基本相似的散文加韻
文組成的演唱段落構成。下面舉出一段，它敘述佛親自帶領大眾，
照破諸大地獄：

　　⑴尊者聽獄主說罷，駕祥雲直至靈山。長跪合掌，禮拜如來：
　　「弟子尋娘得見，不能出離地獄。」佛告目連：「汝休煩惱，
　　吾今自去。」目連聽說，心中大喜，拜謝如來。爾時世尊領
　　諸大眾，駕五色祥雲，眉間放萬道豪光，照破諸大地獄，鐵
　　床化作蓮池，劍樹化爲白玉。十大閻君，盡皆合掌，口念善
　　哉，香花供養，禮拜如來。
　　⑵　　　一切罪人皆得度，
　　　　　　鑊湯化作藕花池。
　　⑶如來足下起祥雲，帶領菩薩億萬尊；
　　　　眉放白豪千萬道，沖開地獄作天宮。
　　　　十地閻君齊合掌，獄中神鬼盡來欽，

❷ 見《東京夢華錄（外四種）》，上海：中華書局，1962，頁 49—50。引文所說
　的《目連經》，即發現於日本的《佛說目連報恩經》之類民間佛教信徒編印的
　經文。此經已引起學者的廣泛討論，論者多把它作爲瓦子中「說經」的底本，
　其實它與「說經」無關，是據佛教徒說唱的目連故事文本編寫的「經」。

衆生都把彌陀念，感蒙佛力得超升。

⑷如來方便，普度群迷，現祥光塞太虛。豪光萬道，充滿幽衢。鑊湯地獄，化作蓮池。慈悲救苦，冤魂盡出離。

⑸　　尊者因大孝，遊獄救親娘。

業障深難度，靈山動法王。

以上是這部寶卷中一個典型的段落。它由五部分組成，與上文摘錄《銷釋金剛科儀》的演唱段落比較，因本卷是說唱因緣故事，所以沒有轉經的部分，其他說、唱、誦的結構及唱詞的形式幾乎完全相同。不同之處是，本卷⑶唱詞在有些段落中或唱北曲，說明這本寶卷產生於北曲流行的地區；另外，⑷之第三句「現祥光塞太虛」爲「三三」結構的六字句，這是變體，在《銷釋金剛科儀》中也偶有出現。

本卷結束時也有「結經」「發願」「回向」等儀式。其「結經發願文」及其後「回向」的兩首七言四句偈贊，與《銷釋金剛科儀》相同，僅有個別字差別。唯發願文末句是「盡入盂蘭大道場」，說明演唱寶卷的道場不同。在兩首七言偈後另附〔金字經〕兩首：

目連救母有功能，騰空便駕五色雲。五色雲，十王盡皆驚。齊接引，合掌當胸見聖僧。

自然善人好修行，識破塵勞不爲真。不爲真，靈山有世尊。能歡巧，參破貪嗔妄想心。

這兩曲是「隨意回向」的曲子。

敦煌發現手抄卷子中保留下來的目連救母故事題材的說唱文學作品有十餘種。《敦煌變文集》收入兩種完整的本子：一是說因緣文本《目連緣起》；一是轉變文本《大目乾連冥間救母變文（並圖）》。它們較之《佛說盂蘭盆經》的故事已有很大的豐富：目連的母親有了名字——青提夫人。她生前宰殺生靈，淩辱三寶，做諸惡行，因墮入阿鼻地獄受苦。目連在俗名羅卜，他往地獄尋母的過程得到反復描述，既渲染了地獄的恐怖，也突出了目連救母的決心。將《目連救母出離地獄生天寶卷》與上述緣起和變文比較，寶卷顯然繼承了它們的故事，乃至某些細節描述。但是，它們之間又有明顯的差別。從形式上看，這本寶卷的文辭（說白或唱詞）都格式化了；內容上它也有時代特色。這就是卷中一再宣揚的「常把彌陀念幾聲」：「若要脫離三塗苦，虔心聞早念彌陀」；「錢過北斗，難買閻羅，不如修福向善念彌陀」；「早知陰司身受苦，持齋念佛結良緣」；「若要離諸苦，行善念彌陀」；「皈依三寶，念佛燒香」。卷中甚至把目連尊者做為彌陀佛的化身：「目連尊者顯神通，化身東土救母親。分明一個古彌陀，親到東去（土）化娑婆。假身喚做羅卜子，靈山去見古彌陀」。自然，卷中也表現出宋元時期民間佛教禪淨結合的特點，如說目連在火盆地獄前「尋娘不見，就於獄前寂然禪定」：「幾時得見親娘面，甚年子母得團圓？痛淚千行肝腸斷，就在牢前頓悟禪。」《銷釋金剛科儀》和本卷都把南宋禪僧道川注解《金剛經》的「頌語」拿來放在「結經發願文」中，也是這個原因。

四、「西遊道場」──《佛門西遊慈悲寶卷道場》

　　本卷是從廣西當代魔公教使用的經卷中發現的一本古寶卷。㉙魔公教流行於廣西西部百色地區的田林、樂業、凌雲等縣山區漢族民眾中，其形成約在清初。它融合儒、釋、道三教信仰，主要爲民眾做各種道場法事、誦經，祈福禳災、拔苦謝罪，使用的經卷百餘種。明清以來，四川、貴州、湖北、湖南、江西等地曾有大量移民到桂西地區，上述經卷是移民從各地帶來的。當地僻偏、貧困、封閉的環境和民間教派極端的保守性，使這本古寶卷能保存至今。

　　關於本卷產生的時間，陳毓羆〈新發現的兩種「西遊寶卷」考辨〉㉚據其中唐僧取經故事同元代《西遊記平話》㉛相近，確定其爲元編；據卷中稱孔子爲「大成至聖文宣王」（係元大德十年給孔子加的謚號），確定其編成在大德十年（1307）之後。從本卷與《目連寶卷》的演唱形態相同（見下），亦可補證它們同是元代的作品。

　　這本寶卷講唱的是唐僧取經故事。開始分別啓請本師釋迦牟尼

㉙　王熙遠《桂西民間秘密宗教》（桂林：廣西師範大學出版，1994）收本卷標點本（頁 517—521），卷末署「1967 年丙申年十月初六日謄錄古本道場」。這個古本下落不詳。標點本有不少錯誤，本文引用時作了校訂。

㉚　載《中國文化》，北京，第十三期（1996・6）。

㉛　原書已佚，《永樂大典》卷一三一三九「送」字韻「夢」字類收《夢斬涇河龍》一節；朝鮮古代漢語會話書《朴通事解諺》（約刊於元代）中，保留「平話」部分情節。

佛、本尊地藏王菩薩、靈感利生觀世音菩薩「光臨道場」，證盟、獻茗（茶）。之後講「法會緣起」，述「西遊取經，乃三藏聖僧憫善之設」；三教均分，佛修行竺國，演經設教，廣濟眾生。這段「緣起文」以「稽首虔誠，稱揚聖號」結束，接著是一段偈贊：

> 三世諸佛不可量，缽（波）旬諸佛入涅槃，
> 留下生老病死苦，釋迦不免也無常；
> 老君住在南陽鄉，燒丹煉藥有誰強，
> 留下金木水火土，老君不免也無常；
> 大成至聖文宣王，互古互今教文章，
> 留下仁義禮智信，夫子不免也無常。
> 貞觀殿上說唐僧，發願西天去取經。
> 大乘教典傳東土，互古宣揚至迄今。

這一段開經前的偈贊，說的是三教一切有為法，均不得常住，現代江蘇靖江佛頭「做會講經」唱「聖卷」前，也多演唱這段歌贊。然後道場才正式開始，述貞觀三年，明君（唐王李世民）因「孽龍索命」而遊地府，還陽之後，請玄奘開壇建水陸。經觀音點化，要「激揚大乘」，方能超度群迷，為此派唐僧西天取經。以下分六段講唐僧取經：第一段寫唐王與玄奘結盟為御弟，法號唐三藏，欽賜通關文牒，為三藏送行。第二、三段述三藏取經路上，收了悟空孫大聖、悟能豬八戒、悟淨沙僧，和「火龍太子」，一路「遇妖魔而神通降怪，遇國界而倒換關文」。師徒一行過黑松嶺、火焰山、狼虎塔、黃蜂怪，又經女人國、子母河、車池國。在流沙惡水，黑熊

攔路，白龜擺渡；又遇「蜘蛛精布天羅網，紅孩兒飛火焰盆。眾徒哮吼無投奔，多虧南海觀世音」。第四段述師徒四眾到靈山禮佛，世尊喚惠安推開寶藏，付與唐僧。第五段述佛祖「敕南方火龍白馬駄經，回歸大朝東京」。第六段述唐王迎接三藏，旨傳天下，重建水陸。三藏四眾，拜謝明君，盡獲超升，「般若真經普傳天下，萬古留名」。以下舉第五段為例：

(1)伏以佛法無邊，聖力洪深。聞唐朝命僧求取真經，忙開寶
　　藏檢點，敕南方火龍白馬駄經，回歸大朝東京。高駕祥雲，
　　辭西方聖境；毫光閃閃，回報東土明君。願大乘之妙典，
　　濟六道之眾生。照見天下國土清平，鬼妖滅爽，人物咸寧。
　　（唱）

(2)　　彈指歸回到東土，

　　　　報與大唐聖明君。

(3)昔日唐僧去取經，靈山禮別佛慈尊。

　　三藏奧典親收拾，高騰雲路赴東京。

　　華嚴法卷八十一，蓮經七冊秘意深。

　　大乘金剛三十二，楞嚴五千有餘零。

　　孔雀消災並寶懺，地藏彌陀普門品。

　　西方淨願除災障，諸部真言滅罪根。

　　香雲靄靄回本國，瑞氣騰騰見明君。

　　紫雲重重毫光現，存沒沾恩度有情。

(4)在會眾等，重發虔心，靈山有世尊。三藏經典，普渡有情。

　　願佛指示，早往超升。恩及法界，共同發善心。

(5)　　　四句真妙偈，說盡大虛空。

　　　　　千聖難測度，法界總成空。

　　這種分段的演唱結構和格式與《目連救母出離地獄生天寶卷》完全相同。各段(3)唱詞均以「昔日唐僧去取經」開始，唯第六段是：

　　《升天寶卷》才展開，諸佛菩薩降來臨。

　　陰超逝化生淨土，陽保善卷（眷）永無災。

　　西方路上一隻船，萬古千秋不記年。

　　東來西去人不識，不度無緣度有緣。

　　父母生身不可量，高如須彌月三光。

　　若報父母恩最深，同登瑜珈大道場。

　　無上甚深微妙法，百千萬劫難遭遇。

　　我今見聞得受持，願解如來真實意。

　　《升天寶卷》即上述《目連寶卷》。這一段落結束之後，並無「發願」「回向」等儀式，說明它是在上述《目連寶卷》之前演唱的。這段唱詞就做了《目連寶卷》的「開經偈」。

　　與這本《佛門西遊慈悲寶卷道場》同時發現的還有一本《佛門取經道場·科書卷》，❸它用於「餞行道場」。「餞行」即為亡者送行。這是宋代以後佛教僧團為俗眾做的道場。它分為兩部分：前面為「取經道場」，主體是長達 98 句（句式「三三四」）唱詞，

---

❸　同❸，頁 493—505。

述唐僧取經故事；後面是「十王道場」，主體部分是由法師送「世間亡人」過十殿地獄，念經懺悔，地獄十王「赦除多生罪」，由菩薩「引入龍華會」。這部寶卷產生於明代前期。❸此處要指出的是：這部寶卷的組合方式同《佛門西遊慈悲寶卷道場》和《目連救母出離地獄升天寶卷》的組合方式完全相同。為什麼在「盂蘭盆道場」或「十王道場」之前加一段唐僧取經故事的「西遊道場」（或「取經道場」）？這同當時民眾的淨土信仰有關：「盂蘭盆道場」和「十王道場」都是超度和追薦亡靈的的道場，亡靈們最好的前程是進入「西方極樂世界」。唐僧師徒曾戰勝各種險阻去「西天」取經，由他們來引導和保護亡者進入「西方」，自然是最好不過了。這種觀念當代民間仍有遺留。有的地方農村中製作唐僧取經故事的明器為逝者陪葬，即出於這種觀念。❸

五、結論：寶卷形成的時間、背景及其演唱形態

通過對以上三種寶卷文本的介紹，可以討論寶卷的形成及其演

---

❸ 陳敏熊前述論文（注釋❸）認為這部寶卷產生於元代，筆者認為它產生於明代前期。筆者另文〈明代的佛教寶卷〉（未發表）中有論述。

❸ 筆者 1994 年在江蘇金湖縣和相鄰的安徽天長縣農村調查民間流行的香火神會和神書。在天長縣銅仁鄉高廟村調查時，發現該地退休教師王某與其妻子製作唐僧師徒四人取經故事的彩繪泥人，用彩色紙等製作衣冠和道具，其中唐僧騎馬。據他們介紹，是售與舉辦喪事的人家，每組 20 元左右。該地區為山地丘陵，交通閉塞，民間仍行土葬。

唱形態問題了。

關於寶卷形成的時間，如果以「寶卷」之名的出現爲準，則依據《目連救母出離地獄生天寶卷》題識的時間，可推論寶卷形成於元代。但是這部寶卷同產生於南宋的《銷釋金剛科儀》的形式和演唱形態相同，因此也可以說寶卷這種演唱形式形成於南宋時期。很可能是這種情況：最早在佛教世俗的法會道場中產生了這種說唱形式，因其演唱形式又受懺法的影響，特別講究道場威儀，故借名爲「科儀」。後來，在民間的法會道場中，用同樣的形式說唱因緣故事，則被稱之爲「寶卷」。明王源靜補注《巍巍不動太山深根結果寶卷》中說：「寶卷者，寶者法寶，卷乃經卷。」❸大概那時的民間佛教信徒，認爲這類卷子是體現佛教「法寶」的經卷。這個名稱後來被普遍接受了，所以《金剛科儀》在明代也被稱做《金剛科儀寶卷》。

寶卷產生的宗教文化背景是宋元時期弘揚西方淨土的彌陀信仰的普及，影響最大的是茅子元創立的白蓮宗，這是這一時期佛教世俗化的標誌。因此，寶卷雖繼承了佛教俗講講經說法的傳統，但在內容上有了發展：不論是演釋《金剛經》的《金剛科儀》，或說唱佛教傳統因緣故事的《目連寶卷》中，都出現了弘揚西方淨土、勸人「持齋念佛」的內容。這是它們與同題材的俗講講經文和緣起，在內容上的明顯的差別；同時，寶卷更貼近信眾的信仰生活，滿足他們的信仰需求。《金剛科儀》主要用之於薦亡或禮佛了願的法會，《佛門西遊慈悲寶卷道場》《目連寶卷》用之於盂蘭盆會，它們並

---

❸　見《明清民間宗教經卷文獻》第一冊，頁773。

非止於一般的講經說法。就講釋經義的《金剛科儀》來說，它不是在寺廟的「經堂」中，而是在爲信眾的舉行薦亡法會中講唱，因此它也不再執著於經文的闡釋，而更注意法會的內容。在這種需求之下，《金剛科儀》對《金剛經》的說解已經有結合信眾信仰需求的敷衍。

寶卷形成期的流傳區域，文獻中沒有記載。明代前期民間佛教寶卷中，有些也可能產生於宋元時期，但因沒有留存文本，或留存文本已有較大的改動，難以論證。但從《金剛科儀》產生於江西，《目連寶卷》流傳於北方，說明宋元時期寶卷傳播的空間是很大的。

以上是關於寶卷形成問題的介紹。以下討論寶卷形成期的演唱形態。

現當代研究中國俗文學史（或說書、曲藝史）的學者都把敦煌發現的說唱文學（包括俗講、轉變等的說唱文本）做爲宋代以來說唱文學，如諸宮調、寶卷、彈詞的源頭。就它們韻散相間、說說唱唱的演唱形式來說，這不無道理，因爲這是唐宋以來所有以敘事爲主的說唱文學體裁的基本形式，而除了敦煌發現的手抄卷子之外，宋代以前接近於口頭演唱的說唱文學文本，尚無其他發現。但是，如果具體到某種說唱文學體裁的來源和形成，這種說法便沒有實際的意義，必須進行具體的研究。就寶卷而言，它淵源於俗講，同變文也有些關係，但它們之間的差別也很明顯。這種差別，除了受寶卷形成的宗教文化背景影響外，也有文學形式的演進的影響。

佛教的俗講和寶卷都是在各種法會上演唱的，它們的演唱形態都有儀式化的特徵。寶卷並受佛教懺法的影響，除了法會開始和結束時繁雜的宗教儀式外，整個演唱過程也按照一定儀軌進行。這些

儀軌，較之俗講更爲嚴格。體現在寶卷文本上，便是說、唱、誦文辭的格式化。上述三個不同內容的寶卷文本，其產生的時間、地區不同，但其說、唱、誦整齊劃一的格式，便是這樣形成的。它們的主體部分，不論是演釋經義的「科儀」，或說唱因緣故事的「寶卷」，都分爲若干形態相同的演唱段落，每個段落中，除了《金剛科儀》是講經而有轉讀經文外，其他均分爲五部分：

(1)〔白文〕，是散說，但它並非一般的說白，而是押韻的賦體，「說」起來自然富有音樂性。

(2)佛教傳統的歌贊，七言二句。

(3)流行的民間曲調，七言的唱詞，有上、下句的關係，也偶唱北曲的曲牌，如〔金字經〕〔掛金鎖〕。

(4)句式和押韻爲「四四（韻）五（韻）四四（韻）四四（韻）四五（韻）」的一段歌贊，其中第三句偶用「三三」句式。

(5)佛教傳統的歌贊，五言四句。

以上除(1)爲散說外，(2)—(5)均爲韻文的唱詞，它們歌唱的形式各不相同。其中(3)是每個演唱段落的主體唱段，這個唱段長，且唱流行的民間曲調，自然是爲「悅俗」。(4)是一段特殊的歌贊，這段歌贊形式上接近長短句的詞曲，但在詞曲中找不到相應格律的詞曲牌。❸❻明代中葉後的教派寶卷仍保留這段歌贊，格律嚴整，第三句

---

❸❻ 接近這段歌贊形式的曲牌是北曲[雙調·忽都白]（或作[古都白]），它是女真族的樂曲，在元代李直夫《虎頭牌》第二折、王實甫《麗春堂》第四折、賈仲名《金安壽》第四折及關漢卿「二十換頭」散套中用過。如關漢卿「二十換頭」中的[忽都白]：「[我]半截[來]孤眠，信口胡言，枉了把我冤[也麼冤]。打聽[的]真實，有人曾見，母親根前，恁兒情願！[一]任當刑憲，死而心無冤。」（[ ]號內是襯詞）它們只是形似，是否有關，則難確定。

少見「三三」的變體。直到清康熙三十七年（1689）編刊於甘肅張掖地區的《敕封平天仙姑寶卷》中，仍保留這一唱段。時間跨度達四百多年，可見它不是一般的詞曲，而是一特殊的贊誦。

寶卷文辭格式化的特點，使其文辭固定化，演唱者不可隨意增刪，這又形成寶卷演唱「照本宣揚」的特徵。這一特徵延續到現代。江浙地區的宣卷先生，至今在宣卷時仍把寶卷放在「經桌」上，儘管許多宣卷先生並不看卷本，卻仍然面對寶卷「宣揚」。

上述三個寶卷文本，每一個演唱段落如此錯落有致而整齊劃一的演唱形式，與唐代俗講和轉變迥異：俗講的唱詞儘管包含了傳統的唄贊和流行的曲調，但從現存講經和緣起文本來看，其中散說和唱詞的結構形式，根據演唱內容的需要設置，沒有整齊劃一的格式。轉變文本變文的段落設置與「變相」（具有連續性的故事畫卷、畫幡或壁畫）配合，其轉換在散說的結尾處有提示語，如「………處」、「看………處」，「若爲陳說」等，接下去是唱詞；散說與唱詞長短也不一致，據講述故事的內容而定。從唱詞的句式看，俗講、轉變的唱詞主要是五七言，而寶卷中主體唱段都用七言，並有長短句和散曲的加入，後者自然是受宋元詞、曲的影響。

在俗講的押座文中有「念菩薩佛子」、「佛子」的提示，這就是後來演唱寶卷中的「和佛」。上述三個寶卷文本中均未註明（一般寶卷文本中均不注出），但明代世情小說《金瓶梅詞話》第五十一回演唱《金剛科儀》的描述中有和佛的說明：「月娘因西門慶不在，要聽薛姑子講說佛法，演頌《金剛科儀》，正在明間安放一張經桌兒，焚下香。薛姑子和王姑子兩個一對坐，妙趣、妙鳳兩個徒

弟立在兩邊，接念佛號」。㉟「接念佛號」即「和佛」。據明清寶卷演唱的情況看，和佛主要用在⑶唱段，下句和佛，一般是合唱「南無阿彌陀佛」。

　　上述三個寶卷文本每個演唱段落中講唱內容的安排也富特色，其中⑴〔白文〕是一個段落內容（或故事情節）的大綱。⑵至⑸唱詞是上述內容的議論、發揮，或故事的鋪展。如此反復歌詠可以加強勸化宣教的效果。這種演唱格式，也為後來的教派寶卷和民間寶卷所繼承。

　　綜上所述，寶卷雖繼承了佛教俗講講經說法的傳統，但與唐代佛教的俗講比較，在內容上有時代特色，在形式上則有格式嚴整的分段演唱形態和文辭格式化的特點，是一種在宋元時期新出現的用之於佛教徒信仰活動的說唱形式。

（原載《燕京學報》，北京，新 11 期，2001·11）

㉟　同⑯，頁 659—660。

明清民間教派寶卷的形式
和演唱形態

一、教派寶卷的三種形式

    自明正德初年（約 1500）到清康熙年間（1662-1722），前後約二百年間，是明清民間教派寶卷發展時期。❶出現於這一時期的各民間教派，均以寶卷爲佈道書，以「無生老母」爲最高神聖，以「眞空家鄉」爲彼岸世界；各教派的教祖都自稱是受無生老母派遣的「彌勒佛」下世，來人間執行「末劫總收圓」、度「原人」回歸「家鄉」的使命。因此，儘管許多寶卷各教派互相通用，但在宣揚各教派教義的寶卷中，往往攻擊他方是「外道邪宗」，自神其寶卷爲「眞經」、「骨髓眞經」。如明末刊《佛說皇極收圓結果寶卷》開卷「緣起」中說：「世間的經文多廣，著此一經總包；天下的寶卷無邊，用此一卷都覽。乃辟邪宗之利刃，實砍外道之鋼刀。旁門

---

❶   關於中國寶卷發展的分期問題，參見拙文〈中國寶卷概論〉，載《中國寶卷研究論集》，臺北：學海出版社，1997。

見而膽戰心驚，外道聞而頑冰見炭。」❷這段話也道出了那一時期民間教派寶卷的盛況。

民間教派寶卷的發展，初始爲正德初年無爲教教祖羅清所編《五部六冊》，盛於明末。明末社會大動亂中，有的教派捲入了農民大起義，而以寶卷傳播起義的信息。清康熙後，由於政府嚴厲鎮壓各民間教派，並查禁它們使用的經卷，教派寶卷的發展受到遏制。前後 200 年間，今存的教派寶卷近二百種。從演唱形式上看，這些寶卷大致可分爲三類：

第一類，繼承前期佛教寶卷形式的寶卷。其演唱形態在佛教寶卷的基礎上有所發展，寶卷的內容主要爲演示各教派的教理。這類寶卷數量最多，是教派寶卷的主體形式。它們一般均以「寶卷」名，也簡稱「卷」，或稱「經」。

第二類，模仿佛教懺法的寶卷。各民間教派大都倚稱佛教，因此，有些教派也仿照佛教宗教活動的形式，編制「懺法」，在懺悔祈禱、消災滅罪等儀式中演唱。這類寶卷多以「寶懺」（或「經」）爲名，弘陽教便編制了大量此類經、懺，如《弘陽佛說鎮宅龍虎妙經》《弘陽佛說鎮宅龍虎寶懺》《銷釋混元無上拔罪救苦眞經》《銷釋混元弘陽拔罪地獄寶懺》等，黃天教也編有《普靜如來鑰匙寶懺》（包括《作善用功寶懺》《造惡地獄寶懺》等五種）。這類寶卷的說唱文字與同時進行的宗教儀式密不可分。它們同第一類寶卷的區別是演唱結構不分「品」（「分」）、唱腔不用小曲（或偶用一兩

---

❷　這本寶卷題爲「宣德五年孟春吉日刻行」，係作僞，參見拙文〈中國寶卷漫錄四種〉，載《文獻》，北京，1998：2。

支曲子）；大量唱頌各教派信奉的「佛」、「菩薩」名號，是其特點。這類寶卷在明清民間教派寶卷中也有一定數量。

第三類，一般說唱形式的寶卷。這類寶卷採取「散說」加「唱」的形式，或只唱不說；其演唱不依附於固定的儀式，也不受演唱環境的限制。無爲教教祖羅清所編《五部六冊》（它們是最早的教派寶卷）即爲此類寶卷：它們的唱詞除了七字句外，大量使用源於民間詞話的「攢十字」，在當時是時興的歌唱形式。這種演唱形式與前期佛教寶卷儀式化的演唱形態、格式化的文辭形式，有較大的差異，所以《五部六冊》前三部（即《苦功悟道卷》《歎世無爲卷》《破邪顯正鑰匙卷》）並不以「寶卷」名，而稱做「卷」，後面的兩部才稱「寶卷」（《巍巍不動太山深根結果寶卷》《正信除疑無修正自在寶卷》）。明代中葉之後，無爲教的《佛說二十四孝賢良寶卷》，主體部分說唱新編的「二十四孝」故事，每個故事先用散說一遍，繼以七言或十言的唱詞唱一遍。其中，「袁小拖芭救爺」故事篇幅較長，「說」、「唱」了兩遍；「目連救母」故事中插唱〔掛金鎖〕《十重恩》。另有無爲教的《小祖師苦功悟道卷》，幾乎全部唱十字句；教派不詳的《佛說地獄還報經》，則七字唱句鋪述到底。總起來說，這類寶卷的演唱形式比較靈活，沒有儀式化的特點；篇幅有長有短，演唱結構不分「品」（「分」）、唱腔不用小曲。在明清教派寶卷中這類寶卷數量較少。

以下主要介紹做爲明清教派寶卷主體形式的第一類寶卷的形式和演唱形態。

二、教派宣卷和寶卷「開卷」、「結經」 的儀式

明清教派寶卷的演唱稱爲「宣卷」，這在許多寶卷中有記載，如編刊於萬曆末年的《靈應泰山娘娘寶卷》第二十四品中說：

> 話說寶卷結果，聽說娘娘利意，或有善男信女，宣看老母真經，老母加護；或請經供在宅中，永鎮宅門，吉祥如意，不當俗言。只怕有宣卷者不信，只恐聽卷不依，起心毀謗，娘娘見過，不干我事。

「宣」即「宣揚」之意。這個詞來自佛教俗講，今存宋開寶五年（972）張長繼寫本《廬山遠公話》中，遠公對僧善慶說：「商（上）來據汝宣揚，不若（弱）於道安，與我更說少多，令我心開悟，解得佛法分明。」「於是善慶爲相公說十二因緣」。❸可見唐宋時期佛教徒即把講經說法的活動稱做「宣揚」。現代江浙地區的宣卷人也稱宣卷爲「宣揚」。

教派寶卷繼承了前期佛教寶卷的傳統，在各種法會道場中演唱。從一些資料看，這類法會大致可分兩類：

---

❸　王重民等編，《敦煌變文集》上集，北京：人民文學出版社，1984 二刷，頁 184。

一是教團組織的法會，「開壇說法」，向信眾宣揚教理，同時也是各教派信眾的宗教修持活動。這類法會稱做「道場」、「壇場」。明末后土教（真常教）《承天效法后土皇帝道源度生寶卷》「開卷」部分所唱〔穿堂子〕曲說：「佛慈心，佛慈心，千變萬化說唱經。說出卷經度眾生，一詞一偈唱修行。唱的美耳甚中聽，引的迷人盡來聽。做個道場，宣唱經文，我佛耶！三晝三夜唱修行。」（第三首）這類法會道場的規模較大，法會的時間也較長。

二是應信眾要求進行的法會，俗稱「做會」、「齋會」，請會的人家稱「齋主」。舉行這類法會有消災祈福、追亡薦祖、請神還願的目的。如明黃天教《清源妙道顯聖真君忠孝二郎開山寶卷》「開卷」中唱：「看了《伏魔》少《二郎》，做會還願枉燒香；看了《二郎》少《伏魔》，念盡彌陀枉張羅。」（按，《伏魔》指《伏魔寶卷》，《二郎》指《二郎開山寶卷》）。

明代散曲家陳鐸所作〔滿庭芳〕〈道人〉❹中的描寫，有助於瞭解此類民間法會的情形：

> 稱呼爛面，倚稱佛教，那有師傳。沿街打聽還經願，整夜無眠。長布衫當袈裟施展，舊家堂作聖像高懸。宣罷了《金剛卷》，齋食兒未免，單顧嘴不圖錢。

作者另一首套曲〔北南呂·一枝花〕〈道人應付〉中有更細緻

❹ 作者此曲和下面一首散曲見謝伯陽編《全明散曲》，濟南：齊魯書社，1988，第一冊，頁547、613。

的描寫：

> 〔北南呂·一枝花〕休提藝不高，莫說名不正。道人非是道，
> 僧衆不為僧，到處裏爛面通稱。攬齋事專察聽，小家兒圖減
> 省。散衆每暑襪芒鞋，緻首的低褶直領。
> 〔梁州第七〕這家裏追亡薦祖，那家裏了願禳星，翻經演咒
> 舌根硬。《金剛卷》護身老本，白蓮教惑衆虛名；吃慣了見
> 成茶飯，幹不得本等營生。一般的灑淨搖鈴，一般的合掌觀
> 燈，你便是須菩提見了你醜形骸也把眉攢，你便是釋迦佛受
> 了你喬禮拜自然心影，你便是觀世音聽了你胡宣揚反害頭
> 疼。諸雜，不等，都是些愚頑軍舍窮百姓。其實的不潔淨，
> 不食葷腥，假志誠，到家裏酒肉齊行。

　　曲中所描寫的不僧不道的「道人」，可能是民間教派中的人物；
《金剛卷》即《大乘金剛寶卷》（今存明刊摺本），是前期的佛教
寶卷。無為教教祖羅清《巍巍不動太山深根結果寶卷》中在批評許
多佛教寶卷是「外道」，而稱「《大乘卷》是寶卷才是正道」（第
二十四品）。明代民間教派多演唱這部寶卷，流傳極廣，所以曲中
稱：「《金剛卷》護身老本，白蓮教惑衆虛名」。

　　教派寶卷的主體形式繼承了前期佛教寶卷的傳統，在各種法會
道場（包括民間的齋會）中演唱，因此它們的「開經」、「結經」
都有一定的儀軌。由於教派的差別，各種寶卷的儀式或有不同；由
於這些儀式具有程式化的特點，許多寶卷文本中只有簡略的記錄。
因此，本文只能介紹一般的情況。

「開經」的儀式一般有以下過程：

⑴「諷經咒」：有的寶卷作「諷《心經》」。多數民間教派倚稱佛教，在宣揚寶卷的法會開始時，要仿照佛教徒唱誦「功課」，所諷的「經咒」即《心經》《楞嚴咒》《十小咒》等。現代江蘇靖江民間「做會講經（宣卷）」開始前，仍保留這種儀式。❺

⑵「安壇」、「奉請十方神聖現坐道場（臨壇）」，俗稱「請佛」。

⑶「舉香贊」：上香，唱香贊。有些寶卷用佛教的「啟經香贊」（「爐香乍藝，法界蒙熏，諸佛海會悉遙聞，……」），大多數寶卷是用自編的「香贊」，如黃天教的《靈應泰山娘娘寶卷》的香贊：「泰山寶卷，法界來臨，諸佛菩薩悉遙聞……」，香贊後讚頌的「菩薩」是以泰山娘娘為首的眼光娘娘、子孫娘娘、送生娘娘、王母娘娘等；《銷釋白衣觀音送嬰兒下生寶卷》的香贊：「大眾虔誠，齊把香焚，白衣觀音下天宮；捨嬰兒，濟群蒙，續長生，還源到家中。」

⑷「三寶頌」：唱頌「佛法僧」三寶。

⑸「開經偈」：一般用「無上甚深微妙法，百千萬劫難遭遇。我今見聞得授持，願解如來真實意。」（各卷文字有異文）

⑹「提綱」：述本卷的緣起、內容、功德。一般用散說，由「蓋聞」領起，有的寶卷加唱詞；許多寶卷此段即構成一個由散說、各種形式的歌贊、小曲組成的演唱段落（見下），但不進入正文分品（分）序列。

⑺「信禮常住三寶」

---

❺　參見車錫倫〈江蘇靖江的做會講經（調查報告）〉，載《中國寶卷研究論集》。

(8)「開卷（經）偈」：一般用「××寶卷初展開」偈，進入寶卷本文的敘述。

各種寶卷文本所載上述儀式的順序、詳略或有不同。下舉《二郎開山寶卷》開卷儀式為例：

請「護法迦藍韋馱尊天」降臨護壇，念《韋馱尊天儀文》。

「舉香贊」

「開經偈」

「三寶頌」

「叩請諸天降臨」、「賜福吉祥」

「安壇設供」，「諷〈心經〉」和〈靜（淨）口業真言〉、〈靜心真言〉、〈金光神咒〉、〈安土地真言〉、〈清源妙道顯聖真君靜壇神咒〉

「請神赴會」（所請有元始天尊、武當古佛、玉皇、孔子先師、東嶽、碧霞元君、幽冥教主、伏魔大帝等）

「皈依頌」

「開卷偈」

說本卷因果（「緣起」）

寶卷的結尾處「結經」部分：先歌頌「寶卷圓滿」；有的寶卷加上對當今皇帝的祝頌語，如《銷釋白衣觀音送嬰兒下生寶卷》卷末「上祝皇帝聖壽萬春，風調雨順，天下太平，八方寧靜，六國納進奉」；不少寶卷有「南無一乘宗無量義真空妙有如來救苦經」一語，如明刊《佛說二十四孝賢良寶卷》、《佛說梁皇寶卷》，清初

抄本《佛說王忠慶大失散手巾寶卷》等。所說「如來救苦經」，有的研究者認爲是一本經卷，其實這是對這些寶卷的頌揚語。如黃天教的《普明如來無爲了義寶卷》的結尾用「南無一乘宗無量義眞空妙法無爲了義經」，所說「無爲了義經」，即指這本《普明寶卷》。周紹良先生認爲「這是明代寶卷的特殊標誌」。❻

　　另有「回向」、「發願」及「懺悔」、「送神」等儀式。各教派寶卷的回向、發願儀式也有多樣的形式。發願的形式主要有以下兩種，一種是襲用前期佛教寶卷《銷釋金剛科儀》的「結經發願文」，❼但文字多有變化。如《佛說皇極結果寶卷》的「結經發願文」：

> 夫以經聲朗朗，上徹穹蒼；法語吟吟，下通幽府。一願拜天地身康體泰，二願請本性早早出現，三願點下落立命安身，四願四時香穿雲走殿，五願四淨香淨透天元，六願十字佛早通宮院，七願玄關路不受牽纏，八願紅羅天性池鍛鍊，九願入天闕九路通達，十願領牌號同登寶殿。十步圓好見原身，永不受三災八難。四生六道無沾惹，冤家債主永無干。家門清淨，身體康泰，早去龍華大道場。
>
> 川老頌曰：如飢得食，……天堂沙界諸群品，盡入皇極大道場。

❻　見〈記明代新興宗教的幾本寶卷〉，載《中國文化》，北京，第三期，1990·12。

❼　這段文字被明末羅教派下無極正派祖師應繼南稱做《結經》，參見車錫倫〈結經探源〉，載《揚州大學學報》，江蘇揚州，1999：3。

另一種是用「十報恩」作祝願詞。如明崇禎十六年刊《銷釋明淨天華寶卷》結經的「十報恩」：

> 一報天地蓋載恩，二報日月照臨恩，
> 三報皇王水土恩，四報父母養育恩，
> 五報祖師親傳法，六報護國護持恩，
> 七報檀那多陳供，八報八方施主恩，
> 九報九祖生淨土，十類孤魂早超升。

「十報」的文字各卷也有異文。這種「報恩」祝願的形式，最早出現在羅清《五部六冊》的《破邪卷》和《正信卷》的結尾處，只有「六報」，所以有些寶卷只述前「四報」或「六報」。也有些寶卷在「結經發願文」之後，又接唱「十報」，如《皇極金丹九蓮正信皈眞還鄉寶卷》、《太上伭宗科儀》等。送神的儀式一般寶卷中均不記述；《二郎開山寶卷》中有〈送神咒〉。

三、教派寶卷的形式和結構

明清教派寶卷繼承了前期佛教寶卷的結構形式，即：以散說和不同形式的唱段構成一個演唱段落；這種演唱段落做爲固定的形式，反復說唱，構成勻稱的整體演唱結構。但教派寶卷對這種結構形式有所發展：在每個演唱段落的末尾加唱「小曲」，並將每個演唱段落定爲一「品」（「分」），在寶卷文本中編入「品（分）目」。

以下舉明末刊本《佛說皇極結果寶卷》「混沌初分天地品始」

為例（原文太長，文字有刪節）。為了便於分析，仍按前期佛教寶卷文本將散說和各唱段編號；加唱的小曲按順序編號為(6)：

(1)爾時原身古佛在於都斗太皇正座，忽有始皇尊天向前拜問：「相當初混元一氣，鴻蒙未判之前，混沌未分之際，杳杳冥冥，無天無地，萬相具無相。如今觀東土邪人，指稱佛法僧寶，勸人為善，以何為根本源流？」佛言：「你是也不知咱派定的三佛輪流掌教，五祖來往當極，周而復始。大地人迷，如今末劫年來，修善之人，專以巧言令色，不知三災一混，以無天地世界，那裏有經書文字？……

(2)　　真機洩盡無邊妙，

　　　　無分眾生信不及。

(3)古佛無生發大悲，安天立地聖無為。

三極輪轉無人曉，五祖當極人不知。

燃燈三葉金蓮相，戊巳玄爐鍛鍊成。

週流九劫青陽會，水火風災都放出。

有緣有福雲程內，無緣無福墮沉癡。

釋迦身光煉世界，一十八劫現當極。

掌定風雲雷雨事，萬相諸佛總掌持。……

(4)古佛玄妙，大地不知，混元立三極。玄爐鍛鍊，盤轉須彌。有緣有份，同赴蓮池。凡提聖選，九轉立皇極。

(5)　　無太共皇極，修因已個知。

　　　　有人參的透，三極在一堆。

(6)〔掛金鎖〕古佛在太皇弔下關心淚，觀見眾生造下無邊罪。

再三捎書重重說與你，四十八願弘誓全不理。曉夜家思量九
蓮無宗位，先去人開荒後去人出細。三十六家混生天地內，
一十六字調和行仁義。末後收圓福薄難得遇，修行多般香火
無邊際。牌號親聞關口祖母對，九種十收合著先天氣。有福
的緣人，同入龍華會。

上述演唱段落中，(1)至(5)段散說和唱詞的形式，繼承自前期佛
教寶卷。其中：(1)是「散說」（許多寶卷中在此段開始時標注有〔說〕
或〔白〕字），不像宋元佛教寶卷那樣使用賦體的韻文，而用接近
於口語的敘述、論說，篇幅的長短據內容需要設置；(2)(5)兩段歌贊，
以五、七言為主，也可用四、六言，句數為兩句或四句；(4)為格律
嚴整的長短句贊誦，在明末清初的個別寶卷中形式有變異；(3)是主
要唱段，在佛教寶卷中此段即唱民間的流行曲調，並加「和佛」，
教派寶卷仍如此，但除用七言唱段外，也大量使用十言唱段。(6)為
教派寶卷添入的小曲。

每個演唱段落中，除了上述固定的唱段外，有些寶卷中還插入
某些特殊的唱段，一是〔蓮花落〕（見下），另一類是各種專題歌，
如《靈應泰山娘娘寶卷》中的〈娘娘送子歌〉〈參禪打坐出性歌〉
〈還源歌〉〈抽骨換胎六字歌〉。插入的〔蓮花落〕和專題歌曲，
一般放在主要唱段(3)之後。如上文提到的《佛說皇極結果寶卷》第
一至十品，在(6)之前插唱〈十囑咐〉，每品一段，共十段。

教派寶卷中唱詞依據口語押韻，用韻比較寬鬆，大致與後來北
方話民歌、唱詞的分韻系統「十三轍」相同。多押寬韻，如「中東」、
「人辰」、「江陽」、「言前」等轍口。因方音關係，許多寶卷唱

詞「中東」和「人辰」通押。在每個演唱段落中各個唱段都是分別
獨立的歌贊和唱段，所以不要求押統一的韻；偶有用相同的韻，並
非專門設計。

　　民間教派寶卷的整體結構分「品」（或「分」），是仿照佛經，
其直接來源是明代流行極廣的前期佛教講釋經義的寶卷《銷釋金剛
科儀（寶卷）》《大乘金剛寶卷》，它們都依照鳩摩羅什譯《金剛
經》原文三十二分分段說唱，並沿用原「分目」，但前期佛教寶卷
一般不分品。教派寶卷一般分為上、下兩卷（冊）二十四品，也有
十幾品（如上引明刊《佛說皇極結果寶卷》十五品）、三十幾品（如
清刊《佛說皇極金丹九蓮正性皈眞寶卷》三十二品、清康熙刊《太
陽開天立極億化諸佛寶卷》三十六品），或更多的「品」（如清初
金幢教寶卷《多羅妙法經》九卷八十一品）。每品即一個演唱段落，
同時是一個內容的單位，這樣便構成十分勻稱的整體結構。品（分）
目的設計，根據寶卷相應演唱段落的內容和主旨，文字長短不拘。
以下是清初抄本《佛說王忠慶大失散手巾寶卷》的「分目」：

　　　張素真勸員外回心辦到（道）不依分第一
　　　張氏說罷李氏聽得起要心分第二
　　　李氏做飯齋僧心中懊惱不耐煩分第三
　　　張素真聽說滿眼流淚回上西宅分第四
　　　李氏看見素真去了披頭打滾分第五
　　　員外打了素真一頓回上東宅分第六
　　　張素真子母煩惱員外酒醉還家分第七
　　　藥王菩薩與張素真夢中調治眼目分第八

　　張素真出離後花園中逃命所走分第九
　　王天祿茵香女找尋老母已無蹤影分第十
　　…………

　　這本寶卷共三十分，其他分目不再列出。民間教派寶卷中完全講唱故事的寶卷極少，此爲其一。它的分目文字幾乎是寶卷故事情節的介紹。將它們與傳世的《大唐三藏取經詩話》的段落目錄文字比較，也有相似之處，❽說明這類俗文學讀物之間有某種繼承關係。

　　值得注意的是民間教派寶卷品（分）目在寶卷文本中的位置。它有兩種方式：一類是放在(1)散說之前，這一類寶卷較多，如上引《佛說皇極結果寶卷》和《佛說利生了義寶卷》《普明如來無爲了義寶卷》《太陽開天立極億化諸神歸一寶卷》《承天效法后土皇帝道源度生寶卷》《先天原始土地寶卷》《銷釋明淨天華寶卷》等；另一類品（分）目放在每個演唱段落(5)(6)兩個唱段之間，即在唱小曲前，如《銷釋孟姜忠烈貞節賢良寶卷》，《藥師本願功德寶卷》《靈應泰山娘娘寶卷》《護國佑民伏魔寶卷》《泰山東嶽十王寶卷》《銷釋悟性還源寶卷》《銷釋開心結果寶卷》等。也有個別的教派寶卷，它們與上述寶卷有同樣的演唱段落結構，但在寶卷文本中沒有分品和標出品目，如明萬曆刊《銷釋眞空掃心寶卷》。

　　上述情況，一方面表明民間教派寶卷的品（分）目在寶卷文本中的位置，在當時就沒有形成一致的格式；同時說明教派寶卷的分品、品目，及有些寶卷還在品目下出示的小曲曲調名，只是在寶卷

---

❽　參見李時人等《大唐三藏取經詩話校注》，北京：中華書局，1997。

文本中對段落和唱腔的提示，在演唱寶卷時，並不唱它們。所以，有些寶卷在(5)段歌贊中唱出下面要唱的小曲名，如明末的《先天原始土地寶卷》：

> 拄杖非等閒，拿起走三千。
> 要問端得意，唱〔疊落金錢〕。（第五品）
> 土地好妙法，龍頭拐一拉。
> 打開南天門，聽唱〔耍娃娃〕。（第六品）

這部寶卷的品名是放在(1)散說之前的。《清源妙道忠孝二郎開山寶卷》的演唱段落中沒有(1)散說，品名放在小曲前，但在品名前的歌贊中，仍提示下面所唱小曲的曲名。如：

> 二郎一部經，同古又同今。
> 三花合五氣，後帶〔金字經〕。（第三品）
> 口眼息圓明，二郎笑盈盈。
> 唱個〔耍孩兒〕，大衆你是聽。（第十二品）

不論佛教寶卷或教派寶卷，它們的每個演唱段落，也是寶卷內容的段落。品目放在每個演唱段落開始(1)散說前，符合寶卷演唱和內容的結構形式。放在(6)小曲前，則有突出這個唱段的意義，應是一種變體。今人在使用寶卷文本時，均以品目所在之處做爲寶卷分段的標誌，已相沿成習，故說明如上。

四、教派寶卷中的詩贊

　　當代學者葉德鈞在《宋元明講唱文學》❾中，將唐代以後的民間講唱文學按其唱詞的形式和音樂分爲「樂曲系」和「詩贊系」兩大類；另出「兩系兼用」一類，指出「元明清寶卷」是屬於「兩系兼用」的說唱文學形式，但未做介紹。其實，宋元及明代前期的佛教寶卷是屬「詩贊系」，《目連救母出離地獄生天寶卷》中唱小令〔掛金鎖〕〔金字經〕只是偶用。眞正能稱做「兩系兼用」的，只有明清的教派寶卷。

　　教派寶卷中歌詞「詩贊」和「樂曲」（小曲）是如何演唱的呢？清道光年間黃育楩《破邪詳辨》（卷三）稱：

> 嘗觀民間演戲，有崑腔班戲，多用〔清江引〕、〔駐雲飛〕、〔黃鶯兒〕、〔白蓮詞〕等種種曲名，今邪經亦用此等曲名，按拍合板，便於歌唱，全與崑腔班戲文相似。又觀梆子腔戲多用三字兩句、四字一句，名爲「十字亂談」，今邪經亦三字兩句、四字一句，重三複四，雜亂無章，全與梆子腔戲文相似。再查邪經白文，鄙陋不堪，恰似戲上發白之語，又似鼓兒詞中之語。邪經中〔哭五更〕曲，卷卷皆有，粗俗更甚，

---

❾　收入《小說戲曲叢考》卷下，北京：中華書局，1979。

又似民間打拾不閒、打蓮花樂者所唱之語。❿

　　這段話常爲寶卷研究者用來說明明清教派寶卷的歌唱形式。其實，黃書成於清道光年間，他是以個人所知見的某些演唱文藝形式同他查抄到的教派寶卷文本做比較，這同二三百年前陸續產生的此類寶卷的演唱情況相去甚遠。關於教派寶卷中的小曲與崑腔（崑曲）的關係，將在下文討論。這裏先討論詩贊部分的演唱情況。在上文所引《皇極結果寶卷》「始品」中的韻文部分中，(2)、(4)、(5)來自前期佛教寶卷，其歌唱形式估計沒有較大的變化，發生變化的是主要唱段(3)部分。

　　在前期的佛教寶卷中，(3)唱段就唱時興的曲調。教派寶卷與前期佛教寶卷在這一唱段中的不同，上文已指出：除了使用七言唱段外，又大量用十言唱段。它們的七、十言唱詞，雖然與清代板腔體的「梆子腔戲文」唱詞格式相同，但它的唱腔不可能是後出的梆子腔，而與明代興起於北方的民間說唱詞話有關。

　　十言句式的唱詞最早出現在元雜劇中，多在劇尾，標爲「詞云」或「詩云」，也出現在劇本的其他部分。葉德鈞認爲這種唱詞形式來自民間的「詞話」。⓫但據《元曲選》所收百種雜劇（其中包括元末明初無名氏的作品）考察，這種「詞云」最多的是七字句（多爲「三四」結構），其次才是十字句，也有八、九、十一等句式和

---

❿　見《清史資料》，第三輯，北京：中華書局，1982，頁 59。

⓫　同❾，頁 661—664。

幾種句式混合在一起的形式。❷它說明詞話演唱十言唱詞的形式，在元末明初尚未固定下來。新發現的明代成化年間（1465-1487）的十三種詞話唱本，也只有個別作品偶用十言唱段。現存大量使用十言唱段的說唱詞話作品，是刊於天啓年間（1621-1627）的《大唐秦王詞話》（又名《秦王演義》），❸其唱詞十言唱段句式爲「三三四」，與寶卷相同。但是，在正德（1506-1521）初年刊的羅清《五部六冊》中，已經大量出現十言句式的唱段。這有兩種可能：一是此類長篇詞話唱本沒有保留下來；也有另一種可能，十字句的唱法最早在民間詞話中出現，而在教派寶卷中得到大量運用和發展，翻過來又被詞話所吸收。由於沒有留下曲譜資料，它的具體唱法已不可知。但寶卷中加入聽眾的「和佛」，使曲調帶上宗教色彩，所以也稱這類唱法爲「十字佛」、「七字佛」，說明它同民間詞話的唱腔應有差別。

　　「和佛」的形式在早期的佛教寶卷中已經出現，但在寶卷文本中沒有記錄；教派寶卷中也不注出和佛的形式。明末清初丁耀亢（1599-1671）著《續金瓶梅》第三十八回「蓮花經尼僧宣卷」中對和佛有具體的描寫。所述爲白衣庵尼僧如濟宣「花燈佛法公案」（寶卷），如濟被引上「法座」後，「兩邊小桌坐下八個尼姑，……在旁管著打磬和佛」。書中所引的寶卷原文中注出和佛：

---

❷　參見張清徽（敬）〈由南戲傳奇資料臆測北雜劇中的一項懸疑〉，載《清徽學術論文集》，臺北，華正書局，1993，頁 67—93。

❸　這本詞話署「濟園主人」（即諸聖麟）著。

> 有宋朝襄陽府善人張士，
>
> 同安人王媽媽在家修行。南無
>
> 兩口兒安本分吃齋把素，
>
> 開著個生意鋪花朵燈籠。阿彌陀佛
>
> 到春來妝牡丹桃紅杏紫，
>
> 到夏來妝荷花萬紫千紅。南無
>
> 到秋來妝丹桂芙蓉秋菊，
>
> 到冬來妝梅花枝幹玲瓏。阿彌陀佛⓮

從上述唱詞看，和佛是在唱詞下句結尾處，和佛詞是「南無阿彌陀佛」，這同現代民間宣卷中和佛的基本形式相同。

除了(3)唱段外，教派寶卷中插唱的專題歌唱詞也多為七言句式，並有上下句的結構；也有唱四、五、六言的特殊曲調，都在歌名中注出，如《靈應泰山娘娘寶卷》中的《抽骨換胎六字歌》，它們的唱腔不詳。

教派寶卷中的〔蓮花落〕，雖為樂曲，但都是唱七言歌詞，唱句間且有上下句關係，形同詩贊，所以一併在此介紹。它們有的也用專題歌名，如〈隨緣普化蓮花落〉（《泰山東嶽十王寶卷》）、〈萬法歸一蓮花落〉（《古佛天真考證龍華寶經》）、〈收圓理性蓮花落〉（《銷釋悟性還原寶卷》）等。它們的唱腔，在現代江蘇靖江講經（宣卷）中留有遺響，又稱〔打唱蓮花〕，用特殊的和佛詞：「金花銀花蓮花落，嗨嗨活菩薩！」是講經聽眾愛聽愛唱的唱段。

⓮　上述引文見《金瓶梅續書三種》，濟南：齊魯書社，1988，頁 359、363。

五、教派寶卷中的小曲

　　小曲是明清時期民間的流行歌曲，又稱「時尚小令」、「時曲」、「時調」、「小唱」，現代研究者一般稱做「俗曲」。所以稱「小曲」，是對「大曲」而言；明清流行的崑曲（崑腔），被稱做「大曲」。明萬曆間沈德符所著《萬曆野獲編》卷二五「時尚小令」條介紹了明代中葉之後小曲流行南北的盛況：

> 　　元人小令行於燕趙，後浸淫日盛。自宣、正至成、弘後，中原又行〔鎖南枝〕、〔傍妝臺〕、〔山坡羊〕之屬。李崆峒先生初自慶陽徙居汴梁，聞之以爲可繼國風之後。何大復繼至，亦酷愛之。今所傳〈捏泥人〉及〈鞋打卦〉〈熬狄髻〉三闋，爲三牌名之冠，故不虛也。自茲之後，又有〔耍孩兒〕、〔醉太平〕諸曲，然不如三曲之盛。嘉、隆間，乃興〔鬧五更〕、〔寄生草〕、〔羅江怨〕、〔哭皇天〕、〔乾荷葉〕、〔粉紅蓮〕、〔桐城歌〕、〔銀紐絲〕之屬。自江淮以至江南，漸與詞曲相遠。不過寫淫媟情態，略具抑揚而已。比年以來，又有〔打棗竿〕、〔掛枝兒〕二曲，其腔調約略相似。則不問南北，不問老幼良賤，人人習之，亦人人習聽之。以致刊佈成帙，舉世傳誦，沁入心腑。其譜不知從何來，真可駭歎！⓯

⓯　據「元明史料筆記叢刊」本，北京：中華書局，1980 二刷，頁 647。

　　與明代前期佛教寶卷比較，教派寶卷演唱形態的最突出的特點，是將小曲吸收到寶卷的演唱結構中。民間宗教家吸收這些「不問南北，不問老幼良賤，人人習之，亦人人習聽之」、「舉世傳誦」的流行曲調，自然是為了悅俗耳，為了加強寶卷的宣傳效果。上文已指出，並不是所有的教派寶卷都唱小曲。筆者集得五十二種使用小曲的寶卷，⓰它們使用的曲調共二百二十三種。現將這些曲調在

⓰　這52種寶卷（包括清代初年的4種民間俗文學故事寶卷）是：1《藥師本願功德寶卷》（版本略，下同）、2《皇極金丹九蓮還鄉寶卷》、3《佛說皇極結果寶卷》、4《佛說二十四孝賢良寶卷》、5《明宗孝義達本寶卷》、6《銷釋印空實際寶卷》、7《銷釋真空寶卷》、8《銷釋真空掃心寶卷》、9《普明如來無為了義寶卷》、10《混元弘陽佛如來飄高祖臨凡經》、11《弘陽悟道明心經》、12《弘陽悟道經》、13《弘陽歎世經》、14《銷釋明淨天華寶卷》、15《銷釋悟性還源寶卷》、16《銷釋開心結果寶卷》、17《泰山東嶽十王寶卷》、18《護國佑民伏魔寶卷》、19《靈應泰山娘娘寶卷》、20《清源妙道忠孝二郎寶卷》、21《東嶽天齊仁聖大帝寶卷》、22《佛說利生了義寶卷》、23《佛說楊氏鬼繡紅羅化仙哥寶卷》、24《銷釋白衣觀音送嬰兒下生寶卷》、25《普靜如來鑰匙通天寶卷》、26《大聖彌勒化度寶卷》、27《古佛當來彌勒出西寶卷》、28《佛說如如居士度王文生天寶卷》、29《佛說銷釋保安寶卷》、30《敕封空王古佛寶卷》、31《家譜寶卷》、32《銷釋孟姜忠烈貞節賢良寶卷》、33《銷釋南無一乘宗彌陀授記歸家寶卷》、34《古佛天真考證龍華寶經》、35《銷釋接續蓮宗寶卷》、36《銷釋木人開山寶卷》、37《多羅妙法經》、38《佛說皇極金丹九蓮證性歸真寶卷》、39《太陽開天立極億化諸佛寶卷》、40《銷釋悟明祖貫行腳寶卷》、41《乘天效法后土皇帝道源寶卷》、42《福國鎮宅靈應竈王寶卷》、43《太上佄宗科儀》、44《敕封平天仙姑寶卷》、45《三祖行腳因由寶卷》、46《清靜窮理盡性定光寶卷》、47《泰山聖母苦海寶卷》、48《虎眼禪師遺留唱經卷》、49《佛說永壽庵認母回宮得病慈雲寶卷》、50《佛說吉祥放主逃生走國慈雲寶卷》、51《佛說紹興城救父回國登基慈雲寶卷》、52《佛說劉子忠寶卷》。筆者另著〈明清教派寶卷中的小曲〉（載《漢學研究》，20：1，2002‧6）對這些寶卷的版本和使用小曲的情況，有詳細介紹，可供參考。

寶卷中的使用情況介紹如下（使用次數統計到寶卷的「品」）：

（1）使用十五和十五次以上的曲調共二十四曲：〔駐雲飛〕、〔耍孩兒〕、〔金字經〕、〔皂羅袍〕、〔清江引〕、〔傍妝臺〕、〔浪淘沙〕、〔掛金鎖〕、〔黃鶯兒〕、〔桂枝香〕、〔山坡羊〕、〔駐馬聽〕、〔寄生草〕、〔棉搭絮〕、〔上小樓〕、〔步步嬌〕、〔疊落金錢〕、〔畫眉序〕、〔側郎兒〕、〔鎖南枝〕、〔折桂令〕、〔紅繡鞋〕、〔柳搖金〕、〔五更調〕、（〔哭五更〕、〔鬧五更〕、〔五更禪〕、〔五更〕、〔喜樂五更〕等❶）。

（2）使用五到十四次的曲調共二十三曲：〔一封書〕、〔掛真（針、枝）兒〕、〔沽美酒〕、〔羅江怨〕、〔雁兒落〕、〔朝天子〕、〔粉紅蓮〕、〔一枝花〕、〔桂山秋月〕、〔粉蝶兒〕、〔蓮花落〕、〔海底沉〕、〔懶畫眉〕、〔風入松〕、〔紅蓮兒〕、〔四朝元〕、〔哭皇天〕、〔金絡索〕、〔錦庭樂〕、〔滿庭芳〕、〔水仙子〕、〔月兒高〕、〔新水令〕。

（3）使用一至四次的曲調共一百七十六種（其中僅出現一次的曲調近百種）：

這些曲調中，近半數見於南北曲，如〔沉醉東風〕、〔謁金門〕、〔二郎神〕、〔得勝令〕、〔點絳唇〕、〔下山虎〕、〔象牙床〕、〔鬥鵪鶉〕、〔望江南〕、〔梧桐葉〕、〔啄木耳〕、〔十段錦〕、〔步步高〕、〔紅羅怨〕、〔一江風〕、〔玉芙蓉〕、〔江兒水〕、〔集賢賓〕、〔一翦梅〕、〔十七腔〕、〔乾菏葉〕、〔十棒鼓〕、〔對玉環〕、〔叨叨令〕、〔朝元歌〕等。也有不少「帶過曲」，

---

❶　這些調名可能不是一支曲子，因難以辨別，故集中在〔五更調〕下。

如；〔玉樹掛金牌〕、〔雁兒落帶過清江引〕、〔金字經後帶一輪月〕、〔五更禪後帶梧桐葉〕、〔一封書後帶青天歌〕、〔上小樓帶走雲雞〕、〔鎖南枝半插羅江怨〕、〔水仙子半插玉芙蓉〕等。加上前面常用曲調中的南北曲曲牌，將超過半數以上。它們是南北曲的「俗唱」，或僅襲用曲名；其演唱「隨腔入調」，也不能以明代曲家編訂的南北曲譜來定其宮調；即如上引明沈德符《萬曆野獲篇》「時尚小令」中的曲調，亦多有見於南北曲曲譜者（有些是明人製訂曲譜採集收入），文中稱它們的曲調「漸與詞曲相遠」，「其譜不知從何來」，教派寶卷中所用的南北曲曲牌與此相同。

有些是見於文獻記載的小曲，如〔銀紐絲〕、〔銀絞絲〕、〔劈破玉〕、〔打棗杆〕、〔採茶歌〕等。大量的小曲則未見文獻記載，如〔火中蓮〕、〔西牛角〕、〔東牛角〕、〔穿堂子〕、〔半天飛〕、〔走馬詞〕、〔走黃天〕、〔翻山燕〕、〔駐馬飛〕、〔龍戲珠〕、〔青松葉〕、〔河西調〕、〔挽烏雲〕、〔齊上古墳〕、〔鼈魚受封〕、〔釋移花〕、〔一枝蓮〕、〔玉蓮花〕、〔玉蓮曲〕、〔半天飛〕等。

另外，有些可能是寶卷編者改編民間曲調而新定調名，如〔九轉還丹令〕、〔萬脈朝元一枝花〕、〔玉液還丹一封書〕、〔九九紅蓮詞〕等；有些可能是自編曲，或用舊曲改編而根據所唱內容新定曲名，如〔阿蘭佛〕、〔龍華令〕、〔歸家怨〕、〔木人調〕、〔法船號〕、〔法輪號〕、〔聖天景〕、〔法線景〕、〔家鄉景〕、〔天宮景〕、〔沙灘景〕、〔婆兒樂〕、〔清音樂〕、〔修行樂〕、〔臨凡怨〕、〔圓佛心頭〕、〔弓長奧〕、〔朝陽洞〕、〔四時香〕、〔徹夜禪〕、〔泥水金丹〕、〔心遂令〕、〔觀花園〕等。這些曲

子也不見文獻記載。

從時間的發展看，明嘉靖、萬曆間的教派寶卷，多是選用民間最流行的曲調。僅被使用一、兩次的曲調，多出現在明末和清代初年的寶卷中。對一般民眾來說，他們不會閱讀寶卷文本，只是聽唱寶卷，所以，這些曲調雖僅被一兩種寶卷使用，但它們應當是群眾熟悉或能夠接受的曲調。

教派寶卷中小曲的組曲形式多樣化，有以下幾種情況：

⑴重頭聯唱。教派寶卷每品中的小曲，僅唱一曲的很少，至少是同一曲調重頭聯唱兩遍，以唱四遍最普遍，也有高達十餘遍的。

⑵定格聯唱。使用最多的是以「五更」爲序組曲聯唱，用以唱述修煉內功，或表述某種思念情感。「九」在民間教派中是常用的一個極數，如「九蓮」、「九轉」。這種觀念也被用在組曲上，於是有〔九更懶畫眉〕（《普靜如來鑰匙通天寶卷》第四十六品），它們是九支〔懶畫眉〕的聯唱。

⑶輪唱。多爲兩支曲調輪唱，如《古佛天眞考證龍華寶經》第十三品的組曲：〔紅蓮詞〕〔玉蓮曲〕〔紅蓮詞〕〔玉蓮曲〕。這種兩曲輪唱的組曲形式多以「帶過曲」表示：表面上是一支帶過曲的重頭聯唱，實際上是兩支曲子的輪唱。如《佛說皇極金丹九蓮正性皈眞寶卷》第十五品唱〔雁兒落帶過清江引〕四遍（即〔雁兒落〕〔清江引〕輪唱四遍）。這種兩曲輪唱的歌唱形式，很像宋元時期的民間歌唱技藝「纏達」。

⑷套數。教派寶卷中的小曲出現「套數」的體式，大致是在明萬曆末年以後的寶卷中，套數的形式較多的是「一曲帶尾」的形式，即由一支曲子（包括重頭聯唱數遍）加〔尾聲〕組成，如《普靜如

來鑰匙通天寶卷》第二十六品用〔錦庭樂〕〔尾聲〕、《銷釋木人開山寶卷》第二十品用〔風入松〕（24遍）〔尾聲〕（2遍）；也用兩支和兩支以上曲子加〔尾聲〕的套數，如《銷釋白衣觀音送嬰兒下生寶卷》由〔時運步步嬌〕〔折〕〔走馬詞〕〔尾聲〕成套。有的寶卷中的套數以〔清江引〕或〔黃鶯兒〕〔鷓鴣天〕〔寄生草〕等小曲作尾聲，如《多羅妙法經》第十三品由〔鎖南枝半插羅江怨〕（五更）〔皂羅袍〕〔清江引〕成套；《銷釋白衣觀音送嬰兒下生寶卷》第二十品由〔黃鶯兒〕〔西江月〕〔黃鶯兒〕成套；《多羅妙法經》第十四品由〔水仙子半插玉芙蓉〕（2遍）〔朝陽皂羅袍〕〔寄生草〕（2遍）成套。

六、結　語

　　明清的教派寶卷是繼承宋元以來的佛教寶卷，又吸收明清多種民間歌唱形式而形成的一種宗教說唱。它的演唱形態，形式多樣又嚴整；它流行二百年，保留有近二百種演唱文本，這些在中國民間說唱史上都是少見的。教派寶卷只在民間教派信仰活動中演唱，主要是說唱各教派教理、修持及宗教儀軌，說唱文學故事的寶卷極少，它不同於一般的民間說唱文學，但它對民間說唱文藝的傳播和影響，卻又有不可忽略的意義。為了說明這一問題，先介紹一下教派寶卷產生和流播的地區。

　　明代的河北及其周邊地區（山東、河南、山西），是各民間教派陸續產生和活動的中心，各教派的教祖和創教初期的活動骨幹，也都是這一地區的人。這些活動在社會底層（主要在農村）的民間

宗教家，便是教派寶卷的編者和傳播者。他們熟悉上述地區民間流行的各種演唱文藝，並吸收到寶卷中。而寶卷的傳播，則遠遠超出上述地區。貫通南北的大運河，是民間教派和它們的寶卷南傳的渠道；民間宗教家出於宗教狂熱到各地「開荒」，把佈道的宣卷活動和寶卷帶到萬里之外的邊疆地區和窮鄉僻壞。比如，據今人研究，明萬曆年間無爲教的一個支派已傳入今甘肅東部和寧夏地區活動。❶瞭解上述宗教文化背景，有助於探討教派寶卷演唱形式的來源和對同時和後來的民間演唱文藝的影響。

據前引沈德符《萬曆野獲編》文，「時尙小令」產生和最初盛行的地區，也正是民間教派創教和活動中心地區，教派寶卷吸收這些時興的小曲，是很自然的事。因此，上文指出，教派寶卷中的小曲儘管許多見於明代曲家所編南北曲曲譜，卻是民間流傳的通俗唱法；它們同嘉靖以後在上層社會和城市舞臺、歌館流行的崑曲（崑山腔）沒有關係。

清康熙、乾隆年間，流傳各地的小曲多已落地生根，與當地民歌小曲結合，形成爲具有地方特點的民間演唱文藝。在河北、山東地區便出現一批此類演唱文藝形式，它們早期以清唱小曲爲主，後來有的化裝演唱，並發展爲戲曲，如山東的柳子戲、羅子戲、八仙戲，河北的絲弦、老調等。研究者在探討這些演唱文藝的來源時，苦於找不到可參照的其他演唱形式。明清教派寶卷則可爲此提供一些資料，比如，柳子戲常用的曲牌有「五大曲（套）」之說，即〔黃鶯兒〕、〔娃娃〕（按，即〔耍孩兒〕）、〔山坡羊〕、〔鎖南

---

❶ 喻松青〈銷釋眞空寶卷考辨〉，載《中國文化》，北京，第十一期，1995・7。

枝〕、〔駐雲飛〕。**⑲**這五種曲調，據本文上面的統計，正是教派
寶卷中最常用的曲調。另如康熙年間著名作家蒲松齡創作「俚曲」
十四種，其中所用「俚曲」曲牌五十多種，見於教派寶卷的就有二
十五種。**⑳**

　　教派寶卷中的詩贊，特別是其中大量使用的十言唱詞形式，是
明末清初北方梆子腔戲曲和鼓詞等多種民間演唱文藝唱詞的主要
形式，由於教派寶卷沒有留下曲譜資料，已難以對它們做比較研究。

　　教派寶卷直接的影響是清初民間寶卷的產生。民間寶卷以演唱
文學故事為主。最早的民間寶卷的形式與教派寶卷相同，如《佛說
慈雲寶卷》（今存清抄本），它分為《佛說永慶庵認母回宮得病慈
雲寶卷》、《佛說劉吉祥放主逃生走國慈雲寶卷》、《佛說紹興城
救父回國登基慈雲寶卷》三部，長達六十四品，所用曲調三十餘種，
演唱了一個曲折複雜的宮廷忠奸鬥爭故事。在後來民間寶卷的發展
中，這些早期民間寶卷中的「品」目和每個演唱段落中的(4)、(6)唱
段消失了，新編的寶卷中便不再保留分品和這些唱段。

（原載《2001 海峽兩岸民間文學學術研討會論文集》，2001·6，花蓮）

---

⑲　紀根垠《柳子戲簡史》，北京：中國戲曲出版社，1988，頁 181。

⑳　參見車錫倫〈明清教派寶卷中的小曲和聊齋俚曲〉，《蒲松齡研究》，山東淄
　　博，2000：3—4，總 37。

江浙吳方言區的民間宣卷
和寶卷。

　　宣卷和寶卷在吳方言區的傳播範圍，主要集中於北部吳方言區。按現行的行政區劃，大致包括上海市所屬諸市縣，江蘇省長江

❶　關於江浙吳方言區的民間宣卷和寶卷，今人已發表的論著和調查報告，筆者所見主要有：

(1)李世瑜〈江浙諸省的宣卷〉，《文學遺產增刊》第七輯（中華書局，1959，北京），頁 197—213。

(2)車錫倫〈江蘇靖江的講經〉（調查報告），《民間文藝季刊》（上海），1988：3，頁 165—189；又，收入《中國寶卷研究論集》，臺北：學海出版社，1997。

(3)車錫倫〈吳語區宣卷概說〉，《揚州師範學院學報》，1990：4。

(4)車錫倫、方梅〈宣卷和民間信仰〉，《吳越民間信仰民俗——吳越地區民間信仰與民間文藝關係的考察和研究》第五章，姜彬主編，上海文藝出版社，1992，上海，頁 295—341。

(5)車錫倫、侯艷珠〈江蘇靖江做會講經的「破血湖」儀式〉（調查報告），《民間宗教》（臺灣臺北），第四輯（1998：12），頁 329—344。

(6)車錫倫、侯艷珠〈江蘇靖江做會講經的「醮殿」儀式〉（調查報告），《民俗研究》（山東濟南），1999：2，頁 36—42。

(7)桑毓喜〈蘇州宣卷考略〉（調查報告），《藝術百家》（南京），1992：3，頁 122—126。

(8)喬鳳歧〈蘇州宣卷和它的儀式歌〉，《中國民間文化》（上海），1994：3（總 15 集），頁 154—161。

本文對吳方言區民間宣卷活動情況的介紹，除已註明出處者，均爲筆者田野調查所得。

以南蘇州、常州、無錫所屬諸市縣及鎮江市所屬部分地區，浙江杭州、嘉興、湖州、寧波、紹興、金華所屬諸市縣，在上述各地區中，尤以太湖流域最爲普及。在江蘇長江以北的吳方言孤島靖江市（原隸常州、揚州，今屬泰州市）也極流傳。這一地區即研究者所說的吳文化區。據文獻記載，明代這一地區即有宣卷和寶卷流傳，既有早期的佛教寶卷，也有民間教派的寶卷和宣卷。清代初年出現脫離佛教和民間教派的民間宣卷和寶卷。清末民初是吳方言區民間宣卷和寶卷發展的極盛期，與江南吳語彈詞並列爲兩大民間說唱。上世紀四十年代，民間宣卷開始衰微，五十年代初城市中的宣卷迅速消失；八十年代以來，在某些地區農村宣卷伴隨民間信仰活動又有發展。1982 年以來，筆者對這一地區的民間宣卷和寶卷做了田野調查。❷現結合文獻中的記載，並參考當代學者的調查研究，介紹如下。

一、吳方言區民間宣卷的形成

從明代文獻中可知，當時活動於江浙一帶的宣卷人是佛教的僧侶和被稱做「道人」的民間的宗教職業者。明成化、正德間散曲家陳鐸《滑稽餘韻》〔滿庭芳〕〈道人〉曲云：

---

❷　筆者調查吳方言區民間宣卷和寶卷的主要地點，可參見〈江蘇張家港港口鎮「做會講經」調查報告〉附錄一〈張家港、常熟做會講經流傳地圖〉。除了該圖標示的地點外，筆者還到浙江湖州、杭州、寧波、紹興等地調查過。

稱呼爛面，倚稱佛教，那有師傳。沿街打聽還經願，整夜無眠。長布衫當袈裟施展，舊家堂作聖像高懸。宣罷了《金剛卷》，齋食兒未免，單顧嘴不圖錢。❸

明嘉靖初徐憲忠《吳興掌故集》卷十二「風土類」云：

近來村莊流俗，以佛經插入勸世文俗語，什伍相聚，相爲唱和，名曰「宣卷」。蓋白蓮之遺習也。湖人大習之，村嫗更相爲主，多爲黠僧所誘化，雖丈夫亦不知墮其術中，大爲善俗之累，賢有司禁絕之可也。❹

吳方言區的民間宣卷的形成，大致在清代初年。在某些地區，宣卷又稱做「講經」；宣卷人稱做「佛頭」❺或「宣卷先生」「講經先生」。早期的民間宣卷人可能是在民間結社念佛活動中產生。

---

❸ 載謝伯陽編《全明散曲》第一冊，頁 547，齊魯書社，1994，山東濟南。

❹ 本書輯入劉乘乾《吳興叢書》，民國三年（1914）劉氏嘉業堂刊本。

❺ 關於「佛頭」一語的來歷，筆者 1987 年在江蘇靖江調查時，曾瞭解到以方音比附爲「倒楣、悔氣、下賤」的意思（見〈江蘇靖江的講經〉），段寶林等〈俗文學的活化石——靖江寶卷〉（《漢聲》，1991：8，頁 75—81，臺北）也採用這種說法。這種說法是當地幾位文化人（不是佛頭）的牽強附會。明末話本小說集《型世言》第二十八回「癡郎被困名繮，惡髡竟投利網」中說，張秀才請和尚穎如在家中設經房，「廳內中間擺設三世佛、玉皇五位神祇，買了些黃紙，寫了些意旨，道願行萬善，祈求得中狀元」。「先發符三日，然後齋天送表。每日穎如做個佛頭，張秀才夫婦隨在後邊念佛，做晚功課，」（江蘇古籍出版社，1993，南京，頁 470—471）據此，「佛頭」一語在明代已出現，意即領頭拜佛、念佛的人。

他們本人篤信神佛，熟悉各種經卷（包括寶卷）和儀式，帶領大家念佛唱卷，因被稱做「佛頭」；至今在江浙某些農村中，仍可看到這樣的佛頭，他們是業餘性質，多為女性，不收報酬，但接受齋主家贈送的禮品（多為食品）。同時，在民間的祈福禳災、追亡薦祖等法會道場上（明代的民間佛教信徒請僧尼、「道人」做這類法事），或在民間廟會社賽時，民眾也要求聽宣卷，這樣也出現了一些宣卷人。這類宣卷人多為男性，被尊稱做「先生」。這些宣卷的佛頭、先生在鄉土平民社會中是受歡迎的人，特別是那些宣卷效果好、演唱的寶卷多的人，受邀請的機會多，這樣就產生了半職業性的宣卷人。他們宣卷收取報酬，做為謀生的手段。為了適應聽眾的要求，他們需要掌握更多的寶卷；除了傳統的寶卷外，進而改編一些受聽眾歡迎的俗文學故事寶卷。

吳方言區民間宣卷的形成過程，在文獻中難以找到直接記述材料。筆者把它定在清代初年，是因為現在可以看到清代康熙、乾隆年間的這種民間寶卷的手抄本，比如康熙二年（1633）黃友梅抄《猛將寶卷》。劉猛將是太湖流域民間普遍崇信的一位地方保護神，每年定期的祭祀活動稱「猛將會」，或「青苗會」、「青苗社」。蘇州地區的猛將會最早見於明嘉靖年間的記載。❻這位民間神及其祭祀活動不屬於佛、道及任何民間教派。據筆者的調查，猛將會上除

---

❻ 明嘉靖四十三年（1564）序刊本《王穉登集》卷四「吳社篇」：「凡神所棲舍，具威儀簫鼓雜戲迎之曰會。……會有松花會、猛將會、關王會、觀音會。松花、猛將二會，余幼時猶及見，然惟旱蝗則舉。」按，王穉登（1535—1612），明代文學家。先世為江陰（今屬無錫市），移居蘇州，嘉靖末入太學，萬曆時曾受詔修國史。

了由祝司唱《猛將神歌》外，在大部分地區是由宣卷人唱《猛將寶卷》。現存這一寶卷的抄本被公私收藏者近三十種，並有多種異名，如《天曹寶卷》《劉天王寶卷》《晚娘寶卷》等。❼另一本年代比較早的民間寶卷是《孟姜女寶卷》（簡稱《尋夫卷》）。它是由朱容照原抄，又經□子法校訂（按，□字難以識讀，可能是「章」字）的抄本。校訂者署「嘉慶六年〔1801〕六月」，則其改編、原抄當在此前，可能是乾隆末年的作品。卷中唱詞個別地方使用了吳方言詞，如「未知意下若何能」、「好像晴天霹雷能」（「能」字的用法爲吳方言），因此可知它是吳方言區的寶卷。孟姜女故事是中國民間家喻戶曉的傳說故事，值得注意的是這本寶卷改編的特點：男主人公范杞梁在家時已娶徐氏爲妻，並生有一子。他迫於父命，辭別父母、妻兒到東京去求功名。遇許孟姜後，許知道他已有妻室，卻又嫁給他；二人夫妻三日，被迫離別。徐氏臨別時贈給范杞梁的犀簪，范杞梁轉贈給許孟姜；孟姜尋夫離家時，將犀簪交給父親許員外；許員外持犀簪到范家去認親，又交給親翁范杞梁的父親；范父又將犀簪交給兒媳徐氏。這曲折往還的情節，卷中稱做「犀簪會」。最後，范杞梁的兒子戲劇性地與知府張太爺的女兒訂親，范、許、孟、姜四家合做一家，范的兒子後來生了四個兒子接續四姓香煙。從以上情節看，它是按江南彈詞才子佳人悲歡離合故事的俗套，改編了這一民間傳統故事。它說明吳方言區民間宣卷在其發展的前期即已向彈詞靠攏，這自然是爲了取悅聽眾。

---

❼ 見車錫倫《中國寶卷總目》，臺灣中央研究院文哲所出版，1998；重編本，北京，燕山出版社，2000，北京。

　　乾、嘉時期留存的吳方言區民間寶卷抄本尚有乾隆五十七年（1792）抄本《李素眞還魂寶卷》、嘉慶二十二年（1817）抄本《天仙寶卷》（即《張四姐大鬧東京寶卷》，據傳奇劇本《天緣配》改編，亂彈、鼓詞中亦演唱這一故事）等。據筆者《中國寶卷總目》統計，當今爲公私收藏道光年間（1821-1850）的吳方言區民間抄本寶卷有二十餘種，如：

　　⑴道光四年（1824）抄本《白龍寶卷》，此卷據江蘇常州地區的白龍傳說改編。

　　⑵道光七年（1827）畢介眉抄本《白蛇寶卷》；另有道光二十八年（1848）抄本《義妖寶卷》，均演白蛇傳故事，其直接改編來源則是彈詞《義妖傳》。

　　⑶道光二十九年（1849）抄本《英台寶卷》，演梁祝故事。

　　⑷道光八年（1828）張玉抄本《洛陽受生寶卷》，演蔡狀元（襄）修建洛陽橋的傳說故事。

　　⑸道光二年（1823）榮記抄本《劉天王寶卷》，即《猛將寶卷》。

　　⑹道光二十五年（1845）周大德抄本《開橋寶卷》，演嘉慶十九年（1814）無錫西北鄉鄉民同城中紳士爲開壩（顯應橋）放水抗旱而引起的鬥爭故事，又名《顯應橋寶卷》等。

　　⑺道光元年（1821）餘慶堂金氏抄本《金開寶卷》，述寡婦房氏自賣其身爲兒子端午官娶妻簡氏，端午官、簡氏又賣了房屋贖回母親。菩薩顯靈，使他們得到大量金銀，一家三口從此過上富裕生活。據民間故事改編。抄寫者傳世的寶卷尚有年代不詳的抄本《勸和婆媳寶卷》、《十樣景》等。

　　⑻道光二十二年（1842）抄本《玉玦寶卷》、道光二十七年（1847）

俞文斌抄本《慈心寶卷》及年代不詳的道光抄本《一餐飯寶卷》，均演民婦蘇氏（或陸氏）留太師顧鼎臣一餐飯，顧認她爲乾女兒，並留贈玉玦。後蘇氏遭迫害，得顧救助。江浙彈詞及地方戲中均演此故事。

(9)道光二十二年（1842）思悟道人抄本《白玉燕寶卷》。述李文祥與馮月娟的婚姻故事。故事雖曲折，但不離「公子落難，岳父悔婚，小姐多情，終得團圓」的俗套。改編自彈詞，又名《雙玉燕寶卷》。

(10)道光四年（1824）吳燦然抄本《齋僧寶卷》。述張素珍立志齋僧念佛修行，她和她的一雙兒女受到丈夫王員外和妾宋氏的殘酷迫害。後來張素珍和兒女均得善終，王和宋氏卻淪爲乞丐。其間，張氏兒女被迫逃出家門時，把手巾分作兩塊，做爲以後相認的憑據，故又稱《手巾寶卷》。源於清初《佛說王忠慶大失散手巾寶卷》。

(11)道光九年（1829）俞萬金抄本《紅羅寶卷》。

(12)道光六年（1826）俞聖德抄本《觀音寶卷》；又，道光十一年（1831）姚聲齊抄本《妙英寶卷》，道光二十一年（1841）吳氏抄本《妙音寶卷》。

(13)道光四年（1824）樂善堂抄本《財神寶卷》。又，道光二十六年（1846）畢涉江抄本同名寶卷。

(14)道光十六年（1836）抄本《竈皇寶卷》。

(15)道光九年（1829）吳燦華抄本《三官寶卷》。

(16)道光三年（1823）抄本《積德延壽寶卷》。

以上所列出的近三十種康熙至道光年間的民間抄本寶卷，現代仍爲吳方言區的宣卷藝人們傳抄演唱。由於民間宣卷藝人在每次演

唱寶卷的時候都要翻閱，容易破損，年代久遠的卷本很難保留下來。被宣卷人的後代保存下來的這類早期卷本帶有偶然性；五十年代寶卷被視爲毫無價值的「迷信品」，大量流散被毀的時候，又有幸被收書人收購並爲公私收藏，也只能是其中的一小部分。因此，用上述數十種康熙至道光年間的民間抄本寶卷說明吳方言區民間寶卷在這一時期的存在和發展，是很有力的。從這些寶卷的形式（不再分品和標出曲牌名，唱詞多爲七、十言句）和內容類型來看，現代吳方言區的民間宣卷和寶卷至遲在道光年間已具規模。

五十年代李世瑜先生調查江浙吳方言區宣卷的時候，由於沒看到當時陸續流散出來並爲公私收藏的這些早期卷本，因而認爲：

> 從清同治、光緒年間開始，寶卷又以一種新的面貌出現，它
> 是前期寶卷的變體，可以稱做後期寶卷。即寶卷已由佈道發
> 展爲民間說唱技藝的一種，名字就叫宣卷。寶卷也就成爲宣
> 卷藝人的腳本。❽

這一結論顯然是有缺陷的。

二、近現代吳方言區民間宣卷的發展

吳方言區民間宣卷的大發展是在清咸豐以後，具體的說是太平天國被清政府鎮壓之後。道光三十年（1850）洪秀全領導的太平軍

---

❽ 李世瑜〈江浙諸省的宣卷〉。

在廣西起義。咸豐三年（1853）太平軍攻克南京，建立太平天國政權，至同治三年（1864）南京陷落。十餘年間，太平軍曾佔領過江浙兩省大片的地區。它以「上帝」的名義，掃蕩了許多廟宇中的神佛偶像；也向鄉土平民（主要是農民）提供了大量擺脫困境的許諾（如「田產均耕」），這一切都煙消雲散。留給鄉土平民的是十餘年慘烈的戰爭回憶，因而他們轉而更加信賴主持「善惡報應」的神佛。這時的清政府，在帝國主義入侵者面前奴顏婢膝，束手無策，但對重整封建社會的秩序卻雷厲風行。同治六年（1867）曾參與鎮壓太平軍的丁日昌，由蘇泰道員升任江蘇巡撫，隨即查禁「淫詞小說」（所列作品多為彈詞）、「淫戲」（指花鼓、灘簧等地方戲），地方士紳也一致鼓吹。❾於是，以倡導勸善為宗旨，在敬神拜佛的活動中演唱的宣卷便大興起來。它不僅滿足平民、鄉紳的信仰、教化需求，宣卷藝人也大量改編那些消閒、娛樂的彈詞，把遭禁的彈詞書目改編、濃縮（宣卷必須在短時間內一次唱完），加上善惡報

---

❾ 參見王曉傳輯錄《元明清三代禁毀小說戲曲史料》（作家出版社，1958，北京）收：(1)〈同治七年江蘇巡撫丁日昌查禁淫詞小說〉（頁 121—126，原載《江蘇省例藩政》「同治七年」）；(2)〈同治七年江蘇巡撫續查禁淫書〉（頁 127—128，原載同上）；(3)〈丁日昌通飭禁開設戲館點演淫戲〉（頁 130—131，原載《撫吳公牘》卷一）；(4)余治〈勸收毀小本淫詞唱片啓〉（頁 157—159，原載余治編《得一錄》卷一一之一）；(5)余治〈刪改淫書小說議〉（頁 159—160，原載同上）等。按，丁日昌（1823—1882），廣東豐順人，貢生出身，曾任江西萬安知縣。太平軍進入江西時，棄城丟官。後入曾國藩幕，為曾國藩及後來的李鴻章辦洋務和外交。同治二年（1863）辦江西製造局，任總辦兼蘇泰道員，同治六年（1867）底繼李鴻章任江蘇巡撫。余治（1809—1874），江蘇無錫人。屢試不舉，咸豐後始以附生被保為縣學訓導。他多次向當局籲請查禁小說、戲曲。

應的觀念，伴隨著木魚聲、佛號聲演唱。同時，這時許多有民間教團背景的經房、善書局也大量整理、編刊寶卷，推動了民間宣卷的發展。

據調查，光緒年間在江南已有宣卷人組織的班社（一般四人左右），他們在各集鎮的茶館中掛牌招攬生意，乘著自備的航船，到「齋主」家去演唱。同時，許多宣卷藝人和宣卷班也進入蘇州、上海、杭州、寧波等大城市，得到長足的發展。

在蘇州市，光緒末年出現了宣卷藝人的行業組織「宣揚公所」（亦稱「宣揚社」）。由宣卷藝人集資在盤門內東半異卅巷購房為社址。首屆會長及董事為繆君甫、袁小亭、馬炳卿、沈月英、張祥生五人。公所以保障同業權益為宗旨，為入社者謀取福利、調解糾粉，救濟貧困宣卷藝人。經費由入社者按演出收入十分之一交納。公所對宣卷藝人收徒、演出形式也做出規定，如藝人的「行擔」（放置演出樂器、道具、擺設和卷本的小木箱），係宣卷藝人浦江山所創（原先是用青布褡褳袋裝），開始時同行反對，公所裁定不許用；後來議定統一用兩只小木箱，上寫「文明宣揚」四字。公所規定行業祖師為「斗姆菩薩」，每年農曆六月二十日斗姆生日，同業在公所祭祀。同業組織和行業祖師的出現，說明宣卷正式擠入民間演藝行，這自然也推動宣卷藝術的發展。宣卷藝人改革原來的「木魚宣卷」（僅用木魚、手鈴伴奏，故名）音樂和唱腔單調的缺陷，增加胡琴、弦子、簫、笛等伴奏樂器，吸收各種民歌小調曲調，豐富宣卷的唱腔，而稱「絲弦宣卷」；為了表示與過去「老法宣卷」的不同，而標榜為「文明宣卷」（或「新法宣卷」）。宣卷藝人為了取悅聽眾，甚至演唱一些蘇灘的

傳統劇目，如《馬浪當》、《賣橄欖》、《蕩湖船》等，因而引起蘇灘藝人的不滿。傳說民國初年，蘇灘藝人為此告到官府打官司，官府判決宣卷藝人只可用一把胡琴伴奏（這個傳說流傳很廣，但不一定實有其事）。宣卷藝人許維鈞（1909-？）吸收彈詞的表演藝術，將「起角色」用之於宣卷，並改革宣卷唱腔，被視為蘇州「書派宣卷」的代表人物；藝人朱觀寶首招女弟子合作演出，其他宣卷藝人紛紛仿效，於是又有「女子宣卷」。到本世紀二十年代，單蘇州市區便有從業宣卷藝人 400 多人，是蘇州宣卷的全盛時期。❿

鴉片戰爭以後，上海、寧波等城市開闢為通商口岸，工商業迅速繁榮。江浙各地人士大量湧入這些城市謀生，也帶去各地的宣卷。文獻中對上海的宣卷情況有較多的記錄。如光緒初年惜花主人《海上冶遊備覽》卷下「宣卷」云：

> 一卷二卷，不知何書，聚五六人群坐而諷誦之，彷彿僧道之念經者。堂中亦供有佛馬多尊，陳設供品。其人不僧不道，亦無服色。口中喃喃，自朝及夕，大嚼而散。謂可降福，亦不知其意之所在。此事妓家最盛行，或因家中壽誕，或因禳解疾病，無不宣卷也。此等左道可殺。⓫

光緒間王韜（玉魷生）《海陬冶遊附錄》卷上亦云：「妓家遇

---

❿ 上述關於蘇州宣卷的介紹，參考桑毓喜〈蘇州宣卷考略〉、喬鳳歧〈蘇州宣卷和它的儀式歌〉。

⓫ 轉引自陳汝衡《說書史話》（作家出版社，1958，北京），頁 128。

祖師誕日及年節喜慶事，或打唱，或宣卷，或燒路頭。是日促客擺酒，多者有十數席。」**⑫**同期描寫上海娼家生活的小說《海上花列傳》（韓邦慶著）第 20 回、25 回，對此亦有描述。**⑬**那些淪爲妓女的不幸婦女，大都來自江浙農村。她們被侮辱被損害的身心，從寶卷中那些受盡苦難而終得善報的女主人公身上，可得到一點安慰和寄託。不僅上海、蘇州，北京的清音小班南幫妓院，每年也例請江南宣卷藝人去演唱。**⑭**

　　大城市中的市民對宣卷的娛樂性要求高，宣卷改革的起步也早。進入上海的地方宣卷主要來自蘇州和寧波地區，被稱爲「蘇州宣卷」和「四明宣卷」。現存清末上海宣卷藝人的手抄本寶卷，其唱念有的已分別標出生、旦、淨、丑等角色，即「起角色」，說明其演唱形態已彈詞化。本世紀二、三十年代，上海多家私營電臺連續播放蘇州宣卷和四明宣卷。這種演播形式，一直延續到五十年代初私營電臺關閉爲止。

　　本世紀二十年代初，杭州市下城區的機坊織綢工人中的業餘宣卷人，也開始改革傳統木魚宣卷的演出形式。機坊工人裘逢春等人組織了一個宣卷班「民樂社」。當時「維揚大班」（揚劇的前身）到杭州演出，深受歡迎。他們吸收維揚大班的唱腔並定名爲〔揚州

***

⑫　據《香豔叢書》（國學扶輪社排印線裝本，1911，上海）第二十集卷二收《海賑冶遊附錄》卷上，頁 29A。

⑬　見典耀校點本《海上花列傳》（人民文學出版社，1982，北京），頁 170、201—202。

⑭　見《李家瑞先生通俗文學論文集》（王秋桂編，學生書局，1982，臺北）《宣卷》，頁 51—53。

調〕，豐富了木魚宣卷的唱腔，增加胡琴、小鑼、鼓板伴奏，並分配角色，簡單化裝演出。開始還是演堂會，1924 年 1 月首次在杭州大世界遊樂場掛出「武林班」牌子公演，被稱爲「化裝宣卷」。繼由傅智芳等人組織「同樂社」，學習京劇身段和音樂，公開演出，也稱「武林班」。後來這種舞臺演出化的化裝宣卷被稱做「高臺武林班」；杭嘉湖地區的一些民間宣卷藝人接收武林班的改革，仍以說唱形式演出，被稱做「平臺武林班」。它們最終都脫離了在民間信仰活動中演出宣卷的傳統，並堅持下來。到五十年代，分別被定名爲「杭劇」和「杭曲」，成爲地方性的戲曲和曲藝品種。

吳方言區宣卷的衰微始於 1940 年前後。日本帝國主義侵入江南，戰亂頻仍，民生凋敝。城鄉民眾對於祈福禳災、廟會社賽等活動多從簡安排，宣卷班社活動的空間縮小，從業人員大減。1950 年以後，由於社會的巨大變革，城鎮中的宣卷迅速消失，宣卷藝人改業。農村中的宣卷藝人本來就是農民，仍去務農；城市中的宣卷藝人，個別改唱其他戲曲、曲藝，如上海四明宣卷藝人施炳初改唱四明南詞（彈詞），蘇州宣卷藝人許維鈞轉業到滬劇團。農村中保留下來的少量宣卷班，除了演唱一些傳統故事寶卷外，也改編新的電影、戲劇故事演唱。但是，宣卷及做會活動仍不絕如縷，即使在大張旗鼓「破四舊」的「文革」期間，據調查，在個別地區農村仍有農民偷偷請宣卷藝人做會宣卷。八十年代以來，特別在九十年代，在江南一些地區，宣卷又有較大的恢復。老宣卷藝人重新帶徒弟，也有些人自學宣卷。他們生意興隆，收入頗豐。

三、吳方言區民間宣卷與宗教和民間信仰活動

　　清人有關吳方言區宣卷的記載，多視其爲巫覡的活動，如民國曹允源等纂《吳縣志》卷五二（下）「風俗」（二）載江蘇按察使裕謙於道光十九年（1839）十二月所作「訓俗示諭」說：

　　　蘇俗治病不事醫藥，妄用師巫，有「看香」、「畫水」、「叫喜」、「宣卷」等事，惟師公師巫之命是聽。⓯

　　又，清同治九年（1870）序刊毛祥麟《墨餘錄》卷二「巫覡」云：

　　　吳俗尚鬼，病必延巫，謂之「看香頭」。其人男女皆有之。……其所最盛行者曰「宣卷」，有《觀音卷》、《十王卷》、《竈王卷》諸名目。俚語悉如盲詞，和卷則並女巫攙入。又凡宣卷必俟深更，天明方散，真是鬼蜮行徑。⓰

⓯　見曹允源等纂《吳縣志》（蘇州文新公司排印線裝本，1933，蘇州）卷五二（下）「風俗」（二），頁 14A。

⓰　見《筆記小說大觀》（廣陵古籍刻印社影印民國上海進步書局石印本，1984，江蘇揚州）第二十一冊，頁 361 下。

　　把宣卷活動歸之爲巫覡之流，顯然是不正確的。但是，吳方言區民間宣卷同宗教和民間信仰活動之間的關係也極爲複雜。歷史上，佛教及明清各民間教派同宣卷的發展有密切的關係，後來道教也積極介入宣卷活動，這都在吳方言區民間宣卷和寶卷中留下印記；民間信巫，雜祀鬼神的民俗文化傳統，也給予吳方言區民間宣卷以影響；各地區民俗文化背景的不同，也使各地宣卷活動出現差異。

　　從文獻記載看，明代江浙地區即存在佛教和民間教派的宣卷活動。清代這一地區先後仍有許多民間教派在秘密活動，如無爲教、齋教（又稱「老官齋教」）、大乘教、長生教、先天道、青蓮教等。鴉片戰爭（道光二十年，1840）以後，內外交困的清政府放鬆了對民間教派的鎮壓，而一些民間教派也轉而以溫順、勸善的面貌出現，維護封建社會秩序。道光三十年（1850）初刊的長生教陳眾喜編《眾喜寶卷》（又名《眾喜粗言》），極力宣揚三教合一而以儒爲根，鼓吹以三綱五常爲核心的封建道德，並爲清政府歌功頌德。卷中並極力倡言宣卷的好處：

> 我今不說念佛好，再聽宣卷好十分：
> 佛言宣卷爲第一，能超六道並四生。
> 天神聞卷降祥瑞，地神聽卷減災星；
> 竈司聽卷惡奏善，家堂聽卷報安寧；
> 世人聽卷向善道，鱗禽聽卷轉爲人；
> 餓鬼聽卷免飢渴，冤魂聽卷得超生；
> 惡人聽卷回心轉，善人聽卷早修行；

　　呆人聽卷生智慧，邪人聽卷做正經；

　　男人聽卷能修道，女人聽卷守閨門；

　　大人聽卷訓兒女，小人聽卷孝雙親。

　　一家聽卷一家善，一人聽卷信一人，

　　一國聽卷一國正，天下聽卷天下寧，

　　所以宣卷功第一，代天行化聖賢心。

　　這部寶卷道光以後在吳方言區曾一再公開刊印，它對吳方言區民間宣卷的發展應有推動作用。道光以後，吳方言區的一些經房、善書局，如杭州和蘇州的瑪瑙經房、上海的翼化堂善書局，也多有民間教派的背景。它們整理、印行了大批文學故事寶卷，使原來只是手抄和口頭演唱的許多民間寶卷得以廣泛傳播；其中有些寶卷中也加入教義和修持方式的宣傳。

　　吳方言區民眾的民間信仰活動是一個龐雜的系統。除了佛、道教正規的寺廟、宮觀外，更多的是散佈於各地農村的廟宇、庵堂，它們供奉著各種各樣的「菩薩」和「老爺」（民間對神佛的俗稱）。筆者曾見到浙江嘉善縣農村「道士先生」請神用的一本《發遣》（清光緒間手抄本），其中召請的各種神佛多達三百餘種。在這些菩薩、老爺的壽誕日或其他民俗節日，要出會敬神或舉行其他祭祀活動。民家在日常生活和生產活動中逢到喜慶或厄難，也要請有關的菩薩、老爺來降福祛災。從事通神的人員，除了佛教的僧尼、道教的道士之外，更多的是民間的迷信職業者，諸如「祝司」（江蘇吳縣、吳江）、「道士先生」（浙江嘉善）、「騷子先生」（又稱「奉香人」，浙江海寧、海鹽）、「太保先生」（浙江平湖，上海金山、

松江）等，也有相當多的伙居道士、野和尚及巫覡（巫婆、神漢）。據調查，宣卷人參與的活動主要有以下幾方面。

　　在觀音廟會和香客朝拜觀音的進香船上宣卷，是吳方言區宣卷特有的活動。江浙民間盛行觀音信仰，浙江舟山普陀是中國佛教觀世音菩薩的道場，杭州上天竺、蘇州觀音山、穹窿山也是著名的觀音道場。除了這些著名的觀音道場外，江浙各地供奉觀音的庵堂難以數計。每逢觀音誕日（有的地方把觀音誕日二月十九、成道日六月十九、出家日九月十九分別視做「觀音三姊妹」的誕日）便舉行觀音廟會。儘管正統的佛教僧團不承認宣卷是佛教的宗教活動，但各地寺庵中的僧尼為滿足信眾的要求，多請宣卷人演唱觀音故事的各種寶卷，如《香山寶卷》（即《觀世音菩薩本行經》，俗稱《觀音寶卷》）、《魚籃觀音寶卷》、《妙音寶卷》、《妙英寶卷》等。清道光、嘉慶間程寅錫《吳門新樂府》「聽宣卷」云：

　　　　聽宣卷，聽宣卷，婆兒女兒上僧院。婆兒要似妙莊王，女兒要似三公主。吁嗟乎！大千世界阿彌陀，香兒燭兒一搭施。❶

　　「三公主」即《香山寶卷》中妙莊王的三公主妙善。她立志信佛修行，歷盡磨難，終於得道，名觀世音，感動父親也信仰佛陀。這首詩寫的是蘇州的情況，各地觀音廟會大都如此，如浙江海鹽縣澉浦寺觀音廟會，至今仍請宣卷人（男性）演唱《妙音寶卷》等，聽眾主要是婦女，一唱眾和，通宵達旦。

---

❶　見清張應昌編《清詩鐸》（中華書局排印本，1960，北京）下冊，頁903。

　　與觀音廟會相聯的是香汛期各地朝拜觀音的香客乘坐的香客船。一般浙江杭嘉湖地區的香客去杭州靈岩上天竺，蘇南香客去蘇州觀音山、穹窿山。舊時香客都是乘夜航船（稱「香客船」）前往，要行幾天幾夜。這些香客船上的宣卷活動，在明末話本小說《型世言》第十回「烈婦忍死殉夫，賢嫗割愛成女」已有記述。清光緒間壯者著小說《掃帚迷》第十五回「進香求福堪笑冥頑，宣卷禳災有傷風化」，⓮也寫了香客船上的宣卷。當代調查的情況仍然如此。于君方〈寶卷文學中的觀音與民間信仰〉一文中，介招了蘇南宜興進香團中女性佛頭的宣卷情況。⓯筆者做田野調查時，江蘇崑山市玉山鎮女宣卷人×××介招，該地進香的香客多已改乘汽車，但乘輪船時，仍邀請宣卷人隨同前往。她就曾在輪船上為香客宣卷。

　　觀音廟會以外的其他廟會和祭祀社賽活動，便呈複雜的情況。這類廟會社賽，除了祭祀有關的菩薩、老爺祈求降福禳災之外，還是群眾性的文化娛樂活動，在一些地方稱做「出會」。因此，也培養出一些演唱文藝的特殊人才，比如上文提到的祝司、道士先生、太保先生等，他們既主持相關的祭祀儀式，同時唱「贊神歌」、「太保書」。這類贊神歌、太保書也是一種民俗曲藝，除了儀式歌及神的故事歌外，也唱世俗的故事和根據俗文學傳統題材改編的故事。

⓮　這本小說在李伯元主編《繡像小說》第43—52期（1905）連載。另據江蘇省社會科學院明清小說研究中心編《中國通俗小說總目》（中國文聯出版公司，1990，北京）頁927載有光緒三十三年（1907）商務印書館出版單行本，未見。

⓯　載《民間信仰與中國文化國際研討會論文集》（漢學研究中心，1994，臺北），頁333—351。

⑳在上述幾類人員存在的地區，宣卷人便不介入這些廟會和社賽活動；在另外的地區，則亦被邀去宣卷。比如上文提及的各地青苗會（社）、猛將社，在有些地區便是由宣卷人唱《猛將寶卷》。現在留存的各種江浙民間抄本《玉皇寶卷》、《土地寶卷》、《城隍寶卷》、《三官寶卷》、《祠山寶卷》、《白龍寶卷》等，主要就是在這類廟會社賽活動中演唱的。筆者在江蘇張家港市和崑山市農村調查時瞭解到，現在農村中的廟會社賽多由民眾中的會首、香頭組織，規模幾百乃至上千人。宣卷人在「青苗社」時唱《猛將寶卷》、《劉神卷》、《金神卷》（又名《七總管卷》），「水沙會」（漁民做的會）時唱《水沙卷》，「城隍會」唱《城隍卷》，「玉皇會」唱《玉皇卷》等。但在上述各種廟會社賽（包括觀音廟會）中，宣卷人並不主持祭祀儀式，只是被邀去宣卷。

　　吳方言區宣卷人參與最多的是民眾家庭中的民俗信仰活動，如拜壽求子、小兒滿月周年、結婚鬧喪、節日喜慶、結拜兄弟、遭災生病、新房落成、家宅不安等等，民家均可請宣卷人來「做會」宣卷（或稱「講經」）。請做會的人家稱做「齋主」，做會宣卷即在齋主家設「經堂」（或稱「佛堂」，即民居正房的客廳，平時亦設有「菩薩臺」，供奉家堂和神像）中進行。經堂中設「供桌」（即菩薩臺）和「經桌」（方桌，供宣卷人及「和佛」的人坐）。這種做會宣卷的儀軌是：開始焚香、點燭唱〈香贊〉，報願、請佛唱〈請

---

⑳　參見姜彬主編《吳越民間信仰民俗——吳越地區民間信仰與民間文藝關係的考察和研究》（上海文藝出版社，1992，上海）第一章「導論·民間的迷信組織和信仰活動　」、第二章「神壇上的歌」。

佛偈〉（許多寶卷文本開頭有「先排香案，後舉香贊」，即指此儀式）；結束時要進行「上茶」、「散花解結」、「念疏表（或稱「疏頭」）」、「送佛」等儀式，並唱相應的儀式歌。中間根據齋主的要求做各種祈福禳災儀式並演唱相應寶卷，如「拜壽」（唱《八仙慶壽寶卷》、《男延壽卷》、《女延壽卷》等）、「度關」（唱《度關科》）、「安宅」（唱《土地卷》或《竈王卷》）、「破血湖」（唱《血湖卷》或《目連寶卷》）、「禳順星」（唱《禳星寶卷》，或《順星寶卷》）、「齋天」（唱《齋天科儀》）、「請十王」（唱《請王科儀》）、「醮殿」（唱《十王寶卷》）等。這些儀式或安排在白天（一般在下午）、或在夜間進行，中間還穿插講唱一些「凡卷」，即俗文學故事寶卷（一般安排在晚飯後）。一次會一般從上午開始，直到第二天清晨結束，宣卷和許多儀式都是在晚上和夜間進行，所以前人記載稱「必俟深更，天明方散」。有的地區的宣卷人（如江蘇靖江的佛頭）只做「延生」，不做「往生」（追薦亡靈）。在江南，宣卷人則同道士、和尚一樣，參與鬧喪，並做一整套儀式，演唱《十王寶卷》（或稱《請王科儀》）等儀式寶卷和各種「凡卷」。

　　從宗教信仰的角度考察，大部分地區的宣卷人稱做「佛頭」，他們自稱「奉佛弟子」，在做會時（一般在開始前）念誦佛教的「功課」（經、咒），通神的疏表上押著「三寶證盟」或「佛光普照」的大印，但很難說他們是佛教信徒。比如，江蘇靖江的佛頭做會講經，既做「大聖會」、「觀音會」，以佛教高僧泗州大聖和觀世音菩薩為神主，演唱《大聖卷》、《觀音卷》；也做「三茅會」、「梓童會」，以道教茅山派祖師三茅真君和文昌帝君為神主，演唱《三茅卷》、《梓童卷》。蘇州地區的宣卷先生奉道教的斗姆正神為祖

師，並普遍做「拜斗順星」法事，爲人消災解厄，與道士們相似，實際操作佛、道混雜。順星（或作「禳星」）時唱的《順星寶卷》（或作《禳星寶卷》、《退星寶卷》），所請的神有：如來、彌陀、藥師、玉皇、觀音、勢至、文殊、普賢、玄天、三官、三茅、六十甲子、南斗六司、北斗七星、十二宮辰、二十八宿、南極長生、當生太歲、護法韋陀等，這就把民間信仰的重要神佛都請來了。具體的禳解，開頭是：「天羅星、地網星（以上是災星），奉請紫微星君來退解，釋迦文佛保延生；天關星、破軍星，奉請文曲星君來退解，彌勒尊佛保延生；羅計星、氣孛星，奉請龍德星君來退解，藥師七佛保延生；……」（據民國二十一年孔耀明抄本《禳星寶卷》）宣卷人演唱的《庚申寶卷》，仍可看到無生老母信仰的痕迹，張家港崑山的宣卷人至今仍抄傳、演唱明末還源教的《銷釋明證地獄寶卷》，說明它們的發展也受到明清民間教派的影響。

因此，從吳方言區民間宣卷的發展來看，它是一種歷史上曾受過佛、道教及民間宗教的影響，並已納入江浙民間信仰文化系統的民俗信仰活動。宣卷人既有民間迷信職業者的身分，同時又是民間的說唱藝人。

四、清及近現代吳方言區民間流傳的寶卷

清及近現代吳方言區民間流傳的寶卷，按其版本形式可分兩類：一類是印刷本，包括木刻、石印及少量鉛字排印本；一類是手抄本。

印刷本寶卷的出版，大致分爲兩個階段，民國以前主要是木刻

本。它們是各地經房、善書局刻印的，目前所見多爲清同治、光緒年間的版本。這些經房、善書局多有民間教團的背景，它們刻印的寶卷主要有以下三類：

1、勸世文寶卷

如《潘公免災寶卷》（簡稱《免災寶卷》）、《因果寶卷》（全稱《純陽祖師說三世因果寶卷》）、《因果經寶卷》（又稱《因果還報眞經》）、《關聖玉律寶卷》（全稱《協天大帝玉律經寶卷》）等。這類寶卷與同時流傳的「善書」無大差別，雖名爲「寶卷」，且多用七、十字唱詞，但民間宣卷人不演唱它們，主要作爲讀物流通。

2、神道故事寶卷

如《悉達太子寶卷》（又名《雪山寶卷》）、《香山寶卷》（又名《觀世音菩薩本行經》），它們是佛、菩薩本行故事寶卷，是早期的佛教寶卷。更多的是假借佛、道教神佛而穿插進某種民間教派教義的寶卷，如《達摩祖師寶傳》、《何仙姑寶卷》、《妙英寶卷》（講白衣大士成道故事）、《鸚哥寶卷》（講鸚哥孝母的寓言故事）等，這些寶卷是民間宗教家改編，其間插入教義的宣傳，但教名均不標明。

3、修行故事寶卷

既有佛教傳統的婦女修行故事寶卷，如《劉香女寶卷》、《黃氏女寶卷》等，更多的是據俗文學故事改編的寶卷，如《趙氏賢孝寶卷》（又名《琵琶記寶卷》）、《張氏三娘賣花寶卷》、《梅氏花絢寶卷》、《杏花寶卷》、《回郎寶卷》、《稀奇寶卷》等，這些寶卷也都納入奉佛（神）修行終得善報的故事模式。

以上神道故事和修行故事類寶卷中，有些是據民間寶卷的卷本改編、整理的，但民間宣卷人演唱時所依據的仍是自己的手抄本。

清末民國間，上海、杭州、寧波等城市的印書局大量印行的寶卷主要是石印本，也有少量鉛字排印本。除了少量勸世文寶卷外，主要是俗文學故事寶卷，其中又以據彈詞改編的寶卷占大多數，它們反映了這一時期民間寶卷發展的實際情況。這些寶卷印刷量大，做為通俗文學讀物，其發行區域超出江浙的範圍；整理改編（也有新的創作）的文字水平也較高，對寶卷文學的提高和普及起了很大作用。

吳方言區民間宣卷人所用的本子均為手抄本。這些抄本多是宣卷人師徒傳抄，或請他人代抄；也有少量喜愛寶卷的「奉佛弟子」抄錄的，或送宣卷人「宣揚」，或自己閱讀。筆者曾過目一種清末抄本《月禎宣卷》（即《百花臺寶卷》），用工整的小楷精抄，裝幀也好，即屬這類抄本。

吳方言區民間宣卷人用的寶卷按其內容分為三大類。一是文學故事寶卷，教量最多，又可以分為神道故事、婦女修行故事、民間傳說故事、俗文學傳統故事、時事故事。其中神道故事寶卷，宣卷人一般稱之為「聖卷」或「神卷」，其他稱為「凡卷」（或「小卷」、「草卷」，與下文「小卷」不同）。筆者在《中國寶卷概論》中已對它們分別作了較多介紹，此不贅述。㉑另外兩類是祝禱儀式寶卷和小卷。

祝禱儀式寶卷指與宣卷活動相結合的祝禱法事活動用的寶

㉑　載《中國寶卷研究論集》。

卷。它們多用「偈」、「科」（或「科儀」）、「經」之類的名稱。
如請、送神佛用的《請（送）佛偈》，《起身偈》；為神佛上香、
上燭、上茶（供品）禮拜時用的《十炷香偈》、《十炷蠟燭偈》、
《十盞香茶偈》（或稱《上茶偈》）；做結緣儀式時唱的《結緣偈》
（或稱《結緣寶卷》）；散花解結時唱的《散花解結偈》、《解結
科》；為人祝壽時用的《八仙上壽偈》（或稱《八仙上壽寶卷》、
《大上壽寶卷》）；為追薦亡靈、「作七」時用的《蓮船寶卷》、
《七七寶卷》；為孩子「度關」用的《度關科》；用於「齋天」儀
式的《齋天科儀》；婦女「守庚申」時唱的《庚申經》（又稱《庚
申寶卷》）等等。這些寶卷均為唱述儀禮，沒有故事情節，但有些
是用民歌小曲的形式，具有文學性。比如《十盞香茶偈》（載清同
治蘇州抄本《佛曲集》）開頭的一段：

> 山出仙茶茶出山，靈山到此真艱難。
> 穀雨當前馬上結，清明那時已開花。
> 夏天六月無躲避，雷電風雨難隱藏。
> 隨江過海吃子千層浪，經風經雨又經霜。
> 此茶出在名山地，原是仙界移種花。
> 茶是南山開好花，開個花來結寶茶。
> 撒手落在山灣裏，逢落泥土就發芽。
> 果老倒騎驢子尋茶樹，湘子提籃去採茶。
> 仙姑作伴同道採，采和裝擔轉仙山。
> 純陽爐內加工炒，國舅掌秤定價錢。
> 三十二銅錢買一兩，五百十二銅錢買一斤。

鍾離做子販茶客，要到蟠桃會上獻仙家。

老壽星一見呼呼笑，王母娘娘看見喜心苗。……

仙家吃子長生壽，凡人吃子有精神。

先獻寶香次獻茶，將來獻上法王家。

寶香出在梅州地，達信通神先要它。

全鑲玉嵌一壺茶，金籃托出獻仙家。

齋主獻得茶果上，合堂衆聖慶榮華。

　　宣卷先生（佛頭）演唱這類寶卷時，同時要進行相應的儀式和法事活動，離開經桌和卷本，憑記憶演唱。所以，他們在學徒時期，抄錄和記憶師傅傳授的這類寶卷是學習的基本功。這種演唱形式，也爲宣卷人即興發揮提供了條件。靖江佛頭在做這類祝禱儀式時，經常即興插入一些勸誡性、知識性、趣味性的民歌，「插花」做「饒頭」。從各地搜集到的這類抄本寶卷異文相當多，也與此有關。

　　小卷（又稱「小偈」）是江浙寶卷中特殊的一類。它們篇幅短小，且多爲七字句的唱詞，少有說白。它們在宣卷開始前演唱，如彈詞的「開篇」；或在宣卷中間插唱，做爲饒頭。如《花名寶卷》、《十月懷胎寶卷》、《螳螂作親寶卷》等。這類寶卷多源於吳方言區流行的民歌小曲，有的也稱做「偈」，如清同治間蘇州抄本《佛曲集》載〈許仙遊春偈〉，就是用〔十二月花名〕唱白蛇傳故事：

正月梅花開滿林，許仙官打扮去遊春。

白娘娘私下看中意，小青青做法起烏雲。

二月杏花白如銀，叫船送到湧金門。

許仙要借釘鞋傘，說明白還傘結成親。

三月桃花紅噴噴，白娘娘要去盜庫銀。

許仙手把元寶回家轉，錢塘縣裏破案下監門。

四月薔薇蕊裏青，白娘娘搬場到蘇城。

專珠巷內開張藥材店，掛燈結綵鬧音音。

五月石榴黃似金，爲賞端陽起禍根。

連吃三杯雄黃酒，青紗帳裏現原形。

六月荷花結蓮心，許仙嚇殺地埃塵。

白娘娘要去盜仙草，小青青看守死屍靈。

七月鳳仙結子青，來到崑崙駕祥雲。

老壽星擺起雄黃陣，幾何性命活不成。

八月木樨香噴噴，許仙地上轉還魂。

娘娘吊打茅山道，青青捆綁怒生嗔。

九月菊花盆裏青，金山廟裏把香焚。

法海禪師來留住：你家娘子是妖精！

十月芙蓉應小春，白娘娘討夫到山門。

法海喝罵妖精怪，一場大戰在山林。

十一月水仙盆內開，娘娘生下小嬰孫。

護法神祈金缽盂，罩住娘娘歸幽冥。

十二月蠟梅報三春，雷峰塔造起接青雲。

莫怪法海良心壞，水漫金山作孽深。

宋朝一節《義妖傳》，娘娘聖迹到如今。

　　傳統的小卷多表現勸善的宗旨。二十年代以後，蘇州、上海等

大城市中的宣卷受灘簧、說新文（聞）、滑稽戲等影響，也編唱一些滑稽、詼諧的小卷演唱，以滿足市民聽眾的娛樂趣味。這類小卷多為即興編唱，少有卷本留存。1924 年上海世界書局出版《紅》雜誌創刊號發表《嗡嗡寶卷》（飯牛翁作，述捕滅蒼蠅事）、《遊戲寶卷》（陸嘯梧作，述各種稀奇古怪的事）就屬這類寶卷。❷其中多插科打諢，讓聽眾開心取樂。如上述《遊戲寶卷》，連唱和的佛號也成了讓人開心的「鴨蛋頭菩薩」：

> 《遊戲寶卷》初展開，遊戲菩薩降臨壇。
>
> 精精咯咯宣點啥？稀奇事體宣出來。（南無鈍光王菩薩）
>
> 稀奇稀奇真稀奇，稀奇勿煞啥事體。
>
> 哭格朋友嘸笑臉，笑格朋友嘸眼淚。（南無鴨蛋頭菩薩）

同時，這一時期在江浙城鎮中也出現一些講述時事新聞的小卷，如江蘇常熟地區的抄本《滑稽小偈》。❷這本小卷主要反映 1932 年上海民眾「一二八」抗戰的情況。開頭說：「在堂大眾淨淨心，略將小偈宣分明」。卷中先唱「民國念年發大水，幾省發水沒乾淨」，「常熟城外也沒到，低鄉百姓受苦辛。田中稻苗盡沒壞，屋裏上水不登人」。「蔣總司令」「貼出告示賑濟貧」，不過是「大人一口五百文，小囡改半賑濟銀」。而這時，「日本皇帝壞良心」，「欲

---

❷　這兩本寶卷見（日）澤田瑞穗《增補寶卷の研究》（日本國書刊印會，1975，東京），頁 58—59。

❷　這本小卷同〈竈頭卷〉〈十房新婦〉〈十樣忙〉〈十張新機〉等小卷合抄一冊，封面題《小偈寶卷》，民國年間抄本。

要侵略中國地，暗派本莊司令發出兵」。日本兵先佔領「三（山）海關外五省地」，雖有馬占山出來抵抗，但「寡不敵眾」，於是「日本倭奴」「請出宣統坐龍亭」，搞了個關外「獨立」。接下去唱上海「一二八」抗戰，是這本小卷的主要內容。作為民間宣卷人的創作，講唱者注意到以下內容：

（1）頌揚十九路軍抗擊日本侵略，「廣東司令蔣光鼐，得著信息火沖天。立即發出十九路，領兵就是姓蔡人。蔡定楷，大本領，領了十九路軍上路行」。他們英勇抗敵，「倭奴天天吃敗仗，中國人日日勝仗贏。打得倭奴身自刎，嗚呼一命命歸陰」。但是，由於日本人不斷增兵，十九路軍終於退出上海城。

（2）表現對日本侵略者的仇恨，「日本人，像猴形，身著西裝像隻猢猻精。中國百姓好傷心，殺落多多少少人！」

（3）指出日本人與「大英人」串通，日本的「航空母艦到上海，歇在吳淞口外大江心。串通一排大英人，暗裏幫助日本人。要借大英租界駐兵馬，測其不意打退中國人」。

（4）指出蔣介石不抵抗，他「派出八十八師禁衛軍」，不到上海，卻到常熟擾民，「城頭上面壕溝掘，團轉掘得密層層。常熟店家盡罷市，家家下達盡關門。大戶人家盡逃難，搬場逃難忙殺人。……小戶人家無處逃，大哭小喊淚紛紛」。

上述內容進入了宣卷的經堂，應當說是宣卷的一大進步。但宣卷總歸是一種民間信仰活動，這部小卷最後也歸結到善惡報應的信仰模式中：「善人不犯槍炮死，惡人難逃命歸陰；善人日後好收成，火光賊盜不相侵。連年世界不得好，年年打仗不太平。只為凡人不信佛，天上派下惡災星。故此眼前個個敬重佛，修行念佛保安寧。」

五、當代吳方言區宣卷存在和發展的空間

目前吳方言區宣卷的流行區域，據筆者在八十年代後的調查，主要集中於江蘇省蘇州市下屬各市縣、長江以北泰州市的靖江，上海市的青浦等地區。在這些地區，仍有職業性的宣卷班社活動。如，在蘇州吳縣勝浦鎮（今屬蘇州市工業園區），1997年有四個宣卷班，最著名的是老宣卷先生金阿大的班子；在張家港市港口鎮有四個老講經先生授徒帶班做會講經；在崑山市玉山鎮女宣卷人×××的宣卷班活動地區遠及上海市的太倉、嘉定、青浦等地；在靖江，1997年地方政府文化局以「民間藝人」身分登記在案的佛頭就有108人。上述地區以外的地方，僅發現個別宣卷人的宣卷活動，或民間佛教信徒在宗教活動中唱念《觀音寶卷》（《香山寶卷》）等卷和佛曲（偈）。從上述情況看，民間宣卷存在的空間很小了，所以，筆者曾提出「中國寶卷作為流行的民間說唱文學的消亡，是難以避免」的結論。經十餘年的跟蹤調查，筆者認為，在上述宣卷班社活動地區，民間宣卷的消亡，還會有一個漫長的過程，其原因有三：

（一）宣卷活動已成為新的地域性民間信仰活動的組成部分。八十年代初，打破了「文化大革命」的禁錮，在改革開放的形勢下，剛剛富裕起來的農民，有一段亂蓋廟的過程，各種牛鬼蛇神也沉渣浮起；而正統的佛、道教，無力在廣大農村傳播。經過一段時期的混亂後，許多地區在傳統民間信仰活動的基礎上，逐漸形成新的民間信仰活動系統。比如在靖江農村，佛頭做會講經歷來只做「延生」，不做「往生」，於是便出現一大批伙居道士和野和尚「做道

場」、「放焰口」超度亡人。他們同佛頭的活動互相補充，滿足了農民在生老病死一系列人生儀禮中的信仰需求。在江南，宣卷（講經）先生歷來參與「鬧喪」，農民多信仰佛教，於是不僅生子、慶壽等喜慶活動請宣卷先生，喪葬也請宣卷先生來做法事。筆者在崑山、張家港農村調查時瞭解到，一般喪事，佛教信徒請宣卷先生，道教信徒請伙居道士，有的則請宣卷先生、道士各做一天。從上述情況看，各地宣卷活動又重新成爲地域性民間信仰活動的組成部分，並根據民眾的需求，在形式和內容上做了調整（見下），這樣一來，如無特殊情況，它不會突然消失。當代民眾的宗教和民間信仰活動是會長期存在下去的社會現象。城市裏商家在店堂裏供奉財神爺，同農民企業家在企業、工廠開張和年關請宣卷先生到廠裏做會唱《香山寶卷》，祈求觀音菩薩保佑發財，沒有差別。

（二）新一代宣卷人形成。八十年代初期，宣卷活動剛恢復的時候，基本上是一批年紀在五六十歲的老宣卷先生、佛頭做會宣卷（講經）。因爲受到五十年代以來政治運動、特別是「文化大革命」的衝擊，他們一般都不願意授徒傳藝。後來，由於民眾對做會宣卷需求量大，他們難以應付，需要人幫忙；同時，政府對此類民間信仰活動也不禁止，所以老宣卷人紛紛授徒。1996 年 11 月筆者在張家港港口鎮調查時，據老講經先生錢顏念（時年 65 歲）介紹，在張家港港口鎮及周邊的妙橋、塘橋、西張和大義（屬常熟市）有老講經先生 19 人，他們所帶徒弟約 60 人，其中女性 10 人。他本人的徒弟中也有一位女性，原爲小學教師。加入宣卷人隊伍的年輕人，有些原是「公社文藝宣傳隊」的隊員。農村體制改革後，這些宣傳隊都解散了。比如，崑山市玉山鎮女宣卷人×××原來便是文

藝宣傳隊隊員，後來又在鎮文化站工作。1996 年她拉起了宣卷班（包括了她的師父老宣卷先生周小弟）。平時大家各務其業，（她也開一間小工廠）有做會宣卷業務時，她用電話通知，大家便分別前往齋主家去。這些文藝宣傳隊的隊員，能歌善舞，經過自學便參加宣卷活動。他們對宣卷的改革和發展有推動作用。到九十年代末，各地宣卷班子已普遍由新一代宣卷人唱主角。這新一代宣卷人的形成，為宣卷的繼續發展奠定了基礎。

（三）宣卷活動已根據民眾的需求在形式和內容方面做了調整和發展，主要是信仰儀式的簡化和娛樂成份的增加。現在靖江民家請佛頭做會講經，都不是單獨做某一種「會」，而是幾種會合起來做；在為父母做的「三茅會」「觀音會」上，也可擠出時間為小孩子做「過關」的儀式。這樣，做會講唱的「聖卷」便只能壓縮，而善講「小卷」的佛頭，則受到民眾的歡迎。佛頭×××善唱小卷，在他的名片背後宣示的「服務總旨」中稱：「歌頌民族英雄，去惡揚善，……主講古典小說五十餘本，形象生動，引人入勝，任君挑選」。吳縣勝浦鎮金阿大領導的班子，曾是公社文藝宣傳隊。金阿大名文胤，已 70 歲（1997 年），年經時學過宣卷，也學過蘇州灘簧。他的班子 8 人，活躍在蘇州東鄉水網地帶，主要應農家「慶壽」演出。除了宣卷外，還演唱滬劇、錫劇小戲，如《借黃糠》《拔蘭花》《雙推磨》《賣紅菱》《阿必大回娘家》《一餐飯》等。他們按約定的時間搖花船前往，一般在下午五點鐘到齋主家，先佈置佛堂，「舉香贊」、「請佛」。吃晚飯時與齋主家商定演出的小戲和寶卷。晚飯後先化裝演兩齣小戲，接著宣卷。宣卷約在夜間 12 點結束，吃過夜點心，為壽星「上壽」，唱《八仙上壽卷》，做「散

花解結」「結緣」「送佛」儀式。大約凌晨兩點多做會結束,他們搖船回家。如果齋主家另要加唱寶卷,或做其他儀式,則在「上壽」後稍做休息進行,直到第二天上午結束,會錢另加。有些地方,年輕演員宣卷唱「主角」,他們甚至在做儀式的間歇,唱流行歌曲、跳舞。雖引起老年人的非議,卻受到青年人的歡迎。

（本文原載《民俗曲藝》,臺北,總 106,1997·
3;收入本集重新寫過）

江蘇靖江做會講經的「醮殿」
儀式（調查報告）

　　「醮殿」是江蘇靖江做會講經中的一項儀式。靖江的做會講經同江浙吳方言區的做會宣卷屬同一系統，有密切關係。但由於靖江縣地處長江以北，地方話又屬吳方言，因此形成相對封閉的民俗文化環境，該地區的做會講經自成體系。筆者於 1987 年曾做過調查，發表綜合性報告〈江蘇靖江的做會講經〉，❶近年來我們又做了較細緻的田野調查，現將其中的醮殿儀式報告如下。

一、醮殿概述

　　醮殿是子女爲在世父母做的一種消罪延壽儀式。靖江農民私家做會講經（「私會」）除了「梓童會」是專爲兒童做以外，其他各種會，如「三茅會」、「大聖會」、「觀音會」、「地藏會」、「明路會」等，均可做醮殿儀式。按照做一般做會的程式，上午八、九點鐘做會開始，先「報願」、「請佛」，接著開講「聖卷」（神的

❶　載《民間文藝季刊》，上海，1988：3（總 19 期），頁 165－189；又，《中國寶卷研究論集》（臺北：學海出版社，1996），頁 131－163。

故事寶卷，按所做的會決定，如大聖會講《大聖卷》）。中午吃飯，下午繼續講聖卷，並穿插某些儀式，如爲老人「拜壽」，爲小孩「度關」。晚飯後講「小卷」（指一般文學故事寶卷，在江南地區稱「凡卷」）。午夜時分，吃夜宵，稍做休息，即開始醮殿儀式。醮殿之後，如果是爲母親做會，接著「破血湖」。第二天早晨「收卷」，接著「上茶」、「解結」、「念表」、「送佛」，大致八、九點鐘時做會結束。

醮殿一般都是子女爲在世的父母做。他們懷著孝心，供獻冥間諸神菩薩——地獄十殿閻王及酆都、地藏、東嶽、城隍、土地諸神，祈求菩薩爲父母滅罪延壽。因此，在本儀式「請王」（請以上諸神）赦罪的過程中，齋主的子女（兒子、媳婦、女兒、女婿及孫輩）要一直跪在神臺前，不得無故缺席。由於請王儀式要進行 2－3 個小時，他們有時是坐在拜墊上，但有拜菩薩時，必須跪起來。

醮殿的神臺用一張方桌，安排在經堂（正房的「明間」，即客廳）菩薩臺的右方，靠西牆，面東。神臺靠牆處放一只「獻王寶庫」，裏面裝滿金銀錁。做會結束後，拿到院外灼化。庫前放地藏、十王兩個紙碼，另置所請十五位神君的「方匾」。它們是用黃色紙折成方筒狀，正面貼一紅紙條，書寫菩薩名；內裝一紙「獻王文疏」。這種獻王文疏一般是木刻印刷的，填上齋主（信人）的姓名、籍貫及做會日期即可。神臺上還供著五色果子，分做五盤或三盤。五種果子均有「子」，如紅棗、花生、核桃、桂圓等，寓子孫昌盛。果子盤前設香、燭。神臺南面供一盤茶米，它們是人間生活必備之品，齋主給佛頭的「喜錢」，預先放在茶米上；神臺北邊備一只茶杯和一碗淨水。

醮殿儀式分兩部分：先「報祖」，後「請王」。舉行醮殿儀式時，一般同時「還曹」。還曹指償還人未降生前在冥間借用的金銀，可據本人誕生年代的干支，在當地民間流傳的一種「看受生數十二相屬圖」中查出所借為第幾庫、曹官及金銀的數目。如甲子年生，欠錢五萬三千貫，所借為第三庫，曹官姓元。還曹不另舉行儀式，但要根據所借金錢數目紮製若干紙庫，裝上金銀錁及「獻王文疏」，在文疏中說明「還曹」。在做會結束時，同其他紙庫等物一齊灼化。

醮殿所請十殿閻王是管冥間地獄的神，因此必須在天亮之前將他們送回去。其他諸神（酆都、東嶽等）則不受此限制。整個醮殿儀式一般進行四個小時左右。

二、醮殿的過程

（一）「報祖」

報祖唱《李清卷》，又稱《報祖卷》。卷中李清到冥間抄回地獄十王及其他神的「聖誕」，人間才能「請王」。這本寶卷的故事是：❷

> 大明金太昌皇帝時，山東如若縣臨青州青石山前太平村人李
> 正封，同緣趙氏，家財萬貫，沒有兒女。夫妻到東嶽廟求子，

---

❷　據佛頭陸愛華演唱記錄本整理。

許下重修廟宇大願。東嶽參拜玉帝，玉帝查看李正封命中無
子。東嶽為了重修廟宇，跪請不起。玉帝遂遣拈香童子下凡
為李正封子，但僅給二十七歲陽壽。

趙氏生子，取名李清。李清六歲，李正封請戲謝祖，忘記為
東嶽修廟。東嶽大帝不悅，派長差拿了李清真魂。土地變作
郎中，提醒他忘記給東嶽修廟還願。李正封趕緊請工匠重修
東嶽廟，李清還魂。李清讀書到十六歲，中蟾門秀才，娶劉
員外女劉千金為妻。劉小姐過門之後，夫妻和順，孝敬公婆。
四月初八佛誕日，許多老奶奶去佛會上香，李清也跟著去上
會，為母親消災。來到八景宮中，拜過聖像，聽講佛祖修行
的寶卷。李清受到感悟，發願吃素修行。當家師父送他一部
《華蓮經》，告訴他修行要守三皈五戒。

李清修到二十七歲，陽壽已終。閻君派青衣童子請李清歸地
府。李清辭別父母妻子，跟青衣童子一路過了鬼門關、惡犬
村、望鄉臺、破錢山、枉死城，來到森羅殿。他在森羅殿上
念《華蓮經》，站班小鬼及各地獄惡鬼紛紛超升而去。青衣
童子帶李清遊看十殿地獄。看完十八層地獄，李清要還魂。
閻君想：「李清來地府三天整，吵勒我閻君做不成」。便說：
「現在陽間菩薩有人敬，沒人曉得我們聖誕。何且將我們聖
誕抄好帶到陽間，就放你還魂。」陰司沒有紙筆，李清咬破
十指，抄在白圍衫上。它們是：

正月初一日，秦廣王聖誕生，欲免刀山苦，定光王佛稱。

三月初一日，初江大王聖誕生，欲免鑊湯地獄苦，藥師琉璃
光佛稱。

二月初八日，宋齊大王聖誕生，欲免寒冰苦，賢劫千佛稱。

二月十八日，伍官大王聖誕生，欲免拔舌苦，阿彌陀佛稱。

正月初八日，閻羅大王聖誕生，欲免血湖奈河苦，本尊地藏王稱。

三月初八日，變成大王聖誕生，欲免變畜苦，大勢至菩薩稱。

三月二十七日，泰山大王聖誕生，欲免碓磨苦，救苦救難觀世音稱。

四月初一日，平等大王聖誕生，欲免鋸盤苦，盧舍那佛稱。

四月初八日，都市大王聖誕生，欲免火坑銅柱苦，藥王藥上菩薩稱。

四月十七日，轉輪大王聖誕生，欲免黑暗苦，釋迦牟尼古佛稱。

李清又將酆都、地藏、東嶽、城隍、土地聖誕抄下後還魂。他將十王聖誕送到縣裏，報送京城金太昌大王。聖旨下到十三省，各州府縣建廟祭祀。李清同父母、妻子一起修道三年，全家升天，參拜玉帝。玉帝封李清為報恩司菩薩。

這部寶卷一般演唱一個半小時。

（二）「請　王」

請王是醮殿的主體部分，佛頭在一系列儀式中講唱《十王寶卷》。像其他「聖卷」一樣，它開頭有「叫口」、〈開卷偈〉：

無人種，有人栽；

無人走，闖進來。

　　聖諭！

甘草雖甜無人種，黃連更苦有人栽；

天堂有路無人走，地獄無門闖進來！

《十王寶卷》初展開，拜請十殿慈王降臨來。

合堂老少同念佛，能消八難免三災。

　　佛頭唱念叫口、〈開卷偈〉時，齋主家子女按長幼順序跪在神臺間，並行禮拜。唱完〈開卷偈〉後，便依次請、送每一位神君，其演唱儀式基本相同。通過儀式把每一殿的閻王請來，講述這位閻王主管的地獄的恐怖，然後燒化紙錢上供，祈求他「消罪延壽注長生」，並將他再送回去。以下是請、送七殿泰山王儀式。括弧內說明眾人的行動。唱詞前〔平〕、〔掛〕是該唱段用的曲調：〔平〕指〔平調〕，〔掛〕指〔掛金鎖〕。

　　仰維三寶延善證盟，誠心齋主再點香燭，供奉冥府七殿泰山

　　大王案下，三月二十七日聖誕，稱念「救苦救難世音菩薩」，

　　可免碓磨地獄之苦。

　　（眾念「救苦救難觀世音菩薩」。跪在神臺間的齋主子女點燃香燭，

　　插在神臺前地面上的「香燭插」上，並行禮拜。）

　　〔平〕第七殿泰山王執掌碓磨，掌陽間男共女不善之人。

　　　　　　　有等人在陽間笑人念佛，不持齋不吃素不誦經文。

生靈肉刀切細剁成肉餅，爲親戚爲朋友美味時鮮。

有龍天韋陀尊薄中記取，歸地府來審問那得容情。

這閻君翻文薄分明細看，他是個十惡人不敬神明。

泰山王鐵面目心中發怒，差牛頭和馬面捆綁凶人。

在陽間多作孽殺生害命，今日裏到陰司理屈分明。

就將他下碓臼沖成肉漿，把骨頭磨細了風裏飄揚。

使靈魂又團圈下碓來磨，永世裏在碓磨不得翻身。

要超升除非是陽間行善，遇孝子持齋戒度脫雙親。

發誠心稱言念觀音聖號，千萬遍久以後才得超升。

〔掛〕七殿閻君本姓何，掌管眾生罪孽多。

虔誠稱念觀音母，獄中化出白蓮荷。

志心多稱念，救苦觀世音。三月二十七日，聖誕降生辰。

南無觀世音菩薩！

（佛頭搖鈴、敲木魚，眾人念「南無觀世音菩薩」五十遍，念《觀音經》一遍。其他各殿分別念上文《李清卷》中所述各種佛、菩薩名號，並念《心經》。）

《十王寶卷》七殿完，拜送冥府七殿君。

〔掛〕願以此功德，普及於一切。

獻王謝七殿，慈悲哎納受！

〔平〕大眾把佛號念了數串鈴，拜送七殿轉幽冥。

（眾人及佛頭起立，佛頭搖鈴，一起拜送神君歸位。神臺前齋主子女跪拜。）

齋主家孝男孝女跪拜佛前，燒金錢，燒銀錢，燒小套，化方區，灼化到七殿閻君案前。

（此時神臺北面一人取下神臺上七殿方區及「彌陀箱」、金銀錁在火

盆內灼化。燒畢，並用淨水一匙澆過，意在其他神鬼不能取去此金銀。神臺南面一人同時灼化黃表紙、金銀錁，並加一撮茶米一起燒掉。茶、米爲世間之寶，因供獻給神。上述二人由齋主邀請，一般爲老年人。）

〔平〕七殿閻君親作證，有罪改作無罪人。

　　　　兩旁善人幫念佛，高提龍筆注長生。

（結束。下接唱「八殿」。）

　　上述唱詞在堂大眾均須和佛。醮完十殿再依次醮酆都、地藏、東嶽、城隍、土地。醮東嶽時，因這位菩薩主生死，齋主子女要往神臺上放錢，意在爲父母「添壽」。這些錢最後都歸佛頭。待將全部神君請、送之後，儀式結束。佛頭唱：

〔平〕獻過王來進過貢，消罪延壽注長生。

　　　　合堂老少同念佛，天官賜神一滿門。

　　　　《十王寶卷》宣到頭，功勞交把主家收。

　　　　圓滿師菩薩摩訶薩，寶卷圓滿注長生。❸

三、《十王寶卷》中穿插演唱的故事

　　《十王寶卷》儀式性強，佛頭一般均有抄本，按卷本演唱。但在請十殿閻王的過程中，除十殿輪轉王外，每一殿都可穿插講唱一個相關的故事。它們或是該殿閻王的出身故事，或是因罪下到該殿

❸　據佛頭陸愛華演唱記錄整理。

地獄的某個人的故事，這些故事分別是：

一殿——陳有才說法成仙；

二殿——陳交交衆生討命；

三殿——王氏殺狗勸夫；

四殿——王奶奶說謊拔舌根；

五殿——劉全進瓜；

六殿——宋氏女變畜牲；

七殿——梅樂張姐（又稱「七殿攻文」）；

八殿——李黑心種西瓜；

九殿——盧功茂賣藥（又稱「九殿賣藥」）。

如果將這些故事全部演唱，一夜也唱不完。因此，佛頭們多是根據齋主和聽衆的要求及時間的多少，唱其中幾個故事。經常唱的是七殿「梅樂張姐」和九殿「盧功茂賣藥」，一般稱做「七殿攻文」和「九殿賣藥」。

（一）「七殿攻文」的故事是：

梅樂張姐是一位不信佛、不修道的婦女。一天，張姐見一班奶奶急忙趕路，問：「衆位奶奶，你們上哪去呀？」「噢，我們去修道。」「呀，『偷稻』呀！我家稻少啦，可是你們偷的吧？」（以下用方言諧音，又對答了許多令人發笑的話）張姐跟這班奶奶到了會上，又胡擾一氣，受到衆人的批評；後來賭氣自家要在二月十九日做「觀音會」，為母親消災。

　　她母親為了做會積了些錢。快到二月十九了，母親讓她去請佛頭，她藉故推到六月十九，後來又推到九月十九。家堂菩薩報於觀音老母，觀音變作老太婆帶著善才龍女來趕會。張姐兩天不給他們吃齋飯，反倒責怪他們吃得太多，使得大家飯不夠吃。觀音向她要些稻草鋪地睡覺，她抱了兩捆釘柴，又取來一盆雪，讓觀音取暖。於是，觀音老母帶上善才龍女「打唱蓮花」走了。觀音老母回到天上，報告玉皇。玉皇令閻王把張姐勾去，下在七殿碓磨地獄受苦，罰她再生為「化生」的蟲子。❹

　　聽眾要求佛頭講唱這一故事，主要是為了合唱其中的「打唱蓮花」。當地民眾特別愛聽、愛唱「打唱蓮花」。在靖江做會講經的聖卷中，大段的「打唱蓮花」，一是此處，一是在《土地卷》中，都是觀音老母變作老太婆唱的。《土地卷》只有在「土地會」上演唱，這種會不經常做。筆者參加一次「明路會」，後半夜開始醮殿，講唱到請七殿泰山王時，天已快亮了。佛頭因感冒，喉嚨也不好，便提出不唱「七殿攻文」了。和佛的老太太和聽眾都不同意，於是喊來佛頭的徒弟。因時間緊，便讓他帶著大家僅唱「打唱蓮花」。午夜以後，大家都已疲勞，但唱起來後，眾人不停地和佛：「金花銀花蓮花落，哎咳活菩薩！」群情活躍，確實如唱詞所說：「蓮花越打越好聽」。

　　這段「打唱蓮花」是觀音老母自述其出身故事，勸誡人們修行，

---

❹　同❷。

即《香山寶卷》（又名《觀音寶卷》）中妙善公主出家修道的故事，
開頭是：

> 小學生來唱蓮花曲，和佛善人和蓮花。（和）
> 金花起來銀花落，蓮花底下說根情。（和）
> 若要問我名和姓，不是無名小信人。（和）
> 高山點燈豪光遠，井底栽花根蒂深。（和）
> 家住中州興林國，午朝門內是家鄉。（和）……

　　觀音出身故事，並不是這段「打唱蓮花」的主要內容，主要篇
幅是唱一些民俗歌曲，如「花名古人」：

> 蓮花唱到半中心，唱點花名加古人：
> 薛仁貴投軍到龍門，恩愛夫妻兩頭分，
> 征東回來又征西，芙蓉花開迎小春。
> 孔明用計借東風，百萬軍中趙子龍，
> 長坂坡前救後主，殺得遍地石榴紅。
> 姜太公年老釣魚忙，八十三歲遇文王，
> 君臣幾個回家轉，一路帶看菊花黃。
> 前娘晚母閔子騫，身穿蘆花風鑽箱，
> 帶雪推車父知道，臘梅花開要過年。

　　唱到最後，群情振奮，節奏加快，歌詞也妙趣橫生：

蓮花唱得熱鬧很，驚動許許多多人。

高個子只嫌簷頭矮，矮子搬磚添後跟。

胖子軋得渾身汗，瘦子軋得骨頭疼。

瞎子只吵望不見，聾子在吵聽不清。

拐子只吵路不平，和尚軋得光秃頂。

癩子聽我蓮花經，頭髮出得賽烏雲。

讀書人聽我蓮花經，讀書不用打手心。

駝子聽我唱蓮花，直腰直背上東沙。

麻子聽我唱蓮花，不叫麻子叫攢花。

生意人聽我唱蓮花，一本萬利總到家。

種田人聽我唱蓮花，今年收點好莊稼。

這些歌詞有的是佛頭即興編唱的。明代民間教派寶卷中也有「打唱蓮花」（或稱「打蓮花落」）的唱段，如《銷釋白衣觀音送嬰兒下生寶卷》第六品中，變了凡體的白衣觀音「打蓮花落」喚醒世人，其演唱方式與此相同。

（二）「九殿賣藥」的故事是：

山東蓬萊縣天漢洲橋下一人，姓盧名德奎，同緣鄭氏。夫妻開藥店，生子功茂，是上界藥仙童子下凡。功茂娶妻霍氏小姐，是玉皇家九天仙女下凡。功茂父母去世，他繼續開店賣藥，因不會經營，藥店關門，坐吃山空。霍氏在花園中種了菜，讓功茂去街上賣，他賣不出；讓他經營「耍貨」，他燒焦了花生，也賣不出；讓他去山上砍柴，他沒打來柴，卻丟

了鍬頭。霍氏說他：「你時不濟來運不通，高山上乘涼又無風；六月裏凍壞你的腳，九天裏下醫醫生蟲！」後來他去山上打柴，護法韋陀在雲端經過，要讓功茂交好運，讓他打到各種藥草。霍氏驚歎，二人重開藥店。試藥三天，霍氏為眾人看病發藥。陳員外獨子一命嗚呼，霍氏用「七世還魂草」、「九世追魂丹」將他醫好。鬼使報告閻王，閻王到玉皇處告狀：「世上沒得死來只有生，吵勒我閻王做不成！」玉皇召集眾仙人，呂洞賓自請去破盧功茂家藥店。

呂洞賓變作書生，寶劍變作千兩黃金，來到盧家堂門。他出千兩黃金買「順氣湯」、「消毒丸」、「和氣子」、「養命丹」、「長生草」、「不死方」、「歸家子」、「義成香」八種藥。盧功茂不知這些藥，讓他第二天來。第二天霍氏坐堂，對呂洞賓說：這藥在你自家裏。……你家父母有氣慢慢勸叫「順氣湯」，茶店裏說和道理叫「消毒丸」，兄弟和睦叫「和氣子」，生男育女叫「長生草」，送老歸山叫「歸家子」，當年王氏女不肯重嫁叫「義成香」。呂洞賓千兩黃金買了八句話，要加「饒頭」。他要霍氏作詩，每句分別加進「三分白、一點紅、懸空掛、錦包龍」，先要天上的物事。霍氏答：「東方日出三分白，日落西山一點紅，七作星零零落落懸空掛，烏雲一裏錦包龍」。……作詩作對都難不倒霍氏，呂洞賓又要吃「金花白米飯」，要「二合半米吃七大碗」。霍氏說，「秈米加粟米一拌就是金花白米飯」，「我娘家陪嫁個碗，裏面白漆（七），外面藍漆（七），邊子上金漆（七），三七二十一碗。叫他拿栱子拉下來，扳腳趾頭算：多十四碗

奉送！」最後，呂洞賓說：「你曉得我頭上幾根毛？」霍氏
吩咐梅香：「替我到廚房裏，拿菜刀磨磨快，拿他個『棗木
郎』斬下來，擺在櫃檯上，等我慢慢數數真，姑奶奶還他幾
千幾百幾十根！」

呂洞賓被嚇跑了，上天報告玉皇。玉皇讓上、中、下八洞神
仙把道功一起化作一條綠腰巾（或由觀音老母送一條「迷魂
帶」）。呂洞賓騙霍氏束在腰中，人就糊塗了，被呂洞賓難
倒。盧功茂夫妻一道拜呂洞賓為師。修行三年，玉皇封盧功
茂為藥王菩薩，掌管九殿地獄。❺

這段故事在醮殿時必須講，如果時間不夠，也要唱其中盧功
茂、霍氏開店賣藥「點藥名」一段。它結合眾人來看病求藥，唱了
許多民間流傳的藥方。如：

花椒共胡椒，紅糖共生薑，再用兩只蔥，醫好你肚子痛。

馬腳鴿子毛郎當，長勒河裏又不圓來又不方。
人人說它無用處，手心拍拍貼爛膀。

醮九殿時，齋主和在堂眾人會找出整把的香點燃，斜插在醮殿
神臺和講經臺的香爐中，用紙接取香灰，認為可以治病。

---

❺ 據佛頭趙松群演唱記錄本整理。

四、幾個問題的說明

（一）地獄十王信仰形成於唐代，它們本是中國佛教所傳十位主管地獄的「閻王」，唐代末期已出現僞經《佛說十王經》，道教也很快接收了十殿閻王的信仰。宋元以後，它們成爲民間信仰的主管地獄之神。明代前期的佛教寶卷中，便有用於薦亡道場的《十王道場》寶卷。❻明代後期的民間宗教家編了各種《十王寶卷》，如《泰山東嶽十王寶卷》、《彌勒佛說地藏十王寶卷》等，民間也流傳各種《十王經》。主管冥間的神，除了十殿閻王、酆都大帝、東嶽大帝及城隍、土地外，還加進了佛教的地藏菩薩，他被尊爲「幽冥教主」。這種佛道混雜的神仙結構，實際上也受宋元以來佛教「水陸法會」的影響。水陸法會上掛的水陸圖中，包含了佛、道教及民間信仰的上百位神靈，它們被恭請到會，然後再被送走。

近現代江浙吳方言區民間宣卷中也流傳各種《十王寶卷》，或稱《冥王寶卷》《慶（請）王科儀》《慶王燈科》等，它們大同小異。所請諸神，除十殿閻王外，也大都包括了地藏、酆都、東嶽諸神。與靖江做會講經不同的是，江南宣卷人是在爲逝者做薦度法會上唱。這種薦度法會分別在逝後「首七」、「三七」、「五七」做，舉行各種儀式並演唱各種寶卷，即「鬧喪」。因此，除了舉行固定的儀式寶卷外，還要插唱一些相關的寶卷。靖江佛頭做會講經只爲

---

❻ 見《佛門取經道場·科書卷》，載王熙遠《桂西民間秘密宗教》，桂林：廣西師範大學出版社，1994。

在世的人做「延生」會，不做「往生」，薦度亡靈的民間法會由伙居道士和野和尚去做。

（二）醮殿儀式中演唱的寶卷故事，在江浙地區都可以找到相應的流傳寶卷，說明它們之間的發展有密切關係，並有助於瞭解一些民間寶卷的演唱背景。

《李清卷》的故事最早見於明代西大乘教《泰山東嶽十王寶卷》（存民國辛酉年北京宏文齋刻本）卷末附錄：

> 昔日山東濟南府臨清縣儒學生員李清，於景泰六年八月初三日身死，到閻君望（王）前，親問：「你在陽間作何善事？」李清答曰：「弟子在陽間，每於釋迦牟尼佛四月初八日降生，持齋一日，念佛一萬聲。」閻君起身：「善哉！善哉！此人大有功德。」閻君問曰：「吾十閻君降生之日，無持齋念佛？」李清答曰：「陽間不知閻君降誕之日。」閻君答曰：「我傳與你降生之日，今與你還魂，說與善男子善女子，每逢降生之日持齋念佛，見世樂過去超生。」閻君即差鬼使，送此人還魂陽間。李清忽然甦醒回來，發心從頭寫出十帝降生之日，傳與四方善男信女，依此日香燈紙燭供養閻君，永不墜地獄，好處生天堂。十帝閻君聖誕：……

清道光初年長生教陳眾喜編《眾喜寶卷》卷二附載〈天醫因由〉也講李清故事：

> 蘇州吳江縣生員李青，年二十歲，多兇惡行勢。妻乃張宰相

之女，家近一寺，每年四月禮皇懺三日，務要預請李吃齋。是年，官禁不許婦女燒香。僧道集會，李至，近日（？）問故。僧曰：「現有官禁，小僧不敢。」李曰：「佛誕禮懺，自古至今。若官有話，是我擔當。你只管調停開懺，期至我來。」僧即回寺，發帖禮懺。後未幾，於景泰六年三月初三，李死歸陰，罪受油鍋。忽鍋內生出一朵蓮花，李坐於蓮花上。卒告大王，大王細查善簿，並無好事。只有某年四月八護佛教三日，故今佛來顯靈，命他還陽。李即還陽，遂隱山修道，今爲天醫菩薩。❼

據這一故事改編的寶卷有〈天醫寶卷〉（全稱《慈悲普濟天醫寶卷》），今存最早刊本是清光緒二年（1876）瑪瑙經房刊本。它較之上述傳說，衍生出許多故事：李清本爲鬼谷仙師的藥仙童子下凡，他的姨表兄趙天化挑唆他作惡多端。他下地獄還魂後改惡從善，到雲蒙山拜鬼谷仙師修道。趙天化在替李清經辦修廟時開虛帳，得銀三萬七千兩，捐了官；爲官極貪，人稱「趙剝皮」。終被強盜劫去金銀，本人被天雷打死。李清之子中狀元，親眷來賀；李清在雲蒙山動了凡心，鬼谷仙師贈他仙丹靈藥回家爲人治病。後來治好太后娘娘的怪病，被封爲天醫普濟眞人，後世稱「天醫菩薩」。

靖江的《李清卷》與上述寶卷有淵源關係，但它只保留了其中部分情節。主要是讓李清下地獄、遊十殿，抄回十殿閻王的聖誕。

---

❼ 據民國己巳（十八年）尚德齋謝氏重刊《衆喜粗言寶卷》卷二（第二冊），頁24A。

《十王寶卷》在江浙地區的流傳上文已介紹。穿插其中的故事，也都有寶卷流傳，如三殿「王氏殺狗勸夫」有《殺狗勸夫寶卷》，又名《賢良寶卷》《勸夫寶卷》。五殿「劉全進瓜」，有同名寶卷，並有各種不同的異名和改編本，如《李翠蓮拾金釵大轉皇宮》《唐王遊地府李翠蓮還魂寶卷》《還陽寶卷》《還魂寶卷》《化金釵寶卷》等。這一故事，也是江蘇北部民間香火神書「唐懺」中演唱的重要部分。六殿的「宋氏女變畜牲」有《宋氏女寶卷》。八殿「李黑心種西瓜」有《西瓜寶卷》，又名《李黑心種西瓜》《李黑心寶卷》《黑心種西瓜》《欺心寶卷》《愛花傷身寶卷》等。

江浙民間寶卷如今被公私收藏爲數多達六、七百種，研究者多不瞭解它們是在什麼情況下演唱的，以上介紹，可以瞭解上述寶卷演唱的背景。

（三）醮殿是祭祀冥間諸神、祈求滅罪延壽的儀式，從上述儀式過程和寶卷的介紹來看，其教化和娛樂作用很明顯。傳播孝道，調適家庭關係是它的主要教化意義和作用。醮殿時齋主的子女均須到場，即使平時有些矛盾和不快，也不得缺席，否則便受到社會輿論的譴責。子女們跪拜神前，爲父母祈禱滅罪延壽，做父母的即使平時有些不愉快，此時也化解了。筆者調查中瞭解到，三、四十歲的農民都認眞爲父母做這類祈禱儀式，按他們的話說是「前人做給後人看」。他們都已生兒育女，孩子們也開始懂事了，也被父母輩拖來跪在神前。這也說明了傳統的強大延續力；農民不會去讀古老的經典，但傳統的倫理道德觀念，正是這樣通過信仰活動，一代一代在民間傳承。

醮殿中演唱的寶卷也大量傳授各種民間知識，像上文介紹「九

殿賣藥」中的「點藥名」。《李清卷》用大量篇幅講唱民間的婚俗：說媒、行茶、催親、哭嫁、別祖、上轎、押轎送親、拜堂，寫得熱熱鬧鬧；穿插其中的媒婆，插科打諢，又使聽眾不斷發笑。很難想像，主要設計為去冥間抄回諸神聖誕的這本寶卷，竟融進了這樣的內容。

從這一儀式活動看，它的信仰、教化、娛樂功能是密切結合在一起的。這在「七殿攻文」中最明顯。它的主題是嚴肅的：不信佛修道的梅樂張姐，被罰下了七殿碓磨地獄，但現身說法的觀音老母，卻唱起了幽默誇張的民歌，和佛的聽眾樂得就像他們唱的「哎咳活菩薩」。它說明了民間信仰活動儀式同宗教儀式的不同：後者為了維護宗教的尊嚴，不可能加入這樣純粹為了娛樂的內容。

（本文與侯艷珠合作，原載《民俗研究》，山東濟南，1997：2）

江蘇靖江做會講經的「破血湖」儀式（調查報告）

　　「破血湖」是江蘇靖江農村做會講經的一種儀式。靖江縣地處長江北岸，與江陰縣隔江相望，屬吳語方言區。該地的做會講經同江浙吳方言區的做宣卷屬同一系統，但自成體系。至今該地農村中仍盛行這一民間信仰活動，從業人員稱「佛頭」。據最近（1997年）統計，該地區登記在案的佛頭共 108 人，實際從業人員不止此數，因爲許多老佛頭紛紛帶徒弟，這些徒弟也參與做會講經。

　　本文係筆者對該地區做會講經田野調查的一部分。這一調查仍在進行中。❶

一、破血湖概述

　　破血湖是專爲老年婦女做的一種消罪儀式。靖江民間信仰：婦女的經血和生孩子時流的血露，均沖犯神靈，它們聚集爲地獄中的

---

❶　關於江蘇靖江做會講經總體面貌，請參考車錫倫〈江蘇靖江的做會講經〉（載《民間文藝季刊》1988 年 3 期；又，《中國寶卷研究論集》，學海出版社，1997，臺北），該文是作者 1987 年所做的綜合調查報告。

「血湖池」。婦女死後要下血湖池地獄，受血水浸淹之苦。必須飲盡這些污穢的血水，方可超生。因此，爲死後免受此苦，生前要做「血湖會」，破血湖。

婦女做破血湖要在月經停止之後，一般是五十歲以後。要做三次，在三年內連續做完。做過破血湖的婦女，便不再進入婦女的「暗房」（即產房），接觸被血露污染過的東西。舊時婦女生小孩多，老年婦女還要侍候女兒生育，因此破血湖時的年齡，還要往後推一些。

破血湖一般是兒女，特別是女兒、女婿出資爲母親做。現在一般不單獨做血湖會，而是在爲母親做的其他會（如「觀音會」、「大聖會」、「明路會」等）上附帶做破血湖儀式。按照一般做會的程序，上午「報願」、「請佛」後，開講「聖卷」（神的故事寶卷），下午穿插做一些儀式（如「拜壽」、「度關」），晚飯後佛頭開始講唱「小卷」（據戲曲、說唱、小說等文學作品改編的寶卷）。午夜時分，結束小卷。吃夜點後，繼續做會。和佛人換上一班婦女（她們上半夜休息）進行「醮殿」儀式（祈請十殿閻王及冥間諸神滅罪延壽的儀式）。醮殿結束，接著破血湖。

破血湖時經堂的佈置與醮殿基本相同。在醮殿儀式做完後，即重新佈置「神臺」（一張方桌，設在經堂「菩薩臺」右前方靠牆處）。靠牆處換上紙製「血湖寶庫」，庫前並列放上幽冥教主地藏菩薩的紙馬（折成筒狀）和水部龍神目連尊者的牌位（也稱「星斗牌位」，在破血湖之前，這個牌位插在菩薩臺上的「星斗」中）。目連尊者的牌位用紅紙書寫，並折成令箭狀，中間用一木棍支撐，其書寫格式有二：

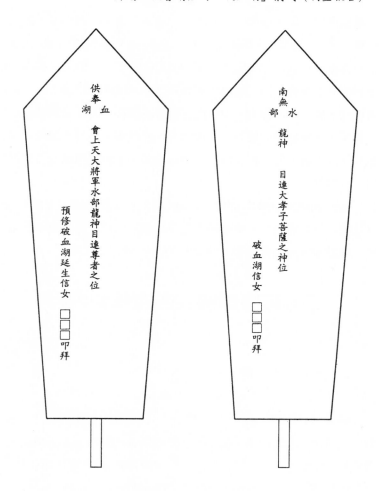

在地藏紙馬和目連牌位前擺三樣供品：麵、蘋果、年糕或粽子。另有一碟茶米（茶葉和米的混合物）放置在神臺上右前方，據說它可以安宅免災，做會結束後，齋主家把茶米撒在房間裏、宅基地上。

神臺前面供一對大臘燭，一個香爐。神臺下邊放一個面盆，盆內放一雙筷子，一把菜刀，用兩條新毛巾蓋著。在目連懺破血湖地獄時，這只面盆便代表血湖地獄；用菜刀斬斷那雙筷子，象徵打破血湖池地獄的七重欄杆。神臺前面放置許多拜墊，供佛頭和齋主子女跪拜菩薩用。破血湖過程中，佛頭跪在神臺前講經，因此緊靠神臺另設一張椅子，做臨時的經臺，上放佛尺、鈴魚等。另外，還要準備一根竹竿，上端用剪刀把一條毛巾插在竹筒中，象徵地藏王菩薩贈給目連的錫杖。

　　破血湖儀式由兩部分構成：先「請佛」，後宣講《血湖寶卷》（即《目連寶卷》）。整個過程氣氛嚴肅、壓抑。佛頭要求聽眾不要大聲喧嘩，不要亂走動。儀式結束，一般也就天亮了。

二、破血湖儀式的過程和內容

（一）請　佛

　　佛頭做會講經一般均不另著裝，（有調查報告所附照片，佛頭戴印有「佛」字的帽子，披袍，那是特別做的裝扮。）但做破血湖儀式時，佛頭要穿上自備的「袈裟」（有的佛頭披一塊紅布代替），表示此時佛頭即目連尊者。請佛時，佛頭站在神臺前唱〈請佛偈〉，同時搖鈴伴奏。每請一位菩薩到，禮拜一次。齋主子女在佛頭身後

面跪拜。〈請佛偈〉❷是：

一心拜請三千諸佛諸大菩薩降臨來！

一心拜請破血湖告司贖罪延生信人×××本命星君降臨來！

一心拜請常住三寶海會能仁降臨來！

一心拜請酆都大帝、中元赦罪地官降臨來！

一心拜請觀音大士、焦面鬼王降臨來！

一心拜請冥府十殿慈尊聖號降臨來！

一心拜請王后、王妃、王子、王孫諸王眷屬降臨來！

一心拜請三元尚書、三曹地府閻羅降臨來！

一心拜請十八獄官、三十六案、二十四司降臨來！

一心拜請百萬牛頭馬面、夜叉、獄卒降臨來！

一心拜請張羅劉盧修失（？）使者、道明和尚降臨來！

一心拜請法會橋樑使者、掌奈河神降臨來！

一心拜請五道將軍、六道聖凡等眾降臨來！

　　目連救母早升天，西方禮拜佛四尊。

　　跟隨師父下山來，龍華會上免三災。

　　願惡消災諸煩惱，延生智慧證明了。

　　無邊罪業盡消除，世世常存菩薩道。

南無道三界菩薩摩訶薩！

南無生天界菩薩摩訶薩！

---

❷　據陸愛華演唱記錄本。

> 陰司地獄一奈河，惡人蛇傷犬來拖。
>
> 要免地府輪迴苦，奉勸大眾念彌陀。

唱完〈請佛偈〉後，佛頭要帶領齋主子女對神臺上的菩薩行三跪九叩禮。靖江做會講經唯於此處行此大禮。行禮畢，齋主子女紛紛掏錢拋在茶米盤上、神臺下的面盆內，這些錢是「鎮壇錢」。

（二）《血湖寶卷》

請佛後，佛頭接唱《血湖寶卷》，即《目連寶卷》。這是破血湖儀式的主要部分。這部寶卷的故事如下：❸

> 唐朝河南洛陽府北門傅家村傅先，同緣劉氏，家有萬貫家財，沒有兒女。他們燒香拜佛求子，西天佛祖打發如意羅漢來傅家投胎。劉氏生下一子，受小元祖師點撥，取名羅卜。羅卜六歲讀書，到十二歲。佛祖打發小元祖師下凡來點化傅員外全家辦修行。傅員外因三件大事未成，不肯修行。三件大事是：東莊二百畝土地未曾到手，高樓大廈未曾建起，羅卜還未成人。他先把東莊二百畝地搞到手，又起造高樓。小元祖師說他「有福氣起屋，沒福氣住屋」。他選了「魯班煞」日上樑，木匠在樑上唱偈子：「一代破，兩代破，祝你們全家代代破。」傅員外在底下聽不清，以為木匠在唱：「一代

---

❸ 據趙松群演唱本整理。

富，兩代富，祝你們全家代代富。」忙舉手作揖，仰頭對木匠說：「託福！」正好木匠的斧子掉在他頭上，當即死去。羅卜和母親劉氏在小元祖師點撥下開始吃素念佛。劉氏在家吃素辦修行，羅卜到九華山拜地藏菩薩為師，取法名目連。目連的舅舅劉光揮霍完自己的家產，來到傅家。他引誘姐姐劉氏破戒吃葷。劉氏破戒後，每天飲酒吃肉、殺豬剮羊、毀僧滅道。姐弟二人作孽，地藏菩薩都知道，目連回家勸母親。劉光被嚇跑了，劉氏騙目連說她沒有破戒，並在菩薩前發了三個沒有害處的誓願。最後，她對地獄十王發重誓說：「如開齋吃葷，下十九層地獄！」韋陀天尊正好在天上路過，一掌把她送上黃泉路，登時死去。

目連葬過母親，回到九華山。師父告訴他，他母親在地獄受苦。目連執意要去地獄救母，報答養育之恩。地藏菩薩贈給三件佛寶：明珠、錫杖、《血湖懺悔文》。明珠可照見地獄路，錫杖可以打開地獄門，懺悔文可消除母親罪孽。

目連帶上三件法寶來到冥間，到了五殿奈河血湖池邊，見血湖池寬萬丈，七重欄杆圍繞。紅水滔滔，穢氣沖天。鬼使手持狼牙棒，晝夜拷打那些受罪婦女。一班女罪人在血湖地中，一邊喝血水，一邊啼哭。她們向陽間的丈夫、兒子、女兒、女婿訴說為人妻、為人母的艱難，希望他們能請僧唪經做一堂「血湖會」，來超度她們。目連想到母親也會有血湖沉淪之苦，於是，念起師父給的《血湖懺悔文》，將血湖池地獄懺破。

目連趕到鐵圍城地獄，喊了母親三聲，聽到母親回答。他救

母心切，忘記師父囑咐，不是用錫杖輕輕點三點，而是用錫杖在鐵圍城上用力振三振，結果將鐵圍城震倒，千萬餓鬼都逃出去了。

目連救出母親，背上就跑，夜叉獄卒來追。趕了一程，來到六殿，目連放下母親休息。六殿閻君變成王將一張狗皮往劉氏身上一罩，金光一道，劉氏無影無蹤。目連又回到九華山，求師父幫助。師父告訴他，他母親劉氏已變成一條狗在王孝成員外家看後門。

目連找到王孝成員外家後門，只見一隻焦黃大犬伏在石頭上哭。目連知是母親，馱起便走。劉氏因得目連仙氣，口吐人言。母子來到一塊蘿蔔地邊，劉氏說腹中飢餓，目連去化齋飯。劉氏見滿田蘿蔔，便拔了一根吃。目連化齋回來，見母親又作孽。為消母親之罪，他將二拇指咬下，插到田中，吹口仙氣變成了紫蘿蔔。如今留下紫蘿蔔，即目連手指。目連馱母親到九華山，拜見師父。地藏能仁告訴目連：劉氏本是他的坐騎。目連要求給母親封個神職。地藏菩薩封劉氏為「速報諦聽司」。劉氏做了速報司，每天到天上亂報：人家做善事，她去報惡；人家做惡事，她去報善。她報的與東廚司命不一樣，玉皇很生氣。地藏菩薩便將她踏在腳下，不准她抬頭。至今人家家中掛的家主（堂）軸子最底一層，地藏王菩薩腳下那個不像狗、不像獅子的怪物就是目連的母親劉氏。主人家總是將劉氏壓在菩薩臺下面，免得她看到什麼去亂報。逢年過節還要用桌圍圍住菩薩臺，不讓她看到家中的事，免得不太平。平時也不給她供香火，只是做會時在菩薩

臺下面給她供上一炷香。

佛頭在講唱《血湖寶卷》時，一般都是跪在神臺前演唱。佛頭陸愛華則仍坐在講經臺上唱，等唱到目連帶上師父賜給三件法寶去地獄尋母時，才到神臺前跪下繼續唱。

（三）懺破血湖池地獄

破血湖的儀式是在講唱《血湖寶卷》中進行的。卷中說目連來到血湖池地獄邊，看到那些受罪的婦女的慘狀，想到自己母親也要受血湖沉淪之苦，於是念起師父給的《血湖懺悔文》：❹

有目連到佛前哀求懺悔，搖三錢並四拜合掌當胸。
求佛祖和聖眾諸大菩薩，五百尊阿羅漢八大天王，
想親娘生長我懷胎十月，我情願替母親受苦遭殃。
我親娘身受苦心如刀割，手捶胸足蹬地眼淚紛紛。
要我娘重相見南柯一夢，想親娘再相會轉世爲人。
我只說我親娘好過百歲，誰知道我母親犯咒身亡。
我如今求世尊如來古佛，請佛祖和聖眾菩薩金剛，
清淨僧清淨道五百羅漢，明性心持齋戒懺母生天。
懺母親生長我懷胎十月，吃我娘精血液三斗三升。
懺親娘未滿月血污穢布，懺母親未滿月觸犯三光。

---

❹ 據陸愛華演唱記錄本。

懺親娘未滿月污褲曬出，懺母親洗不盡觸犯河神。

懺親娘數九天打開冰凍，懺母親身受苦去洗衣裳。

懺親娘自吃苦乳兒甜味，懺母親爲親兒身睡尿炕。

懺親娘兒有病悶悶不樂，懺母親爲孩兒費盡千辛。

懺親娘乳三年勞心費力，懺母親生長我撫養成人。

懺親娘在生時養蠶煮繭，懺母親抽長絲罪孽消除。

懺親娘將濃湯潑在地下，懺母親燙諸蟲罪孽消除。

懺親娘殺生靈雞鵝鴨畜，懺母親宰豬羊罪孽消除。

懺親娘在生時打僧罵道，懺母親無佛法罪孽消除。

懺親娘使暗計大斗小秤，懺母親沒良心罪孽消除。……

這部懺悔文替母親懺悔罪孽七十二次，故稱「七十二懺」（有
的佛頭唱四十九懺）。佛頭唱懺悔文時，和佛眾人要站起來和；每
和佛一次，齋主的子女隨佛頭拜一次菩薩（跪拜）。「七十二懺懺
完成，血湖池懺了個碎紛紛」。佛頭唱完懺悔文，將神臺下面盆上
的毛巾掀掉，取出菜刀、筷子，用力將筷子切斷，表示懺斷血湖池
邊的七重欄杆；同時將象徵血湖池的面盆掀翻，表示懺破了血湖池
地獄。血湖池地獄已破，許多貓犬紛紛到池中尋主母，代主母吃血
水。目連心中感動，也要代母親吃「血水」。佛頭接著唱道：

（念）今朝誠心齋主×××家孝男孝女跪佛前，

〔平〕也且吃吃血湖水，也算報報養育恩。

孝男孝女吃得血湖水，母親罪孽盡消盡！

唱到此時便停下來，齋主子女爲母親喝血水。這「血水」由佛頭準備，過去用蘇木泡水。蘇木即蘇枋，心材浸水成紅色，可做染料，又是行血祛瘀的中藥。現在都是用紅糖泡水。子女喝血水由佛頭按長幼順序安排。喝血水者先拜一次神臺上的菩薩，掏錢放在茶米盤上，然後才喝；每人要喝三碗，每次都要拜菩薩、掏錢。掏的錢要一次比一次多，這是表示是「買」血水。子女們喝完後，剩下的血水由佛頭分三次喝完，每喝一碗，跪拜菩薩，同時齋主家要給佛頭賞錢。在破血湖的過程中，齋主家的子女一般都很大方。他們認爲是出錢替母親消災滅罪；同時，佛頭在子女喝血水時，也順口唱些祝福吉利的話，說得他們眉開眼笑，樂意多掏一點錢。因此，神臺上茶米盤子上「喜錢」往往堆得很高，儀式結束後，這些錢均由佛頭收下。

喝完血水後，佛頭繼續跪下講經。講到目連用錫杖震開鐵圍城地獄時，佛頭左手持錫杖在地面上敲三下，右手拿佛尺往椅子上用力敲三次。

講完《血湖寶卷》，破血湖儀式結束，一般（包括開始請佛、中間喝血水）時間在二個小時左右。做一般會時，破血湖儀式做完已是第二天早晨。吃過早飯，「上茶」、「解結」、「念表」、「送佛」後，做會就結束了。神臺上的血湖寶庫、菩薩牌位和經堂中的其他紙製品、香燭等，一齊都拿到戶外燒化。

三、靖江破血湖的來源和教化作用

（一）血湖信仰和靖江「血湖會」、「破血湖」的來源

　　認爲女人的經血和產婦生育時的血露不潔，這是一種古老的信仰，因此並形成各種禁忌和迴避民俗。在世界各民族的原始民俗中，大都存在此類觀念和禁忌。中國古代有關這種信仰的原始記錄少見，但宋元以後，這種信仰已被納入宗教信仰系統。不論道教、佛教及明代後期的民間教派，都在冥間的十殿地獄中闢出一處血湖池地獄（或稱「血盆地獄」），並衍生出解脫這一地獄的宗教儀式，但各種宗教對此的解釋並不一樣。

　　道教的《元始天尊濟度血湖眞經》（又名《靈寶升玄濟度血湖眞經》）❺中，假託元始天尊爲眾仙說法，稱北陰大海底「積血成湖」，名曰「血湖」，內又分四子獄：血池、血盆、血山、血海。眾生積諸罪業，不分男女，特別是「產死血屍女人」（生育難產而亡的婦女），死後入血湖地獄，備受苦難，不得出離。因此，超度難產而亡的婦女，必舉行血湖醮事道場。道士念咒作法，破開血湖地獄，超度死者亡魂，這種儀式稱「血湖道場」。宋元人編《靈寶

---

❺　此經收入明萬曆刊《道藏》「洞眞部·本文類」，估計爲明代著作。

領教濟度金書》卷二有「血湖道場節目」。**❻**

　　佛教引入血湖信仰的時間不詳。講述目連故事的《佛說盂蘭盆經》，唐宋時期的目連救母故事說唱文學作品和戲劇，元明之際刊《佛說目連救母經》、《慈悲道場目連報本懺法》等，均無目連於血湖地獄救母事；鄭振鐸舊藏元末明初抄本《目連救母出離地獄生天寶卷》下冊，佛祖告訴目連：「若你母脫離狗體，揀七月十五日中元節令日，修設血盆盂蘭勝會；啓建道場，汝母才得脫狗超升。」但卷中後文一再說的是「盂蘭大道場」，再沒提到「血盆」。流傳頗廣的僞經《佛說大藏正教血盆經》**❼**中所述「血盆地獄」與靖江的破血湖迷信相似：

　　　　爾時目連尊者，昔日往到羽州追陽縣，見一血盆池地獄，闊八萬四千由旬，池中有一百二十件事件，鐵梁鐵柱鐵枷鐵索。見南閻浮提女人許多，披頭散髮長枷紐手，在地獄中受罪。獄卒鬼王一日三度將血勒教罪人吃。此時罪人不肯伏吃，遂被獄主將鐵棒打作叫聲。目連悲哀，問獄主：「不見南浮提丈夫之人受此苦報，只見許多女人受此苦痛。」獄主

---

❻　同**❺**，收入「洞玄部・威儀類」，題宋寧全真授，元林靈真編。

❼　此據在靖江縣農村見到的民間刊本。此經產生於何時？不詳。《元典章》卷三二：「至元十八年三月，中書省咨，刑部呈：奉省判，御史臺呈，刑臺咨：都昌縣賊首杜萬一等指白蓮會爲名作亂。照得江南見有白蓮會等名目《五公符》《推背圖》《血盆》及應合斷天文圖畫一切左道亂正之術，擬合欽依禁斷，仰與秘書監一同擬議連呈事。……」則在宋元時期民間佛教信徒中已流傳《血盆》爲名的經卷。

　　答師言：「不干丈夫之事，只是女人產下血露，污濁地神。若穢污衣裳，將去溪邊洗濯，水流污漫，誤諸善男女取水煎茶供養諸聖，致令不淨。天大將軍劄下名字，附在善惡簿中，候百年命終之後，受此苦報。」目連悲哀，遂問獄主：「將何報答產生阿娘之恩，出離血盆地獄？」獄主答師言：「唯有孝心孝順男女，敬重三寶，便爲阿娘持血盆齋三年，仍結血盆勝會，請僧轉誦此經一藏，滿日懺散，便有盤若船載過奈河江岸，看見血盆池中有五色蓮花出現，罪人歡喜，心生慚愧，便得超生佛地。」諸大菩薩及目連尊者，啓告奉勸南閻浮提信善男女，早覺修取，大辦前程，莫教失手，萬劫難復。佛說女人血盆經，若有信心書寫受持，令得三世母親盡受生天，受諸快樂，衣食自然，長命富貴。爾時天龍八部人非人等，皆大歡喜。信受奉行，作禮而去。

　　據現存資料看，明代嘉靖萬曆間，民間演出的目連救母戲中已有血湖信仰的內容。明鄭之珍《目連救母勸善戲文》（自序於萬曆十年，1582）是據民間演出的目連救母戲整理改編的，分三卷。卷下述目連趕往各大地獄尋母、救母，其第十一齣〈三殿尋母〉，寫目連母親劉氏在三殿鐵床、血湖地獄向獄官唱了婦女的「三大苦」（生育、養育、死亡），感動獄官，免她在本獄受苦。待目連趕到三殿，劉氏又到四殿地獄去了。這只是一個過渡情節。

　　大致在同時代無爲教徒編寫的《佛說二十四孝賢良寶卷》❽

中，目連救母的故事被列爲「第三孝」。其中對目連孝行的敘述主要是到血湖池邊尋母不見，而看到許多婦人在那裏受苦。接下來用〔掛金鎖〕調唱「十重思」，現舉其散文部分：

〔說〕二十四孝中有一個目連尊者，爲僧大孝。地獄尋母生辰，尋到血湖池邊，不見親娘，只見無數罪人吃那血水。目連上前問曰：「此獄受罪之人造甚麽業，受這苦？」獄主曰：「此是女人在陽世間時生男養女，酬繃洗褙，枉使漿水，受這樣苦。」目連聽說，心中煩惱，思母懷胎十月，乳哺三年，那乾就濕，咽苦吐甜，洗衣不淨，臭味不嫌，受盡千般之苦，不同容易！而生養的我何用？……

明萬曆年間弘陽教據民間的血湖信仰編了一部《混元弘陽血湖寶懺》。這是一部用於信眾懺悔修道的懺法書，托言弘陽教教祖飄高祖（韓太湖）親傳。它分爲兩部分：前面是告誡婦女懺悔各種罪孽，免入各大地獄之苦，後面是懺悔血湖之罪。卷中通過飄高祖師回答宗泰禪師等人的問話，說明女人下血湖地獄的原因：❾

世間一切女人，幸生中國，忝居女流，陰陽三元合會，生男養女，穢污不淨，血水噴升，惡味盤結。或洗褙擺淨，污染清水，攪擾混濁；或沱流下處，或坑水成冰，時有善人請水供佛，血氣冒瀆聖真。今被四直功曹察下名字，附在善惡簿

---

❾ 據清代初年刊本。

中，到臨命終時，決墮於血湖地獄受報。

接著祖師回答血湖地獄之苦：

血湖地（獄）最爲大矣！四面百里爲圓，鐵城萬丈，毒龍圍
繞，內有一池名曰血湖。何爲血湖？亦爲婦人生男養女洗褯
擺佈，陽間所穢污不淨之水，到於陰司，集聚於此處，故名
曰血湖地獄。此湖內之水，浪如播波，攪擾穢污，有五色之
相。但是陽間犯戒女人，盡送此處受報。個個手執瓷碗，食
飲血水。飲者便可，若有不飲者，傍有大力鬼王，手拿狼牙
大棒，苦拷無情。血水飲盡，方得出期。此乃女人血湖地獄
之苦也。

最後講免受血湖之苦的辦法：

世間若有女人欲免血湖之苦，命請弘陽道衆啓立血湖聖會。
或一日、二日、三七日，並一夜，請行法事，諷誦弘陽諸品
赦罪真經，拜禮血湖寶懺，申文發奏於佛祖聖前，赦釋千愆。
凡間一切婦女，皆免墮血湖之苦，歸依十方大慈悲佛。

據上述介紹，靖江的血湖會和破血湖，同道教的「血湖道場」、
佛教「放焰口」和「血盆齋」不同，它是爲在世的人預修的消罪儀
式。從這個角度看，它同明代弘陽教的「血湖聖會」相同；其血湖
信仰的表述，也同弘陽教《血湖寶懺》的解釋相似。但它們也有不

同之處：弘陽教的血湖聖會同目連救母故事無關，而靖江的血湖會不僅供奉的主神是所謂「水部龍神目連尊者」，破血湖儀式也以演唱目連救母故事的《血湖卷》爲載體，它們已密不可分。

上文已介紹，目連救母故事中攙入血湖信仰，最早出現在民間演出的目連救母戲中；明代萬曆年間無爲教徒新編的《佛說二十四孝賢良寶卷》中目連的孝行故事，則以在血湖池地獄邊尋母爲其主要內容；再加上弘陽教倡導的血湖聖會，這可能就是靖江做會講經血湖會和破血湖的來源。

順便談一下靖江《血湖卷》中目連救母故事的特徵。從基本故事情節來說，《血湖卷》中的目連故事同各地目連戲、目連寶卷等大致相同。目連母親劉氏變作狗到「王孝成員外」家去看後門，顯然是唐代《目連變文》和元末明初《目連救母出離地獄生天寶卷》中所述「王舍城」的傳訛。但這本《血湖卷》中對目連父母的處理，卻十分特殊。目連的母親劉氏被處理做惡習難改的罪人。她被目連從地獄中救出，卻又偷吃人家的蘿蔔；由於目連的請求，她被封了神職——速報諦聽司，卻隨便亂報人間善惡，因此受到神、人的貶斥。卷中地藏菩薩說，劉氏本來就是他的坐騎。在神魔小說《西遊記》中，地藏菩薩的坐騎「諦聽」，是一位神通廣大的怪獸。他伏在地下，霎時即可明察四大部洲、洞天福地之間一切有情眾生的善惡、賢愚。連玉皇大帝、觀世音都分辨不出假猴王，諦聽趴在地上一聽，就察覺出來。何以他到人間走了一次，就變得乖戾如此？卷中沒有交持。卷中把目連的父親傅先處理做貪戀人間財富（土地、房屋）和親情而不得善終（遭橫死）的人。而這個人物，從唐代的《目連變文》起，到現代各地民間演出的目連戲和目連寶卷中，無

不做爲慈悲佈施的善人。

筆者懷疑這樣與眾不同的改編，是出自明代民間宗教家之手。現在卷中仍不時出現的那位來路不明的「小元祖師」，亦可能是屬於某個民間教派的「遺留物」。

（二）破血湖的教化作用

靖江的佛頭們都十分強調他們做會講經是「勸善」，而破血湖的勸善教化作用是最明顯的。

血湖信仰在現時的平民社會中仍然普遍存在著。婦女們生兒育女對家庭和社會盡了責任，但在彼岸世界的歸宿中，卻要因此而下血湖地獄，受污穢的血水浸淹之苦，這是不公平的。這是困擾婦女（特別是老年婦女）們的一大問題。在破血湖儀式中演唱的《血湖寶卷》中，對此有動人的傾訴。卷中假設那些在血湖池地獄中受苦的婦女，她們向在陽世的丈夫、兒子、女兒、女婿哭訴，希望能做一堂血湖會來解救她們。這一段「哭叫」，是演唱這本寶卷中最精彩動人的地方，它幾乎占了這部寶卷五分之一的篇幅。佛頭們講唱到此處，無不盡量發揮一番。下面摘錄部分唱詞：❿

　　　　哭淚叫聲親丈夫唉！
　　　　我來陽日三間長到二八正青春，
　　　　花花轎子嫁進你家門，姻緣結得海能深。

---

❿　據趙松群演唱記錄本。

生到男來育到女，傳接丈夫家後代根。

恩夫唉！我來陽日三間起拉多少早五更，坐拉多少夜黃昏，

男女身上忙勒齊齊整，一天三頓忙現成。

丈夫進門手一伸，飯菜端到你面前，

萬貫家財你執掌，爭論沒得半毫分。

恩夫唉！你來陽日三間合家老少越過越歡樂，

我苦命血湖邊裏越想越傷心！

恩夫唉！你果肯看看夫妻情份幫我請個把僧人嗦嗦血盆經，

表表夫妻結髮情！

以上是哭叫丈夫，下文是哭叫女兒、女婿：

哭淚叫聲女兒心肝小姐唉！

我來陽日三間養到你當塊金，包包攝攝慢慢撫養長成人。

拿你忙到六歲春，將你送進學堂門。

日裏學堂把書讀，夜裏教你繡花名。

天天教到二三更，我怨恨心總沒得半毫分。

心肝小姐唉！

當初生到你們幾個女千金，公婆將我不當人。

冷言冷語煎譴我，說絕得他家後代根。

產戶裏間你家父親不問帳，燒粥煮飯我當身。

洗尿洗布總是我，不傷良來也傷心。

心肝小姐唉！

將你忙到十五、六歲春，

親戚朋友做媒人，花花堂堂嫁出門。

爲勒胭脂花粉紅頭繩，你登我門口嘰三咕四不絕聲。

我暗頭暗腦塞把你，瞞拉你家生身老父親。……

哭淚叫聲心肝賢婿唉！

陽日三間你和我家小姐訂勒婚，三頭兩天上我門。

好東好西燒把你吃，比對我家親生男女勝三分。

女兒賢婿唉！

你們結婚只有年把春，喜蛋籃子上我門。

爲勒你家香煙後，爲勒我家小外孫，

我忙上兩天兩夜整，椿椿色色送上門。

女兒女婿唉！

我來你家一月整，洗尿擺屎我當心。

裏裏外外總是我，陪我家小姐坐暗房。

女兒女婿唉！你們如有這宗孝心，

幫我請格幾個僧道拜他一部血湖懺，救救你家生身老母親！

哭叫兒子的篇幅最長，從懷孕在身說起：

哭淚叫聲心肝孩兒唉！

陽日三間我將你懷孕帶在身，面黃鬼瘦不像人。

公公婆婆面前不敢說，丈夫面前不敢哼。

一天三頓總吃不下，半飢半飽過光明。

心肝唉！姑娘小叔嘴又凶，擠我田裏去做工。

伸伸縮縮又做不動，忍氣吞聲做輕工。

心肝唉！將你懷孕帶在身，

日裏看看是個人，夜裏是個碎事盆。

翻到外床睏不著，滾到裏床渾身疼。

心肝唉！懷孕帶到九月零，你壓娘肚皮抓娘心。

你來腹中找門路，爲母痛到死去又還魂！

下面訴說生育的痛苦，又用四季時序分別敘述撫育嬰兒的艱難：

心肝唉！春季裏來春風動，心肝是個嫩毛孔。

外面起格東南風，恐怕東南風吹壞心肝嫩毛孔。

又沒得錢請郎中，抱被裏勒你緊通通。

心肝唉！夏季裏來暖洋洋，我抱心肝去乘涼。

蚊子嘴又尖，叮勒渾身癢。

恐怕蚊子叮勒我心肝格血，扇子煽勒你印心涼。

心肝唉！秋季裏雁門開，我來田裏拔棉稭。

心肝來搖籃裏哭得要吃奶，我對家一頭跑來一頭就解懷。

跑到家裏伏得搖籃口上餵拉你三兩口乳，

還要到田裏將一天活計做起來。

孩兒唉！冬季裏來冬雪冷，打開冰凍洗尿布。

十指尖尖都凍破，總得沒法含勒嘴裏護。

只說生到男女有好去，果曉得地府要坐血湖！

下面從兒子周歲、三歲，說到六歲進學，直到長大成人，娶媳

成家，爲母親的操了多少心。但媳婦到家之後，兒子則「妻子房中暖如火，爺娘房中冷冰冰」。

上述的哭叫是用〔悲調〕（一種近似痛哭的聲腔）演唱的。筆者多次親自觀看佛頭做破血湖儀式，每演唱至此，經堂內許多人在悄悄地用手帕揩眼淚，一些老年婦女更是唏噓不已。年輕人不像老年人那樣激動，但也都靜悄悄的，特別是齋主的子女，均認眞跪在神臺前，不再亂動或做其他動作。

佛頭陸愛華介紹他做破血湖儀式的一次經歷：齋主夫妻均係退休工人，有兩個兒子，都已結婚成家。兒子、媳婦不僅不敬父母、公婆，兄弟、妯娌間也不和睦。老夫妻沒辦法，便自己出錢做會，把兒子的舅舅也請來。當地有「舅舅爲大」的風俗，做會時兒子、媳婦雖不情願，但也都到會來了。做會開始後，兒子、媳婦顯然是在應付。破血湖開始後，他們坐不住了。二人爭相向佛頭敬煙，媳婦也跪到神臺前。唱到「哭叫」和懺悔文時，兩個兒子都哭了。喝血水時，兩個兒媳也爭著爲婆婆喝。做會結束後，兩個兒子、媳婦爭著請佛頭去吃飯。後來家庭關係也得到改善。

這一儀式能夠產生這麼大的社會作用，其原因，一是信仰的力量。據筆者考察，齋主的兒女輩（兒子、媳婦、女兒、女婿）爲母親（婆母、岳母）做會破血湖，都是極其認眞的。齋主的孫輩，一般都是二十歲左右的年輕人，問他們信不信這類法事？他們往往不正面回答這一問題，而是說：爲了使老人高興和身體健康，他們願意這樣做。

二是傳統的力量。孝順父母作爲道德的規範，幾千年來傳承不斷。在破血湖儀式中，血湖池中受苦婦女的哭叫，求到兒子、女兒，

乃至於女婿，卻沒有兒媳。這反映出農村中婆媳關係一般難以和諧的狀況。但是，在這種場合，兒媳們照樣認眞參與，因爲任何已生兒育女的婦女都要面臨血湖池地獄的困境，兒媳爲婆婆做，實際上也是爲自己的兒女示範。筆者曾參加過一個會，齋主六十多歲，她的兒媳（四十多歲）帶著尚未過門的孫媳（二十二、三歲）一起跪在神臺前，爲婆婆、太婆婆懺悔、喝血水。實際上，婆媳之間平時有些矛盾，往往通過拜壽、醮殿、破血湖儀式而得到緩解。這些儀式按傳統的要求，兒媳必須參加。

其三，它貼近民眾的生活。血湖池中受難婦女哭叫的話語，表述的都是家常話、家常事。它們是到會的聽眾人人都從不同的角度體驗過的事，因此可以激動每一個聽眾的心靈，接受貫穿其中的孝順母親這一傳統道德主題。筆者在一次會上看到一位年近七十歲的老者（男性），在聽這段哭叫時，也在無聲的流淚。當佛頭停下來讓子女們喝血水時，這位老者同身旁人說：「要告訴孩子，讓他們知道孝敬母親！」

（本調查由侯艷珠同學協助進行，發表於《民間宗教》，臺北，第四輯，1998·12）

江蘇張家港市港口鎮的「做會講經」（調查報告）

江蘇省張家港市係縣級市，隸屬蘇州市。北部和東部臨長江，隔江與靖江、如皋和南通市相鄰；西部和南部與江陰、常熟交界。它是一個新興的城市，1962年分割常熟縣（即今常熟市）及長江中湧出的沙洲（今市之東部）並江陰縣部分地區建沙洲縣；八十年代後改爲張家港市。八十年代以來，地方工業、農村鄉鎮企業及個體企業發展迅速，是著名的縣級市。在該地農村已很難見到老舊的民居，大都是十餘年來新建的二層或三層樓房，外表裝潢富麗，都是鋁合金玻璃門窗。農民除種田（部分土地已租給外來打工者種植）外，年輕人大都在各種工廠任職，或在家從事加工業務。

張家港市民間「做會講經」主要流行於該市南部港口、鳳凰、西張、妙橋、塘橋、鹿苑等鄉鎮，相鄰的常熟的王莊、冶塘、大義、謝橋和江陰的顧山鎮等鄉鎮亦有流行（見「附錄一」）。上述地區舊時均屬常熟縣，屬同一民俗文化區，故該地區民眾做會講經「牒頭」上所書籍里，至今仍均稱「常熟縣某鄉某里」。該地區的講經屬吳方言區宣卷系統，尤與蘇州宣卷有密切關係。講經先生做會寫的「牒頭」上書有「上叼北斗七星元君恩光燭照」，這位「北斗七

星元君」便被蘇州宣卷先生奉爲行業祖師，也是做會「退（禳）星」卻災時祭拜的主神。該地流行的寶卷，除個別地方信仰的雜神卷外，亦與蘇州宣卷相同。

上述民俗文化區舊時流行的民間信仰活動，除「做會講經」外，另有「拜香」，又稱「報娘恩」。農曆三月初三各地結隊拜香到虞山（在今常熟市，又稱烏目山，傳爲春秋時期虞仲葬地）祖師殿，三月二十二日拜香到鳳凰山（又稱河陽山，在今張家港市）祖師殿。拜香隊唱「香詩」，又稱「香誥」。舊時這種拜香活動盛行於蘇州、無錫地區。❶另外，該地區的鳳凰山及其周圍地區有不少佛教的寺廟庵堂、道教的宮觀及各種民間雜神的廟宇，民眾以各廟宇分別結爲「香社」，於各廟廟會燒香拜神佛；也結爲「香會」遠到蘇州、杭州、茅山等地進香。在各種廟會和進香船上亦可應信眾要求講經。但因佛教僧團、道教宮觀都不以「講經」爲其宗教活動，故在各種廟會講經，均在廟外臨時搭的棚中進行。目前，該地區另有伙居道士爲民眾做道場；講經先生自稱信仰佛教，與伙居道士們各行其事，互不相屬。

筆者的調查是在張家港市港口鎮進行的。

———

1996 年 11 月 13 日筆者赴張家港市港口鎮調查該地民間「做

---

❶　參見朱海容、錢舜娟《江蘇無錫拜香會活動》，載《中國民間文化》（上海）第五集（1992：2）。

會講經」活動，訪問講經先生錢顏念。14 日又拜訪該鎮另三位講經先生，均未見到（兩人下田勞動，一人去講經）。

錢顏念，男，65 歲，港口鎮清水村人。18 歲（1949）拜本村講經先生顧洪洪爲師學習講經；顧洪洪的師父是李洋，顧、李均已過世。五十年代「公社化」時期，錢曾任生產隊長；八十年代曾任鄉辦印刷廠供銷員。退休以後，專門從事講經，並先後帶了八名徒弟，其中二名是女性。錢顏念的老伴（60 歲），在家中爲廠家加工縫製羊毛衫。

據錢顏念介紹，該地區的講經在 1950 年以前極爲流行。五、六十年代在各種政治運動中沖擊很大，極度衰微。但是，即使在「文革」中仍有人偷偷請講經先生做「善會」。八十年代以後，民眾生活水平提高，政府提倡破除迷信，但對農民的這類民間信仰活動並不禁止，因此做會講經得以恢復和發展。目前，該地區六十歲以上的講經先生港口鎮有 4 人，妙橋 4 人，塘橋 4 人，西張 2 人，大義（屬常熟市）5 人，共計 19 人，均爲男性。他們新帶的徒弟約 60 餘人，其中有女性 10 餘人（傳統講經先生均男性）。

該地之「講經」，主要在各種「善會」和「社會」（又稱「大家佛會」）上演唱。善會爲「齋主」個人家庭做，也可集合「善友」多人同做一會。善會均爲民眾祈福禳災，比如生病時向神佛許願做「受生善會」，講《受生寶卷》（即《洛陽橋卷》）；老人做壽做「延生善會」，講《延壽卷》（有「男」「女」之別）或《趙賢卷》；祈求家宅平安，做「竈界善會」，講《竈王卷》。菩薩生日也可做善會，如觀音誕日做「觀音善會」，唱《香山寶卷》（此卷也在其他善會上唱）等。與靖江佛頭「做會講經」不同，此地講經先生也

做薦度亡靈的法會，講唱《地獄卷》《十王卷》《七七卷》《血湖卷》等。❷

社會爲村落民眾集體所做。如保佑地方太平，做「火燭會」；保豐收做「青苗社」、內河漁民集體做「水沙社」等。各種社會由「香頭」邀請講經先生，所講寶卷內容不同，如「青苗社」講《猛將寶卷》《劉神卷》《金神卷》（又名《七總管卷》）《小王卷》；「水沙社」講《水沙卷》。

做善會均有「請佛」「送佛」，寫通神的「帖」「牒」（亦稱「牒頭」）。帖給在世的人「生身佩照」，「牒」給死者焚燒，到陰間向神「報到」用。它們均有固定格式。過去這種帖、牒均係由講經先生當場書寫，現在因做會用量很大，所以多用複印件。做會時由講經先生填寫齋主和善友姓名、籍貫及做會時間等項，並蓋上「三寶證盟」或「佛光普照」大印（方形、木製，每位講經先生均有此印）。筆者問錢顏念，「三寶證盟」❸爲何意？他說不清楚。

做會過程中也做「解結散花」「度關煞」「退星」「拜壽」等儀式。「解結散花」唱《解結散花科》；「度關煞」爲小孩做，唱《度關科》；「退星」亦稱「禳星」，是消災星，唱《退星寶卷》。

該地講經的寶卷大致分爲兩大類：一類是「神卷」，講神的故

---

❷ 參見車錫倫 《江蘇靖江的做會講經》，載《中國寶卷研究論集》，學海出版社，1997，臺北。

❸ 按，「三寶證盟」爲民間宗教術語，並非佛教的「佛、法、僧」三寶。明清民間教派信徒入教時，教首秘密傳授「三訣」：口訣，即真言；手訣，即抱合同 ；關訣，即點玄關。此「三訣」亦稱「三寶」。各教派的「三寶」不同，故可「證盟」。

事，如《香山寶卷》《劉神卷》《金神卷》《城隍卷》等；一類是「凡卷」，是根據民間故事和戲曲、說唱故事改編的寶卷。前者用在祈求某個神、菩薩時用；後者都是以勸善爲主題的因果報應故事，在做善會和社會時穿插講唱。

現在當地流傳的寶卷均係手抄本。五六十年代講經先生的抄本寶卷大量流失和焚毀，但是民間仍保留不少舊抄本。筆者曾見到清光緒甲辰年（1904，三十年）徐憲章抄的《蝴蝶卷》（附《小豬卷》、《螳螂卷》）。講經先生現在所用的寶卷均爲新抄本，錢顏念便有六十種左右。他們手中的舊抄本均極珍惜，秘不示人。這些新抄本，有的已經改編，如錢顏念向筆者出示的《金神卷》中便有「地主剝削」之類的詞語。這顯然是當代意識的摻入，五十年代以前的寶卷中不可能出現。

講唱寶卷均按卷本說唱，但也可以「插花」。插花即插入說唱一些有趣的事，內容可與原寶卷故事有關，也可無關。即興插花，以增加講經的趣味性、娛樂性。講經說唱伴奏用的樂器，主要是木魚、鈴（手鈴）、氣怕（佛尺）、星子，另有胡琴、笛、手鼓（七寸）和「四銅器」，即鑼、鈸、鐃、錚子。「星子」（記音）是在一根木棍頂端裝一個酒杯狀的銅碗，口朝上，另有一鐵製長杆，演奏時一起攢在左手中，開和敲擊，聲音清亮。「錚子」（記音）是一種帶框架的圓形銅盤，用一隻筷子夾著一個制錢敲打，即佛教唄器「鐺子」。目前每次做會需要 4—5 位講經先生參加，每人可得70—80 元，另外齋主也會賞些「利市」紅包，一般是每人 6 元。

二

　　1997 年 11 月 5 日，筆者現場採訪講經先生錢顏念的班子做的一次薦亡法會。逝者是一位農村老太太（應逝者家人要求諱其名），11 月 4 日去世。此次法會是由逝者的女兒、女婿爲岳母做的（該地風俗，逝者如有女兒女婿，必爲岳母做薦亡法會）。講經先生上午到逝者家佈置靈堂。正式做會從當天下午一時開始，至第二天（6日）晨六時結束，除了晚飯和夜宵（夜 12 時吃）稍事休息外，一直不斷進行。據現場採訪報告如下。

（一）靈堂佈置：

　　靈堂設在逝者的三兒子（逝者共三子一女）家座北朝南的正房中。講經先生上午就到了齋主家中，開始佈置靈堂。靈堂門外上方貼有四張「彩吊」，分別寫著「接引西方」四字。靈堂內西邊靠房門處是逝者靈床，靈床前點燃一燈，並有一化紙的大盆。東邊是菩薩臺和經臺，它們是由四張方桌組成：最南邊一張是經臺，第二張是下層菩薩臺（與經臺連接），供地府十王紙馬（均折成筒狀）及素供、香燭；第三張凌空架在第二張和靠北牆的一張方桌上（這張方桌下和靠牆的方桌是宣卷人伴奏和休息的地方），上方吊著地藏王菩薩畫像（布製），周邊鑲著彩色電珠。上層菩薩臺上有素供、香燭及各種神佛紙碼（均折成筒狀），它們是：

家堂	城隍	酆都	神虎	接引	金童	彌陀	地藏	太乙	三界	東嶽	十王	土地	竈界

（居中）

上述紙碼均當地民間刻製，紅黃綠三色套印。經臺和下層菩薩臺左右兩邊是和佛老太坐的地方，共六人。講經先生坐在經臺南面，對著菩薩臺宣卷。經臺東面牆上掛著《十王圖》。靈堂西北角靠牆處是逝者靈臺，供有逝者遺像和香燭。

（二）儀　式：

按順序共進行以下儀式，並唱相應寶卷。

(1)請　佛：

唱《請佛偈》，將菩薩臺上供奉的各位神佛一一請進靈堂。講經先生每唱完一位菩薩，和佛老太起立、逝者家屬持香拜請。

(2)拜十王：

唱《冥王寶卷》，即《十王寶卷》，意謂逝者經歷地獄十殿，祈求十殿閻王赦罪放行。

講經先生每唱完一殿，即由另一講經先生在靈臺前唱導逝者靈魂拜見該殿閻君。逝者的家人在靈臺前跪拜，祈求該殿閻君赦罪放行。拜完後，講經先生將即貼在靈堂西邊牆上書有該殿閻君的方封

　　　　右牒給付亡過　太孺人　冥中收執

　　　　　　　　　　　　　　　　　　　　伏願

　　天堂陽世常沾快樂之鄉
　　地府陰司永脫輪迴之苦
　　太歲丁丑十月初六日　　　給

　　　　　　　　　　　　　　陽上孝眷等

　　「念疏」實際上是「唱疏」。講經先生在靈臺前唱，逝者家屬全體跪在靈臺前。唱完之後，講經先生將它捲起，用一大封套裝起，立放在菩薩臺上，最後焚化。

(6)開天門：

　　唱《五更卷》，意在打開「天門」，引導逝者靈魂進入天界。唱時講經先生手執招魂幡，在空中揮舞。另一位講經先生坐在旁邊敲木魚、星子伴奏。

(7)獻更飯：

　　唱《薦亡卷》，爲逝者獻飯。共十六碗，每個碗中象徵性的放一點飯、菜、酒水。它們先擺在講經臺上，講經先生邊唱邊將一碗交給逝者家人。家人由講經臺前依次傳到靈臺前，由逝者的女婿舉碗禮拜，擺在靈臺上。十六碗飯依次獻完，儀式結束。

(8)解結散花：

　　唱《解結散花》，這是專爲追悼亡靈用的《解結散花偈》（見

附錄四），全部是唱詞。先唱「解結」，爲逝者在神前解除一切冤結。講經先生用一長約四尺的紅綢帶，邊唱邊打成一個雙勝結，唱到「解了一個結」時，雙手舉起一拉，此結即解開。

解結完滿後「散仙花」（即「散花」）。此時經桌上準備了許多月季花，講經先生每唱到「散仙花」時，便將一朵花的花瓣揚起，散落在經桌上。「解結散花」時，另一講經先生在旁敲擊木魚、星子伴奏。

(9)送　佛：

唱《送佛偈》。與請佛相同，改「請」爲「送」。

講經先生所做的儀式到此結束，時間是第二天早晨六時。他們便忙著收拾帶來的各種物品（十王圖、地藏菩薩像、引魂幡及寶卷、樂器等），並將菩薩臺上的香燭一一熄滅，供品集中，將門前的彩吊都撕下來。

與此同時，逝者家人則忙著「送靈」的儀式。眾人在地上擺起一行用黃表紙折成的蓮花，從逝者靈臺前一直擺到院子裏，又用黃表紙折的元寶擺成一隻「蓮船」。然後從逝者靈臺前點燃，慢慢燒至院子中，意謂逝者「步步蓮花」走出家門，坐「蓮船」升天。家人跪在兩邊痛哭，爲逝者送行。最後逝者的孫子手執一把掃帚，登上梯子，上到房頂，揮舞掃帚，送（趕）逝者升天。接著家人將靈堂內的疏頭、拜墊（稻草製）、紙錁、香燭等物一起拿到院外路邊焚化，並放「高升」（可以升空的雙響爆竹）。

上述儀式結束後，講經先生、和佛老太一起在靈堂內吃「圓滿飯」（素餐）。齋主給講經先生「會錢」和「紅包」，和佛老太每

老祖嗟歎剮臉地獄罪人受苦第十六品

老祖嗟歎油鍋地獄罪人受苦第十七品

老祖嗟歎打爛地獄罪人受苦第十八品

老祖來到吊脊地獄罪鬼受苦第十九品

老祖遊過十八層地獄回來接家書第二十品

還源老祖在地獄中相度眾生第二十一品

普勸眾生及早回頭老祖在獄中相勸眾生二十二品

用這部寶卷，說明該地做會講經在歷史上同明代還源教的密切關係。（在《解結散花》中也提到「還源地府看分明」的話，見附錄四）筆者在蘇州市崑山縣新鎮調查時得知，該地宣卷人在做薦亡法會時也唱這本《地獄寶卷》。

⑶靈堂中掛的《十王圖》，畫在土黃色素綢上，線描淡彩，繪製精緻。講經先生在講唱《冥王卷》（即《十王卷》）時，並未對此圖有所表示，它只是一件展示地府十殿閻君的「道具」。筆者1991年在無錫縣調查時，得知該地區舊時曾有「唱十王」的露天宣卷，在街道、廣場將《十王圖》掛起來，依圖說唱《十王寶卷》。它們之間，應有一定繼承關係。而這種對圖演唱寶卷的淵源，則是唐代佛教的轉變，與此相近者是依「地獄變相」演唱《地獄變文》

⑷據錢顏念介紹，舊時富裕人家，這種薦度亡靈的儀式，要分三次做，即在逝者「首七」、「三七」、「五七」時進行。每次所唱寶卷和儀式卷也有分別，如「開天門」唱的《五更卷》，卷中說逝者「五七」醒來來到第五殿閻羅天子處，求還陽世。說明這本寶卷和「開天門」的儀式是在「五七」唱做。分三次做，有較多空閒

時間；且「首七」之後，家人已度過了最初的哀痛，因此夜間齋主便要求講經先生講唱一些「凡卷」，作爲娛樂，即所謂「鬧喪」。現在一般人家爲省時、省錢，均安排在「首七」一天一夜中完成上述全部儀式。時間很緊，便不唱「凡卷」了。

（原載《民俗研究》，山東濟南，2002：2）

附錄三：講經唱腔（平調）

1=D 調　　　　　平　調　　　　　　張詠吟演唱

　　　　　　（《地獄寶卷》）　　　　　車錫倫記譜

i 2 | 2 i 2 i2 | i　0 | i i　i 65 | 6　6 56 |

三人 奉 勸 世 上 人，　　生男 育 女（嗎）　罪

i　i 56 | 5 ＿ 6 | 3 2 3 5 | 6 i　6 5 |

禍　（呀）　根。（和佛）(嗯　嗯哩)　南

5·3　5 | 3 53 2 i | 2·3　5 | 5 5　5 6 |

無　（呀）　佛　　（嗯　嗯）　阿　（呀）

5 3 2 32 | 1　1·6 | 2 2　2 i2 | 3 2　　1 :‖

　　　　　　　　　　　　　　　　　　 i 2 [注]

彌　（呀）　陀（呀　訶呀 訶訶）　佛！

[注]「和佛」時講經先生不唱，眾人合唱至最後一小節末拍，講經先生接著

　　唱本曲首拍，領唱新詞，如此反復唱下去。

附錄四：用於薦亡法會的《解結散花》
（錢顏念抄本）

解結散花，奉獻如來。海棠芍藥牡丹開，秋菊與春蘭，瑞香水
仙，朵朵結金蓮。

南無花奉獻菩薩，摩訶薩！（三稱）

稽首皈依佛，天宮坐寶臺。有請恩渴仰，早與下土來。眞如佛
陀耶，皈命禮三寶。

奉獻眞如佛陀耶！

稽首皈依法，湖沙金藏開。五千四十八，卷卷有如來。海藏達
摩耶，皈命禮三寶。

奉獻海藏達摩耶！

稽首皈依僧，三明六道僧。人天皆敬仰，三會願相逢。福田僧
迦耶，皈命禮三寶。

奉獻福田僧迦耶，明王如來，明王如來。

散花解結明王佛，解結解冤結。

仰啓靈山釋迦仙，巍巍端坐紫金蓮。靜梵皇宮爲太子，十九歲瑜成
往雪山。靈山教主釋迦尊，解結解冤結，解冤釋結佛面前。今辰宣
寶卷，超度亡靈□□人，陰司倘有罪，願消除；倘有結，願解結。
一切結，難盡消滅，解結解冤結。

恭對地藏前，解了一個結。

顒伸求懺悔，菩薩摩訶薩。

仰啓教主彌勒佛，說化眾生功德多。四十八願誓弘深，接引西方出

超度亡魂散仙花。

地藏菩薩掌幽冥，掌判惡人定罪名。

夜叉獄卒勿用情，飛上刀山見分明。

佛場完滿散仙花。

還源地府看分明，看看罪鬼眞傷心。

有個罪鬼剝衣衿，外有罪鬼開膛又挖心。

超度亡魂散仙花。

大眾散花我收花，收在西池王母家。

待等當此來年節，生枝生葉再開花。

散花完滿，貢獻周完，消災解結明王佛。

合屬盡歡喜，四季保平安。

南無寶曇花解冤結降吉祥菩薩！（三稱）

向來解結散花功德，尙祈伏聖永保平安，同賴善果，證無上道，一切信禮。伏願天上五星來福，凡間九曜降吉祥，十二宮辰添吉慶，二十八宿保安寧。會上因緣，志心稱念。

解冤釋結文佛，散花完滿功德，阿彌陀佛！

附錄五：田野調查不能胡編亂造

最近讀到虞永良〈河陽寶卷調查報告〉（載《民俗曲藝》，臺北，110 期，1997，頁 67-87。以下簡稱「報告」）和〈歷史文化的瑰寶——河陽寶卷〉（載《中韓文化研究》，第三輯，南京大學中韓文化研究中心主辦，韓國大邱市：中文出版社，2000·12，頁 252-254。以下簡稱「瑰寶」），與本報告調查的對象相同。虞文提供了該地寶卷傳播的一些情況，但也有不少錯誤，尤其是胡編亂造了某些事實，爲免誤導讀者，貽誤後人，現擇其要者說明如下。

（一）所謂「河陽寶卷」、「經卷」和「押座文」

在民間口頭傳承資料和地方歷史文獻中均無「河陽寶卷」之說。虞文定名「河陽寶卷」，取名於該地區之河陽山。此山今通稱鳳凰山，古代亦稱河陽山。這一地區「做會講經（宣卷）」的流傳區域，見拙文介紹。舊時地方文獻中也稱這一地區爲「河陽」，或「海虞」。

「報告」說該地區的寶卷稱做「經卷」而不稱「寶卷」，但題目既以「河陽寶卷」名，在「目前河陽寶卷的存本概述」一節中，又列出許多以「寶卷」名的卷本，如《蓮船寶卷》《神童寶卷》，這就使讀者迷惑不解了。實際上張家港地區的「做會講經」是吳方言區做會宣卷的一個分支，它同鄰近的江陰、隔江的靖江地區一樣，稱做「講經」，一般不稱「宣卷」。筆者在這一地區調查時曾問過一位婦女（佛教信徒），爲什麼稱「講經」？她回答：「就是

流向民間。」

　　按照上述說法，東漢末年，鳳凰山永慶寺的和尚帶來佛經，用當地的「山歌」「唱導」，後來把經文通俗化「俗講」，宋代把「俗講」更加通俗化，就是「河陽寶卷」；五十年代，永慶寺中還收藏「歷代僧人收藏寶卷上萬冊」。這些都是無稽之談。

　　關於中國佛教及其唱導、俗講的發展，學者多有研究，此不贅述。中國寶卷和宣卷雖然最早是佛教世俗化的產物，但明代正德以後形成民間教派寶卷一統局面，所以，明代以來各地正統的佛教僧團和佛教寺廟便不以宣卷和寶卷爲其宗教活動和經卷。鳳凰山永慶寺始建於梁大同二年（536），而非東漢時期。這個寺廟在江南一帶尚屬較爲著名的叢林。現在這一寺廟已經恢復，筆者在該地調查時曾前往參觀。歷史上找不出任何文獻根據能證明永慶寺的和尚們曾用當地山歌「唱導」（東漢時期也沒有「山歌」之說）並在宋代創造了「河陽寶卷」，此後這個佛教叢林也不可能保存和傳播寶卷。從田野調查的情況看，儘管過去張家港地區的講經先生和信眾們依附於各個寺廟、道觀結社燒香拜神佛，但寺廟中的僧侶和道觀中的道士均不會做「做會講經」；即使在廟會期間，和尚道士們也不參與「講經」（宣卷）活動。

　　實際上該地區講經先生所用的寶卷文本，主要是師徒傳抄的「秘本」。筆者在報告中提及的《地獄卷》，係傳抄明代還源教的《銷釋明證地獄寶卷》，說明該地做會講經歷史上與明清民間教派的活動有關。發現於該地區的抄本《小豬卷》（清光緒三十年徐憲章抄本《蝴蝶卷》附載），用三分之一的篇幅、以「說新文（聞）」的形式鋪陳「小豬開口勸世人」的轟動效果；筆者另發現該地區民

國間的抄本《滑稽小偈》，唱 1932 年上海「一二八」抗戰時事。說明清末民國間該地講經已向「說新文」等民間演唱文藝學習，吸收它們的演唱技巧和內容。這些情況，同蘇州地區乃至江浙地區的民間宣卷的發展是一致的。

（三）張家港「做會講經」與「拜香」及「河陽寶卷」的版本

筆者在報告中已指出「拜香」（又稱「報娘恩」）是廣泛流行於蘇州、無錫地區的一種民間信仰活動，在上述寶卷流行地區過去也極為流行。虞文「報告」中「河陽山的香火習俗」及「河陽寶卷的講唱形式」部分，將「做會講經」與「拜香會」活動「合二為一」，行文中糾纏不清，讀者須注意分辨。該地區的拜香活動尚無專題調查報告，虞文「報告」所引《海虞風俗志》（卷一）關於拜香活動的介紹可供參考。

虞文中還有一些似是而非的說法，如，「報告」中說，河陽寶卷「抄本中，最早的抄寫年代是康熙、乾隆時」的；在「瑰寶」文中稱，「河陽山周圍最有名的（寶卷）是三槐堂王氏刻本，一般做範本收藏，起始於明代，終止於五十年代初期」。但在虞文附錄的六十種寶卷版本介紹中，卻沒有一種是康熙、乾隆抄本和三槐堂王氏（「三槐堂」是江南王氏的堂號）的刊本。實際上就作者介紹的寶卷看，有些也沒有親見，如《蝴蝶卷》述莊子夢蝶、殺妻故事，是一個流傳很廣的俗文學故事，作者卻望文生義的稱做「蝴蝶擬人化的童話寶卷」。

上世紀八十年代初以來，中國大陸文化復蘇。一大批原來在基

據筆者近幾年調查，在上述地區的民間的念卷活動和寶卷已不見蹤跡。1997 年 6 月 17—19 日筆者再赴介休調查。該市文化藝術中心（原市文化局）副主任曹柱峰先生邀請當地文化界的四名老先生同筆者座談，他們是：

強壯，男，80 歲，原市劇協編導；

董方，男，68 歲，中學高級教師，曾主編縣民間文學「三套集成」及政協《文史資料》；

張如山，男，68 歲，原市博物館館長；

任學進，男，60 歲，原市文化局局長。

後又由張、任二位先生陪同筆者去市博物館，由段青蘭女士將館藏部分經卷取出，筆者得一一過目。筆者又在該市走訪了市曲藝隊侯興華等老先生。以下便是根據訪談記錄和其他書面文獻資料寫出的報告。

一

介休縣（1992 年改為縣級市）地處山西中部太原盆地南端。縣東南的綿山，又稱介山，即春秋時輔佑晉公子重耳（晉文公）復國的功臣介之推隱居和被焚之地，介山、介休即由此得名。介休自秦代設縣，至今已二千多年，在這塊土地上有豐富的歷史文化積累。

隋唐之際著名的禪僧志超（俗姓田，太原榆次人）於唐武德五年（622）到介山抱腹岩，聚禪侶修煉，直至貞觀十五年（641）逝於介休城內光岩寺，事見唐釋道宣《續高僧傳》。唐代以來，介休地區便流傳有關志超修道成佛及顯示靈異的各種傳說。這些傳說不

僅載入方志等地方文獻，也以口頭形式廣爲流傳，介休各地尚存有很多與這些傳說相關的名勝、古迹和遺迹。介休念卷中流傳最廣的一部寶卷《空王佛寶卷》（全稱《敕封空王古佛寶卷》，又名《空王古佛救苦經》《空望佛寶卷》），就記錄志超（田生善）的傳說。據筆者考察，這本寶卷原爲明代後期民間宗教家所編（見下）。

據嘉慶《介休縣志》卷三「壇廟」載，縣境內舊有寺廟、祠庵、壇堂等 140 餘處，它們除了分別歸屬於儒、釋、道教外，也有不少是源於古老的民間信仰，如源神廟，建在勝水（始見《山海經·北山經》）之濱，原是古人祭祀水源神的廟宇，後來廟中供奉古代聖人堯、舜、禹。又如玄神廟，其創建年代無考，傳說爲文彥博❷所建，所祀爲「白狐」❸「祅神」。❹明嘉靖十一年（1532）知縣王宗正以其爲「淫祠」，改爲三結義廟，祀劉備、關羽、張飛，❺但至今廟中仍有玄神樓。又，「志」載縣之迎翠門外有「三教堂」，縣境「各村亦多建立」，「中塑釋迦，左塑老子，右塑夫子像」。這自然是明清民間教派「三教合一」信仰的產物，故「志」稱此「殊屬侮聖人之甚，乾隆三十四年，知縣王謀文諭改塑文昌」。

介休縣境內流行的民間演唱文藝有晉劇（中路梆子）、祁太秧歌、介休乾調秧歌及三弦書。其中乾調秧歌係由當地踩街秧歌接受梆子戲影響而發展來的民間戲曲劇種，其他均由外地傳入。介休的

---

❷ 文彥博（1006—1097），介休人。北宋名臣，歷任仁宗、英宗、神宗、哲宗四朝宰相，封潞國公。

❸ 見嘉慶《介休縣志》卷十四「雜志」。

❹ 據清康熙十三年〈重修三結義廟記〉，載《介休文史資料》，第三輯，頁20。

❺ 同❹。

　　明、清兩代，山西民間教派流播較爲普遍。清政府鎮壓、取締邪教，也多次辦過山西各地的案件，並查出各種經卷和寶卷。如乾隆四十八年（1783）山西巡撫農起拿獲平遙縣（介休的鄰縣）弘陽教案，收繳《祖明經》等經卷及佛像、會簿。❼筆者此次在介休市博物館收藏的經卷中，發現民間教派寶卷三種，均係在本地區採集入藏：

　　⑴歎世無爲經，一冊

　　⑵破邪顯證鑰匙經，二冊

　　以上兩種係明羅清（無爲教教祖）編《五部六冊》之第一、四種。開本 38.5×13 釐米，大字經摺本，每頁 5 行，行 14 字，外套經匣，封面及經匣裱有紅底黃花綢緞，泥金書卷名。《鑰匙經》上冊卷末題「萬曆壬子（四十年，1612）孟秋校證。乙酉年（清順治二年，1615）重刊」，是爲清順治二年重刊明萬曆四十年校正本。這一印本今人著錄僅存《巍巍不動太山深根結果寶卷》一種，❽此乃新發現的兩種。據《鑰匙經》上冊卷末書牌題記，它們是「黨家經鋪」所刊。這個「黨家經鋪」或稱「黨家老鋪」，曾刻過不少民間教派的經卷和寶卷。如上文提及乾隆四十八年在平遙縣抄出的《祖明經》，也是這個黨家老鋪刻的。

　　與這兩種寶卷紮在一起的尙有硬紙板製七摺龍牌一件，每摺的長、寬與寶卷相同。正面居中爲「皇帝萬歲萬萬歲」龍牌，右爲「御製」的「六合清寧、七政順序……」（即一般教派寶卷都借用的「永

❼　《朱批奏摺》，乾隆四十九年山西巡撫農起奏摺。

❽　見王見川〈《五部六冊》刊刻略表〉，載《民間宗教》，臺北，第一輯，1995·12。

「樂北藏」題詞）和「國王水土，不得忘恩，孝養父母，侍奉年尊」兩面龍牌；左爲「皇圖永固，帝道遐昌，佛日增輝，法輪常轉」和「提攜卑幼，愛護弟兄，鄉黨鄰里，禮樂恂恂」兩面龍牌；兩邊最外一摺分別爲護法韋陀和王靈官神像。整個龍牌之上爲二龍戲珠圖案，龍體及五面龍牌上的字體均用金泥印；龍牌背面裱有紅底黃花綢緞，與以上兩種寶卷的封面、經匣同。這種龍牌過去未見報導。筆者將它稍加折疊即可立起來，是宣講寶卷時立在經臺上的，即如當今江蘇靖江縣農村佛頭做會講經時立在經臺上的龍牌。❾

(3)護國佑民伏魔寶卷，二卷二冊

此卷在明代後期及清代流傳極廣。此本係清刊經摺本，卷末書牌上有抄寫的題識：「大清嘉慶二年（1797）二月二十一日信士王翔雲虔請。」

值得注意的是，(1)(2)兩種寶卷的經匣外，縫有一根襻帶，上釘金屬製子母扣，可將經匣扣牢，此顯係現代人所爲。說明這幾部寶卷直到現代仍被利用。

綜上所述，自明代後期直到現代，介休一帶均存在著民間教派的宣卷活動。

三

從筆者調查及張頷先生文介紹來看，清康熙、乾隆以來介休民

---

❾ 見車錫倫〈江蘇靖江的做會講經〉，載《中國寶卷研究論集》，臺北：學海出版社，1997。

25、紅羅卷（按，張文中又稱「佛說紅羅寶卷」）

26、香羅卷

27、忠義寶卷

28、雙釵記寶卷

29、八寶珠寶卷

30、目蓮救母寶卷

31、蓮花盞寶卷

經過「文化大革命」最後一次徹底銷毀，目前已很難在當地看到民間傳抄的卷本。筆者此次調查，可補充上述目錄的當地寶卷有：

1、韋陀卷

2、雙羅衫寶卷

3、草帽記卷

4、五女興唐寶卷

5、二十四孝寶卷

上述三十餘種寶卷中，《目蓮救母》《黃氏女看經》《紅羅》《二十四孝》及《空王佛寶卷》等係明代流傳下來的，其他大部分係清代據戲曲、小說、說唱或民間傳說故事改編的寶卷。強壯先生年輕時曾念卷，他特別強調過去介休寶卷多為據戲曲、說唱及民間傳說故事改編，改編者是識字的「老秀才」。寶卷的篇幅有長有短，像《二十四孝寶卷》便由二十四個故事編成一本寶卷演唱。

從上述寶卷篇目亦可看出介休念卷與甘肅河西走廊的念卷有密切聯繫，像《顏查散寶卷》（又名《包公寶卷》《包公立斷顏查山寶卷》）《紅燈記寶卷》《洗衣卷》《五女興唐寶卷》《雙喜寶卷》《白玉樓寶卷》等又被甘肅河西走廊的民眾傳抄、念誦，而在

江浙吳方言區宣卷中則極少見。

　　介休民間念卷活動主要集中在農曆正月間。春節過後，正是大家休閒娛樂的時節，一般農村小康人家便張羅念卷。一家人，加上鄰居、親友聚坐在一起在炕上盤坐，請一個念卷人（沒有專業的念卷人，凡識字的人多會念卷），即可念卷。念卷開始時有簡單的儀式：主人家把空王佛像供在房間正中的方桌上，點燭，焚香，叩頭。念卷者淨手拜佛後即開始念卷。在《空王佛寶卷》卷首「開卷儀式」也有說明：「先淨壇場，離雜談，淨手，漱口吃素，整衣，燃燈，焚好香，供養佛前。禮佛三拜，正身端坐，合掌念阿彌陀佛（十聲），以淨三業。」接著為開卷、緣起、香贊、請佛。結束時，另焚香送神佛歸位。這種開卷和結卷的形式，同江浙一帶的宣卷相似。不過一般人家念卷都較簡單，只要念卷人淨手、燃香供佛即可。每次念卷開始先念《空王佛寶卷》，然後再念其他寶卷。一般連念數天，夜間休息。

　　寶卷中的唱詞都是七字或十字句（攢十字），分上、下句。念卷是用一種唱經懺的調子念誦。強壯先生曾演唱示範，因旋律性不強，難以記譜。唱詞句末「搭佛」（和唱佛號），均在下句，有兩種形式：

　　（1）王。——南無佛——呼爾王。
　　（2）耶，——阿彌陀佛——呼爾王。

　　首字是唱詞末字的拖腔。張頷先生文中所記佛號後襯詞是「呼爾完」。筆者調查中大家認為應是「佛兒王」，即方言「佛王」的

音轉。

介休地區民間流傳寶卷主要是互相借閱傳抄，刊印本的寶卷在民間十分少見。因此，許多抄本寶卷的結尾常有抄寫者的聲明，如：

> 手抄一卷，功德無量；借去不還，男盜女娼。
>
> 寶卷一部已寫完，紙墨筆硯功夫難。倘有人借即（及）早送，
> 下次再借不爲難；若要借去不送來，男盜女娼無下場。

這類「聲明」在盛行抄傳寶卷的甘肅河西走廊民間抄本寶卷中亦常見，筆者在各地閱卷中也看到有此類聲明的卷本，但在江浙吳方言區流傳的抄本寶卷中則難見到，因爲當地抄卷者多是職業的宣卷藝人，他們用的寶卷多爲師徒傳授的「秘本」，不存在互相借抄的問題。因此，這也可作爲區別民間抄本寶卷的地區的標誌之一。

四

張頷先生文中稱介休的念卷活動存在於抗日戰爭以前（1937前），抗戰期間衰亡。據筆者調查，抗戰期間及以後，該地區仍有念卷，不過已開始衰微。念卷消失在 1949 年以後。五、六十年代政治運動中寶卷被作爲迷信品，不斷被銷毀，經過「文革」破「四舊」的掃蕩，如今留存在民間的寶卷已極少了。

介休念卷衰亡的原因是值得探討的，不能單純地歸結爲社會政治的干預，因爲五十年代以來，處於相同社會背景下的江浙宣卷和甘肅河西走廊的念卷仍保存下來了。將它們加以比較，可以得出一

些啓示。

　　江浙宣卷能在與眾多的民間演唱文藝競爭及五、六十年代政治運動沖擊下保存下來，主要原因是它同民眾祈福禳災的民間信仰活動結合在一起，滿足了民眾信仰的要求；同時，它早已形成一支職業或半職業的宣卷人隊伍，這些宣卷人即此類民間信仰活動的執事者，也是宣卷技藝和數量可觀的寶卷的傳承人。在五、六十年代的政治運動中，宣卷人受到沖擊，改業其他，但在八十年代民眾恢復了對做會宣卷的需求時，他們立即重操舊業，並收徒傳藝。

　　相比之下，介休的念卷難以形成爲一種民間演唱技藝。念卷和抄卷雖被視爲善行功德，但它僅限於「信佛」的部分人群中。據筆者調查，當地與江浙「做會宣卷」相似的民間信仰活動是「請願書」，從此業者是演唱三弦書的民間藝人。民眾（主要是農民）遇老人作壽、小兒滿月、蓋房動土等喜慶事項，便「請願書」，邀請三弦書藝人（一般二人）上門唱書。唱書前先要舉行請神、供神的簡單儀式。藝人將可唱的書目（段子）一一寫在紙條上，捻成紙捻子，放在碗裏，也供在神前。主家燒香、叩頭請神之後，從碗裏抓出三只紙捻子，藝人即唱這三段書，可唱一下午，結束時也要送神。名爲敬神，實爲娛人。目前該市曲藝隊十幾名演員，其經濟收入主要便依靠此類唱書，每次二人可得 30—50 元（包括主家放在神壇上的「壓壇錢」）。筆者 1997 年 6 月 18 日中午去該隊調查時，已有六名演員被三家農民請去。據調查，農村中也有一些流動作場的三弦書民間藝人。

　　介休念卷的活動形式和抄傳的寶卷，同甘肅河西走廊的念卷和寶卷極其相似，但兩者的生存環境不同。在河西走廊，大多數農村

中沒有本地區的民間演唱文藝。念卷在農村，特別是偏遠地區，是滿足農民們娛樂要求的唯一的說唱文學形式。春節後，念卷伴隨農民渡過那些嚴寒而又無事可做的日子。在介休地區情況則不同，如上文介紹，當地流傳的演唱文藝，有外地傳來的晉劇、祁太秧歌、三弦書，也有本地的乾調秧歌。特別是乾調秧歌，在農村中普遍流行。每到多季農閒，各村便組織秧歌班，就地演出。春節後各村之間互相邀請，直演到元宵節以後。因此，留給念卷的活動空間便極小了。

從上述介紹看出，介休的念卷活動，從滿足民眾的教化、信仰和娛樂的文化功能來說，它的基礎是薄弱的，其活動的空間也很小，因此，抗日戰爭開始後的十餘年中，戰亂頻仍，人民生活難以安定，念卷便急劇衰微了。經五十年代初期政治運動的沖擊，它便徹底消失了。

由於「空王佛」（空望佛）的傳說，已滲透到介休地方歷史文化的方方面面，所以近年來當地佛教徒並不理會歷史上民間宗教家塞進這一佛教高僧傳說中的教派說詞（它們多已被刪除），又在翻印《空王佛寶卷》。上述僧一悟等倡印的這本寶卷，卷末所附的助刊者共 60 人。這些在家的佛教信徒，在他們的宗教生活中仍在念誦這部寶卷。他們繼承了以念卷為善行、以流通寶卷為功德的信仰。作為基於地方歷史文化傳統而形成的民間佛教宗教活動，在介休地區大致還會延續下去，但作為民眾的教化、信仰和娛樂活動的念卷，不可能再恢復和發展了。

附錄：《敕封空王古佛寶卷》簡介

《敕封空王古佛寶卷》，簡稱《空王佛寶卷》，又名《空王古佛救苦經》，民間訛傳爲《空望佛寶卷》。本卷是明末民間教派寶卷，述田生善（卷中又稱田善友）受難、修道成佛並顯示靈應的故事，是流傳於山西介休地區的一個古老的傳說。

卷首「緣起」交待，釋迦牟尼佛在雷音寺講經說法，孔雀明王佛見菩提樹上掛數珠一串，便將它一口咬斷，數珠落在地下；不動尊佛將數珠拈起，聽淨轉王佛用八寶金絲線又將數珠串起。釋迦佛見三位不聽講經，有思凡之意，便令他們下凡受苦。以下開始本卷故事。

山西太原榆次縣源渦村進士田德慶員外，妻寶氏（孔雀明王佛下世）夜夢白蓮花入口，三月十五日生下一兒，起名生善（不動尊佛下世）。生善七歲入學讀書，五經書史盡通。後到西京長安赴考，中第三名鄉貢進士。回家祭祖，大宴親友，娶太谷縣王鄉貢女桂英（聽淨轉王佛下世）爲妻。迎親日轎馬執事，好不威風。田家莊田三虎不行正道，見田生善娶親如此威風，心懷不忿，告到縣衙。馬知縣貪財，帶領差人將田家迎親人役、花轎一起拿到縣衙。田進士、王鄉貢到縣衙說理，馬知縣自知理虧，放回田家迎親花轎、人役。

三年之後，田進士升天歸位，田生善在家守孝三年。又三年，田三虎誣稱田生善父親曾借他白銀二百兩，要生善還本付息。馬知縣心懷舊怨，判田生善三天歸還。生善遵母命，給田三虎銀子。又過五年，田三虎繼續謀害田生善，舉他做「戶長」，同時告訴眾人

不繳納錢糧，讓田生善代納。此後三年大旱，生善將房地典賣乾淨，仍不足代人完錢糧。馬知縣追索田生善到縣衙，打二十大板。生善回家，昏死在三叉路口，被張摩斯救起。生善妻桂英將衣物首飾典盡，湊銀三十五兩。馬知縣稱尚欠二十兩，又打生善二十大板。生善被李寧公送回家中，同母親妻子商量，往他鄉逃生。

田生善夢中得觀音菩薩指示，到定陽城（即今介休）中打唱蓮花，訴說不幸遭遇，驚動世空老和尚，將他引到華嚴寺作「善友」安身。寶氏夫人、桂英小姐在家思念生善，得觀音菩薩指引，到西天雷音寺各歸本位。

田生善得到世空和尚善待，眾善友怨恨，說生善壞話。世空修書薦生善到龍泉寺師弟世淨長老處，又引起眾善友不滿，要將世淨、生善一起趕走。世淨將紫金缽盂傳給生善護身，讓他去南寺，自己坐化。生善到南寺，成和尚傳給他一切經咒，每日念經打坐。大唐貞觀元年二月初八生善得道。四月十五日天降大雨，家家雇人間穀苗。李三、周化等三十八家先後到南寺請生善間穀苗。生善念動經咒，調來三十六位神將，分頭與眾人間穀，引起轟動。眾人齊來寺中拜他，田生善躲到虹霽寺中做善友。寺中鈴和尚好酒，人稱「迷和尚」。他懷疑生善按時挑水進寺，暗中觀察，發現是大鹿和大兔抬大鐘裝水上山。他大喝一聲，鹿、兔跑上綿山，鐘滾到烏屯寺，故今虹霽寺下稱「滾鐘坡」。田生善知此地非成佛之處，又上綿山。鹿兔引路、搭橋，來到一洞府，見到水母娘娘。水母娘娘請生善下棋，有意將洞府輸給他。水母的五個兒子五龍不同意，吸來東海水，欲淹死生善和水母。水母給生善龍鬚布，退了水。五龍又要推山壓死他們，生善拋出紫金缽架住山，將五龍收入缽內。水母

求情，生善放了五龍，它們去綿山後山修煉。

馬知縣、田三虎還想謀害田生善，被五雷打死。生善收張摩斯、李寧公二人爲徒，將所有經咒傳給他們，二人也成菩薩。後生善又爲民降雨顯靈。

大唐太宗皇帝生病，生善夢中爲他治好了病。太宗帶滿朝文武到定陽答謝活佛，七歲御妹要求同來。太宗皇帝定於四月十五日上山拜佛，田生善得知後先在洞中寂滅歸西。太宗言道：「這是寡人福薄，空望了回佛！」此時田生善在雲中現金身，口稱：「謝主洪恩！」因敕命封田生善爲「空望（王）佛」，並在綿山建雲峰寺。太宗御妹亦在綿山之陰修行成佛，即今李姑崖。玉皇上帝命太白金星到綿山封眾位神佛歸位，封空王古佛執掌雨簿，並管藥王、子孫娘娘、天官福祿，賜福人間。

本卷中所述田生善故事的原型是隋唐時期著名禪僧志超，俗姓田，太原榆次人。少年即具佛性，二十七歲投拜并州開化寺慧瓚禪師。唐武德五年（622）入介山（即綿山）抱腹岩，聚禪侶修道，又在介休城中建光岩寺。貞觀十五年（641）卒於寺，年七十一歲。唐釋道宣《續高僧傳》有傳。按佛家言，佛爲萬法之王，故曰「空王」。空王佛指空劫時期出現的古佛。本卷中稱田生善修道成佛後被玉皇大帝敕封爲「空王古佛」，出於唐太宗言「空望了回佛」，則係民間的附會。

本卷所述故事，據介休地區流傳的民間傳說。大致在唐代有關僧志超在此地修行的事迹，便有許多神奇的傳說，故今存唐開元二十年（732）所建〈大唐汾州抱腹寺碑〉碑文中便稱志超「有異常之迹」，「今並略而不書，以從正典」。《續高僧傳》也記錄了志

超的靈異傳說。後來的地方文獻中這類傳說有更多記錄，如清嘉慶《介休縣志》卷九「人物·仙釋」和卷十四「雜志」載白鹿白兔引導空王佛入抱腹岩、五龍聽說法、滾鐘坡、感化群賊等傳說，這些傳說至今在介休地區家喻戶曉。《介休民間故事集成》（介休民間文學集成編委會編，太原：山西人民出版社，1991）中收〈閒穀子〉〈滾鐘坡〉〈兔鹿橋〉〈贏殿堂〉〈抱佛岩〉〈空望佛〉六篇（展屏搜集整理）。介休各地尚存與這些傳說相關的名勝古迹。

本卷及介休地方有關田生善的傳說，是唐代及此後逐漸積累起來的。比如卷中稱田三虎推舉田生善任「戶長」陷害他。戶長爲宋制，《宋史》「食貨志」（上·五）：「役法：役出於民，州縣皆有常數。宋因前代之制，以衙前主官場，以里正、戶長、鄉書手爲課督賦稅。……淳化五年，始令諸縣以第一等戶爲里正，第二等戶爲戶長。」宋韓淲《澗泉日記》卷上：「差役法：有里正，又有戶長。自韓琦、呂誨有請欲罷里正，而以催科之事委之戶長，其意亦末甚害也。至有逃戶，使之償補，爲戶長者是誠可憫。」所述與田生善爲戶長代人完納錢糧事相合，則有關傳說可能產生於宋。明代農村戶籍爲里長、甲首。

今人張頷〈山西民間流傳的寶卷抄本〉（《火花》，太原，1957年 3 期）一文中介紹這本寶卷稱：「它是描寫明代介休縣當地的一個秀才田生善因受不起官府的壓迫而出家修行的故事」。此說不確。張先生是介休人，應當熟悉這本寶卷的內容和當地各種民間有關傳說，所以如此表述，在當時，可能是不得已而爲之。

明清民間教派與甘肅
的念卷和寶卷

八十年代甘肅河西地區的念卷和寶卷得到發掘和研究。❶由於寶卷同敦煌莫高窟發現唐五代至宋初手抄卷子中的說唱文學作品的淵源關係，所以河西寶卷的發現曾引起敦煌學界的極大興趣。研究者多認河西寶卷同敦煌變文之間有直接的繼承關係，但至今尚未發現可以證明這一結論的材料。因此，對河西念卷和寶卷的來源和發展，仍需放在中國寶卷的系統發展過程中探討。

---

❶　據筆者所見出版和發表主要論著有：

1.西北師範大學古籍整理研究所、酒泉市文化館合編《酒泉寶卷》（上編），甘肅人民出版社，1991。收寶卷 8 種。

2.方步和《河西寶卷真本校注研究》，蘭州大學出版社，1992。校注部分收寶卷 10 種，研究部分收〈河西寶卷的調查〉等論文六篇。

3.段平《河西寶卷的調查研究》，蘭州大學出版社，1992。收〈河西寶卷的調查研究〉等論文 12 篇。

4.段平整理《河西寶卷選》，臺灣新文豐出版公司，1992。收寶卷 11 種，附〈河西寶卷集錄〉，著錄寶卷 108 種。

5.段平纂集《河西寶卷續選》，出版同上，1994。收寶卷 22 種。

6.譚蟬雪〈河西寶卷概述〉，載《曲藝講壇》（天津），第五期，1998·9。

筆者對河西念卷和寶卷的瞭解，得力於上述著作，謹致謝意。

關於中國寶卷的形成，研究者至今雖有不同的看法，但有一點共識，即明正德初年羅教（無爲教）始祖羅清（1442-1527）所編《五部六冊》的出版，是中國寶卷發展中的一件大事，它標誌著中國寶卷進入民間教派寶卷發展時期；❷李世瑜先生甚至認爲這是中國寶卷形成的標誌。❸關於甘肅河西念卷和寶卷的來源，1990年筆者在〈金瓶梅詞話中的明代宣卷〉一文中曾順便提及：「大約在明末清初，宣卷隨著民間教派傳入甘肅，並成爲當地的一種民間說唱文學形式—念卷。『山高皇帝遠』，清政府查辦各地民間教團，河西走廊的僻遠農村乃爲避風港，直至現代，酒泉、武威乃至被沙漠戈壁包圍的敦煌縣，仍有念卷活動的存在。」❹本文即對上述結論做補充說明，著重談明清民間教派同甘肅的念卷和寶卷發展的關係。

一、明末民間教派寶卷傳入甘肅

明代民間教派寶卷何時傳入甘肅地區，現在尚未查到直接的記載，只能依據有關資料做推論。

三十年代初在寧夏發現了抄本《銷釋眞空寶卷》，據說它是同

---

❷ 參見（日）澤田瑞穗《增補寶卷研究》（日文），日本東京國書刊行會，1975；筆者〈中國寶卷概論〉，載《中國寶卷研究集》，臺灣學海出版社，1997。

❸ 見李世瑜〈寶卷新研〉，載《文學遺產增刊》第四輯，作家出版社，1957；又，〈民間秘密宗教與寶卷〉，載《曲藝講壇》（天津），第5期，1998·9。

❹ 載《明清小說研究》（南京），1990：3—4；又，收入《俗文學叢考》，臺灣學海出版社，1995。

宋元刻的藏經同時發現，曾被誤認爲是宋元抄本。❺喻松青〈銷釋真空寶卷考辨〉一文❻通過卷中所述編者法系的考證，指出這本寶卷是羅教傳入西北地區一支的傳人印宗（俗姓李，名元，陝西人）所著，寫作時間約在萬曆後期。卷中稱「有印宗度徒弟進求如意，說陝西有萬逢燒火尋真」，這位陝西人萬逢是此卷編者印宗的徒弟。明代陝西行省的轄區包括今陝西、甘肅、寧夏。從地理位置上看，這部寶卷應是經過今甘肅東部傳入寧夏的，因此可推論羅教同時傳入甘肅地區，並把宣卷和寶卷帶過去。

這一推論還有一點旁證：周紹良先生向筆者介紹，他曾過目明末由肅藩出資刊印的《五部六冊》，現在這些寶卷的下落不詳。《五部六冊》初刊於明正德四年（1509）。據清初羅教派下靈山正派的《三祖行腳因由寶卷・山東初步》中載：《五部六冊》的出版，得到太監張永和魏國公、黨尙書的支援，並推薦給正德皇帝「御覽」：「五部寶卷開造印版，御製龍牌助五部經文，頒行天下，不得阻擋」。❼此雖爲教內傳說，但明中葉以後大量的民間教派寶卷由后妃太監王公貴族出資、皇家內經廠刻印，卻是事實。因此，肅藩出資刊印《五部六冊》也不無可能。肅藩始立於洪武二十五年（1392），

---

❺　鄭振鐸《中國俗文學史》第十一章「寶卷」稱中之爲「宋或元人的抄本」（上海書店影印本，1984，下冊，頁308。）這是當時和後來許多研究者的看法。胡適首先指出其誤，見〈跋銷釋真空寶卷〉（載《北平圖書館刊》，五卷三號，1931・5—6）。筆者在〈中國最早的寶卷〉（載《中國文哲研究通訊》，臺北，六卷三期，1996・9；又收入《中國寶卷研究論集》）一文中也有論述。

❻　載《中國文化》（北京），第十一期，1995・7。

❼　此卷今存清光緒元年重刊本，引文見上冊，頁27a。

爲朱元璋第十四子朱楧。直至崇禎十六年（1643）李自成軍攻佔蘭州，前後二百年間代有繼嗣。❽刻印《五部六冊》的時間，大概與上述羅教和《銷釋眞空寶卷》傳入時間相近，應是萬曆以後的事。

　　能直接說明民間教派和寶卷在甘肅存在和傳播的是筆者發現的《敕封平天仙姑寶卷》。❾此卷清康熙三十七年（1698）刊於張掖，寫刻本，卷末刻有「題識」：

康熙三十七年五月吉旦板橋仙姑廟住持經守卷板

太子少保振武將軍孫　　　　　　　　　施　刊

吏部候詮同知金城謝塵　　　　　　　　編　輯

將軍府椽書張掖陳　清　　　　　　　　書　寫

刻　字　　涼州　　　羅友義　王　璋

　　　　　福建　　　頗順貴

　　　　　甘州　　　韓　文

　　這是目前所見時代最早的由甘肅人編寫、講述甘肅故事並在甘肅刻印的寶卷，可據以說明早期甘肅念卷和寶卷的情況。

　　㈠這是一部在河西地區活動的民間教派的寶卷，編者是甘肅人。卷中所述平天仙姑是世代相傳並爲張掖地區民眾普遍信仰的一位女神。《甘州府志》「人物」（下）「仙釋」載女神的傳說：

---

❽　參見《明史》卷一一七「諸王」（二）。

❾　此卷原爲故馬隅卿（廉）先生收藏，今歸北京大學圖書館。

漢仙姑，未詳姓氏，張掖河（今稱黑河）北人。修道合黎山
（在今張掖市西北），見黑河橫溢，誓願建橋一座，以濟居
民。言曰：「橋成即我成道日也。」未幾，身投水中，起坐
片木至今廟處泊焉。經數日鳶烏不侵，香聞數里。土人埋之，
得鐵片「平天仙姑」字，共立為廟。

霍嫖姚西征，迫於虜，抵黑水，遇浮橋逕渡，追至者俱陷，
見仙姑空中。後夷人焚廟，穿廬瘟疫，乃為重修以懺。迨祈
禱靈驗，戶皆尸祝。西夏王尊稱賢覺聖光菩薩，乾祐七年李
仁孝敕云：「哀愍此河年年暴漲，漂蕩人畜，故以大慈大悲
興建此橋。」即指仙姑靈迹也。❿

乾祐七年（即南宋淳熙三年，1176）西夏王仁宗李仁孝〈黑河
建橋敕碑〉碑文尚存。⓫《敕封平天仙姑寶卷》便講述這位仙姑修
行、得道、建橋、顯靈、懲惡揚善的事迹。明代後期直到清康熙年
間，民間宗教家編了不少頌揚民間信仰的神佛故事的寶卷，其中有
些是區域性民俗文化中的神佛，如山西介休的《敕封空王佛寶卷》。
⓬自然，在這類寶卷中，都要加進宗教教義的宣傳。

從表面上看，這本寶卷是在宣揚念佛修行向善：「不戀世上繁
華，不貪眼前之浮塵，志心向善，念佛看經，恤孤憐寡，敬老惜貧，
多行方便，永無退心。」（仙姑修行分第一）但是，其中又在宣揚

---

❿　轉引自方步和〈張掖仙姑的歷史意義〉，載《河西寶卷真本校注研究》，頁341，。
⓫　載《黨項與西夏資料彙編》，上卷第一冊，寧夏人民出版社，1983。
⓬　此卷今有介休綿山雲峰寺釋一悟倡印本，1997。

某種「大道」。「驪山老母度仙姑分第三」中寫驪山老母去度脫仙姑超凡升仙，所唱〔金字經〕曲說：「大道原來在無爲，個中消息幾人窺？甚玄微，遍地光輝。」接下去由驪山老母講出了這個「大道」的「消息」：

> 老母說我修的連你不同，我說來你試聽同與不同：
> 我修的名四符無人無我，精與神魂與魄四符之名。
> 有人生一心上不外四符，全只要我的道充種其中。
> 若果能我的道充積無限，精與神魂與魄皆合其身。

可以看出，這個「大道」像明代後期的許多受無爲教影響的民間教派一樣講「無爲」，而其修持方式則是繼承道教內丹派修煉「內丹」。明代後期一些外佛內道的民間教派（如黃天教）均如此。不過它們講究鍊養精、氣、神，而這個「大道」則以精、神、魂、魄爲「四符」。這是它的特殊之處。至於這個「大道」的名稱，卷末的「回向無上佛菩提」文中說：「大哉虛皇道，開悟演眞詮。救濟眾生苦，化現玉女言。合黎參山頂，青陽應靈源。……」因知它可能稱爲「虛皇道」。這個虛皇道不見其他文獻記載。

這本寶卷的編者謝塵是金城人，即蘭州人（蘭州古名金城）。他熟悉寶卷這種形式，自然是教派中人。他又是一位「候詮同知」，即候補府、州政府副職官。看來是通過捐納買來的做官資格，又花錢在甘肅「候補」。這部寶卷的助刊者即振武將軍孫思克，漢軍正白旗人，《清史稿》卷二五五有傳。

　　㈡這部寶卷同明代中葉以後民間教派寶卷的形式相同，其演唱

活動亦稱「宣卷」。其開始部分有「舉香贊」「開經偈」「開經贊」「仙姑寶誥」，結經部分有「回向無上佛菩提」文，中間分為十九分。「仙姑近代顯應分第十九」講明代弘治到崇禎年間十多件仙姑（娘娘）顯靈的事迹（主要是針對「北方韃子」的侵擾），形式為散文的敘述。其他十八分的說、唱、誦的形式同明代後期寶卷完全相同。所唱的小曲曲牌有〔上小樓〕〔浪淘沙〕〔金字經〕〔黃鶯兒〕〔駐雲飛〕〔傍妝臺〕〔哭五更〕〔清江引〕〔羅江怨〕〔皂羅袍〕〔耍孩兒〕〔一剪梅〕〔鎖南枝〕〔綿搭絮〕〔畫眉序〕〔駐馬聽〕〔謁金門〕〔一江風〕等。這些曲牌也是明代後期寶卷中常用的。

在第十九分開頭說：「仙姑娘娘的寶卷前面已宣完了，但都是些遠年之事。若不把近代以來之事，向大眾宣說一遍，還說我宣卷的都說的是荒唐無據的事了。大眾們靜坐，聽我宣來」。「宣卷」指演唱寶卷。「宣」，宣揚之意。明代已有這一專稱，❸現代江浙吳方言區仍沿用這一名稱，而甘肅河西走廊及山西介休地區現代已改稱「念卷」。

通過以上分析可知，明代後期寶卷已隨著民間教派傳入甘肅地區；編刊於張掖地區的《敕封平天仙姑寶卷》說明清康熙末年河西地區已存在民間教派的宣卷和寶卷，它們的傳播方式和演唱形態均與內地的宣卷和寶卷相同。

---

❸　《金瓶梅詞話》中有六次以「宣卷」指稱演唱寶卷，如 74 回：「月娘道：姑奶奶，你再住一日兒家去不是。薛姑子使他徒弟取了卷來，咱晚夕教他宣卷咱們聽。」

二、清及近現代流傳於甘肅地區的民間教派和經卷

　　清代甘肅民間教派和寶卷的傳播情況，由於文獻中缺乏記載，難言其詳。從清政府於乾隆、嘉慶年間查辦大乘圓頓教（文獻中作「悄悄會」）案和道光年間查辦的青蓮教案的檔案，❹及近年在漳縣農村發現的一批龍華會三寶門使用的寶卷，可以瞭解到康熙以後民間教派和寶卷在甘肅東部地區流播的一些情況。

　　大乘圓頓教係明末號為「弓長」的人所創。該教受東大乘教和黃天教的影響。弓長編《古佛天真考證龍華寶經（卷）》中稱，其宗旨是「古佛為相，無生為本」，「大乘為法，圓頓為教」；其修持講究「十步修行」，「結成金丹一粒，點化眾盲」。經常用的寶卷還有《皇極金丹九蓮正信歸家還鄉寶卷》等。這個教派在明末形成於河北地區，清初傳播到西北。先由陝西傳入甘肅東部的靈臺縣，後傳到涼州府平番縣（今永登縣）及蘭州府的河州（今定西縣）、狄道州（今臨洮縣）、皋蘭縣等地。

　　乾隆四十二年（1777）十一月初，甘肅狄道州沙泥站紅濟橋人王伏林自稱「彌勒佛下世」，在河州白塔寺樹幡念經，宣稱其教為元頓教，又名紅單教，集合數千人，並謀攻打河州、蘭州。清政府派兵「圍剿」，殺 444 人，捕獲 500 餘人。

---

❹　以下有關圓頓教案參考馬西沙等《中國民間宗教史》第十四章「明清時代的圓
　　頓教」，上海人民出版社，1992；有關青蓮教案參考莊吉發〈清代青蓮教的發
　　展〉，載《大陸雜誌》（臺灣），1985：5。

　　嘉慶六年（1801）春，陝甘交界寶雞、靈臺等六縣悄悄會聚眾謀起事，被清政府鎮壓，殺死會眾 2000 多人。

　　嘉慶十年（1805），甘肅蘭州府紅水縣、皋蘭縣地方當局發現悄悄會聚眾念經活動，查獲的經卷有《皇極還鄉》（即《皇極金丹九蓮正信還鄉寶卷》）、《龍華經》（即《古佛天眞考證龍華寶經》）、《合同經》等。教首石慈等人借修煉內丹「傳丹」之名，姦污婦女。此案共拿獲在教者 137 名，分別斬、絞、流、徒。

　　嘉慶十一年（1806），安定、皋蘭兩縣地方當局查獲悄悄會，逮捕 42 名教徒。這次教案起出了大量的經卷和寶卷。計有：《九蓮正信寶卷》（即《皇極金丹九蓮正信歸家還鄉寶卷》）、《皇極收圓寶卷》（又名《皇極收圓出細寶卷》）、《靈感出細寶卷》、《地獄鑰匙通天寶卷》、《定劫經》（又名《定劫寶卷》）、《合同經》、《傳法經》、《大乘經》、《歸一經》、《十二願》、《度常經》、《萬聖朝元》、《符藥樣式》、《四生總懺》等。

　　自乾隆四十二年（1777）起，經過近三十年的殘酷鎮壓，大乘圓頓教（悄悄會）的活動被壓制下去了，但是三十年後青蓮教又傳入甘肅。青蓮教源於清初黃德輝所創先天道（又稱金丹道），道光初年改名為青蓮教。它以湖北武昌為中心，向全國各地傳播。其道首之一李一沅負責四川、陝西、甘肅教區。道光二十四年（1844）李派夏長春、毛智源攜帶《斗女宮普度規條》《靈犀玉璣璇經》等赴甘肅傳道。道光二十五年（1845）正月，甘肅皋蘭縣當局查獲夏長春、毛智源及他們發展的會眾多人，及《金丹口訣》《斗牛宮普度規條》等經卷。這一民間教派雖不斷遭到清政府鎮壓，但在同治、光緒間已流向全國，繼之而起的一貫道等承其道統。

1992 年 7 月甘肅漳縣陳俊峰等人，在漳縣遮陽山一個山洞中發現一木箱抄本寶卷，因受潮板結，可辨識者八部：

1、佛說大乘通玄法華眞經

2、佛說赴命皈根還鄉寶卷

3、法舡普渡地華結果尊經

4、還宗佛法身出細普賢經

5、正信除疑無修證自在寶卷

6、歎世無爲寶卷

7、古佛天眞考證龍華寶經

8、普靜如來鑰匙寶卷

1992 年 11 月又在漳、泯縣交界的山村中發現六部清康熙初年刊印的寶卷：

9、古佛無生玉華結果尊經

10、三花聚頂性華結果尊經

11、五氣朝元命華結果尊經

12、蓮蘂生三皇了儀觀音經

13、蘊空盼嬰兒思鄉聖母經

另一種爲《古佛天眞考證龍華寶經》。1996 年又發現一種清初刊寶卷：

14、古佛天眞收圓結果龍華寶懺

以上寶卷據陳俊峰〈有關東大乘教的重要發現〉一文介紹，這批寶卷中 1—4、9—13 共八種是前此未見著錄的寶卷。❶發現者介

---

❶ 陳文見《世界宗教研究》（北京），1999：1，頁 118—122。

紹，這是當地一個叫「龍華會三寶門」的教派所用的寶卷，這個教派直到五十年代初期仍有活動。上述寶卷多屬於明清之際的大乘圓頓教，估計這個龍華會三寶門和清政府查辦的悄悄會同屬大乘圓頓教派下的教派，它們活動的地區也相近。

以上材料說明，在甘肅東部地區自清初直到現代都有民間教派的活動，它們都以宣卷爲佈道活動。清政府的殘酷鎮壓，只能使民間教派的活動轉入隱蔽，或轉到河西地區去找避風港。所以，光緒三年（1877）陝甘總督左宗棠發佈〈嚴禁邪教告示〉說：「……爲出示曉諭嚴禁事，照得邊民生長遐荒，鮮明義理，易爲邪教迷惑。一被匪徒煽誘，告以結會念經，可求福銷罪，則爲其歙動，相率歸依。」「告示」中還列出「大清律例」的有關條文作警告。❻

因爲當代在甘肅東部地區沒有發現寶卷流傳，有的研究者便據此提出：如果說河西寶卷是從內地傳入的話，爲什麼跳過了東部地區？回答這個問題首先應當說明，如上文所述，明末以後直至近現代甘肅東部地區仍存在有民間教派的寶卷和宣卷活動，只是沒有脫離民間教派而成爲民眾的信仰和娛樂活動。因此，隨著這些民間教團被鎮壓或自然消亡，它們的宣卷活動也就消失了。這種情況在河北、山西、陝西、河南、山東等省區均存在。據筆者調查，經過清政府迭次殘酷鎮壓各地民間教團之後，除了山西介休地區現代仍有民眾的念卷活動（該地念卷同河西念卷極相似）、個別民間教團仍保留宣卷形式外，在上述省區均不見民間宣卷和寶卷的流傳了。因此，需要研究的應當是河西寶卷和念卷存在和發展的原因是什麼？

---

❻　轉引自馬西沙《中國民間宗教史》，頁 906。

依筆者之見，其一，河西地區的民間教派躲過了清政府的鎮壓，民眾對於依附於民間教派活動的宣卷沒有恐懼感，而這種以「拜佛」和勸善面目出現的活動，滿足了民眾信仰和教化的需求，易於爲民眾接受；其二，河西地區（特別是廣大農村）民眾的文藝活動極其貧乏，廣大農村經濟貧困，難以供養外來的戲曲、曲藝班社，而念卷這種簡便的說唱文藝在民間易於普及。做爲善行功德，一些識字的人也樂於抄傳和編寫寶卷。這樣以來，念卷和寶卷便在河西地區發展起來，成爲地域性的民俗文化活動。

三、當代甘肅河西地區留存的教派寶卷

河西地區當代民間抄傳寶卷和念卷活動是集信仰、教化、娛樂爲一體的民俗文化活動。由於歷史上它同民間教派的密切關係，所以至今該地區正統的佛教和道教徒都不承認它是佛教或道教的宗教活動。❶下文將從目前已搜集到的寶卷文本談它們同民間教派的關係。

據方步和、譚蟬雪、段平三位先生提供的目錄，筆者刪其重複，共得寶卷一百三十餘種。❶這些寶卷除少量是木刻本外，都是手抄

---

❶ 參見段平〈河西寶卷的調查研究〉，頁31。

❶ 方步和、譚蟬雪二位先生向筆者提供了他們搜集的河西寶卷目錄。段平先生的目錄即《河西寶卷選》附〈河西寶卷集錄〉，此目著錄寶卷108種。據編者說，全部是由河西地區搜集來的。其實不然，其中30餘種是蘭州大學圖書館和該校中文系資料室收藏的寶卷，都是晚清和民國年間內地出版的木刻本或石印本，段氏在「集錄」中有些未註明版本的情況。這30餘種寶卷除了《佛說開

本；其年代最早的是光緒年間的版本，大量是六十年代和八十年代的新抄本，也有這一時期新編的寶卷。從這些寶卷中可以看出，近現代河西地區仍存在民間教團（會道門）的寶卷，如：⓲

《觀音濟度本願眞經》，木刻本，刊印年代不詳。清道光年間青蓮教（先天道）教首彭德源（超凡）編。初刊於道光二十年，道光以後不斷在各地被翻刻。承繼青蓮教道統的一貫道、同善社等均傳播這本寶卷，但只做讀物流通，尚未見到演唱的記錄；在河西地區也未發現民間抄傳這部寶卷。鄭振鐸先生在《佛曲敍錄》中曾將它同《香山寶卷》（明代前期的民間佛教寶卷）混爲一部寶卷，實際上它只是借後者所述妙莊王三女兒妙善出家成道爲觀世音菩薩的故事做軀殼，而放進了截然不同的宗教內涵。⓴當代從酒泉地區搜集到這部寶卷，說明這一教派（或其支派）曾流傳於河西地區。

《無生老母普渡收緣眞經》（又名《神聖注序眞經》），1950年高臺縣石印本。以「無生老母」爲最高神聖是明清以來各種民間教派的共同特徵。這本經卷顯然是現代民間教團印刷的。

宗寶卷》（木刻本）、《白虎寶卷》（石印本）兩種外，均爲易見的寶卷。這批寶卷可能是五、六十年代該校從內地舊書店購的，它們自不能稱之爲「河西寶卷」。編者將它們編入，應爲明顯的失誤。其中有些經過編者「整理」，又收入《河西寶卷選》和《續選》中。

⓲ 以下所舉的寶卷除《仙姑寶卷》外，均據譚蟬雪〈河西寶卷概述〉。

⓴ 這部寶卷收入《酒泉寶卷》上編，編者逕改名爲《香山寶卷》。鄭振鐸的文章載《中國文學研究專號》下冊（上海書店影印，1981）。關於這部寶卷爲青蓮教教首德源編，詳見拙文〈明清民間教派的幾種寶卷〉（載《中國寶卷研究論集》）；又，王見川、林萬傳〈「明清民間教派經卷文獻」初編導言〉，載《新中華》（臺灣），第 18 期（1998 · 9）。

《收圓還鄉寶卷》，木刻本。「收圓」「還鄉」是明清民間教派用語，指末劫時期無生老母派彌勒佛下凡召喚「皇胎兒女」，「回家認母」「歸根還鄉」，或稱「總收圓」。此卷所屬教派不詳，也可能是某本民間教派寶卷的異名。

另外值得注意的是甘肅當地刻印的幾種祖師傳記和因果報應故事寶卷：

> 《何仙度世寶卷》（簡名《何仙寶傳》），蘭省城內（蘭州市）曹家廳會館刊本。
> 《天仙寶卷》（又名《七真天仙寶卷》），蘭州肅壽昌刊本。
> 《韓祖成仙寶卷》，肅州（酒泉）印經社刊本。
> 《目連救母幽冥寶傳》，建康郡（高臺縣）王鏽錄刻本。
> 《李長青遊地獄寶卷》，肅州建康郡印經社刊本。

上述這五種寶卷只見刊本，沒有民間的抄傳本。除第五種外，其他四種也在內地多處刊印。它們實為某個民間教團（先天道或其支派）所為。據當代調查，現代河西地區有許多會道門活動，如酒泉地區的清茶會、白臘會、皇極會、雨花會、大乘會等。它們都主持或組織念卷活動。❷對這些民間教團參與的念卷活動，目前尚無詳細的調查報告。

總體來看，當代從河西地區搜集到的一百三十餘種寶卷中，屬於近現代民間教團的寶卷數量不足十分之一，大量是民間抄傳的寶

---

❷　見同❾。

卷。在這類寶卷中也可找到歷史上民間教派的積澱。如在張掖市花寨鄉發現的民國三十年（1941）戴登科抄《仙姑寶卷》，㉒已殘缺不全，僅存十二品。由於所述是張掖民眾敬仰的「娘娘」和熟悉的傳說，所以 250 多年後此卷仍被抄傳。民眾對那些宗教說詞不感興趣，卷中雖仍留有虛皇道的「四符」其名，卻已語焉不詳了。

另一本值得注意的寶卷是《李都玉參藥山經》，存光緒二年（1876）抄本，發現於酒泉地區。清乾隆十八年（1753）山西當局在潞安府長治縣查辦混元教（又名清淨佛門教）案，從教主馮進京家中搜出三部經卷，其一為《李都御參藥山救母出苦經》，即此卷。㉓這本寶卷故事的來源本為一段禪宗公案，見《五燈會元》卷五載：唐朗州刺史李翱拜見澧州藥山惟儼禪師，藥山開始不理他，李拂袖而出。藥山說：「太守何得貴耳賤目？」李回首拜謝，問：「如何是道？」藥山以手指上、下，李不理解。藥山說：「雲在青天水在瓶。」李又問：「如何是戒定慧？」藥山說：「貧道這裏無此閒家具。」李莫名其妙。藥山說：「太守欲得保任此事，直須向高高山頂立，深深海底行。閨閣中物，捨不得便為滲漏。」㉔李翱是一世俗的官吏，他向藥山問佛家之道和修行實踐的問題。藥山的回答，實際上告訴他要捨棄世俗的一切，才能如此問道問修行。這段公案，在明代羅清所編《破邪顯證卷》「破邪四生受苦品第二」中便演成「李都尉參藥山懼怕地獄」的說法，後來又被民間宗教家編成

㉒　此卷收入方步和《河西寶卷真本校注研究》。

㉓　見《朱批奏摺》，乾隆八年七月十五日署理山西巡撫胡寶瑔奏摺，據馬西沙、韓秉方《中國民間宗教史》頁 1267 引。

㉔　中華書局，1984 年版，上冊，頁 278—279。

了「李都御參藥山救母出苦」故事的寶卷。現存河西民間抄本《李都御參藥山經》，筆者未曾過目，在民間傳抄中又有如何改編，不詳。

四、結　語

探討河西念卷和寶卷同明清民間教派的關係，難度很大。不僅是文獻資料的匱乏，同時還要克服觀念上的束縛，因為民間教派（特別是近現代的會道門）的研究，長期以來是學者不願涉獵的禁區。但是研究中國寶卷（包括河西寶卷）的發展過程，這是不能迴避的問題。

本文從這一視角對河西念卷和寶卷的發展做了初步的探討，其一，意在探明河西念卷和寶卷的來源。有的研究者提出：「河西寶卷是敦煌變文的嫡傳子孫，是活著的敦煌變文」，[25]所據的材料卻是敦煌變文之後千餘年的寶卷文本。這其間的過渡材料是什麼？如果僅依據河西寶卷中有些題材見之於敦煌變文，這不能讓人信服，因為中國俗文學作品題材的傳統性極強，一些著名故事流傳的時空悠遠、廣闊。比如河西的《天仙配寶卷》，[26]就其故事特徵來看，說它是宋元話本小說和明清戲曲的「子孫」尚可，恐怕也非「嫡傳」；把它搭到一千多年前的《董永變文》上去，則著實鞭長莫及。至於河西念卷的演唱形態和儀式性的特徵，則遠不如早期佛教寶卷更接

---

[25]　伏連俊〈河西寶卷〉，《文史知識》（北京），1997：6。
[26]　本卷收入方步和《河西寶卷真本校注研究》，這本寶卷可能是當代人改編的。

近於唐代佛教俗講的形式，而它們之間也只是淵源的關係，而非直接的「子孫」。

其二，意在說明明清民間教派與現代河西民間念卷和寶卷的關係，將它們混在一起，諸多問題便難以說清楚。可惜的是從事田野調查的人對此認識不足或有顧慮，沒有正視這方面的材料的搜集和研究。從中國寶卷發展的一般過程來看，都有一個從宗教寶卷向民間寶卷發展的過程。㉗河西寶卷在什麼時期完成了這一轉變，還不清楚。

河西地區的民間念卷和寶卷作為地域性民俗文化的特徵也十分明顯的，需做專門的研究。比如它同江浙吳方言區的宣卷和寶卷，雖然都源於明清民間教派的宣卷和寶卷，但其間的差別很清楚。就上文所提到的一百三十餘種寶卷來考察，其中半數以上是河西地區的民間創作，而不是有的研究者所說，絕大部分是「全國性的流傳本」；㉘其中有一些同山西介休的寶卷有相同的題材和卷名，它們之間地緣相近，必然存在過互相影響的關係。㉙

河西民間寶卷發展中還有一個突出的特點：不少人參與新寶卷的改編和創作，研究者在田野調查中多遇到過這樣的人物。比如方步和先生提供給筆者的《河西寶卷目錄》中，便有一位念卷人和寶卷編者劉勸善，山丹縣人，他改編寶卷有十二種。如果在調查中注

㉗　參見拙文〈中國寶卷概論〉，載《中國寶卷研究論集》。

㉘　段平〈河西寶卷集錄〉稱：所著錄108種寶卷，「只有四種是河西人自己寫的，……其餘都是全國性的流傳本」。

㉙　關於介休的念卷參見張頷〈山西民間流傳的寶卷抄本〉，《火花》（太原），1957：3。又，筆者〈山西介休的念卷和寶卷（調查報告）〉。

意發掘和記錄這方面的情況，則更有利於河西寶卷發展特徵的研究。

　　八十年代初，筆者在研究中國寶卷之始，便接觸到河西寶卷。因爲難以讀到地方文獻，特別是不能前往做田野調查，雖有某些想法，終難下筆成文。今不避淺薄，提出拙見，希望能得到專家的指正和討論。

（原載《敦煌研究》，蘭州，1994：4）

山東的宣卷

　　宣卷又名念卷、講經、唱佛曲等。源於唐代佛教的俗講，是一種在宗教及民間信仰活動中按一定儀軌演唱的說唱形式，其演唱文本稱寶卷，也有一些穿插其中主要用於祝禱儀式的經、偈、科。由於寶卷也多演唱文學故事，所以也被作爲一種說唱文學的形式。寶卷之名出現於元代，現存最早的卷本是北元宣光三年（明洪武五年，1372）彩繪抄本《目連救母出離地獄生天寶卷》。明代前期是民間佛教寶卷發展時期，留存寶卷繼承佛教俗講傳統，一類如《銷釋金剛科儀（寶卷）》《大乘金剛寶卷》《彌陀寶卷》，演釋佛經，即爲講經；一類如《目連寶卷》《香山寶卷》《佛說西遊慈悲寶卷道場》《劉香女寶卷》等，講唱因緣故事，宣揚佛法。其演唱形態，散說與唱誦相間，構成較固定的演唱段落。唱腔除佛教傳統的唄贊外，也用民間流行的曲調。唱詞主要是上下句的七言詩贊；也用少量曲牌，如〔金字經〕〔掛金鎖〕等。它們最早產生和流傳的地區，已難考證。

　　明正德初年，山東即墨人羅清（1442-1527）編《五部六冊》經卷，正德四年（1509）初刊。其中兩部即以寶卷名：《正信除疑無修證自在寶卷》《巍巍不動太山深根結果寶卷》。《五部六冊》宣揚「無爲」，故被稱爲無爲教，或稱羅教。受無爲教的影響，正德以後出現許多新興的民間教派，這些民間教派均以寶卷爲佈道

書。民間教派的寶卷絕大部分是宣傳各教派教理、修持儀軌，也有
改編民間信仰的神佛及民間傳說故事。如為山東泰山女神（民間俗
稱泰山娘娘、泰山老母、泰山老奶奶，道教徒封為「天仙玉女碧霞
元君」）編的寶卷便有《靈應泰山娘娘寶卷》《天仙聖母源流泰山
寶卷》《泰山聖母苦海寶卷》等，改編民間傳說故事的寶卷如《佛
說孟姜忠烈貞節賢良寶卷》，這些寶卷都貫穿著宗教教義的宣傳。
這時期寶卷形式有所發展：固定的演唱段落仿照佛經以「品」（或
「分」）命名，唱詞除七言詩贊外，大量使用十字句，同時每品均
唱小曲，重頭數支，常用曲牌如〔耍孩兒〕〔叠落金錢〕〔駐雲飛〕
〔上小樓〕〔掛枝兒〕等。

　　明清時期山東地區是民間教派活動的主要省區之一，各教派宣
卷流行於山東各地。康熙之後清政府大規模鎮壓各地民間教團，查
毀它們使用的經卷和寶卷。據清政府檔案記錄，其中在山東地區查
獲寶卷的案例很多，如雍正七年（1729）登州、海寧州無為教案，
收繳羅清《五部六冊》；乾隆七年（1742）壽光縣龍天教案，收繳
《花山卷》等。嘉慶二十二年（1817）德州弘陽教案，收繳各種經
卷多達三十餘種，其中以寶卷名的有《積善求兒紅羅寶卷》《普賢
菩薩度華亭寶卷》《佛說白衣菩薩送子寶卷》《佛說土地正神寶卷》
等。直到近現代在山東地區活動的某些民間教團，仍印刷了許多教
派寶卷。

　　明清時期山東地區民間宣卷的發展情況，因文獻中沒有記載，
難言其詳。但明代萬曆年間出現的世情小說《金瓶梅詞話》，其故
事背景是山東地區，又主要用山東方言，故其中有關宣卷和寶卷的
描述，可為明代中葉以後山東民間宣卷和寶卷流傳的旁證。

《金瓶梅詞話》中提到的寶卷有《五祖黃梅寶卷》（未述卷名）、《金剛科儀》、《五戒禪師寶卷》（未述卷名）、《黃氏女寶卷》、《紅羅寶卷》。除《紅羅寶卷》外，都詳細描述了宣卷演唱的過程，並大量引用了寶卷的原文。從中可看出：

一、宣卷人是佛教的尼姑，她們講唱的是演釋佛教經義和因緣故事的寶卷，同明代前期民間佛教寶卷一脈相承。但《黃氏女寶卷》的引文中可看出民間教派「無生老母」信仰的影響；《金剛科儀》引文則同今存明刊本相去甚遠，唱腔中且有小曲曲牌（〔五供養〕）的加入，說明佛教寶卷在民間的發展。

二、宣卷按照一定儀式進行。開始前擺上「經桌」，上放香燭、寶卷；開講時焚香、點燭。宣卷人手中的伴奏樂器是「擊子兒」（即佛教僧眾誦經唱唄時用的手鈴），聽眾則「齊聲接佛」（即合唱佛號，又稱「和佛」）。清及近現代江浙吳方言區的宣卷（或稱「講經」）仍保留這種形式。

三、宣卷的主要聽眾是婦女，且多在小說中婦女人物的生日祝壽活動中進行；宣卷同時，又多請來「唱女兒」「唱婆子」穿插唱曲。這說明民眾聽宣卷不單是信仰的需求，也是娛樂活動。演唱寶卷一般在婦女們閨房中的大炕上，但《金剛科儀》改在「明間」（正房中間的客廳），因爲據明代文獻記載，這部寶卷主要用於薦亡法會或在禮佛了願時演唱。

入清以後，北方各地民間宣卷（多改稱「念卷」）大量改編演唱俗文學傳統故事和民間傳說故事的寶卷，如現存《佛說喜相逢寶卷》《佛說王有道休妻寶卷》《佛說慈雲寶卷》《佛說牧羊寶卷》《佛說雙喜寶卷》《佛說紅燈寶卷》《佛說高仲舉破鏡寶卷》等。

民間寶卷的形式已不再分品，其演唱則多吸收各地民間戲曲、曲藝的唱腔和〔五更調〕等民間小調，唱詞主要是七、十言的詩贊（民間俗稱「七字佛」、「十字佛」）。這一時期流行於山東地區的許多民間戲曲、曲藝的傳統劇目、曲（書）目，與現存民間寶卷有共同的題材，可說明宣卷同它們之間相互影響的關係，如山東大鼓《合同記》（《合同記寶卷》）、《蜜蜂記》（《蜜蜂記寶卷》）、《雙合印》（《雙合印寶卷》）、《孟姜女哭長城》（《孟姜女寶卷》《長城寶卷》），山東琴書《王定保借當》（《繡鞋記寶卷》）、《後娘打孩子》（《紅羅寶卷》），東路大鼓《李三娘打水》（《白兔記寶卷》）、《鸚哥記》（《鸚哥寶卷》），四平調《殺子報》（《殺子報寶卷》）等。

　　由於宣卷依附於宗教和民間信仰活動，所以它的發展受到很大的局限，近現代在山東地區已少見其蹤迹。當代青州、濰坊、淄博等地區農村中仍流行的一種「念佛」活動，可能是明清時期某個民間教派宣卷的遺存。這種念佛活動主要在婦女中流傳。除了平時聚會演唱外，每年農曆三月三、九月九在青州雲門山，婦女們朝拜泰山老母后，便在廟前廟後或山林坡地圍坐演唱，也有青年婦女肩挑花籃邊舞邊歌。她們演唱的作品，除了部分以「經」命外名（如《藥房經》《素白寶經》《鎖福經》《葫蘆經》《獻茶經》等），主要是一些「佛偈」，如《五拜香》《十舉香》《壽衣佛》《上雲門》《七座樓》《善人來找善人玩》《小師傅要出家》《櫻桃開花》《皇姑遊山》《西方路上一棵草》等。這類作品在江浙吳方言區宣卷中稱做「小卷」或「偈子」。內容多勸人積德行善，敬奉神佛。形式上七字句、十字句變格混用，可轉韻或一韻到底。如《壽衣佛》：

西方路上一弦（玄）機，七十二個銅（通）消息。

九天仙女來織機，織成綢緞做壽衣。

裁衣姐姐委實巧，也會裁來也會鉸。

也不肥來也不瘦，也不大來也不小。

繡花姐姐委實巧，熨斗熨得光堂堂。

鋼針絨線拿在手，各樣的花劃都繡上：

前身上俺繡上西江明月，後身上俺繡上海馬朝陽。

袖子上俺繡上銀河兩岸，肩膀上俺繡上織女牛郎。

大襟上俺繡上鴛鴦戲水，底襟上俺繡上牡丹鳳凰。

襖緝上俺繡上金剛八卦，襖角上俺繡上托塔天王。

襖領上俺繡上雙龍入海，襖帶上俺繡上花落天堂。

這仙衣繡完畢獻於老母，駕祥雲上西天朝見玉皇。

行善事脫輪迴成佛作祖，封贈給繡花女福壽綿長。

它們的唱腔保留了古老的兩句體〔鳳陽歌〕，也有〔耍孩兒〕〔疊斷橋〕〔打棗杆〕〔銀紐絲〕〔放風箏〕等大量民間小曲曲牌，為研究山東民間曲藝音樂提供了寶貴資料。

附錄：關於宣卷和寶卷的區域性研究

　　上文係爲《山東省曲藝志》改寫的條目。該志主編張軍先生寄來「寶卷」條釋文請筆者審查，因修改不易，即改寫爲此文。文中使用了原稿中關當代青州地區「念佛」活動等資料。明清及近現代可以確認爲宣卷和寶卷在山東地區流傳的材料極少，勉強成文，並不滿意。

　　明代正德以前佛教寶卷的地區性研究，由於文獻失載，難以進行。就已知的產生於宋元時期的寶卷看，《銷釋金剛科儀》產生於江西，《目連救母出離地獄生天寶卷》流傳於北地，可見這一時期佛教寶卷的傳播空間是很大的。明代中葉以後，宣卷是隨新興的民間教派傳播的。這些民間教派的活動中心是北直隸（即今河北地區）及其周邊地區。但那些狂熱的民間教派信徒「開荒佈道」，其傳播的空間可在數千里、上萬里之外。自然他們也將宣卷活動和寶卷帶到各地，如甘肅的念卷和寶卷，據筆者的考察，就是明末隨民間教派傳播過去的。由於民間教派的活動帶有秘密性，因此對民間教派宣卷和寶卷傳播的研究便極其困難。

　　清代以來，作爲地方性民俗曲藝的民間宣卷和寶卷，並未隨民間教派在各地的傳播而遍地開花。此有多種原因，有待去探討。據筆者考察，形成爲民間宣卷和寶卷地區，基本上是三大塊：一是江浙吳方言地區，二是甘肅河西地區，三是以河北爲中心的地區，包括臨近的山東、山西及河南北部地區。上述第一、第二個流傳區域今人已多有調查研究，筆者也有專文論述。第三個流傳地區則情況

不明。五十年代張頷先生對山西介休地區民間的念卷和手抄本寶卷做了調查，是上述地區唯一的一篇田野調查報告。❶ 1997 年 6 月筆者再去介休調查，民間已不見念卷活動，只見到當地佛教信徒翻印了一本過去流傳最廣的《空王佛寶卷》。❷同期，筆者還去了河北的滄州市調查，當地文化局十分重視，把編纂曲藝志的人員召來。他們對該地區流傳的傳統曲藝（主要是鼓書）十分熟悉，但對念卷和寶卷則聞所未聞。但是在上述地區，清代以來確有民間寶卷大量流傳，比如上文中提到的那些題名「佛說」的寶卷。它們以「佛說」命名，示意為「佛」親自說法，顯示其與民間教派的關聯，但內容並沒有宗教色彩。所述故事主要是一些俗文學（戲曲、說唱）的傳統故事，在北方各地方劇種、曲種中可以找到題材相同的傳統劇目、曲（書）目。這些寶卷的版本形式主要是手抄本，也有少量木刻本。它們抄寫的時代，從清順治到嘉慶、道光時期。但對這些寶卷流傳地區卻很難具體確定：文獻少見記載；五十年代舊書店搜購到這些寶卷的人員也沒記錄收購地點。因此，上述地區民間宣卷和寶卷的研究，是研究者尚須開發的課題。

值得注意的是，有些研究者把清代的「宣講聖諭」誤為宣卷，比如馬紫辰〈河南曲藝史程概要〉❸中載有：

> （清）聖祖康熙七年（1668）聖諭（宣卷）播於汝寧，當地

❶　張頷〈山西流傳的民間寶卷抄本〉，載《火花》（太原），1957：3。

❷　筆者的報告即〈山西介休的念卷和寶卷（調查報告）〉。

❸　載《河南曲藝史論文集》，河南鄭州：中州古籍出版社，1996。

文士並據以改編爲通俗說唱。

高宗乾隆九年（1744）前，「講聖諭」傳入原武縣。同期，宣卷（宣講）已在陽武縣扎根。

仁宗嘉慶十一年（1806）宣卷（聖諭）傳入信陽一帶。

清順治九年（1652）頒發「六諭文」。順治十六年（1659），禮部議准設立「鄉約」，公舉六十歲以上生員（秀才）或有德望的平民，每於朔望，「申明六諭」，此爲清代「宣講聖諭」之始。康熙九年（1670）頒發「聖諭十六條」，雍正皇帝「尋繹其義，推行其文」，作《聖諭廣訓》，於雍正二年（1724）頒發。雍正七年（1729），禮部奏准「直省各州縣大鄉大村」俱設講約之所，選擇舉、貢、生員老成者於每月朔望宣讀《聖諭廣訓》。自清雍正以下，中央和地方政府不斷有政令，令各地「宣講聖諭」。這種由官方組織的各地「宣講聖諭」一直延續到清朝滅亡。它們自然不會成爲地方性的說唱文藝形式。

民間的「宣講」，又稱「說善書」，其始於何時？不詳。它們也假借「宣講聖諭」之名，在有些地區後來發展爲地方說唱文藝形式，如湖北漢川的「善書」，其可以證明的歷史，也只前伸到清末。馬文中提到的「聖諭（宣卷）」「講聖諭」「宣卷（宣講）」「宣卷（聖諭）」等，因未說明文獻依據，難言其詳，但與宣卷無關，則是可以肯定的。

文獻失載，採訪當代民間藝人口頭傳承的資料，彌補歷史文獻的不足，探討地方民間文藝發展的歷史，是可行的方法。但要清楚民間藝人的口傳資料有很大的局限性，大多數民間藝人提供的資料

都有意誇大師門的歷史地位、迴避其他門派的情況。比如《中國曲藝音樂集成・江蘇卷・蘇州分卷》❹中根據調查資料為蘇州地區的六位宣卷藝人立傳，但蘇州市文化局戲曲研究室於 1960 年前後在該地區採集到的二百六十餘種、近八百冊寶卷（這些寶卷基本上都是民間宣卷藝人的手抄本，抄本的年代自清道光以下至五十年代初），卻沒有一冊是上述六人的傳抄本。在為宣卷藝人許維鈞（1909-？）所作的「小傳」中稱：「三十年代初，他開始動腦筋改革宣卷。……受評彈的影響，因而將評彈的表演藝術吸收到宣卷中，主要是將評彈的代言體、起角色用於宣卷。……許維鈞的木魚宣卷被人們稱為書派宣卷」。有的研究者便將許維鈞稱做「書派宣卷」的創始人。其實江浙地區（包括蘇州）宣卷向評彈、灘簧、說新聞等民間演唱文藝學習，吸收它們的表演藝術方式進行改革，早在清朝末年已經開始。現存清光緒年間的宣卷藝人手抄本寶卷（包括一些木刻和石印本寶卷）中，代言體、「起角色」這類演唱形式已大量出現。

---

❹　該書編委會印，油印本，1987・3，蘇州。

訪讀寶卷箚記——補《中國寶卷總目》

　　拙著《中國寶卷總目》（以下簡稱「總目」）於 1997 年編定，1998 年 6 月由中央研究院中國文哲研究所出版。兩年來筆者於各地訪讀寶卷，多有所獲；許多友人推薦和寄贈資料，幾種新近出版和發表的書刊上也載入不少寶卷，共得「總目」未著錄的寶卷 50 種。以下按順序編號列出這些寶卷；凡「總目」已著錄寶卷的重要版本在行文中介紹。

　　先介紹新發現的研究機構及學者個人收藏的寶卷。

（一）中國文聯資料室（北京市）

　　1984 年中國俗文學學會（北京）成立的時候，劉錫誠先生在發言中說：「過去民研會（中國民間文藝研究會，1949 年成立於北京）資料室收集的寶卷就有幾萬冊」（見《中國俗文學學會成立大會紀念冊》，1984 年 6 月，北京）。筆者多年來一直在追尋這批寶卷的下落。從當年有關的經辦人員得知，它們是 1956 年前後主要由已故路工先生搜集自江浙地區，實際數量沒有那麼多。1999 年 1

月，筆者終於在中國文聯資料室庫房看到這批資料：其中有少部分過去已經整理過，存放在十幾個卷櫃中；據說還有不少堆放在另一間屋子裏，估計總數在數千冊。四十多年來，經過歷次「運動」，特別是「文革」浩劫，這應是劫後之餘了。由於閱讀時間不足兩小時，筆者只能請管理人員打開了幾個卷櫃，一邊翻閱一邊登錄，計得寶卷 70 餘種。其中最多的是清末民國間的民間手抄本，也有部分木刻本、石印本。有 4 種寶卷「總目」未著錄：

1.《賣耍貨寶卷》，又名《五路財神賣耍貨》，舊抄本，一冊。

2.《雷電寶卷》，又名《雷公寶卷》，舊抄本，一冊。

3.《雙惜祿寶卷》，民國丙戌（三十五年，1946）周嵩濤抄本，一冊。

4.《賓頭盧寶卷》，附「三皈五戒」，松江廣明橋文魁齋刊本，一冊。

這批資料並非都是寶卷，其中雜有各種唱本，也有其他古籍。筆者過目的有：京都文萃堂刊梆子腔劇本《玉琥墜》《日月圖》，清嘉慶六年（1801）江南贊神歌抄本《通城》（「城」字疑為「誠」字誤）；還有一些民間教團編印的經卷、唱本，如《彌陀經》（民國武安郭廣聚刊）、《捨羅漢》（清末刻本）等。「總目」已著錄的《天緣經偈略解》（清光緒杭州弼教坊瑪瑙經房刊，〔0364〕〔0726〕，此為「總目」著錄編號，下同）現在能見到的只有日本京都大學東方文化研究所收藏一部，而這批資料中竟有兩部。將來這批資料如果全部整理、登錄，不僅豐富現存寶卷的數量，也會發現許多可貴的俗文學資料。

（二）中國人民大學圖書館（北京市）

　　該館編目登錄的寶卷僅數種，但另藏有《瑪瑙經房叢書》《慧空經房叢書》兩部叢書，它們是兩部寶卷集。清道光以後（主要是同治、光緒年間），杭州和蘇州各有一處「瑪瑙經房」，大量刻印寶卷、善書及民間教團使用的經卷。《瑪瑙經房叢書》收寶卷 27種，均用舊板刷印（卷名前是「總目」中的編號和版本序號，新版本用「*」號）：

　　〔1015-1〕秀英寶卷，蘇城瑪瑙經房光緒己丑年刊。

　　〔0133-3〕妙英寶卷，蘇城護龍街中瑪瑙經房光緒十六年刊。

　　〔1558-1〕還鄉寶卷，光緒己亥重刊本。

　　〔1056-2〕賣花寶卷，蘇城瑪瑙經房光緒十九年刊本。

　　〔1398-4〕延壽寶卷，上海翼化堂善書局宣統元年刊。

　　〔0578-1〕希奇寶卷，同治丙寅新鐫，蘇城玄妙觀得見齋刷印。

　　〔0058-11〕潘公免災寶卷，姑蘇瑪瑙經房光緒九年刊。

　　〔0599-1〕荷花寶卷，蘇城瑪瑙經房光緒戊戌年刊。

　　〔0914-18〕大乘法寶香山寶卷，蘇城姑蘇經房民國元年刊。

　　〔552-9〕觀音十二圓覺，上海翼化堂善書局宣統元年新刻。

　　〔0473-20〕大乘法寶劉香寶卷全集，蘇城瑪瑙經房善書局光緒二十四年重刻。

　　〔0586-5〕藍關寶卷（韓湘寶卷），上海翼化堂善書坊光緒甲午重鐫。

　　〔1285-6〕竈君寶卷，上海翼化堂善書坊民國十一年刊。

　　〔157-7〕目連三世寶卷，姑蘇瑪瑙經房宣統元年刻。

〔0597-*〕何仙姑寶卷，蘇城瑪瑙經房光緒三十三年重刻。

〔0422-1〕雷峰古迹，杭州寶文齋宣統元年刊。

〔1000-1〕玉律經卷，常州寶善書莊光緒己巳刊。

〔0678-4〕回郎寶卷，蘇城瑪瑙經房光緒十九年重刻。

〔0682-2〕回文寶卷，蘇城瑪瑙經房光緒三十一年刊。

〔1064-1〕賢孝寶卷，西湖慧空經房刊。

〔1069-1〕眞修寶卷，瑪瑙經房道光十二年（？）刊。

〔0421-*〕雷峰寶卷，瑪瑙經房印造。

〔1358-1〕節義寶卷，蘇城瑪瑙經房光緒庚子新刊。

〔0401-1〕白侍郎寶卷，光緒十一年步雲閣重刊。

〔0175-1〕二十四孝報娘恩（佛說報恩卷），清末刻本。

〔0877-5〕惜穀寶卷，蘇城得見齋光緒十三年新鐫。

　　從上述目錄可看出，「叢書」除了瑪瑙經房刻的寶卷外，還收入上海翼化堂善書局、蘇州得見齋、杭州寶文齋、常州寶善書莊、杭州慧空經房等善書局所刊寶卷。各家刊版的時間、版式、字體不同，但用了同樣的紙張印刷，開本一致；封面書籤均直接印在封面紙上，卷首多附繡像（線刻），可知這部叢書是集中各地刊板修補、印刷的。其中最遲的版本是原刊於民國十一年上海翼化堂刊《竈君寶卷》，則叢書的編印時間當在此時或以後。所收 27 種寶卷「總目」均已著錄。

　　《慧空經房叢書》共收寶卷 5 種：《香山寶卷》（〔0914-2〕）、《太子寶卷》（〔0879-1〕）、《黃氏寶卷》（〔1357-5〕）、《梁皇寶卷》（〔0450-2〕）、《劉香寶卷》（〔0473-9〕），均爲慧空經房（杭州）原刊，「總目」已著錄；也是統一印刷，其開本較

《瑪瑙經房叢書》略大。這兩部叢書的發現，說明筆者前曾提出的結論：這些刻印寶卷的經房多有民間教團的背景，它們之間互相借版印刷寶卷。

（三）中國社會科學院文學研究所資料室（北京市）

筆者編「總目」時，著錄該所資料室收藏寶卷，據其前身中國科學院文學研究所資料室於 1959 年編《彈詞寶卷目》（油印本），該目共著錄寶卷 400 餘種；另收入友人代為抄錄十餘種上述目錄未載入的寶卷（缺版本記錄），這些寶卷是該所六十年代以後入藏的。1999 年 11 月筆者再訪該所資料室，據稱仍在編新的古籍收藏目錄。筆者從該所編印《中國社會科學院文學所藏古籍善本書目》中查出已編入「總目」的數種寶卷缺載的版本：

〔0203-1〕佛說牧羊寶卷，清嘉慶十五年（1810）抄本，一冊。

〔0211-2〕佛說王忠慶大失散手巾寶卷，清抄本，一冊。

〔0212-1〕佛說王有道休妻寶卷，清乾隆二十九年（1764）抄本，一冊。

〔0215-1〕佛說喜相逢寶卷，清順治十八年（1661）抄本，四冊。

〔1434-1〕姻緣榜寶卷，全名《佛說姻緣榜十二紅寶卷》，民國二十一年（1932）抄本，一冊。

〔1504-2〕無相寶卷，清初刊本，一冊。

〔1372-1〕絲鸞記寶卷，清道光二十九年（1845）抄本，一冊。

〔0749-11〕金釵寶卷，清光緒二十五年（1899）抄本，一冊。

〔1222-1〕雙燈寶卷，清嘉慶七年（1802）靳漢玉抄本，一冊。

另外，查出「總目」未著錄寶卷2種：

5.佛說蘇知縣白羅衫再合寶卷，清咸豐七年（1857）守分堂抄本，一冊。

6.總偈，佛偈（小卷）集，庚寅年杏花樓主人抄本，一冊。

筆者調出上述幾種年代較早的寶卷閱讀，發現其中《佛說王有道休妻寶卷》封面題籤「乾隆二十九年歲次甲申二月二日抄」是寫在現代機制牛皮紙上，顯係後人所加；在此題籤紙下另署「咸豐□年二月初八日立」，則此卷應爲清咸豐年間的抄本。《佛說喜相逢寶卷》封面題籤卷名「喜相逢」，另署「順治辛丑年」，筆跡不同。這本寶卷的演唱形式與現代民間寶卷相同，用毛頭紙抄，筆者懷疑所署年代係現代人另加上去的。上述寶卷年代的改動，可能是五十年代民間收書人所爲。「總目」已著錄該所收藏《慈雲寶卷》（〔1325〕），經筆者目驗，係與通行本完全不同的改編本，它分爲內容連續的三部寶卷，其抄寫年代可能在清嘉慶、道光間：

7.佛說永壽庵認母回宮得病慈雲寶卷，一至二十二品，上冊。

8.佛說劉吉祥放主逃生走國慈雲寶卷，二十三至四十四品，中冊。

9.佛說紹興城救父還國登基慈雲寶卷，四十五品至六十四品，下冊。

像這樣「連臺本」式的長篇俗文學故事寶卷，此爲僅見。

（四）首都師範大學圖書館（北京市）

該館收藏寶卷 3 種，一種「總目」未著錄：

10.寶卷科儀，北京集賢軒石印本，二冊。

（五）南京市圖書館

該館收藏寶卷近百種。其中「總目」未著錄者 6 種：

11.念佛三昧徑路修行西資寶卷，九品二卷，明金文編，清咸豐二年（1852）刊本，一冊。按，該館登錄誤為清代寶卷。

12.金碗寶卷，舊抄本，一冊。

13.金環寶卷，舊抄本，一冊。

14.五聖保安寶卷，舊抄本，一冊。

15.鳳成佳偶寶卷，清光緒十八年（1892）方某抄本，一冊。

16.渡船寶卷，舊抄本，與《因果寶卷》合訂一冊。

該館收藏寶卷舊抄本約占二分之一以上，登錄卡一般均注為「抄本」。筆者隨便調出數種查閱，其中《祖師寶卷》（〔1299〕）卷首題下署「松陽震卿氏摘錄備演」；《芙蓉寶卷》（〔0233〕）卷首題下署「松陽震養斌藏本」，卷末署光緒二十年（1894）。兩卷卷首均載彩繪人物像（「祖師」、「芙蓉」）。松陽為今浙江南部遂昌縣的古稱，這兩部寶卷即為此一地區震姓宣卷人抄繪。估計該館藏卷中震氏抄本還有，因為五十年代這類宣卷人抄本寶卷流入社會後，多為一家購得。

（六）湖南省圖書館（湖南長沙市）

該館收藏寶卷 20 種，其中「總目」未著錄 2 種：

17.陰德寶卷，清道光十三年（1833）楊德宅抄本，一冊。

18.玉盃寶卷，清嘉慶五年（1800）靳漢玉誠意堂抄本，一冊。按，本文上面著錄中國社會科學院文學所收藏清嘉慶七年（1802）靳漢玉抄本《雙燈寶卷》（〔1222-1〕）一冊，係同一宣卷人的抄本而爲不同單位收藏者。

（七）世界宗教博物館（臺灣臺北市）

該館收藏寶卷一批，數量不詳。據王見川〈世界宗教博物館蒐藏的善書、寶卷與民間宗教文獻〉（載《民間宗教》第一輯，1995.12，臺北）所載目錄，「總目」未著錄者有：

19.佛說高唱遊龜山蝴蝶盃寶卷（清嘉慶八年）。

20.韓湘子三度叔父昇仙寶卷（清乾隆二十七年）。

21.普明古佛遺留聖寶真經（民初抄本）。

22.普明古佛遺留靈符眞寶經（民初抄本）。

23.佛說閨仝孝義明理酬恩寶卷（明刻本）。

24.普明遺留考甲文薄（光緒十二年）。

25.還宗墨法身出細普賢經（十七品，明刊本）。

以上各本寶卷的版本著錄均據王文。

（八）日本筑波大學中央圖書館

前據友人介紹，該館收藏寶卷均爲複印本，故「總目」未著錄。今據友人提供，該館另收藏「總目」未著錄寶卷一種：

26.泰山聖母苦海寶卷，九卷九冊，清初稿本。

此外，以下機構和學者收藏有寶卷，所藏寶卷均已見「總目」著錄：

（一）中央戲劇學院圖書館(北京市)

該館收藏寶卷 154 種。其中民國間上海惜陰書局、文益書局等出版的石印本俗文學故事寶卷占半數以上，其他爲清末民國間的木刻本寶卷。

（二）上海師範大學圖書館

該館收藏寶卷 2 種。

（三）上海戲劇學院圖書館：

該館收藏寶卷 11 種，均爲民國間石印本。

（四）韓南（美國哈佛大學）

關德棟教授從韓南先生收藏俗文學書目中摘出 64 種寶卷目錄寄贈，這些寶卷都是清末和民國間的木刻本和石印本。

以上是各家收藏寶卷的新發現。近年出版書、刊中也載入或介紹了許多寶卷，筆者所見有以下數種：

（一）《明清民間宗教經卷文獻》

王見川、林萬傳主編，臺北：新文豐出版公司，1999。該叢編十二巨冊，影印，共收明清民間宗教（含民間信仰）各類經卷 160 餘種，其中大部分屬寶卷，「總目」未曾著錄者 12 種：

27.銷釋悟明祖貫行腳寶卷，二卷二十四品，清刊摺本，二冊。

28.清淨輪解金剛經，明萬曆三十五年（1607）刊摺本，一冊。

29.清淨輪解大藏經，明萬曆三十五年（1607）刊摺本，一冊。

30.無爲清解無字經，明萬曆三十五年（1607）刊摺本，一冊。

31.大乘正教科儀寶卷，清抄本。

32.科儀寶卷，清光緒甲辰（三十年，1904），福州光信堂刊本。

33.銷釋混元弘陽大法祖明經午科，舊抄本，一冊。

34.銷釋混元弘陽燈光華藏經科，舊抄本，一冊。

35.弘陽祖明經科儀，舊抄本，一冊。

36.清淨窮理盡性定光寶卷，舊抄本，殘，存第十二至二十二品，一冊。

37.多羅妙法經卷，九卷八十一品，存一、二、三、四、五、九卷，抄本。

38.慈悲懸華寶懺法注解，三卷，清末刊本。按，另收抄本異文兩種。

此外，該叢編尚收入大量「總目」已著錄寶卷的珍本或孤本，如：《銷釋金剛科儀》（明嘉靖七年刊摺本，〔0941〕）、《大乘金剛寶卷》（明刊摺本，〔0239〕）、《銷釋明淨天華寶卷》（明崇禎十六年薰三家經鋪重刻摺本，〔0951〕）、《銷釋悟性還源寶卷》（明崇禎十三年刊摺本，〔0961〕）、《太上佽宗科儀》（清康熙刊摺本，〔0321〕）、《無爲正宗了義寶卷》（抄本，存下卷，〔1503〕）、《佛說利生了義寶卷》（明刊摺本，一冊，〔0197〕）、《古佛天眞收圓結果龍華寶懺》（簡稱《龍華寶懺》，清光緒丙申樂善堂刊本，〔0534〕）、《銷釋木人開山寶卷》（清抄本，三卷三冊，〔0953〕）、《佛說如如居士度王文生天寶卷》（明刊摺本，二冊，〔0205〕）、《大乘意講還源寶卷》（清康熙刊本，〔0242〕）、《泰山東嶽十王寶卷》（民國辛酉宏文齋刊本，〔0329〕）、《大聖彌勒化度寶卷》（清光緒二十六年杭州瑪瑙經房刊本，〔0256〕）、《佛說彌勒石佛尊經》（清光緒三十一年重刊本，〔0200〕）、《東嶽天齊仁聖大帝寶卷》（清初刊摺本，〔0299〕）等，及《弘陽後續燃燈天華寶卷》（清刊摺本，〔0617〕）等十餘種清初刊弘陽教寶卷。這些寶卷多是稀見的珍本，乃至孤本傳世的寶卷。另外，許多重要的寶卷又收入多種稀見版本，如羅清《五部六冊》收清雍正七年合校本、清道光二十七年和光緒十二年重刊的蘭風注解本、同治八年蘭風補注「開心法要」本、舊抄本本如大師注釋「開心決疑」

本四種；《普靜如來鑰匙通天寶卷》收清及現代抄本三種；「九蓮經」兩種，不僅各收入明刊原本，同時也收入晚近的刊本（或抄本）各一種。這部叢編是對明清民間教派寶卷的一次大規模結集，它使研究者讀到許多過去孤本單行或難得一見的珍本寶卷。

（二）《明清以來民間宗教的探索——紀念戴玄之教授論文集》

王見川、蔣竹山編，臺北：商鼎文化出版社，1996。本書附錄影印明清民間宗教經卷多種，一種寶卷「總目」未著錄：

39.普明古佛遺劉〔留〕八牛寶贊，民國大同縣工石金村趙德富記抄本，與《佛說家普〔譜〕寶卷》合訂一冊。

上述《佛說家譜寶卷》（〔0709〕）亦係殘本，又稱《條律寶卷》，存一至十二品，可與「總目」著錄殘本互補。

（三）《桂西民間秘密宗教》

王熙遠著，桂林：廣西師範大學出版社，1994。該書為廣西西部民間秘密宗教的調查報告，附載這些教團使用的經卷標點本數十種，其中兩種是古寶卷。據筆者研究係明代中葉以前的佛教寶卷，「總目」未曾著錄：

40.佛門取經道場・科書卷，所據版本不詳。

41.佛門西遊慈悲寶卷道場，標點本末署：「1967 年丙申十月初六日縢（謄）錄古本道場」。

（四）〈有關東大乘教的重要發現〉

陳俊峰，《世界宗教研究》（北京），1999：1。該文介紹作者與他人於 1992 年 7 月在甘肅漳縣遮陽山一山洞中發現抄本寶卷一箱，可辨識經名者 8 種。這些寶卷是當地民間教團龍華會三寶門執事人員王鳳林於 1958 年藏入。繼之，又在漳、泯兩縣交界山村中發現與上述抄本寶卷有關的清康熙初年刊本寶卷 6 部。這 14 種寶卷中，「總目」未著錄者 9 種：

42.古佛無生玉華結果尊經，二卷二十七分，清康熙十一年（1672）刊，二冊。簡名《玉華經》。

43.三華聚頂性華結果尊經，二卷二十四分，清康熙十八年（1679）刊，二冊。簡名《性華經》。

44.五氣朝元命華結果尊經，二卷二十四分，清康熙十一年（1672）刊，二冊。簡名《命華經》。

45.蓮藥生三皇了儀觀音經，刊本，版本情況未著錄。（下同）

46.蘊空盼嬰兒思鄉聖母經，刊本。

47.法舡普渡地華結果尊經，抄本。

48.佛說大乘通玄法華眞經，抄本。

49.佛說赴命皈根還鄉寶卷，抄本。

50.還宗佛法身出細普賢經，抄本。

綜合以上所述，共得「總目」未著錄寶卷 50 種，其中多爲明清民間教派存世的寶卷。

數年在各地訪讀寶卷，有以下體會：

　　㈠中國寶卷存世的數量極豐，尚待繼續發現。其一，各研究機構的收藏。隨著學界對寶卷研究的重視，想必會有更多機構將收藏寶卷整理編目，上架流通。比如南京市圖書館，筆者前幾年去訪讀寶卷，該館舊編古籍目錄中沒有著錄寶卷。1999 年 5 月筆者去查閱其他古籍，偶於該館電腦儲存的古籍分類目錄「彈詞寶卷」類中查得寶卷近百種。海外方面，關德棟教授見告：在德國講學時，曾於數機構藏書中發現收藏少量寶卷，因無稀見品種，未曾記錄。

　　其二是民間的蘊藏。筆者在江浙農村調查寶卷演唱活動時發現，各地民間宣卷人（「宣卷先生」、「佛頭」）收藏演唱寶卷文本，雖經「文革」焚毀，但仍有大量手抄本（主要是新抄本）流通，每個宣卷人都有數十種。其中甚至抄傳有明代還源教《地獄寶卷》（全稱《銷釋明證地獄寶卷》，〔0952〕）。甘肅省文化局編纂甘肅省「曲藝志」，在各地亦發現有抄傳的寶卷和明清刊本寶卷，筆者所見《中國曲藝志·甘肅卷》嘉峪關市、張掖市、白銀市的「資料本」（油印），便分別收有採自民間的寶卷標點本。據友人介紹，除上文載漳縣的發現外，在平涼等地區亦發現一批明清教派寶卷。在大陸各地的舊貨攤上，也時見明清民間教派寶卷出售，筆者即曾過目一種來自山東即墨農村的清咸豐抄本《佛說大乘通玄法華真經卷》。這些寶卷多為海內外研究者採購。

　　㈡寶卷版本的鑒定和著錄，值得研究的問題很多。筆者過去曾指出明清民間教團刊印寶卷多有「托古」造假，如託名「金編元刊」的《佛說楊氏鬼繡紅羅化仙歌寶卷》（「總目」，〔0187〕）及五十代江蘇舊書業託名「鵝湖主人」編輯的《古今寶卷彙編》（參見拙著《俗文學叢考》，臺北：學海出版社，1995，頁 137-147），

今則發現當代民間收書人直接塗改抄本寶卷的事例，如上文介紹著錄爲「乾隆二十九年」的抄本《佛說王有道休妻寶卷》。這些作僞的現象，涉及寶卷發展過程的探討，研究者使用此類文獻，不可不愼重鑒別。自然，從那些收藏機構籠統著錄爲「抄本」的寶卷中，亦可發現珍貴的資料，如上文介紹松陽（今浙江遂昌）震氏宣卷人手抄寶卷，它們更正了筆者過去認爲江浙民間宣卷只流行於北部吳方言區的看法。

（原載《臺灣宗教學會通訊》，臺北，第五期，2000·5）

中國寶卷研究的世紀回顧

一、前　言

　　中國寶卷是在宗教（佛教和明清民間宗教）和民間信仰活動中演唱的一種說唱文本，演唱寶卷稱「宣卷」。寶卷產生於宋元時期，至今仍在個別地區的農村及某些民間教團中流傳。由於寶卷發展的特殊歷史文化背景，寶卷作品大致可分為兩大類：一類是非文學作品的宗教宣傳品，唱述宗教教義、儀軌和勸善說教，這一類主要是佛教和明清各教派的寶卷；另一類是演唱文學故事的寶卷，和少量在民間宣卷時演唱的具有文學性的儀式歌、俗曲，這一類主要是清及近現代的民間寶卷。對寶卷的研究，基本上也是從以上兩個方面切入。本文介紹上個世紀中國寶卷研究的情況，除了寶卷的淵源、形成、分類和發展過程的一般研究外，主要是對作為俗文學（民間文學）和民俗文藝的寶卷和宣卷的研究。

二、現代開拓者的寶卷研究

　　現代學者中最早注意到寶卷的文學價值、並將其推薦給學術界的是顧頡剛先生。1924－1925 年，他在《歌謠週刊》（北京）發起

和主持孟姜女故事討論時，全文刊載了民國乙卯（1915）嶺南永裕謙刊本《孟姜仙女寶卷》（1924·11·23 第 69 期至 1925·6·21 第 96 期「孟姜女故事研究專號」，分六次刊載），並指出：「寶卷的起源甚古」，羅振玉《敦煌零拾》（上虞羅氏鉛印本，1924）所收〈佛曲〉三種是「唐代的寶卷」；《金瓶梅》中「吳月娘是最喜聽宣卷的，宣卷的人是尼姑」；「《孟姜女寶卷》的著作時代，我雖未敢斷定，但總以爲非近代作品」（1925·5·21，第 90 期，錢肇基信的「按語」）。後來顧頡剛在〈蘇州近代樂歌〉（《歌謠週刊》，3：1，1934·4·3）一文中對蘇州宣卷做了介紹，指出「宣卷是宣揚佛法的歌曲，裏邊的故事總是勸人積德修壽」，宣卷的聽眾主要是婦女，請到家中來唱，「做壽時更是少不了的」；灘簧盛行之後，宣卷人「改革舊章」，曹少堂始倡爲「文明宣卷」。這是對現代蘇州民間宣卷最早的綜合介紹。

　　與此同時，鄭振鐸先生也開始搜集和研究寶卷，在他主編的《小說月報》號外《中國文學研究》（上海：商務印書館，1927）專號上發表論文〈研究中國文學的新途徑〉，該文第七節「巨著的發現」所論爲開拓中國文學史研究的新領域，所指即變文、寶卷、彈詞、鼓詞、民間戲曲等未被納入中國文學史研究體系的俗文學作品。這時他尚把敦煌發現的說唱文學作品同寶卷一道稱之爲「佛曲」，認爲「佛曲是一種並非不流行的文藝著作，自唐五代以來，時時有作者，其中頗有不少好的東西，如《梁山伯祝英台》，如《香山寶卷》，其描寫都很不壞。其及於民間的影響卻更不小」。該文第八節「中國文學的整理」中稱佛曲（變文和寶卷）、彈詞、鼓詞「不類小說，亦不類劇本，乃有似於印度的《拉馬耶那》、希臘的《伊里亞特》《奧特賽》諸大史詩」。在這個專號中同時刊出鄭的〈佛曲敘錄〉，

介紹了 36 種寶卷，「小引」中稱寶卷「爲流行於南方的最古的民間敘事詩之一種」。1934 年，鄭振鐸發表的〈三十年來中國文學新資料的發現史略〉（《文學》，2：6，上海：生活書店，1934‧6），其第四節專論寶卷，指出「寶卷是變文的嫡系兒孫」，「變文之名易爲寶卷」的年代在宋初，「惟宋初嘗嚴禁諸宗教，並禁及和尚們講唱變文，則易名改轍，當在其時」；指出在寧夏發現的《銷釋眞空寶卷》「頗有即爲元人抄本的可能」，明初金碧抄本《目連救母出離地獄生天寶卷》則「已漸漸離開變文而自成爲一種新的體裁」。對寶卷文學作品給予高度的評價：「寶卷裏有許多是體製弘偉、情緒深摯的，雖然文辭不免粗率，其氣魄卻是雄健的，特別像《香山寶卷》《劉香女寶卷》一類的充滿了百折不回的堅貞的信仰與殉教的熱情的，在我們文學裏殊罕其匹」，「而像《土地寶卷》描寫大地和天空的爭鬥的，也是具有極大的弘偉的聲氣；恐怕要算是中國第一部敘述天和地之間的衝突的事的。」

　　1938 年鄭振鐸的《中國俗文學史》出版（長沙：商務印書館，1938），這是中國俗文學史研究的奠基著作，書中將「寶卷」列爲專章（第十一章），總結了作者前此發表的論文中的論點，並有修訂補充，如：指出「相傳最早的寶卷的《香山寶卷》，爲宋普明禪師（受神之感示）所作」，「這當然是神話，但寶卷之已於那時出現於世，實非不可能」；指出變文到寶卷之間的中間環節是宋代的「談經」（或「說經」），「後來的寶卷，實即變文的嫡派子孫，也當即談經等的別名。將寶卷重新分類爲：㈠佛教的寶卷——①勸世經文，②佛教的故事；㈡非佛教的寶卷——①神道故事，②民間故事，③雜卷。書中引用了大量作者珍藏的寶卷原文，如《目連救母出離地

獄生天寶卷》《先天原始土地寶卷》等，這些珍本寶卷至今一般研究者難得一見。

受鄭振鐸的影響，三十年代許多學者注意到寶卷。向覺明（達）〈明清之際的寶卷文學與白蓮教〉（《文學》，2：6，上海：1934·6）指出：「這種寶卷文學大都仿照佛經的形式」，「這類作品總自有其宗教上的目的，並不能視爲文學的作品」，「倒是研究明清之際白蓮教一類秘密教門的一宗好材料」。李嘉瑞〈宣卷〉（《劇學月刊》，北京，4：10，1935·10）文，從《海陬冶遊錄》《盛湖竹枝詞》等文獻中，輯出有關清末上海和蘇南農村民間宣卷的記述，有助於瞭解江浙地區民間宣卷和寶卷的發展情況。孫楷第〈唐代俗講規範與其本之體裁〉（北京大學《國學季刊》，北京，6：3，1937）之一〈講唱經文〉，在論及唐代講經體例時，以《金瓶梅詞話》中講唱《五祖黃梅寶卷》《黃氏女卷》的情形作印證，說明了後世寶卷與唐代俗講的淵源關係。

1937年，在復刊後的《歌謠週刊》上，研究者就寶卷與影戲的關係及其在文學史上的地位等問題展開了討論。討論由佟晶心〈探討寶卷在俗文學上的地位〉（2：37，1937·3·6）一文引起。佟文提出：「唐代的俗講與後來的一切平民歌曲（按，指各種說唱文學和戲曲）都有關係」，「寶卷的前身是變文」，寶卷與影戲有「父子關係」，「中國現代的鄉土俗戲將要因研究宣卷而得到他們父子的關係」。吳曉鈴〈關於影戲與寶卷及灤州影戲的名稱〉（2：40，1937·3·27）主要就影戲與寶卷的關係提出不同看法，後來葉德鈞也參加討論（〈關於影戲〉，3：3，1937·4·17）。這一討論因《歌謠週刊》停刊而中止。

　　由於鄭振鐸的倡導，三、四十年代國內許多學者注意搜集寶卷，如傅惜華、杜穎陶、馬愚卿（廉）、趙景深等，使一大批珍本寶卷保存在國內。四十年代末，傅惜華編出第一部寶卷綜合目錄《寶卷總錄》（北京：巴黎大學北京漢學研究所，1951），共著錄寶卷 246 種，對已發現的寶卷及時做了總結。

　　從上個世紀二十年代顧頡剛首先將寶卷推薦給學術界，鄭振鐸將寶卷納入中國俗文學史研究體系，到 1950 年，中國學者對寶卷從不同的角度做了初步的研討。其中，鄭振鐸的研究起點既高，又佔有大量原始資料，他對寶卷的研究在國內外學界有很大的影響。他的許多結論雖未經論證，至今仍為一些研究者承襲。由於寶卷發展的歷史悠久，涉及的問題多，歷史文獻中的記載很少，所以，以鄭振鐸為首的開拓者的寶卷研究，難免有疏漏和不足之處，但他們的開拓和探討精神、他們對寶卷的搜集和整理、編目，為以後的寶卷研究奠定了基礎。

三、五六十年代的寶卷研究

　　五六十年代，中國學界受前蘇聯民間文藝學的影響，將寶卷文學排斥在民間文學之外，但是有些學者仍對寶卷做了認真地研究。

（一）寶卷淵源、形成、分類和發展的研究

　　五十年代李世瑜先後發表〈寶卷新研——兼與鄭振鐸先生商榷〉（《文學遺產增刊》第四輯，北京：作家出版社，1957）、〈江浙諸省

的宣卷〉（《文學遺產增刊》第七輯，北京：中華書局，1959）兩文，是這一時期國內學者寶卷研究的主要成果。

〈寶卷新研〉一文主要就寶卷的淵源、分類、發展諸問題，對鄭振鐸在《中國俗文學史》中的結論提出商榷。文中將寶卷分為「演述秘密宗教道理的」、「襲取佛道教經文或故事以宣傳秘密宗教的」、「雜取民間故事傳說或戲文等的」三大類，指出明清秘密宗教的寶卷主要是前兩類。文中列出 72 種明清各秘密宗教寶卷，連同鄭著中介紹的 23 種，根據它們內容和體制的特點，指出「寶卷是一種獨立的民間作品，是變文、說經的子孫，不是他們的『別稱』」；「變文是為佛經服務的，而寶卷則是為流傳於民間的各種秘密宗教服務的」。文中又從明清秘密宗教活動及其信仰的特徵和發展出發論證，指出「寶卷是起於明正德年間的」，從明正德到清初是「寶卷的極盛時代」；寶卷通過秘密宗教在明末社會中既「幫助統治者愚化了人民」，同時，「在農民起義中起了號召和組織的作用」。

〈江浙諸省的宣卷〉是上文的續篇。作者將明清秘密宗教寶卷稱做「前期寶卷」，清同治、光緒年間開始，以上海、杭州、蘇州、紹興、寧波等城市為中心出現的寶卷是「後期寶卷」：「它是前期寶卷的變體，……即寶卷已由佈道發展為民間說唱技藝的一種，名字就叫『宣卷』，寶卷也就成為宣卷藝人的腳本」。後期寶卷分為：⑴經咒式的；⑵佛道教故事的；⑶勸懲故事和勸化文字的；⑷戲曲和民間故事的，包括：①改編傳統劇目或其他曲種；②改編傳統民間故事；③時事故事；④小卷或文字遊戲。文中介紹了後期寶卷的體製、刊印流通、演唱和江浙宣卷藝人的家數等情況，並詳細論證

了後期寶卷暢行和衰微的原因。

這一時期日本學者澤田瑞穗的《寶卷研究》（日文，1963初版；增補本，日本東京：國書刊行會，1975）是第一部系統研究中國寶卷的專著。該書增補本分三部分：第一部分「寶卷序說」，除「前言」「結語」外，分爲11章：第一章「寶卷的名稱」，介紹寶卷的各種異稱；第二章「寶卷的系統」，不同意鄭振鐸寶卷是「變文的嫡派子孫」、「談經等的別名」的結論，根據「古寶卷」的特點，認爲它們是「直接繼承、模擬了」唐宋以來佛教的科儀和懺法的「體裁及其演出法，爲了進一步面向大眾和把某一宗門的教義加進去，而插入了南北曲以增加其曲藝性，這就是寶卷及演唱寶卷的宣卷」，「變文也是做爲俗講用於法事的科儀書，而寶卷是第二次的變文」；第三章「寶卷的變遷」，將寶卷的發展分爲「古寶卷」—「原初寶卷時代」（指明正德以前的寶卷）、「教派寶卷盛行的時代」（明正德到清康熙平定三藩之亂）、「寶卷衰落時代」（到清嘉慶十年），「新寶卷」—嘉慶到清末是「宣卷用、勸善用寶卷時期」，民國以後是「新創作讀物化寶卷時期」；第四章「寶卷的分類」，分寶卷爲「科儀卷」、「說理卷」、「敘事卷」、「唱曲卷」、「雜卷」五類；第五章「寶卷的構造和詞章—古寶卷」、第六章「寶卷的構造和詞章—新寶卷」分別介紹古寶卷和新寶卷的文本及演唱形式；第七章「寶卷與宗教」，述寶卷與佛、道、儒、民間教派的關係；第八章「寶卷題材的文學性」；第九章「寶卷的普及—刊施」，述寶卷刊印和流通的特點；第十章「寶卷的普及—宣卷」，述明清宣卷的演唱者、活動背景、演唱曲調等。本書第二部分「寶卷提要」，介紹作者及日本公私收藏寶卷209種。本書第三部分：「寶卷叢考」，

收〈寶卷與佛教說話〉〈《金瓶梅詞話》中所引的寶卷〉及研究無爲教、黃天道、弘陽教、八卦教、白陽教的論文 5 篇。

李世瑜和澤田瑞穗是研究中國民間宗教的著名學者，他們是在掌握大量資料的基礎上，對寶卷進行系統的研究，因此更正和補充了前人研究的錯誤和疏漏。儘管他們所做的某些論斷尚可討論，但從總體上將中國寶卷研究的水平提高了一步。

（二）寶卷文獻的編目和寶卷作品的整理、研究

五、六十年代出版的寶卷目錄有胡士瑩《彈詞寶卷目》（上海：古典文學出版社，1957）、李世瑜《寶卷綜錄》（上海：中華書局，1960）。胡目僅收寶卷 200 餘種，大多是作者曾收藏過的寶卷。李目是在前人編目的基礎上採編的綜合目錄，共收國內公私收藏寶卷 618 種、版本 1487 種，用表格的形式分別著錄每種寶卷的「卷名」「冊數（卷數）」「年代」「版本」「收藏者」「曾著錄篇籍」「備考」等項內容，對「同卷異名」的寶卷也做了整理歸納；書前有長篇「序例」，介紹了寶卷的發展、前人整理研究寶卷的文獻、寶卷的流通及本書的編例等。由於條件的限制，本書未收海外收藏的寶卷，國內收藏寶卷也有許多未收入，但它著錄的寶卷遠遠超過前人所編的寶卷目錄，成爲此後涉及寶卷研究者必備的工具書。

五六十年代在中國大陸民間文學界將寶卷等排斥在民間文學之外，但許多著名的民間傳說故事的歷史傳承資料多是以寶卷等說唱文學作品爲載體，離開了這類作品便難以研究這些傳說故事的發展。於是，一些俗文學研究者便整理、編輯了這類說唱文學作品的

專題集，其中多收入相應的寶卷作品，如《孟姜仙女寶卷》《長城寶卷》（收入路工編《孟姜女萬里尋夫集》，上海：上海出版公司，1955）、《小董永賣身寶卷》《沉香寶卷》（收入杜穎陶編《董永沉香集》，上海：上海出版公司，1955）、《雷峰寶卷》（收入傅惜華編《白蛇傳集》，上海：上海出版公司，1955）等。這些作品集都被一再重印，流傳極廣。

關德棟〈寶卷漫錄〉（載《曲藝論集》，上海：中華書局上海編輯所，1958）介紹了《螳螂做親寶卷》《菱花鏡寶卷》《梨花寶卷》《雙金花寶卷》四種江浙地區民間寶卷內容和形式的特點，並與彈詞等民間演唱文藝做了比較研究。

（三）田野調查

五十年代初，蘇南文聯組織文藝工作者對江蘇南部地區（包括今屬上海市的部分縣區）的民間歌謠和民間音樂進行了普遍調查，其中民間戲曲、說唱音樂部分的成果，後以「江蘇省音樂工作組」的名義編輯出版《江蘇南部民間戲曲說唱音樂集》（北京：音樂出版社，1955）。這本書中〈宣卷曲調〉部分，收有採集自蘇州、吳江、崑山、常熟、無錫、江陰、宜興、常州、金壇、丹陽、青浦（今屬上海市）等地的各類宣卷曲調 45 種；戈唐〈宣卷曲調介紹〉一文，就蘇州宣卷的基本曲調及其特點、同戲曲音樂和民歌小調的關係做了介紹。

張頷〈山西民間流傳的寶卷抄本〉（《火花》，太原，1957：3）介紹作者 1946 年在介休縣調查時發現的民間抄本寶卷 31 種和當地民間念卷活動的特點。這是對山西念卷和寶卷的首次調查報告。

四、七十年代後的寶卷研究

六十年代後期，在中國大陸一切正常的學術研究均已停止，直到七十年代末「文革」結束；在臺灣，1975 年曾子良發表《寶卷之研究》（政治大學碩士學位論文）。這是第一篇以寶卷為研究課題的學位論文。除「緒言」外，全文分為六章：一、寶卷之題名，二、寶卷之淵源與流變，三、寶卷之體製，四、寶卷之內容，五、寶卷之宣講，六、結論──寶卷之價值。本文的特點是總結前人的研究，根據個人讀卷的體會，給以評論，或有所適從，或推導出新的結論，如對寶卷的淵源和形成，不採取鄭振鐸、李世瑜之說，而認為「寶卷似以科儀書式之作品為最早，故《金剛科儀》一般以為寶卷之權輿。《金剛科儀》之成立年代，據吉岡義豐氏之研究，謂成於南宋理宗淳佑年間，是則南宋之時已有寶卷矣，唯當時不名為寶卷耳」。附錄「國內所見寶卷敘錄」，介紹臺灣中央研究院等公私收藏及民間印刷和抄本寶卷 65 種，其中之《觀音修身得道濟度楞文寶卷》，據作者介紹，是當代臺灣民間道士宣卷的臺本，用於超度亡靈。

八十年代的「文化熱」中，寶卷的研究一時成為熱門的話題，大陸的研究者並對各地現存寶卷演唱活動做了較多的調查。進入九十年代，研究者開始對寶卷發展中的諸問題進行冷靜而深刻的思考，出現一批有價值的研究成果。

（一）寶卷淵源、產生、分類和發展的研究

　　對寶卷的淵源、形成、分類和發展的研究仍是研究者關注的問題。關於寶卷的淵源，研究者多重複鄭振鐸「寶卷是變文嫡系子孫」的說法，王正婷《變文與寶卷關係之研究》（臺灣中正大學中國文學研究所 1998 年碩士論文）對此做了詳細的論證，該文「以鄭振鐸所揭櫫變文與寶卷關係爲主要的立論基點，進一步的從文學形式、講唱模式、講唱者、講唱地點、題材等各方面，全盤的對變文與寶卷之間的密和程度，做一詳細的論述比較，以期能確實顯現出變文與寶卷之間一脈相承的文學關係」。本文據以比較的「變文」主要是俗講類的資料，同時忽略了寶卷內容和形式在數百年間的發展，因此，這種比較有片面性。

　　車錫倫在〈中國寶卷的發展、分類及其社會文化功能〉（《中國文學的多層面探討國際學術會議論文集》，臺北：臺灣大學中文系，1996；又，收入作者《中國寶卷研究論文集》，改題〈中國寶卷概論〉，臺北：學海出版社，1997）一文中不同意鄭振鐸的結論，而提出「寶卷的淵源可以追溯到唐代佛教的俗講」。後來在〈佛教與中國寶卷（上）〉（《圓光佛學學報》，臺灣中壢，第四期，1999·12）一文中據當代敦煌學者對「變文」的分類，指出寶卷同俗講一樣是佛教僧侶悟俗化眾的說唱形式，且在民間的法會道場按照一定的宗教儀軌演唱，在內容上也分爲講經和說唱因緣兩大類；指出寶卷與南宋時期瓦子中的「說經」無關，宋代佛教悟俗化眾的活動孕育和產生了寶卷，最初的寶卷在形式和內容上與佛教俗講有繼承關係，但有所突破。

　　關於寶卷的形成，劉禎〈宋元時期非戲劇形態目連救母故事與

寶卷的形成〉（《民間文學論壇》，北京，1994：1）通過《佛說目連救母經》（劉文考爲元至大四年，即 1311 年刊，說經話本）和《慈悲道場目連報本懺法》（產生於元代或更早）與《目連救母出離地獄生天寶卷》的差異，指出它們之間的過渡、發展是「懺禮法事科儀的消解和韻文的加盟」，「寶卷是宗教懺法、科儀與文學（韻文）結合、俗化而直接產生的」，從而具體論證了澤田瑞穗寶卷是「繼承、模擬」懺法科儀的結論。車錫倫〈佛教與中國寶卷（上）〉根據《銷釋金剛科儀（寶卷）》（宗鏡禪師作於南宋淳佑二年，1242）、《佛門西遊慈悲道場寶卷》（新發現，產生於元代）和元末明初的《目連救母出離地獄生天寶卷》的內容和演唱形態的分析指出，寶卷的形成，既繼承了佛教俗講的傳統，又受佛教懺法演唱儀式化的的影響，一方面分段講釋佛經或說唱故事，同時整個演唱過程儀式化，說、唱、誦文辭格式化。

　　由於文獻中難以找到寶卷產生的直接記載，確定最早的寶卷便成了推斷寶卷產生年代的主要依據。馬西沙〈最早一部寶卷的研究〉（《世界宗教研究》，北京，1986：1）依據新發現的刊本《佛說楊氏鬼繡紅羅化仙哥寶卷》中「至元庚寅新刻金陵聚寶門外圓覺庵比丘集仁捐眾開雕」、「依旨修纂頒行天下崇慶元年歲次壬申長至日」等題識，而認定這本寶卷是編成於金崇慶元年（1212，南宋嘉定五年），再刊於元初至元二十七年（1290）；又根據這部寶卷的內容和形式特點，對鄭振鐸關於寶卷淵源的論述做了修正和補充。車錫倫〈中國最早的寶卷〉（《中國文哲研究通訊》，臺北，6：3，1996・9）對此提出異議，指出「金陵聚寶門」是明初朱元璋所建「京城十三門」之一，這部寶卷「新刻」的年代係僞託；據其內容和形式特點，

它是明代中葉後經過民間宗教家改編過的早期佛教寶卷。文中還逐一分析前人提出的幾部早期寶卷，指出只有題識爲「宣光三年」（即明洪武五年，1372）的抄本《目連救母出離地獄生天寶卷》的年代可靠。由此推論，中國寶卷產生於元代。作者後來在〈佛教與中國寶卷（上）〉一文中提出，由於《目連救母出離地獄生天寶卷》「同產生於南宋的《銷釋金剛科儀》演唱形態相同，因此也可以說寶卷這種演唱形式形成於南宋時期。很可能是這種情況：最早在世俗佛教的法會道場中產生了這種說唱形式，……定名爲『科儀』。後來，在法會道場中用同樣的形式說唱因緣故事，則被稱之爲『寶卷』。」

高國藩〈論寶卷的產生及宋代起源說——兼論日本澤田瑞穗先生的觀點〉（《中韓文化研究》，第三輯，韓國大邱市：中文出版社，2000·12），重複鄭振鐸「談經等是寶卷的別名」的說法，認爲寶卷產生於宋代，除了敷衍鄭的說法外，沒有提出新的文獻根據；出於偏見，作者也沒有讀懂澤田瑞穗的文章。

李世瑜在〈民間秘密宗教與寶卷〉（《曲藝講壇》，天津，第五期，1998·9）一文重申寶卷產生於明正德時期的結論，指出正德初年羅清《五部經》中「那些寶卷字樣純是作者稱頌那些經卷的用語，與後來的寶卷完全是兩種概念」。

這一時期的寶卷研究論文多涉及寶卷的分類，大都是斟酌前人的研究而做修訂、補充。車錫倫〈中國寶卷的發展、分類及其社會文化功能〉結合寶卷發展的階段性提出了新的分類法。指出以清康熙年間爲界，前期是「宗教寶卷」，後期主要是「民間寶卷」。前期宗教寶卷又分爲兩個發展階段：明正德以前是「佛教世俗化寶卷」，分爲「演釋佛經」和「講唱因緣」兩類；正德後是「民間宗

教寶卷」，分爲「宣講教義」和「講唱故事」兩類。後期的民間寶卷分爲「勸世文」「祝禱儀式」「講唱故事」「小卷」四類。「講唱故事（因緣）」類寶卷又分爲「神道故事」「婦女修行故事」「民間傳說故事」「俗文學傳統故事」「時事故事」五類。按照寶卷的內容和題材，又可將寶卷分爲「文學寶卷」（包括各個時期講唱故事的寶卷及民間寶卷中的「小卷」和部分「祝禱儀式」寶卷）、「非文學寶卷」（包括宗教寶卷中「演釋佛經」「宣講教義」的寶卷和民間寶卷中的「勸世文」及部分「祝禱儀式」寶卷）兩大類。這種分類法比較全面的反映了中國寶卷發展的實際情況。

（二）各地寶卷的調查和研究

八十年代後，在田野調查的基礎上對各地寶卷的發掘和研究，是中國寶卷研究的一大發展。甘肅的研究者陸續發表一批甘肅河西走廊地區民間念卷和寶卷的調查研究成果，如段平《河西寶卷的調查研究》（蘭州：蘭州大學出版社，1992）本書收〈河西寶卷的調查研究〉〈河西寶卷的昨天、今天與明天〉〈對河西念卷活動的剖析〉等論文 12 篇，所述多將河西寶卷與內地寶卷混在一起，並非專論河西寶卷。另有方步和〈河西寶卷的調查〉（收入方著《河西寶卷真本校注研究》，見下），譚蟬雪〈河西寶卷概述〉（《曲藝講壇》，天津，第四期，1998·4），謝生保〈河西寶卷與敦煌變文的比較〉（《敦煌研究》，蘭州，1987：4）等。上述論著介紹了河西走廊地區現當代民間念卷流傳的地區、形式（儀式、演唱曲調）、演唱風俗；介紹了現存的民間寶卷（多爲民間傳抄本，據統計約 130 餘種，最早是清

光緒年間的抄本），並對某些寶卷作品做了評介。由於河西走廊的敦煌是發現唐五代說唱文學（變文）手抄卷子的地方，許多研究者將河西念卷和寶卷同敦煌變文做比較，認爲河西寶卷同敦煌變文有直接的繼承關係，如伏連俊〈河西寶卷〉稱：「河西寶卷是敦煌變文的嫡傳子孫，是活著的變文。」（《文史知識》，北京，1997：6）。有的研究者不同意這一結論，車錫倫〈明清民間宗教與甘肅的念卷和寶卷〉（《敦煌研究》，蘭州，1999：4）一文指出：研究者並未發現聯結兩者跨越千年的連結材料，而根據歷史文獻的考證和清康熙三十七年（1698）編刊於甘肅張掖的《敕封平天仙姑寶卷》（現存編刊於甘肅的最早的寶卷），說明寶卷於明代後期隨著民間教派傳入甘肅地區，清代前期在甘肅東部和河西地區都存在民間教派的宣卷和寶卷，它們的傳播方式和演唱形式同內地的宣卷和寶卷相同；由於特殊的地理環境，在從教派寶卷到民間寶卷的發展過程中，河西寶卷形成了具有地區文化特徵的民間念卷。

　　江浙吳方言區的宣卷和寶卷的調查和研究有新的進展，發表了一批調查研究報告和論文：金天麟、唐碧（車錫倫）〈浙江嘉善的宣卷和贊神歌〉（《曲苑》，揚州，第二輯，1986‧5），金天麟〈調查嘉善縣宣卷的報告〉（《民間文學論壇》，北京，1986：3），車錫倫〈江蘇靖江的講經（調查報告）〉（《民間文藝季刊》，上海，1988：3），段寶林等〈俗文學的活化石：靖江寶卷〉（《漢聲》，臺北，第32期，1991），車錫倫、侯豔珠〈江蘇靖江農村做會講經的「醮殿」儀式〉（《民俗研究》，濟南，1999：2），桑毓喜〈蘇州宣卷考略〉（《藝術百家》，南京，1992：3），喬鳳歧〈蘇州宣卷和它的儀式歌〉（《中國民間文化》，上海，1994：3）等，這些在不同地點、從各個角度所做

的調查，比較深入具體的反映了吳方言區各地民間宣卷和寶卷的情況。

　　也有個別的調查報告介紹了一些不實的情況。如虞永良的〈河陽寶卷調查報告〉（《民俗曲藝》，臺北，110 期，1997）和〈歷史文化的瑰寶──河陽寶卷〉（《中韓文化研究》，第三輯，韓國大邱市：中文出版社，2000·12），兩文介紹舊屬蘇州常熟縣北部地區（今為張家港市南部及其周邊地區）的「做會講經」。這一地區的做會講經是吳方言區做會宣卷的一個分支。作者為了誇飾「河陽寶卷」的久遠，在〈歷史文化的瑰寶〉文中稱，東漢末年佛教傳入該地，河陽山（按，今稱鳳凰山）永慶寺（按，方志載該寺始建於梁大同二年，536）的和尚用當地山歌「唱導」，後來把經文通俗化「俗講」，宋代把「俗講」更加通俗化，就是「河陽寶卷」；上個世紀五十年代，永慶寺中有「歷代收藏寶卷上萬冊」，後遭嚴重破壞，部分寶卷流落於民間的講經先生手中。在〈歷史文化的瑰寶〉文附載的一組「河陽寶卷」中，《妙英寶卷》前的一段唱詞，加上了「押座文」的標題。在〈河陽寶卷調查報告〉文中將做會講經同當地民間的「拜香」活動（又稱「報娘恩」，演唱文本稱「香誥」或「香詩」）混為一體。編造出這些情況，說明作者既對中國佛教和寶卷的發展缺少基本的知識，同時也缺乏實事求是的科學素養。這樣的報告會給寶卷研究帶來誤導和混亂。

　　對江浙宣卷和寶卷的研究也有進展：方梅〈江浙寶卷中的神鬼體系及其內涵淺探〉（《東南文化》，南京，1993：3），介紹江浙民間寶卷的信仰特徵和內涵；車錫倫〈江浙吳方言區的宣卷和寶卷〉（《民俗曲藝》，臺北，第 106 期，1997·3）依據田野調查和文獻資料論述了

明代江浙地區的宣卷和寶卷、清代江浙的民間宗教寶卷、江浙地區
民間宣卷的形成、近現代江浙地區民間宣卷的發展、江浙地區民間
宣卷與宗教和民間信仰活動等問題；指出江浙民間宣卷在清康熙年
間已經出現，道光年間已盛行，大盛於太平天國運動被鎮壓之後，
從而更正前人認為江浙民間宣卷是清同治、光緒年間才發展起來的
結論。

（三）寶卷文學作品的研究

由於前期的佛教文學故事寶卷大都經過多次改編在清及近現
代民間演唱，明清民間教派寶卷中極少文學故事寶卷，所以，寶卷
文學作品的研究基本上是對清及近現代民間流傳寶卷的研究。

薛寶琨、鮑振培《中國說唱藝術史論·明清寶卷通論》（石家
莊：花山文藝出版社，1990）「十二種故事宣卷的結構分析」部分，對
民間宣卷的 12 種俗文學故事寶卷（多據彈詞改編）的類型和母題
運用結構主義的分析進行研究，指出：「宣卷作為一種農民文化，
與封建正統文化有著千絲萬縷的聯繫，既大膽揭露和批判現實，又
熱衷於鑄造使現實合理的補天之石……」「總是擺脫不了傳統的思
維方式、傳統理念的牽引」。

車錫倫〈中國寶卷的發展、分類及其社會文化功能〉認為民間
寶卷具有信仰、教化、娛樂的社會文化功能：「寶卷引導人們追求
的是道德、行為的修養和完善，『去惡揚善』，以調適平民社會人
際關係的和諧、社會的安定。而由天界、人間、地獄中的各路鬼神，
來執行『善有善報，惡有惡報』的判斷和賞罰。」這種因果報應又

可做宿命論的解釋，讓平民百姓「把希望寄託於今生的善終或來世的善報，因而取得心靈的慰藉和生活的信心」。因此，寶卷採取模式化的故事結構和演唱形式，並讓聽眾參與「和佛」，後來又模仿其他民間演唱文藝的藝術方法，來增強其教化、娛樂效果。

曾友志《寶卷故事之研究》（臺灣中國文化大學中國文學研究所 1999 年碩士論文）將故事學中「情節單元」（Motif，或譯作「母題」）的概念帶入寶卷故事的研究。作者從 266 種寶卷中選出 80 餘種故事寶卷，按故事內容分類；提出這些寶卷故事的情節單元（論文附錄），將它們分類；然後分析情節單元在寶卷結構和主題意識上的運用，指出情節單元架構寶卷故事的高潮和轉折，強化人物的形象，凸顯寶卷教化的意念。從這一角度研究寶卷，可以迅速掌握寶卷故事的特徵。

以上是對寶卷文學作品的綜合研究。對具體寶卷文學作品的研究，多為改編傳說故事的寶卷的研究，如：研究白蛇傳故事寶卷的論文，陳伯君〈論寶卷雷峰塔的悲劇思想〉（《民間文藝集刊》，上海，第六集，1984）、車錫倫〈金山寶卷和白蛇傳故事研究中的幾個問題〉（《民間文藝集刊》，上海，第九集，1986）等；研究孟姜女故事寶卷的論文，楊振良〈孟姜仙女寶卷所反映的民間故事背景〉（《漢學研究》，臺北，8：1，1990）、范長華〈淺探明代中晚年至清末寶卷與寶卷中孟姜傳說的遞變〉（《臺中師範學院學報》，臺中，第九期，1984）等。在論述一些傳說故事的專著（含學位論文）和專題論文中，也常涉及到有關的寶卷的研究，如（英）杜德橋（Glen Dudbrige）《觀音菩薩緣起考──妙善傳說》（英文，李文彬等譯，臺北：巨流圖書公司，1990），陳芳英《目連救母故事之演進及其有關文學之研究》（臺灣

大學中國文學研究所 1977 年碩士論文）、李瓊雲《沉香故事研究》（臺灣中央大學中文研究所碩士論文，1993）、朱恆夫《目連戲研究》（南京：南京大學出版社，1993）、劉禎《中國民間目連文化》（成都：巴蜀書社，1997），楊振良《孟姜女研究》（臺北：學生書局，1985），車錫倫、周正良〈驅蝗神劉猛將的來歷和流變〉（《中國民間文化》，上海，1992：1）等，在這些論著中，寶卷文學作品被納入相關傳說的發展過程中進行研究，既開拓了這些傳說故事研究的內容，又推進了寶卷文學發展的研究。

關於寶卷文學與古代小說的關係，劉蔭柏〈「西遊記」與元明清寶卷〉（《文獻》，北京，1984：4）列舉了各個時期十幾種寶卷中出現的唐僧取經故事和人物，或與《西遊記》有相似的情節，指出：《西遊記》成書與寶卷有關，同時它又對明清寶卷發生甚深的影響。陳毓羆〈新發現的兩種「西遊寶卷」考釋〉（《中國文化》，北京，第十三期，1996·6）考證新發現的《佛門西遊慈悲寶卷道場》《佛門取經道場·科書卷》是元代的作品，源於《西遊記平話》，《銷釋眞空寶卷》中的取經故事描寫來自上述兩種寶卷。

（四）寶卷文獻的編目、整理和研究

寶卷研究的開展，促進了寶卷文獻的整理、編目和研究。八十年代後，許多機構把收藏的寶卷整理編目，有的做了公開介紹，如謝忠岳〈天津圖書館館藏善本寶卷敘錄〉（《世界宗教研究》，北京，1990：3），李鼎霞、楊寶玉〈北京大學圖書館館藏寶卷簡目〉（《文史資料》，南京，1992：2），程有慶、林萱〈北京圖書館館藏寶卷目

錄〉（《文史資料》，南京，1992：3），王見川〈世界宗教博物館蒐藏的善書、寶卷與民間宗教文獻〉（《民間宗教》，臺北，第一輯，1995・12）等，國外如（日）相田洋〈有關（日本）國會圖書館所藏的寶卷〉（《東洋學報》，日本，63：3─4；中文譯文，《世界宗教資料》，北京，1984：3）。

車錫倫《中國寶卷總目》（臺北：中央研究院文哲研究所「圖書文獻專刊⑤」，1998；修訂重編本，北京：燕山出版社，2000），是編著者花費近二十年的時間，在前人寶卷編目的基礎上，廣泛搜集國內外收藏而編成的一部現存寶卷總目；其修訂重編本，共著錄國內外公私收藏寶卷 1585 種、版本 5000 餘種，每種版本都注出收藏者。它同時體現了編著者對寶卷文獻的研究成果：同卷異名的寶卷做了歸納，全書共出寶卷異名一千餘個（包括文獻所載異名），附錄「異名索引」；據同一文學故事改編的寶卷互相註明「參見」。

隨著河西寶卷的發現，甘肅的研究者陸續整理出版了幾種寶卷選本，如郭儀、譚禪雪等編《酒泉寶卷（上編）》（收寶卷 8 種，蘭州：蘭州大學出版社，1992）、方步和編著《河西寶卷真本（校著研究）》（收寶卷 10 種，蘭州：蘭州大學出版社，1992）、段平整理《河西寶卷選》《河西寶卷選續編》（共收寶卷 33 種，臺北：新文豐出版公司，1992-1994）。前兩種所收寶卷依據的底本均做了說明，校點整理力求保存民間抄本原貌；後兩種所收寶卷底本來源多未說明，但可知其中多種寶卷是據清末民初江浙地區的刊本或石印本，它們不是「河西寶卷」，編者對入選作品，也做了較多的「整理」。

車錫倫〈中國寶卷文獻的幾個問題〉（《中國圖書季刊》，臺北，1997：3；又，《文獻》，北京，1998：1）論述了「寶卷的名稱和命名方

式」、「寶卷版本、流通和作者」、「寶卷的收藏」、「寶卷的編目和整理」等問題，其中對寶卷作品出現眾多異名的原因、教派寶卷版本的「托古做偽」現象、中外寶卷收藏的特點等做了說明；對寶卷的整理出版，作者認為「鑒於寶卷的文獻特徵及其研究價值」，「應以精選善本、彙編影印為宜，因宗教寶卷和民間寶卷的不同，也可分別彙編」。

五、結語：寶卷研究中的問題、展望和「寶卷學」

寶卷在中國民間社會中已流傳了七百多年，演唱寶卷一直是宗教和民間信仰活動的一種形式；在特定的歷史時期，寶卷甚至成為政治鬥爭的工具。在中國文化史上，任何一種特定的民間說唱體裁都不具有如此久遠和複雜的發展過程。但是，直到上個世紀二十年代，寶卷才被學者留意和研究。由於歷史文獻記載極少、寶卷文本難以獲見，加上一些社會因素，雖經過幾代學者的努力，寶卷的研究實際上仍處於起步階段。

首先，作為一種延續了七八百年的民間說唱形式，它的產生和發展過程諸問題，諸如寶卷的淵源，它同唐代「變文」和佛教俗講的關係；寶卷的產生和它的演唱形態；寶卷發展的階段性和各發展階段的特徵；寶卷演唱形式的發展，它與其他民間演唱文藝（戲曲、曲藝等）和俗文學（如小說）的關係；寶卷區域性的發展，及其與地區民俗文化的關係；當代寶卷演唱活動的存在空間和社會功能等等，研究者有的已經有所研究而尚無定論，有的則尚未涉及。以上

這些問題，有待於研究者進行深入、認眞的研究和發現新的文獻資料（包括各個時期的寶卷文本）來證明，也有待於對當代留存的寶卷演唱活動進行廣泛的發掘和調查，以期有新的發現。

現存的寶卷演唱活動，由於其信仰特質而造成的保守性，使之保存有大量的歷史積澱。八十年代以來，各地寶卷田野調查的報告，爲研究寶卷的歷史和現狀，提供了可貴的資料。這類調查存在的問題是：有的調查受某種既定觀念的束縛或條件的限制，有意或無意地迴避或疏忽某些情況的報告；極個別的調查者，由於缺乏科學的素養，誇大或編造某些情況，給寶卷研究造成誤導和混亂。時下這類演唱活動的存在空間雖逐漸縮小，但不可能迅速消失。科學的田野調查，將會進一步推動寶卷的研究。

對寶卷文本的發掘、整理、編目和研究，經過幾代學者的努力，已有很大的成績。現存一千五百多種寶卷的文本被收藏、著錄，爲寶卷研究提供了方便；同時，在中國大陸和臺灣，也陸續有寶卷文本的新發現（陳俊峰〈有關東大乘教的重要發現〉，《世界宗教研究》，北京，1999：1；車錫倫〈讀寶卷劄記〉，《臺灣宗教學會通訊》，臺北，第五期，2000．5），說明在民間仍有豐富的寶卷蘊藏，有待發掘。寶卷文本的鑒別和使用也存在一些問題：宗教寶卷文本的托古做僞現象，學者已多有發現（李世瑜〈民間秘密宗教與寶卷〉；車錫倫〈寶卷文獻的幾個問題〉）；五十年代被收藏的民間抄本寶卷也有托古改製的情況（車錫倫〈江浙民間抄本「古今寶卷彙編」〉，《藝術百家》，南京，1995：3；又，〈讀寶卷劄記〉）。有的研究者正是因爲對此缺少鑒別而得出錯誤的結論，因此，對寶卷文獻特徵的研究和寶卷文本的鑒定研究，也是研究者應進一步注意的問題。

本文沒有介紹民間宗教（或稱「民間秘密宗教」）和佛教寶卷的研究。實際上，上個世紀明清民間教派寶卷的研究，已有很大的進展。這些研究多是以教派寶卷爲基本資料，研究某個教派或民間宗教史中的問題。對這些研究，從宗教學的角度給以總結，會更得體。自然，要深入研究寶卷發展中的諸問題，必須把寶卷放到特定的宗教和民間信仰文化背景上去認識，必須研究寶卷在產生和發展的過程中同佛教和民間宗教的關係。目前，從這個角度進行的研究較少。

據濮文起〈寶卷學發凡〉（《天津社會科學》，天津，1999：2）文稱，中國民間宗教研究的著名學者李世瑜先生提出了「寶卷學」一詞，濮文對建立寶卷學做了具體的闡述。濮文作者也是研究民間宗教的學者，所以，立足點便多放在民間宗教經卷的研究方面，這從二位給「寶卷」下的定義也可看出。李世瑜〈民間秘密宗教和寶卷〉中稱：「寶卷是開始於南宋，歷經元、明、清等代的白蓮教及其各種支派所編製所使用的經卷」。濮文雖認爲「寶卷又是流傳在中國下層社會的一種通俗文學」，但又稱「寶卷是中國民間秘密宗教的專用經典」。這樣規定寶卷的範疇，容易產生異議。

寶卷作爲一種特殊的說唱形式，在其形成和發展的長遠過程中，內容和形式雖有發展變化，但仍可找到其發展的軌迹。民間教派的寶卷只是寶卷一個發展階段的產物；在現存 1500 多種寶卷中，屬於民間教派的寶卷不超過 300 種。宋元以來民間宗教各教派編製和使用的「經卷」，並非都是寶卷，比如，明代正德以前民間秘密教團使用的經卷和清及近現代許多民間教團的「壇訓」。特別是清及近現代民間教團編製的壇訓，它們的「產量是大得不可思議的」

（李世瑜〈寶卷新研〉），至今臺灣的許多民間教團仍在不斷編印此類壇訊，或稱「鸞書」。（鄭志明《臺灣的鸞書》，正一善書出版社，1989）除早期有些壇訓是採取寶卷或唱本的形式外，大量的壇訓是用詩詞、古文或文白夾雜、詩文夾雜的形式。它們都是民間宗教的經卷，可以建立中國民間宗教（秘密宗教）的「經卷學」，來系統研究宋元以來（及此前）民間秘密宗教的經卷；將它們納入寶卷發展的系統，則尚需討論。因此，展望二十一世紀的寶卷研究，首要的任務是深入研究寶卷這種特殊的說唱形式發展過程中的諸問題，在此基礎上各方面的研究始可自然整合、補充，能否形成爲跨學科的「寶卷學」，尚難預料。

（原載《中國文哲研究通訊》，臺北，11：4，2001・12）

評《明清民間宗教經卷文獻》

　　中國民間宗教（包括宗教性的民間信仰）的研究，一直是一個薄弱環節。究其原因，除了理念上的困擾，文獻的難得也是一個重要方面。歷史上，民間宗教一概被視爲「邪教」，屢遭查辦，經卷也被禁毀。偶有遺存，多爲稀見的珍本或孤本，而舊時國內各圖書館也多不入藏此類文獻。初入此道的研究者，單是搜集有關的材料，就要耗費大量的時間和精力而所得甚少，因此，許多研究者也就知難而退了。

　　近得王見川、林萬傳兩位青年學者主編的《明清民間宗教經卷文獻》，❶精裝影印十二鉅冊，收明清民間教派及有關各類民間信仰經卷一百五十餘種。這是民間宗教文獻首次大規模的整理、結集。筆者曾花費十餘年的時間編纂《中國寶卷總目》，❷深知搜集此類文獻的艱難，因對兩位編者的努力和出版者的魄力深表敬佩。

　　《明清民間宗教經卷文獻》（下文簡稱「文獻」）的特色，編者在該書「導言」中有簡單介紹：一、搜集資料廣泛且集中；二、收錄重要經卷的不同版本；三、包含不少海內外罕見的珍本。筆者亦就此做些介紹。

---

❶　新文豐出版公司出版，1999 年 3 月，臺北。

❷　中央研究院文哲所出版，1998 年 6 月，臺北。

　　明清時期的民間教派見於文獻記載的多達一百餘種，「文獻」
所收經卷主要來自無爲教、黃天道、三一教、龍華教、西大乘教、
先天道、弘陽教、悟明教、還源教、金幢教、圓頓教等十一個教派。
這些教派都曾有過較大的影響，其中龍華教、金幢教、三一教、弘
陽教等，至今仍在某些地區傳播。因此，「文獻」收入這些教派的
主經經卷，對系統研究它們的教義和歷史發展，提供了極大的方
便，其意義是很明顯的。

　　除了上述各教派的經卷外，「文獻」還收有反映竈君、關帝、
達摩、呂祖、地獄、扶乩、惜字等信仰的「善書」和倡言救劫的「預
言書、讖書」兩類經籍及《玉匣記》《宣講集要》等。這類書籍舊
時多由各地善書局、經房刊印（民間也有秘密抄傳），如清末江浙
地區的瑪瑙經房（蘇州、杭州）、慧空經房（杭州）、翼化堂善書
局（上海）、樂善堂（常州）、寶善堂（鎮江）等，這些善書局、
經房多有民間教團的背景。清末先天道及其支派、大乘教、長生教
等教派均參與這類書籍的編纂和刻印。❸舊時這類書籍在民間社會
中流傳極廣，由於不受重視，時下已不多見。

　　某些重要的經卷，「文獻」收了多種流傳版本，這是它的又一
個特色。如收《五部六冊》和《九蓮經》各四種、《五公經》五種。
這幾種經卷曾被多種民間教派使用，或在民間秘密社會中流傳，其
間自然有不同的理解和詮釋，這在不同版本的文字中會有所表現。
四種《五部六冊》中，除「開心法要」本外，其他三種：雍正七年
合校本、蘭風注釋本、「開心決疑」本（本如和尚注解），均爲首

---

❸　關於這方面的問題，筆者另擬專文討論。

次影印流通；其中雍正七年合校本中四部刻本附出的校語，保留了
佚傳的「黨尙書家藏北板」（明刊）的情況，亦極珍貴。四種《九
蓮經》係各爲二十四品和三十二品的兩種明刻和晚近的版本，它們
也有助於解開「老九蓮」和「九蓮經」的關係問題。

　　編者稱「文獻」中「包含不少海內外罕見的珍本」，此非虛言。
其中不少經卷是傳世的孤本，除編者在「導言」中提及的五種外，
其他如：

　　1、大乘金剛科儀，明刊本。

　　2、銷釋悟性還源寶卷，明刊本。

　　3、無爲正宗了義寶卷，抄本。

　　4、清淨輪解大藏經，明萬曆三十五年刊本。

　　5、無爲清解無字經，明萬曆三十五年刊本。

　　6、弘陽後續燃燈天華寶卷，抄本。

　　7、清淨窮理盡性定光寶卷，抄本。

　　8、東嶽天齊仁聖大帝寶卷，明刊本。

　　9、本路指明來縱去路性命了達寶卷，抄本。

　　「文獻」中還收有兩種傳世孤本《佛說大慈至聖九蓮菩薩化身
度世尊經》《太上老君說自在天仙九蓮至聖應化度世眞經》，均爲
明萬曆四十四年（1616）刊本。卷中的「九蓮菩薩」、「天仙九蓮」，
指萬曆皇帝朱翊鈞的生母李太后，它們是朱翊鈞「發誠心印造」的。
萬曆年間是明代民間宗教最活躍的時期，有的研究者認爲「好佛」
的李太后信奉的是西大乘教。❹這兩種經卷自然有助於瞭解這一時

---

❹　馬西沙、韓秉方《中國民間宗教史》，頁681，上海人民出版社，1992。

期民間宗教發展的背景。

除了上述幾點外，本書的編輯工作也是很認真的。如對入編的經卷，說明其宗教歸屬、註明其年代；對所用版本的殘缺，做了說明，並盡力做了補救。自然，在短期內編印這樣一部大書，也不可能做到完全無誤，比如第四冊 187 頁（《銷釋明淨天華寶卷》）上、下欄拼接顛倒，第 379-380 頁（《太上佽宗科儀》）拼接重複。這類情況恐怕不止上述兩處，讀者在使用時應注意正誤。

以上是對「文獻」特色的介紹。

在讀到「文獻」之後，筆者一方面對編者的工作深感敬佩，同時也考慮這樣一個問題：如何編出一部較為完整的中國民間宗教經卷文獻彙編？完成這一工作，需要多方面的支援和協作。明清時期是中國民間宗教各種教派大發展時期。儘管清代政府對各民間教派及其經卷都採取了鎮壓、禁毀的措施，但遺存下來的經卷也有數百種。就「文獻」所收十幾個教派來說，許多幸存的重要經卷尚未被收入。如：

一、無為教

無為教創教祖師羅清所編《五部六冊》，初刊於明正德四年（1509）。這種初刊本過去僅存數種，近年又發現完整的一套，為北京國家圖書館入藏。傳世的明刊本，也有多種。另外，羅祖以下幾位無為教教主所編的經卷，也有遺存，如：

1、佛說大方廣圓覺修多羅了義寶卷，二卷，明刊摺本，北京圖書館藏。

2、銷釋真空掃心寶卷，二卷，留存明清刊本數種，中國社會

科學院世界宗教研究所（北京）等收藏。

　　3、佛說大藏顯性了義寶卷，二卷，明刊摺本，收藏者同 2。

　　4、銷釋童子保命寶卷，二卷，明刊摺本，收藏者同 2。

　　5、銷釋印空實際寶卷，二卷，明刊摺本，北京圖書館、天津市圖書館等收藏。

　　6、佛說三皇初分天地歎世寶卷，二卷，清道光刊本，（日）澤田瑞穗收藏。

二、黃天道

　　「文獻」收黃天道創教初期經卷僅兩種，其他四種重要經卷未收入：

　　1、太陽開天立極億化諸佛歸一寶卷，三卷，清初刊本，中國社會科學院世界宗教研究所收藏。

　　2、太陰生光普照了義寶卷，二卷，明刊摺本（存上卷），北京圖書館藏。

　　3、虎眼禪師遺留唱經卷，二卷，清康熙刊摺本，（日）澤田瑞穗收藏。

　　4、普靜如來鑰匙眞經寶懺，四卷，收藏同 1。

　　「文獻」所收多爲黃天道支派長生教的經卷，但有兩種長生教的重要的經卷未收入：

　　1、皇極九蓮儒童臨凡寶卷，三卷，清光緒刊本，上海市圖書館等收藏。

　　2、眾喜寶卷，存清道光以下刊本多種，較易見。

三、西大乘教

「文獻」僅收入兩種。該教重要經卷尚有：

1、銷釋大乘寶卷，二卷，明刊摺本，天津市圖書館、（日）澤田瑞穗收藏。

2、銷釋顯性寶卷，一卷，明刊摺本，收藏同 1。

3、銷釋圓覺寶卷，二卷，明刊摺本，天津市圖書館收藏。

4、銷釋圓通寶卷，一卷，明刊摺本，收藏同 3。

5、銷釋收圓行覺寶卷，一卷，明刊摺本（殘），收藏同 3；又傅惜華舊藏明刊本，下落不明。

6、普度新聲救苦寶卷，二卷，明刊摺本，收藏同 3。

以上 1－5 爲西大乘教創教祖師歸圓（俗姓張，1591-？）所編《五部六冊》。

四、還源教

今存該教創教祖師還源祖編寶卷四種，「文獻」收《銷釋悟性還源寶卷》一種，其他三種：

1、銷釋明證地獄寶卷，二卷，明刊摺本及清光緒刊本，上海市圖書館、天津市圖書館收藏。

2、銷釋開心結果寶卷，一卷，清初刊本，鄭振鐸收藏，今歸北京圖書館；傅惜華舊藏明刊本，下落不明。

3、銷釋歸家報恩寶卷，一卷，明崇禎刊本，中國社會科學院文學研究所（北京）收藏；傅惜華舊藏明萬曆刊本，下落不明。

五、弘陽教

弘陽教經卷留存特多，「文獻」收十七種，但該教創教祖師韓太湖編「弘陽五部經」僅收三種，另兩種未收：

1、混元弘陽悟道明心經，二卷，明刊摺本，天津市圖書館收藏。

2、混元弘陽顯性結果經，二卷，明刊摺本，天津市圖書館、世界宗教博物館（臺北）等收藏。

以上主要是據筆者編《中國寶卷總目》做的補充。這些經卷絕大部分係傳世孤本，但除了個別幾種（一/6、二/3）外，均為中國國內各圖書館收藏。

另外，近年來中國大陸和臺灣也陸續發現許多明清民間教派的經卷，特別是在偏遠的甘肅省發現尤多。其中發現於甘肅漳縣的一批經卷已見報導，❺有九種未曾著錄的孤本：

1、佛說大乘通玄法華真經

2、佛說赴命皈根還鄉寶卷

3、法舡普渡地華結果尊經

4、還宗佛法身出細普賢經

5、古佛無生玉華結果尊經

6、三化聚頂性華結果尊經

7、五氣朝元命華結果尊經

8、蓮蕊生三皇了儀觀音經

---

❺ 陳俊峰《有關東大乘教的重要發現》，載《世界宗教研究》（北京），1999：1。

9、蘊空盼嬰兒思鄉聖母經

這批經卷是當地一個名爲「龍華會三寶門」的教派所用的經卷，其中3、5、6、7種是圓頓教經卷。

筆者詳細列出上述目錄，並非出於對「文獻」及其編者的求全責備，而是想說明，中國民間宗教經卷的系統整理，需要多方面的協作和支援。「文獻」的出版已肇其始，期望這一工程能在有力者的支援下繼續進行下去。

中國民間宗教和有關民間信仰的研究，在即將開始的二十一世紀，必將是一個熱門的研究課題。它不一定就限定於宗教文化的範圍內。從不同的角度切入，人文科學各科學者都可以從中找到自己關心的研究課題。研究者從《明清民間宗教經卷文獻》中也可能看到這一廣闊的研究空間，這也是「文獻」出版的重要意義之一。

泰山「九蓮菩薩」「智上菩薩」考

　　在泰山登山道上的著名廟宇紅門宮，西院正殿內供奉著「九蓮菩薩」銅像。據介紹，這是「泰山現存最大的銅像，雙手合掌於胸前，盤腳趺坐於九朵蓮花組成的座上，通高 3.4 米，寬 2.28 米，高髮髻，飾以帔肩瓔珞，衣襟、袖口飾纏枝蓮花和牡丹。衣紋渾圓流暢自如，面容豐潤嫻靜，目光微啓。此銅鑄體魄高大，但找不到一道鑄合縫隙和沙眼洞孔，頗有較高的鑄術工藝和技巧。」❶在斗姆宮，中院正殿中供奉著「智上菩薩」的銅像。這兩位「菩薩」並非佛教的菩薩，而是明朝萬曆皇帝朱翊鈞的生母孝定皇太后李氏和崇禎皇帝朱由檢的生母孝純皇太后劉氏。兩位皇太后何以成了「菩薩」？又何以到了泰山？這其中主要是最高統治者借假神道的用心，也有明代民間宗教勃興的背景。

一

　　孝定后李氏本爲隆慶皇帝朱載垕的宮女，因生了朱翊鈞，「母

---

❶　見崔秀國、吉愛琴《泰俗史迹》，山東友誼出版社，1987，濟南，頁 118。

以子貴」，封貴妃。隆慶六年（1572）朱載垕死，朱翊鈞即位，即萬曆皇帝。李氏因為皇太后，時朱翊鈞是十歲的小孩子。在宮廷內外的鬥爭中，李氏雖握權柄，但她是寡居的女子。朝政她依靠張居正等名臣，同時假借神佛以為精神上的依託，並為自己樹立形象。史稱李氏「好佛」，她此時首先照顧的是京師順天保明寺。這個寺廟的開山祖尼呂牛，據說是觀音菩薩的化身，曾勸阻明英宗朱祁鎮親征瓦剌。此役朱祁鎮被俘，丟了皇位。後來朱祁鎮復辟，封呂尼為「御妹」，為她建寺，並賜「順天保明寺」額，所以又稱皇姑寺。❷明代中葉以後，這個皇姑寺是外佛內道的民間教派西大乘教的根據地。就在萬曆登基那一年，由李氏領銜，太師國公朱希忠、司禮監太監馮保等權貴為皇姑寺送了一口大鐘，鐘上大字鑄著「天地三界十方萬靈真宰」，這是民間教派崇奉的最高神「無生老母」的代稱。❸西大乘教得到這位當朝皇帝生母皇太后的庇護，自然為她護駕、張揚。西大乘教徒宣揚的《靈應泰山娘娘寶卷》中便有「皇城裏盡都是金枝玉葉，盡都是佛菩薩羅漢臨凡」的話頭，社會上也有李氏是九蓮菩薩化身的傳說。於是，萬曆十四年（1586）李氏遷居的新宮中出了「瑞蓮」花，「重臺穎出，瑰形殊態，自昔所未有」。❹這時李氏為丈夫薦冥福、為兒子祈子嗣而建的一個寺廟落成，萬

---

❷　見西大乘教《普度新聲救苦寶卷》及明談遷《棗林雜俎》智集「呂尼阻駕」、蔣一葵《長安客話》卷3「皇姑寺」等記載。朱祁鎮賜額倒過來讀是「明保天順」，「天順」即朱祁鎮復辟後用的年號。

❸　參見馬西沙等《中國民間宗教史》「皇姑寺的興衰」，上海人民出版社，1992，頁 675—684。

❹　見明沈榜《宛署雜記》卷20「志遺（六）」載王錫爵作慈壽寺碑文。

曆賜額「慈壽寺」，爲李氏祝壽，並於寺中專門建殿供奉九蓮菩薩；
❺在宮中也建巨幅石刻畫像，像贊曰：「惟我聖母（指李氏），慈
仁格天；感斯嘉兆，闕產瑞蓮。加大士像，勒石流傳；延國福民，
霄壤同堅。」❻名爲「大士像」，實影射李氏，正如《明史》所說
李氏「宮中像作九蓮座」云云（見下）。宮中人即恭維李氏爲「九
蓮菩薩」，李氏也以「九蓮菩薩」自居了。

　　所謂「九蓮」，本是佛教「九品蓮臺」略稱，但在明代民間宗
教中，這是一個特殊的概念，出自「三陽（極）三劫（會）」說：
過去青陽，燃燈佛掌教，煉成三葉金蓮（三葉蓮花開）；現在紅陽，
釋迦佛掌教，煉成五葉金蓮（五葉蓮花開）；未來白陽，彌勒佛掌
教，煉九葉金蓮（九葉蓮花開）。「入九蓮不遭六道」，❼李氏自
然就成了代表未來世的「活菩薩」。

　　萬曆四十二年（1614）李氏死，四十四年（1616）萬曆便「發
誠心印造」了兩部九蓮菩薩經，捏造宗教說詞，正式把李氏定爲「九
蓮菩薩」。❽一部仿佛經，名《佛說大慈至聖九蓮菩薩化身度世尊
經》，假託「佛說」，稱頌九蓮菩薩「以珍珠瓔珞，價值億萬，莊
嚴其身」；化生於世，神通現化，不可思議。她「心生蓮華，性見
蓮華，眼睹蓮華，耳聽蓮華，鼻聞蓮華，口吐蓮華，首出蓮華，身
坐蓮華，足踏蓮華，喜得所付，湛然圓寂」。要求僧尼及清信士女

---

❺　同❸。

❻　中國佛教圖書文物館藏拓本。

❼　見《皇極結果寶卷》卷首。

❽　兩部僞經均收入王見川等編《明清民間宗教經卷文獻》第 12 冊，新文豐出版
　　公司，1999，臺北。

尊信這位九蓮菩薩，「若不尊信，生怠惰心，肆侮謗語，是不怕閻摩，永墮地獄，餓鬼畜生」。另一部仿道經，名《太上老君說自在天仙九蓮至聖應化度世真經》，假託道教始祖「太上老君說」，九蓮菩薩是在「南閻浮世，下界眾生，違天背道」時，「分身顯靈，應化度世」，而今「復證梵天（按，指李氏死），神遊東岱，逍遙勝境，位並碧霞，考籍薰蕕，億劫欽仰」，「是為四生慈母，永為度世菩薩」。經中「自在天仙九蓮聖誥」中說：

> 一元布化，九炁凝真。顯大神通，誕育仁明之聖帝（指萬曆
> 皇帝）；隨機應變，奠安鞏固之鴻基。

經文結束，也是狠巴巴地說：「愚頑眾生，不生信心，誹謗輕慢，殃累九祖，災種子孫，身墮輪迴，酆都受考，永無出期」。這部偽經也明確了萬曆把他生母李氏送到泰山上，與碧霞元君（泰山女神，民眾稱之為泰山娘娘、泰山老奶奶）並駕的目的。而此時的明王朝已內外交困，兩部經文都如此詛咒威嚇，說明萬曆編造這些偽經，也信心不足了。

九蓮菩薩到泰山，最早安置在天書觀。此處本是北宋真宗趙恆君臣導演「天書」鬧劇而建的乾元觀，明正德間已於其中建碧霞元君殿。萬曆在天書觀碧霞殿後建九蓮殿，安置九蓮菩薩，並改天書觀額為「天慶宮」。故上述「度世真經」中說：九蓮「樂觀東岱景，尊居天慶宮，一道金光罩，萬年仰大明」。

二

　　崇禎皇帝朱由檢是萬曆皇帝朱翊鈞的孫子。萬曆以後，泰昌（朱常洛）、天啓（朱由校）兩位皇帝均短命，崇禎繼位時（1627），上距萬曆死（1620）僅七年。崇禎的生母劉氏是朱常洛的宮女，她雖生子，卻被朱常洛打入冷宮至死。崇禎做皇帝後，連她的模樣也記不起。與劉氏同時為宮女的傅氏，自稱熟悉劉氏狀貌，選宮女相類者比照，才畫出了劉氏的遺像。劉氏之被尊為智上菩薩，亦與九蓮菩薩有關。

　　就歷史而言，崇禎較以前的幾任皇帝，確如《明史》所說「慨然有為」。比如他登位之初，立即果斷地處置了天怒人怨的閹黨魏忠賢及其黨羽，「贈恤冤陷諸臣」；清理宮闈，客氏伏誅；「詔內臣非奉命不得出禁門」，防止太監干預朝政。但是，此時的明王朝已到了窮途末路：席捲全國的農民大起義已經爆發；清兵已控制東北地區，並時時入關侵擾，山海關成了最後防線；朝廷中的「黨爭」，並未因魏忠賢被殺而消除，宮闈內部也矛盾重重。崇禎「憂勤惕勵，殫心治理」。在他所採取的種種措施中，有一項是將宮內那些亂七八糟的神像撤出去。

　　「撤像」之事，《明史》本紀未載，但在當時卻是一件轟動的大事。明太監劉若愚所著《酌中志》卷十七稱：「隆德殿舊名立極寶殿，供三清上帝諸尊神。崇禎五年（1632）九月內，將諸像移送朝天等宮，六年四月十五日更名中正殿。」王譽昌《崇禎宮詞》吳理注：「乾清宮梁拱之間遍雕佛像，以累百計。一夜，殿中忽聞樂

聲鏘鳴，自內而出，望西而去。三日後，奉旨撤像，置於外之寺院。」
關於撤像的原因，一說是崇禎信仰了天主教。《崇禎宮詞》注云：
「內玉皇殿永樂時建。有旨撤像，內侍啓鑰而入，大聲陡發，震倒
像前供桌，飛塵滿室，相顧駭愕，莫敢執奏。像重甚，不可動搖，
遂用巨絙拽之下座。時內殿諸像並毀斥，蓋起於禮部尚書徐光啓之
疏。光啓奉泰西氏之教，以闢佛老，而上聽之也。」徐光啓是天主
教徒，崇禎五年（1632）以禮部尚書兼內閣大學士，預機務。對崇
禎施加影響的還有耶穌會傳教士湯若望（Bell.Adam Schall von），
這位爲崇禎修訂曆法和鑄造大炮的傳教士，甚至在崇禎身邊宮女中
發展了天主教徒。❾耶穌會編的《聖教史略》㈡中說，崇禎十三年
（1640）湯若望曾上書勸崇禎信仰天主教：「皇上因左右不乏奉教
之人，已習聞其說，閱若望奏本，頗爲心動。雖未能毅然信從，而
於聖教之真正，異端之無根，固已灼有所見。有一事可證，時有以
軍餉乏絕告急者，皇上即命將宮中多年供奉之金銀佛像悉數搗毀，
以充兵餉。遠近哄傳崇禎皇上棄絕異端，要奉天主教」。這裏又提
出「撤像」是「充兵餉」之說。此說亦非無據，明政府連年內外用
兵，國庫空虛，崇禎曾多次「諭廷臣助餉」。大學士薛國觀向他建
議：「在外群僚，臣等任之；在內戚畹，非獨斷不可。」並提議從
武清侯李國瑞開刀。❿於是崇禎親自出面向李國瑞「借餉」，這樣
又引出一場大亂子。

---

❾　參見《通玄教師湯若望》九「紫禁城內的女信徒」，（德）恩斯特·斯托莫著，
　　中國人民大學出版社 1989 年出版中文譯本。
❿　見《明史》卷 153〈薛國觀傳〉。

李國瑞是「九蓮菩薩」孝定太后李氏的族孫。李國瑞庶兄李國臣同他爭家產。國臣庶出，在家中雖具長而無權，因詭稱其父遺貲四十萬，願助軍餉。崇禎聽了薛國觀的建議，向李國瑞借這「四十萬」，「勒期嚴追」。此事鬧得「戚畹皆自危」，於是有人教唆李國瑞拆了房子，到大街上去賣家什，以示無有。崇禎大怒，削了李國瑞爵位。李國瑞嚇死了，於是九蓮菩薩「顯靈」了。

崇禎帝先後有七個兒子，三個夭折。恰在此時，他寵愛的第五子慈煥又病了。《明史》〈悼靈王傳〉說：「（慈煥）生五歲而病，帝視之，忽云：『九蓮菩薩言：帝待外戚薄，將盡殤諸子。』遂薨。九蓮菩薩者，神宗母，孝定李太后也。太后好佛，宮中像作九蓮座，故云。」明文秉《烈皇小識》卷六中說：「悼靈王病篤，上臨視之。王指九蓮花娘娘現立空中，歷數毀壞三寶之罪，及苛求武清云云，言訖而薨。上大驚懼，極力挽回，亦無及矣。」

這個「九蓮菩薩顯靈」的把戲是怎麼弄出來的呢？《明史》〈薛國觀傳〉說，是貴戚「交通宦官宮妾」搞的鬼；〈李偉傳〉說是「中人（太監）構乳媼，教皇五子言之」。封建社會中皇帝的信仰是件大事，譬如明嘉靖皇帝崇道教，曾數次下令拆毀上文提及的皇姑寺，因兩宮太后的堅決反對，該寺才得以保留下來，因被稱為「太后娘娘的香火院」。⑪此時崇禎撤像、崇天主教，自然危及那些佛、道及民間宗教信徒。特別是民間宗教信徒，最具行動能力。他們此時與貴戚一道請出太后老娘娘九蓮菩薩來，一下子就把崇禎打垮了。

⑪　見明沈德符《萬曆野獲編》卷27「毀黃姑寺」等。

《烈皇小識》中稱崇禎「極力挽回」，確實如此。清初孫承澤《思陵典禮記》卷二說，「崇禎庚辰（十三年，1640），上因皇五子臨歿之言，遂長齋」；撤離皇宮的那些神佛像也都拖回來了；收繳李國瑞的金銀盡數發還，李國瑞七歲的兒子李存善襲封武清侯，後來更借詞將大學士薛國觀殺頭。自然，崇禎此時也從乃祖萬曆皇帝那裏學來經驗，假借神道以為依託。《明史》〈悼靈王傳〉中稱：「帝念王靈異，封為孺孝悼靈王玄機慈應真君，命禮臣議孝和皇太后（按，此為「孝純皇太后」之誤，見⑫）、莊妃、懿妃道號。」禮部的科臣不客氣的給駁回來。《思陵典禮記》卷二載：「庚辰（十三年，1640）十一月十二日，上諭：皇五子悼靈王追贈為孺孝悼靈王通玄顯應真君。禮部疏奏：歷稽職掌所在，冊封典禮皆有王號，而無道號。蓋王號以世法垂儀，道號以神道設教。……臣等禮官也，禮所行者，自當恪遵。若未經行，亦不敢輕自詭隨。」禮科給事中李倡更是不客氣的指出：「諸后妃祀奉先殿，不可崇邪教以亂徽稱！」⑬李所說的「邪教」，自然不是正統的佛教或道教，而是民間宗教。大概給崇禎出此主意的是宮內外那些追隨九蓮菩薩李氏的民間教派信徒。崇禎此時已是「病急亂投醫，臨時抱佛腳」，並未

---

⑫ 中華書局校點本《明史》此處有誤，其所據底本清乾隆四年武英殿原刊本，因手邊無書，無法校對。崇禎請禮臣議「道號」的三位后妃，應都是與他有密切關係的人：莊妃李氏，崇禎幼年時曾由她撫養；懿妃傅氏，同崇禎母孝純太后劉氏曾同為宮女，且相熟，後來即由她回憶畫出了劉氏的遺像。孝和皇太后則是崇禎異母兄天啟帝朱由校的生母。崇禎實際上也是為他的生母孝純皇太劉氏加了「智上菩薩」的道號。

⑬ 《明史》卷120〈悼靈王傳〉。

聽從這位科臣的勸諫，決心「崇邪教」，將他的生母劉氏封爲「智上菩薩」。他已無乃祖的魄力，爲智上菩薩編造僞經，卻也仿照萬曆的做法，派出太監，在泰山天書觀內碧霞殿、九蓮殿之後建智上殿，供奉智上菩薩，並再改天書觀爲「慈慶宮」。據清聶鈫《泰山道里記》載，崇禎十四年（1641）智上殿動工，三年建成；智上菩薩像同九蓮菩薩像一樣，皆「範銅鍍金爲之」。智上殿建成，也正是李自成的大順軍攻佔北京、崇禎吊死煤山之時。碧霞元君和兩位菩薩都沒能「保大明萬萬歲萬萬餘年」（《靈應泰山娘娘寶卷》中語）。

　　三百年過去，「換了人間」。當年安置兩位菩薩的天書觀，已毀於民國年間。工匠們精心製作的兩座鑄塑菩薩銅像，卻有幸保存下來。它們確是「頗有較高的鑄術工藝和技巧」的歷史文物，如今又被易地安置在神臺之上。不知底細的「善男信女」們，稀裏糊塗地爲兩位菩薩獻彩袍、燒高香，頂禮膜拜。歷史，在這個角落裏繞了一個彎兒，又轉回了頭！

　　　　　　　　　　　（原載《泰安教育學院學報》，山東泰安，1999：2）

江蘇北部的香火神會、神書和香火戲（提綱）

一、香火神會的淵源和性質

　　㈠香火神會舊時廣泛流行於江蘇省北部地區（長江以北，唯徐州市及其屬下各縣未發現）及鄰省安徽的天長、來安等縣，並隨船民、漁民流傳到江南太湖流域。現在在南通和金湖縣等農村尚有活動，在大部分地區已絕跡。

　　香火神會一般按做會的目的和內容稱「××會」。舊時所做會大致可分為兩類：一類由集鎮、村落、社會職業集團集體做的會，如牛欄會、青苗會、蝗蟲會、花棚會、豐收會（以上是由村落舉辦的「社會」），大王會（又稱「龍王會」，船幫）、湯神會（澡堂業）、財神會（商人）、魚欄會（又稱「耿七公會」，漁民）、張魯班會（木工、瓦工），觀音會、城隍會（以上為傳統廟會），等等。這些會多有固定的會期，由會首、都管等人員主辦，請香火童子主持或參與敬神祭祀活動。另一類是由家族或家庭做的會，除家譜會外，都是以祈福、消災、驅病為目的，如消災會（或稱「驅邪

會」，有的地方也稱「燒紙」、「燒豬」、「叫魂」）、安土會（新房落成）、長生會（祝壽）、娘娘會（求子）等，這類會多無固定的會期，安排在農閒時；一般一天一夜完成，稱「日行會」。有的會要做三天三夜，舊時有錢人家為擺排場，偶有做七天七夜的大會。

香火神會的從業人員稱「香火童子」，簡稱「香火」、「童子」。香火童子自稱「神門」、「巫人」或「香童」等。香火童子不論世襲或師徒傳授，均須經過嚴格的訓練並經過考察；拜師學做童子時，尚須訂「合同」和「賣身」。賣身即將自身賣與「神」，始可通神。童子均為男性（當代出現一些女童子），做會時穿女裙。他們同巫婆（俗稱「香奶奶」）合作，由巫婆為人診祟，病家許願，請童子做會消災。

（二）香火神會的淵源是古代的「鄉人儺」，它是原始巫文化的一部分，是由巫覡扮演鬼神唱歌跳舞驅鬼逐疫的巫術活動。唐宋時期，在中原地區，這種民間儺儀已經吸收了民間社賽祭祀敬神活動的一些內容和形式。

江蘇歷史上屬吳、楚文化區，巫風、淫祀盛行，也一直盛行這種鄉人儺。其形成為近現代香火神會形式的時間，文獻中沒有確據可查。大致在宋代以後，明代以前。香火童子除了以巫術為人祛病消災外，同時也參與或主持民間的社會和廟會的祭祀活動，使這類社會和廟會帶上巫文化的色彩。

（三）香火神會、香火童子與宗教的關係。現代香火童子的組織活動方式接近民間幫會或宗教組織。蘇北各地香火童子雖無統一的組織，但各地童子均在一定的範圍中活動，這種活動範圍稱做「方」。「領方」的香火稱為「譙首」，設「香火堂」，主持為本方內集鎮、

村落、社會職業集團和民眾做會。譙首做會如感人力不足，也可請方外的香火童子協助，被邀請者稱「客師」。各地的香火童子均自稱信奉「洪山教」、「巫教」或「神門」，有鬆散的聯繫。近現代活動於蘇北地區的道會門「紅三教」，就是在此基礎上建立起來的。「紅三」或係「洪山」的諧音。它是以「香主」（或稱「堂主」「馬皮」「香童」）為道首，「香火童子」「香火奶奶」（巫婆，又稱「仙姑娘」「後堂」）為活動骨幹組成的民間教團。以香主為首，按地區、宗族或社會職業集團建立「幫」（或「方」），開設「堂門」，發展「香眾」（「會眾」），以做香火會為主要活動形式，主要在漁民、船民中發展組織。香主對一般香眾有嚴格的控制，並在經濟上勒索。由於這一道會門破壞民眾生產，擾亂社會治安，五十年代便被政府取締。

香火會同民間道教有密切的關係，它吸收道教的某些科儀和宗教資料，比如做會迎請「三界」神的分法，大致就是按照道教神系天神、地祇、人鬼的分類劃定；以符籙驅邪、醫病也與道教相同。在香火會迎請的神中也有佛教的神，如觀世音。但香火童子的活動與伙居道士和野和尚有嚴格分工：香火「做生不做死」，即為活人做會消災、祈福、延壽等，死人則由道士和和尚作道場、放焰口超度。

民眾對香火童子一般持「敬而遠之」的態度，因為他們既可為人驅鬼消災，也可「弄神弄鬼」以制人。

二、香火神會中的民俗文化活動

香火會是以鬼神信仰、消災祈福爲基礎的綜合性民俗文化活動。

㈠香火會舉行的場所稱做「壇」。壇隨會而設，並無固定場所。壇是請神的祭壇，也是香火童子表演的舞臺。有內、外壇之分：內壇設在室內，設神臺、神像、歡門、彩吊、香燭等，以請神、供神；外壇設在室外，樹有神旛，是香火會的標誌，也有迎神接駕的功能。外壇另備香火童子表演用的道具，晚間要舉火。

各種香火會的程式和活動內容不一，各地香火會的做法也不盡相同，一般均有開壇、請神、跳神、發表、淨壇、送神、結壇等程序。各個程式中還有一些活動細節，其間穿插其他儀式（稱做「執事」），如「過關」（或稱「度關」）、「拜斗」，它們有的源於道教的科儀。在整個做會的過程中，香火童子要進行各種技藝的表演。

㈡香火童子將他們的技能概括爲十三個字：「翻、跳、穿、唱、念、敲、寫、畫、裱、剪、戳、紮、雕」。各地有不同說法，南通的香火童子概括爲：「三子」─肚子（指「肚子」裏裝的神書多）、嗓子、架子；「七字」─剪、鑿、寫、念、敲、跳、跑。這些技能體現爲香火童子做會中如下技藝：

1.雜技、武術─「翻」「穿」「跑」等。

2.民間舞蹈─「跳」。

3.民間說唱─「唱」「念」。

4.民間音樂—「敲」（打擊樂）。

5.民間美術和工藝—「畫」「裱」「剪」「戳」「紮」「雕」。

6.書法—「寫」。

大部分童子只能具備某些技能，表演其中部分技藝，同時內、外壇的表演也不同：內壇主要是說、唱，外壇重在跳、翻（翻跟頭、翻桌子），因此有「文童子」、「武童子」之分。

三、神　書

歌、舞、說唱是香火會中民俗文藝的表演。其文學部分包括以下幾類：

1.儀式歌：俗稱「神偈子」。其中請神獻供時唱的「酒歌」文學性較強。

2.懺：按其內容和功能，可分為兩類：

(1)「唐懺」，又稱「大懺」。這是與傳說中香火會的起源和做會請神結合在一起的長篇神話說唱故事，有「六大神書」「八大神書」「十三部半神書」等不同的說法。主幹上的故事有以下段落：《袁天罡賣卦》《魏徵斬龍》《唐王遊地府》《劉全進瓜》《九郎請神》《唐僧取經》等。其中唐王遊地府，許下的「三宗誓願」之一：回陽世請三界神佛開「玄元洪門會」，被認為是香火會的起源；魏九郎請神與香火會請神結合在一起，九郎官成了香火會請神的「符官」。上述每一部分又衍生出許多故事：述袁天罡的出世，增出《袁樵擺渡》；劉全進瓜的前後，有《僧道化釵、逼釵》《李翠蓮上吊》《借屍還魂》《御賜團圓》等段落；九郎請神前後有《老

大人上朝》《歎五更》《王二傳書》《九郎辭學》《混天元》（《天
地對》）《封官》《龍宮借馬》《西京買鞍》《龍宮借鞭》等段落；
爲了交待龍宮神鞭的來歷，又可敷衍出《孟姜女送寒衣》《秦始皇
趕山塞海》等故事；唐僧取經部分除了取經故事外，前面又有《陳
子春上任》《劉洪殺舟》《殷秀英罵賊》《江流認母》等段落。以
上主幹故事和敷衍出的故事，內容上互相聯接，而又各自成篇，是
一部規模巨大的長篇敘事詩。一般香火會中只演唱其中某些段落或
壓縮後的主要故事情節。

　　(2)「小懺」，即神歌。講述香火會迎請的各種神的出身的故事
歌，它們各自獨立成篇。傳說有一百多種，已發現四、五十種。它
們同江南社祭演唱的「贊神歌」有共同之處。另外，金湖縣等地香
火尙有「跳頑神」一類，以舞蹈爲主，也唱相關的神歌。（見附錄
一）

　　儀式歌和懺是香火會特有的歌謠和說唱文學作品。香火童子爲
增加香火會娛人的作用，也移植其他民間演唱文藝在香火會上演
唱。主要也是歌謠和說唱兩類：歌謠多爲蘇北地區流傳的俗曲小
唱；說唱作品多爲小說、戲曲、說唱文學的傳統故事，如鹽城地區
香火演唱的「四大前書」（指唐、宋、元、明四朝人物傳說故事）
「四大古書」（指《三國演義》、《水滸傳》、《西遊記》、《封
神演義》）故事。

四、「香火戲」

　　㈠「香火戲」是民眾對香火會上童子各種表演技藝的統稱，與

古代「百戲」「雜戲」的概念相似，不是指現代意義的戲劇。

㈡古代「鄉人儺」的歌舞表演和其他祭祀歌舞均具有表演故事的因素，是中國戲曲發展的源頭之一。香火會上童子「跳神」時演唱的神歌，多用第一人稱敘述神的故事，具有較強的戲劇表演因素。它表現出中國戲曲發展初級階段的特點。

㈢宋元以來江蘇是多種傳統戲曲流行的地區。這種客觀條件使香火童子不斷向戲曲學習，增加其跳神表演的戲劇性，但香火會特殊的信仰功能，限制了香火表演進一步戲劇化的發展。

㈣近現代部分香火童子學習京劇、徽劇和其他戲曲劇種的表演程式，吸收地方民歌小曲唱腔，將神書做戲劇形態的表演，或移植其他劇種的傳統戲曲劇目，這類戲劇表演及由此發展起來戲劇演出形式（如南通的「通劇」、揚州地區的「揚劇」及連雲港地區的「大戲」），不具備儺戲或戲曲活化石的品格。

（本文原爲江蘇省儺文化學術討論會論文，1993·11）

附錄一：金湖香火童子抄錄的「法事」和「神書」單

　　說明：此件是金湖縣香火童子楊振達抄錄的香火神會「三天大會」上所唱神書及所作法事的目錄，原件收在楊抄錄的一本雜懺中，封題「癸卯年清和月上旬四知堂雲記」，四知堂即楊家的堂號。這一目錄基本上是按照做三天大會的程式開列的。包括「唐懺」，即從《袁樵擺渡》到《九郎請神》系列故事的神書，俗稱「大懺」，或「大老爺」；「小老爺」即「小懺」，它們是講唱各種神靈故事神書，上兩類是說唱作品。「頑神」開列的是「跳頑神」的名目，它們是以舞蹈的形式（跳神）演唱的神靈故事，個別也具戲劇表演的特點。「小老爺」和「頑神」每次做會只選擇有關的項目演出。其他是「法事」，包括一些儀式（如「交〔醮〕活」、「祭表」、「大祝壽」）和雜技（如「油鍋摸錢」、「拆席攬欄」）、舞蹈（如「踩五雲」）等表演。原件中的錯字在〔　〕號內校正。

雜款計算懺書本數

　　「開壇」、「交〔醮〕活」、「交〔醮〕生」、「升旗」。

　　《袁樵擺渡》、《斬龍賣卦》、《唐王遊地府》、《唐僧取經》、《化釵、逼釵》、《進瓜、團圓》、《老大人上朝》、《歎五更》、《王春下書》、《九郎上朝》、《替父領表》、《混天元》、《馬、鞍、鞭》

　　「計〔祭〕表」、「踩五雲」、「大法〔發〕表」、「上、中、下界表」、「高揭表」、「打醋炭潔淨」、「大迎鑾」、「小迎神」。

計開三天大會「**法事**」和「**小老爺**」：《土地老爺》、《火星老爺》、《都天老爺》、《牛欄老爺》、《雷祖懺》、《竈君老爺》、《痘神老爺》、《郡王老爺》、《大王老爺》、《七公老爺》、《游壇老爺》、《張仙老爺》、《梓童老爺》、《三官老爺》、《真武老爺》、《哪吒老爺》、《許斌老爺》、《華佗老爺》、《先鋒老爺》、《城隍老爺》、《二郎老爺》、《董財神老爺》、《和合財神老爺》、《招財老爺》、《劉成〔晨〕阮肇老爺》、《玄壇老爺》、《劉公老爺》、《蝗蝻老爺》、《圩神老爺》、《水母老爺》、《蒲神老爺》、《青苗老爺》、《眼光老爺》、《欄神老爺》、《觀音老爺》、《功曹老爺》

計開「**頑神**」：《跳七公神》、《跳大王神》、《跳張仙神》、《跳武財神》、《跳軍王神》、《跳八蠟神》、《跳陳九龍》、《跳五郎神》、《跳羅僧太保》、《跳蓋表神》、《王公元帥》、《岳飛神》、《跳上曹官》、《跳中曹官》、《跳下曹官》、《放支福兵》、《銀腳兵》、《收兵福將》、《邀仙表神》、《楊四將軍》、《唱楊四郎》

「封門下進」、「油鍋摸錢」、「收冒捉鬼」、「斬五嶽神」、「大祝壽」、「大祝星」、「出湯氣」、「篆竹招魂」、「過響鑼關」、「書符照號」、「站刀謝土」、「真武咒秤砣」、「拆席攪欄」、❶「大計〔祭〕龍舟」、「交〔醮〕五茶」、「收五芽」、「交〔醮〕酒席」、「篆青土地」、「沿門打掃」、「計〔祭〕塘涵」、「計〔祭〕場頭」

《安宅老爺》、《招財利市》。

---

❶ 此乃將一領蘆葦編的席子中間打一個洞，套在香火童子的頸部，迅速旋轉，最後將席甩爛。

附錄二：《混天元（點破）》（金湖神書抄本）

　　說明：《混天元（點破）》是蘇北香火神書「唐懺」（又稱「大懺」）《九郎請神》中的一個段落。唐懺是一部規模宏大的長篇敘事詩，主要由以下幾部分組成：《袁天罡賣卦》《魏徵斬龍》《唐王遊地府》《九郎請神》《劉全進瓜》《唐僧取經》。每一部分又衍生出許多故事，並分為若干段落。《九郎請神》所述為唐王李世民在地府時許下三宗誓願，其一回陽世後做「玄元洪門會」超度亡靈。做這個會，要請來三界諸神。魏徵不能去請三界神，被唐王下獄。其子魏九郎辭學回家，代父請神。唐王為考查他的本領，提出一系列問題讓他回答，然後封他為請神的「符官」。於是魏九郎龍宮借馬、西京買鞍、龍宮借鞭，赴三界請神。附錄一「雜款計算懺書本數」中所列《老大人上朝》《歎五更》《王春下書》《九郎上朝》《替父領表》《混天元》《馬、鞍、鞭》等段落均屬《九郎請神》。

　　《混天元（點破）》記錄唐王同魏九郎的問答，其中上卷是唐王李世民的「問」，即「點」；下卷是九郎的「答」，即「破」。命名為《混天元》，即從「混元一炁」、宇宙形成開始問起的意思。其內容涉及開天闢地、日月星辰、人類起源及社會歷史、地理等諸方面的問題，表現出鄉土平民對宇宙、歷史和文化發展的關心和思考，其中保留了許多文獻失載的古老神話和傳說故事。它的形式也極特殊：上卷一連數百個提問，下卷一一做答，具有恢弘的氣勢，使人聯想起詩人屈原著名的詩篇〈天問〉。

《混天元》在蘇北香火神書中是一個特殊的組成部分，各地香火會中均演唱這一部分的內容，但名稱不一，如大豐縣稱《天地對》、六合縣稱《天文地理》，其內容涉及的範圍大致相同。由於香火童子的師承不同及演唱能力的差異，所唱內容繁簡不一，其演唱形式則多採用兩句或四句一組問答的方式，如同「盤歌」，採集自江都縣的手抄本《天地問》（見附錄三），即如此。

這本神書採集自金湖縣，是香火童子呂漢卿（法名心恆），用毛筆抄寫的手抄本。封面題「混天元點破（全部）」、「己巳年仲春月下旬程工」、「心恆抄寫」。開本18×26釐米，連封面共16頁（雙），豎寫，每面12行，每行三句唱詞。原本後面九郎回答部分前題為「下卷」，而唐王提問部分前未註明為「上卷」，今補上。文中錯別字特多，上、下卷問答句之間也有錯簡和遺漏。為保存原貌並便於閱讀，盡量不做改動；凡校正原文中的字，均於該字後面用〔 〕號注出；個別地方據文意加上的字，用（ ）號括起。含義不詳的詞語及上、下卷問答句中的錯簡和遺漏的句子，均未改動。

（上卷）

大唐人王問〔開〕金口，叫道魏家九郎君：

孤王今日問到你，且聽孤王問小卿。

你說你把神來請，為孤問問你當身。

孤王有本《混天元》，不知小卿全不全？

孤王有本《混壇清》，不知小卿記得清？

頭頂那家花世界？足踏隨〔誰〕人錦乾坤？

習學那家周公理〔禮〕？讀的誰人古書文？

文從先生那一個？武從先生甚麼人？

文習皇宮〔黃公〕幾備〔略〕法？武學呂望幾韜文？

馬上單槍你可會？馬下端刀你可能？

看能呼風並喚雨？可會灑〔撒〕豆變成兵？

瀛〔贏〕道〔到〕那處去擺陣？輸道〔到〕那塊去藏兵？

這些言詞不必問，古聖先賢問小卿：

盤古開闢天和地，混沌一炁可分明？

什麼分爲上共下？幾氣分爲陽共陰？

甚麼兆〔肇〕判分晝夜？幾光分爲日月星？

日中金烏有幾足？夜間玉兔可有唇？

地有幾湖並幾海？五嶽四瀆按甚河？

這是天文地理話，太古先王問小臣：

天皇弟兄人十幾？各管幾萬幾千春？

地皇弟兄人十幾？各管幾萬幾千春？

人皇弟兄人幾個？弟兄幾人分幾洲〔州〕？

你知各人多大壽？幾萬幾千幾百秋？

甚麼氏鑽木能取火？甚麼氏構木怎爲居？

這是太古先王話，三皇聖帝問小卿：

甚麼山上有棵樹？樹大根深葉可稀？

上有幾枝朝北斗？下有幾枝透岔〔幽〕泉？

上按幾宮並幾卦？懷胎甚麼人幾雙？

甚麼日期連聲響？砟〔炸〕出男女甚麼人？

砟〔炸〕出男子甚麼像？砟〔炸〕出女子甚麼形？

可有名來可有姓？可有骨血降胎生？

可有衣服遮身體？甚自披在他身上？

甚自當中媒來做？二人可成〔曾〕配成雙？

甚麼皇帝嘗百草？甚麼皇帝置衣袍？

三皇置〔治〕世來解釋，五帝爲君問小卿：

甚麼皇帝來治水？幾山幾水到如今？

先天幾卦那幾個？後天幾卦是何人？

周有幾十幾王位？漢有幾十幾朝廷？

歷代帝王可曉得？普天星斗問小卿：

甚爲棋盤甚爲子？甚爲琵琶甚爲弦？

大星佔天有多遠？小星佔天有多寬？

中星佔天幾里路？俱在淮河幾岸邊？

甚麼星出一點紅？甚麼星出粉妝成？

甚麼星在東方出？甚麼星落轉西天？

甚天星出四更古〔鼓〕？甚麼星出五更天？

甚麼星出直浪蕩？姊妹幾個受熬煎？

甚麼星出顛倒掛？甚麼星出水連天？

甚麼星出照金殿？甚麼星出立兩邊？

甚麼星出三個角？甚麼星出兩頭尖？

甚麼星出圓又圓？甚麼星東天到西天？

甚麼星出要破才〔財〕？甚麼星官來化解？

甚麼星出紅了眼？甚麼星出兩頭灣〔彎〕？

甚麼星出走娘家？甚麼星官去代〔帶〕他？

甚麼星出爭帳子？幾角高來幾角氐〔低〕？

甚麼星出有尾把〔巴〕？幾十幾宿按幾方？

甚麼星在東河岸？甚麼星出河西邊？

年年有個幾月幾，天差二星可團圓？

甚麼時辰來相會？甚麼時辰各分張？

要德〔得〕二星來相會，轉等來年幾月天？

甚麼星出相〔像〕把秤？甚麼星官相〔像〕個磬？

甚麼星出相〔像〕個窰？甚麼星出相〔像〕個瓢？

甚麼星官黃灼灼？幾斗星官按幾方？

甚麼星出站船頭？手中執的甚麼鈎？

鈎杆上有幾尺線？一吊〔釣〕周朝幾百秋？

凡間熬〔鼇〕魚有幾個？執掌天下幾部洲？

熬〔鼇〕魚眨眼人難過，鼇魚雌鱗地怎麼？

鼇魚身子抖一抖，天下山名〔乾坤〕怎樣行？

凡民可在魚身上？可曾酬天答謝神？

甚麼人吊〔釣〕個熬〔鼇〕魚去？那方突下幾塊天？

那位娘娘神通大？煉成甚麼去捕〔補〕天？

捕〔補〕了幾年幾個月？未有半邊可團圓？

甚麼風颭溫溫暖？甚麼風颭陣陣寒？

甚風暖來甚風涼？不冷不熱屬那方？

甚風能破千層浪？甚風明〔名〕爲羊角風？

春有甚風擺楊柳？夏有甚風暖難當？

秋有甚風吹黃菊？冬有甚風透人寒？

甚麼風來颺上天？甚麼風颺圈套圈？

天在崑崙那一處？水在崑崙那一邊？

天崑崙來地崑崙，日月如梭繞崑崙，

周天三百六十零五度，屈〔俱〕在日月那一邊？

日月如梭幾隻船？那處改〔解〕籌到那天？

甚麼娘娘扶舵杆？幾個仙女把籌牽？

叫你上船可上船？去年許我到那年？

幾隻洋〔陽〕船裝年老？幾隻陰船站〔趲〕少年？

不虧甚船裝了去？怎破乾坤怎破天？

天上淮河有幾曲？幾曲灣〔彎〕來幾曲員〔圓〕？

頭一灣來隨〔誰〕人住？行雲佈雨奔那方？

第二灣〔彎〕來楊甚的？生下楊戩叫幾郎？

第幾灣〔彎〕來靈芝枝？第幾灣〔彎〕住老君堂？

第幾灣〔彎〕來玉皇殿？第幾灣〔彎〕裏度靈庵？

第幾灣〔彎〕來出紗帽？玉帶出在地〔第〕幾灣？

第幾灣〔彎〕裏仙桃樹？幾棵直來幾棵灣〔彎〕？

幾千年開花幾千年結？幾千年結成果桃園？

幾千年來桃成熟？供〔共〕計結有多少年？

供〔共〕結多少仙桃子？幾百酸來幾百甜？

幾年大慶甚麼會？多少神仙赴華延〔筵〕？

甚麼人吃桃桃好吃？誰人吃桃把桃嫌？

當年有個甚麼人？誰人偷桃不計〔記〕年？

偷德〔得〕仙桃何方去？封為長生甚麼仙？

誰人偷桃為下界？甚麼人差將捉猴精？

甚麼佛力神通大？壓在何山幾百年？

甚麼和尚經來取？收住徒弟幾門人？

甚麼莊上收一怪？幾十幾變有神通？

甚麼河內收一怪？幾十幾變有神通？

甚麼洞裏收龍馬？甚麼神人送鞍轡？

取德〔得〕真經那一個？惹下禍來是誰人？

路逢幾十零幾難？難難虧的甚麼人？

取德〔得〕真理經回那處？後來封為甚麼人？

織機樓事〔是〕和〔何〕人造？幾位仙女織龍袍？

只因何人嫌妻醜，幾位仙女折〔拆〕龍袍？

隨〔誰〕人一見又來問：成工〔功〕又敗往無功？

幾位仙姑回言答？叫的凡夫甚麼人？

只因何人嫌妻醜，折（拆）袍休官趕下天？

何人留個幾個字：「自古福在醜人邊」？

那個年代生下佛？那個年代降老君？

那個年代生夫子？三個年狠〔限〕降三仙？

那個城裏生下佛？那個城裏降老君？

那個縣裏生夫子？那個洲〔州〕縣降三仙？

甚麼公主生下佛？甚麼女子降老君？

甚麼夫人生夫子？幾個古人降三仙？

儒釋道教留幾教？幾流幾教世間傳？

幾流舉子幾流醫？幾流地理幾流推？

幾流丹青幾流相？幾僧幾道幾琴棋？

朝陽洞裏幾扇門？幾扇金來幾扇銀？

幾扇開德〔得〕金雞叫？幾扇開德〔得〕鳳凰聲？

朝陽洞（裏）幾快〔塊〕田？幾塊方來幾塊元〔圓〕？

元〔圓〕田栽的甚麼稻？方田栽的甚麼私？

元〔圓〕田打稻打多少？方田打私打幾千？

朝陽洞裏幾隻雞？幾隻雄來幾隻雌？

幾隻地下尋食吃？幾隻架上裏〔理〕毛衣？

朝陽洞裏幾口崗〔缸〕？幾口元〔圓〕來幾口方？

甚麼人造香美酒？誰人騎馬略嘗嘗？

朝陽洞裏幾根槍？幾根鐵來幾根鋼？

幾根鐵的防賊盜？幾根鋼的防〔保〕朝鋼〔綱〕？

甚麼山上有個盆？盆裏坐的甚麼人？

甚麼鳥鳴查查〔喳喳〕叫？甚麼菩薩拜觀音？

幾十幾根紫竹子？甚麼神拜甚麼神？

太陽出來往西遊，那個山上出石頭？

一個石頭幾個眼？那個眼裏出犀牛？

何人放來誰人收？那個自〔置〕下鐵籠頭？

扣在那家石柱子？挨〔拉〕倒那家幾座樓？

甚麼山上吃包〔飽〕草？喝斷那處水斷流？

甚麼江心打個滾？尾把〔巴〕一掃帯甚麼洲〔州〕？

一拳搗破甚麼洲〔州〕？兩手劃風甚麼洲〔州〕？

大耳朵豬甚麼洲〔州〕？雙腳跳來甚麼洲〔州〕？

口銜煙袋甚麼洲〔州〕？不打你來甚麼洲〔州〕？

一灘糞來甚麼洲〔州〕？一索線來甚麼洲〔州〕？

八隻腳來甚麼洲〔州〕？水母娘娘住那洲〔州〕？

骨蘆滾來甚麼洲〔州〕？插板掀來甚麼洲〔州〕？

烏幽幽的甚麼洲〔州〕？水出東門上那洲〔州〕？

緊緊走來慢慢遙〔搖〕，請神到了甚麼洲〔州〕？

何人造來何人修？何人留下玉〔御〕馬〔碼〕頭？

共有多少捕〔鋪〕橋板？多少匠人把鉅〔鋸〕抽？

幾個獅子朝東海？幾個獅子振〔鎮〕橋頭？

幾個仰臉觀星斗？幾個獅子看水流？

兩邊按〔安〕的甚麼杆？中間有個甚麼樓？

南頭有個甚麼廟？北頭有個甚麼樓？

仙橋造的亭亭〔停停〕當，甚麼古人過橋頭？

何人打個橋上過，夜點明燭看《春秋》？

那個打從橋上過，大喝三聲水斷流？

隨〔誰〕人打個橋上過，扶肩搭背笑呼呼？
何人打個橋上過，戲灑〔撒〕金錢過橋頭？
幾洞神仙走過去，各代〔帶〕物件過橋頭？
驢身馱〔駄〕住那一個？驢蹋〔蹄〕陷在那一頭？

可知古來可知文，可知泥〔尼〕丘上大人？
夫子原來那國住？甚麼縣裏是家門？
父親名字叫甚的？母親甚氏老安人？
伏〔然〕後又取〔娶〕甚麼氏？後來生下甚麼人？
夫子身長有多大？臉上毫毛有幾根？
咀〔嘴〕裏幾十幾牙齒？頸下䯹鬚可過胸？
夫子容顏甚麼像？文人武像可相當？
幾十幾歲生〔身〕亡古〔故〕？甚麼縣裏立墳塋？
甚麼人來看風水？甚麼人來執羅盤？
葬在高處出甚的？葬在氏〔低〕處出何人？
葬在左邊出甚的？葬在右邊出和〔何〕人？
前甚的來後甚的？左甚的來右甚的？
葬在一塊甚麼地？一代一個甚麼人？
聖人留下甚麼事？傳來後人怎樣行？
留下一篇甚麼字？顛倒念把我來聽。
「上大人」有多少字？十幾個抄十幾個真？
十幾抄的安天下？十幾個真定乾坤？
從來稱為甚麼祖？遺留歷代甚麼師？

會壇旛杆幾丈三？幾把楊柳望上安？

那處木頭爲旛杆？豎立燒香會壇門。

仿〔紡〕紗虧的哪一個？繡旛虧的甚麼人？

繡幾對來飄幾雙？上繡何人在旛上？

甚麼神聖當中坐？甚麼神聖立兩傍？

幾截頭來幾截尾？幾十幾個鬧昆陽？

甚麼風刮龍擺尾？甚麼風刮鳳朝陽？

甚麼風刮那快〔塊〕飄？好向〔像〕甚麼下九霄？

幾條力索顚到〔倒〕扯？幾條陰來幾條陽？

扣繩扯旛添甚的？收繩落旛可平安？

外壇石灰要幾石？裏幾門來外幾門？

內壇石灰要幾石？裏幾樓來外幾樓？

幾張桌子幾方擺？幾個牌位按幾方？

幾把鋼刀幾碗水？斬去幾方幾猖狂？

旛杆豎在那一快〔塊〕？兵廠按〔安〕在那一方？

外壇法事俱不講，內壇法事講臣〔朕〕聽：

上壇文疏要多少？除起玉皇請甚君？

中壇文疏要多少？除起東嶽請其神？

下壇文疏要多少？除起地藏請甚人？

神壇裏邊幾張斗？五穀珍珠在裏頭。

可有剪子共明鏡？多少銅錢上邊按？

長命富貴甚麼線？上頭川〔穿〕的多少錢？

剪子剪去甚麼事？明鏡照的怎樣行？

這事〔是〕一部《混天元》，小卿解破可周全？

點一句來破十句，枝枝葉葉講根元〔源〕。

要有破出《混天元》，與你交天大赦文；

要是破不出《混天元》，父子斬頭掛朝前。

這是人王說的話，卿家一一奏根元〔源〕。

下　卷

聰明不過唐天子，伶俐不過九郎君。

九郎伏在金鑾殿，可〔口〕稱我主萬歲龍：

我主講的《混天元》，小卿有些計〔記〕不全。

全不全的望代兆（？），破個珍珠倒卷連〔簾〕。

主公穩座〔坐〕金鑾殿，且聽小臣說根源：

頭頂玉皇花世界，腳踏萬歲錦乾坤。

習的周公春秋禮，讀的聖人古書文。

投拜先生張成義，雲蒙高山把書功〔攻〕。

文學皇宮〔黃公〕《三略》法，武習呂望《六韜》文。

馬上單槍臣有〔又〕會，馬下端刀臣有〔又〕能。

有〔又〕會呼風並喚雨，有〔又〕會灑〔撒〕豆變成兵。

瀛〔贏〕道〔到〕高山去擺陣，輸道〔到〕海底去藏兵。

有文有武屄〔俱〕不講，古聖先賢講主聽：

盤古開闢天和地，混沌一炁不分明。

宇宙分為上共下，二氣分為陽共陰。

太極兆〔肇〕判分晝夜，三光分爲日月星。

日中金烏有三足，夜間玉兔嘴無唇。

地有五湖井四海，五嶽四瀆按三河。

這是天文地理話，太古先王講主聽。

天皇弟兄人十三，各管一萬八千春。

後來也歸山聖島，地皇接位把基登。

地皇弟兄人十一，也管一萬八千春。

後來也歸山聖島，人皇接位地基登。

人皇弟兄人九個，弟兄九人分九洲〔州〕：

湖廣省內荊洲〔州〕地，雲南古來是梁洲〔州〕，

豫洲〔州〕後來河南地，江南古來是徐洲〔州〕，

揚洲〔州〕分爲福建省，洲〔雍州〕卻在陝西城，

青兗二洲〔州〕山東地，冀洲〔州〕坎方在山西。

若問各人多大壽，四萬五千六百秋。

天地人皇無處住，以巢構木以爲屈〔居〕。

燧人氏鑽木能取火，教人氏〔民〕烹煮能度飢。

銀積山上有棵樹，樹大根深葉而〔兒〕希〔稀〕。

上有三枝朝北斗，下有九枝透幽泉。

上按九宮並八卦，懷代〔胎〕姐妹人一雙。

五月十三夜雷響，砟〔炸〕出男女人一雙。

有個男子多醜陋，牛頭蛇身不相當。

砟〔炸〕出女子多縹〔標〕致，唇紅齒白貌湯湯〔揚揚〕。

又無衣服遮身體，樹葉子披在他身上。

男攀樹枝張一張，喊聲大樹我的娘；

女攀大樹李〔理〕一李〔理〕，無爺無娘隨〔誰〕家女？

天生姊妹人一雙，指名作姓在山崗：

男扳樹張就姓張，名字叫作張伏羲；

女攀樹枝理一李，名字叫做李女媧。

張伏羲來李女媧，天生姊妹人一雙。

伏羲上前開了口，女媧聽我說賢良：

你我二人歸了世，世上人民斷了根。

你我二人成婚配，傳些人丁在世上。

女媧聽說生巧計，喊到〔道〕伏羲聽短長：

「高山石礦爲磨子，二人推磨在山崗。

你若推磨趕上我，配爲夫妻人一雙；

若還推磨趕不上，還是姊妹人一雙。」

伏羲不知他用計，依然推磨在山崗。

二人高山來推磨，八百餘年趕德〔得〕慌。

伏羲趕德〔得〕心焦躁，走到河邊用水漿。

正在河邊來喝水，遇見烏歸〔龜〕說短長：

「你要趕上女媧娘，轉過頭來報〔抱〕娥皇。」

伏羲卑〔被〕他提醒了，依然推磨在山崗。

正是推磨朝前走，回頭摟報〔抱〕喊妻房。

女媧一見紅了臉：「何人交代你成當？」

伏羲聽說開了口：「女媧你且聽短長。

我到河邊去喝水，遇見老龜說短長，

　　　　若要趕上女媧娘，回過頭來抱〔報〕娥皇。」

　　　　女媧聽說好慌忙，推磨槓子手當央。

　　　　就在河邊巡〔尋〕到了，龜殼打得碎穰穰。

　　　　伏義一把來扯住：「女媧你好不賢良！

　　　　天上無龍不下雨，地下無媒不成雙；

　　　　不是老龜媒來做，你我怎能配成雙？

　　　　你我二人爲夫婦，何叫媒人受災殃？」

　　　　女媧聽說言正是，多蒙老龜做媒良。

　　　　就把龜殼來安整，龜文八卦在身上。

　　　　造下金木水火土，內五行來外五行。

　　　　神農皇帝嘗百草，置下藥草共醫書。

　　　　留傳後來佈五穀，酸甜苦辣積人緣。

　　　　軒轅皇帝才〔禪〕了位，置下衣冠共帽襟。

　　　　北海蚩尤造了反，製下刀鎗破蚩尤；

　　　　去到北海迷了路，玄女丟下指南居〔車〕。

　　　　造下六十花甲子，造下律呂世間傳。

　　　　三皇治世安天下，五帝爲君定太平。

　　　　少昊金天氏，在位八十零四年；

　　　　顓頊高陽氏，在位七十零八年；

　　　　帝嚳高辛氏，在位七十年；

　　　　帝堯陶唐氏，在位七十零二年；

　　　　帝舜有虞氏，在位六十零一年；

夏紀禹王魯治水，六水通流道〔到〕如今。

一十七主夏紀末，商紀成湯把基登。

二十八代商朝主，末尾才到紂王君。

火燒紂王崩了駕，一統江山歸周君。

姬昌文王多巧妙，後按〔安〕八卦世間傳。

乾三連，坤六段，離中虛，坎中滿，

震仰于，艮伏碗，兌上決，巽下段。

乾爲天，坤爲地，離爲火，坎爲水，

艮爲山，震爲雷，兌爲澤，巽爲風。

一卦分八卦，八八六十四卦爻。

興周滅紂姜呂望，武王姬發坐龍墩。

周有三十六王位，漢有二十四朝廷。

二十四代漢獻帝，曹丕篡位鎮中原。

東吳孫權安天下，西川劉備立爲君。

三國爲君紛紛亂，一統歸與司馬炎。

西晉末位到東京〔晉〕，南宋南梁到南齊。

南合一百七十載，隨〔隋〕龍崩駕我王登。

歷代帝王居〔俱〕不講，普天星斗講主聽：

天做棋盤星做子，地爲琵琶路爲弦。

大星佔天八里路，小星佔天四里寬。

中星佔天六里路，俱在淮河兩岸邊。

太陽星出一點紅，良月星出粉妝成。

太陽星在東方出，黃昏星出轉西天，

賊星出在四更古〔鼓〕，曉星出在五更天。

寒無黃昏從來有，夏無小星不上天。

姑娘星出則浪蕩，姊妹七個受熬煎。

北斗星出顛到〔倒〕顛，踏車星出水連天。

荷包星出圓又圓，過天星東天到西天。

紫微星出照金殿，文武官星立兩邊。

饞頭星出三個角，百菓星出兩頭尖。

官府星出要破才〔財〕，福德星君來化解。

燈草星出紅了眼，磨子星出兩頭灣〔彎〕。

天喜星出走娘家，紅羅星出去代〔帶〕他。

托盤娘星出爭帳子，三角高來一角氏〔低〕。

掃竹〔帚〕星出有尾把〔巴〕，二十八宿按四方。

牛郎星在河東岸，織女星在河西邊。

打破玉皇玻璃盞，法〔罰〕到天河不團圓。

每年有個七月七，天差二星不團圓。

半夜子時會一面，寅卯二刻各分張。

要德〔得〕二星來相會，轉等來年七月天。

東斗四星相〔像〕把秤，西斗五星相〔像〕個磬，

南斗六星相〔像〕個窰，北斗七星相〔像〕個瓢。

中央九星黃灼灼，五斗星官按五方。

太公星出站船頭，手中執把吊〔釣〕魚鈎，

鈎竿上有三尺線，一吊〔釣〕周朝八百秋。

天下敖〔鼇〕魚有四個，執掌江山四部洲。

敖〔鼇〕魚雌鱗人難過，敖〔鼇〕魚閗〔眨〕眼地翻身。

敖〔鼇〕魚身子抖一抖，天下乾坤戰兢兢。

爲人住在魚身上，何不酬天答謝神。

太公吊〔釣〕條鼇魚去，西北突下一塊天。

女媧娘娘神通大，造下冰凍去補天。

補上三年六個月，未有半邊不團圓〔圓〕。

東南風颭溫溫暖，西北風颭正正〔陣陣〕寒。

南風暖來北風涼，不冷不熱束〔屬〕江南。

長風能破千里浪，短風明〔名〕爲洋〔羊〕閣〔角〕風。

春有和風擺楊柳，夏有勳〔薰〕風熱難當。

秋有金風吹黃菊，冬有朔風透人寒。

神風陣陣颭上天，鬼風颭的圈套圈。

天崑崙來地崑崙，日月如梭繞崑崙。

天在崑崙山頂上，水在崑崙山下邊。

周天三百六十零五度，俱在日月往上邊。

日月如梭兩隻船，東天解纜到西天。

王母娘娘扶舵杆，九天仙女把篷牽。

叫你上船不上船，去年許我到今年。

有早〔朝〕一日船開了，你無善心我無緣。

一隻陽船裝年老，一隻陰船趲少年。

不是周〔舟〕船裝了去，漲破乾坤塞破天。

天上淮河有九曲，三曲灣〔彎〕來六曲園〔圓〕：

頭一灣〔彎〕裏老龍住，行雲布雨下天宮；

第二灣〔彎〕來楊天佑，生下楊戩叫二郎；

第三灣〔彎〕來靈芝草，第四灣〔彎〕來老君堂，

第五灣〔彎〕來玉皇殿，第六灣〔彎〕來度靈庵，

第七灣〔彎〕來出紗帽，玉帶出在第八灣〔彎〕，

第九灣〔彎〕來仙桃樹，三棵直來三棵灣〔彎〕。

三千年開花三千年結，三千年結果桃園。

在〔再〕結三千年桃成熟，共結一萬二千年。

結成九百仙桃果，五百酸來四百甜。

萬年蟠桃慶大會，大羅神仙祝長年。

猴子吃桃桃好吃，王母吃桃嫌桃酸。

當年有個東方朔，老賊偷桃不計〔記〕年。

方朔偷（桃）歸上界，封爲長生不老仙。

二郎吃了仙桃子，長長十八小少年。

猴子吃子仙桃果，惹下連天大禍根。

我佛如來法力大，壓在五行大山林。

整整壓上五百載，我主差人上雷音。

唐僧取經此山過，收住猴子坐〔做〕門人。

高老莊收朱〔豬〕八戒，流沙河收沙魚精。

鶯〔鷹〕愁洞裏收龍馬，太白金星送鞍韉。

取德〔得〕真經唐三藏，惹下禍來孫悟空。

九九八十單一難，難難虧的觀世音。

取德〔得〕真經回東地，我主金口把他封：

唐僧封爲旃壇佛，鬥戰聖佛孫悟空，

淨壇使者豬八戒，金僧〔身〕羅漢小沙僧。

燃燈佛置量天尺，神農置下斗合升。
世間人心可能足，伏羲聖帝置天平。
二郎手執量天尺，量盡週圍總一般。
東西南北一樣遠，收巡十萬零八千。
玉皇三十三天外，老君住在離恨天。
玉皇數過天上星，閻王數過世上人，
龍王數過江湖浪，太公數過鯉魚鱗。
玉皇掌管星官簿，王母執掌斗牛宮。
劉公管的上曹事，任公中界做曹官，
劉真君管下曹事，執掌陰司崔判官。

月中梭羅玉皇栽，金星挑水澆起來。
東葉元〔圓〕來西葉希〔稀〕，中間立站一金雞。
金雞樹上查查〔喳喳〕叫，接德〔得〕諸神下天梯。
吳剛腰中有張斧，東南砍下一枝來。
老君爐打剛〔鋼〕刀子，魯班雕出印心〔信〕來。
上方收留無處用，整個石盒送下來。
隱掌四川城〔成〕都府，龜山腳下現出來。
昔日邊〔卞〕和去打柴，看見鳳凰落塵埃。
鳳凰不落無寶地，必定底下有財才〔財〕。
兩個樵夫不打柴，就將石盒挖出來。
上頭還有七個字：「只等周朝六王開」。

樵夫一見不代〔怠〕慢，忙把石盒戲〔細〕啟來。

左也抬來右也抬，抬到金鑾八寶臺。

周朝萬歲衝衝怒，罵到〔道〕進寶狗奴才！

珍珠馬〔瑪〕腦〔瑙〕不進主，把塊癩石現〔獻〕上來！

鎮殿將軍忙起奏，口稱主公聽根排：

上頭還有七個字，只等我主親手開。

主公聽說不代〔怠〕慢，忙把香案擺下來，張魯二班請下來。

張班鑿，魯班開，石盒一鑿分兩開。

忙把石盒來開下，飛出三顆印心〔信〕來：

頭顆飛奔上方去，玉皇執印管天臺，

二顆飛到龍虎山，真人執印斬妖怪；

三顆印心〔信〕飛不動，飛到空中把翅歪。

鎮殿將軍不代〔怠〕慢，竹節崗〔鋼〕鞭打下來。

印打金殿跌破角，萬歲黃金補啟〔起〕來。

一國人王手執印，掌管江山萬萬年。

文官執印安天下，武將執印定太平。

娘娘手執蘭花印，管的三宮六院人。

大小官元〔員〕手執印，上保君來下保臣。

和尚「秉教沙門」印，做齋破獄度亡靈。

道教「靈寶玄壇」印，申文打教〔醮〕念天尊。

神會司「神盟照鑒」印，纔能做會請諸神。

織機樓是玉皇造，七位仙姑繡龍袍，

七根花針拿在手，織成一領狀元袍。

凡間有個張秀士，他的名字叫張騫。

七月初七曾洗澡，誤入天堂斗牛宮。

正打織機樓上過，看見仙女繡龍袍。

張騫上前開口問：「龍袍織把那個穿？」

七位仙姑回言答：「繡把張騫穿上身。」

張騫聽說心歡喜，氐〔低〕下頭來自平〔評〕論：

我今到〔倒〕有狀元份，妻子醜陋不相當。

七位仙姑聽德〔得〕說，龍袍拆得碎稂稂。

張騫轉身看一看，看見仙姑拆袍忙。

張騫上前忙開口，喊到〔道〕仙姑聽短長：

「自古成工〔功〕不可毀，成功有〔又〕毀未〔爲〕那壯〔樁〕？」

七位仙姑回言答，叫到〔道〕凡夫聽短長：

「只因張騫嫌妻醜，拆袍勾官趕下天。」

玉皇留下七個字：「自古福在醜人邊」。

周照〔昭〕王廿六年生下佛，定王三年降老君，

靈王廿五年生夫子，三個年限降三仙。

四月初八生下佛，二月十五降老君，

冬月初四生夫子，三個月裏降三仙。

幽洲〔州〕城裏生下佛，毫〔亳〕州城裏降老君，

曲阜縣裏生夫子，三個州縣出三仙。

峨賓公主生下佛，迎春小姐降老君，

顏氏夫人生夫子，三個古人降三仙。

半夜子時生下佛，日中午時降老君，

　　寅卯三刻生夫子，三個時辰降三仙。

　　左骨傍邊生下佛，右骨傍邊降老君，

　　脊背後頭生夫子，三人未成〔曾〕走紅門。

　　三人流傳儒釋道，九流三教世間傳：

　　一流舉子二流醫，三流地理四流推，

　　五流丹青六流相，七僧八道九琴棋。

　　朝陽洞裏兩扇門，一扇金來一扇銀。

　　金門開德〔得〕金雞叫，銀門開的鳳凰聲。

　　朝陽洞裏兩塊田，一塊方來一塊圍〔圓〕。

　　方田打稻打八百，圓田打稻整一千。

　　方田栽的烏江早，圍〔圓〕田栽的拖尾秈。

　　朝陽洞裏兩隻雞，一隻雄來一隻雌，

　　雌的地下尋食吃，雄的架上理毛衣。

　　朝陽洞裏兩口鋼〔缸〕，一口圓來一口方。

　　杜康造下香美酒，劉伶騎馬略嘗嘗。

　　朝陽洞裏六根鎗，三根鐵來三根鋼。

　　三根鐵的防賊盜，三根鋼的保朝崗〔綱〕。

　　落茄〔洛珈〕山上有個盆，盆禮〔裏〕做〔坐〕的觀世音。

　　四十九根紫竹子，善才龍女拜觀音。

　　鸚哥樹上查查〔喳喳〕叫，護法韋陀觀世音。

　　太陽下山望西遊，太行山上出石頭，

　　一塊石頭三個眼，當中眼內出遲〔犀〕牛。

張郎放來李郎收，老君造下鐵籠頭。

扣在玉皇石柱上，挨〔拉〕倒王母九座樓。

太行山上吃飽草，喝斷長江水段〔斷〕流。

洋〔揚〕子江心打一滾，尾巴一掃十三洲〔州〕：

一拳打破是通洲〔州〕，兩手劃風上杭洲〔州〕，

雙腳跳，是德洲〔州〕，口卸煙袋是泊洲〔州〕，

大耳朵豬是灰〔徽〕洲〔州〕，要打滾，是驢〔瀘〕洲〔州〕，

不打你，是饒洲〔州〕，八隻腳，是海洲〔州〕，

水漫〔母〕娘娘住泗洲〔州〕，一索絲線是長〔常〕洲〔州〕，

插板枚，是揚洲〔州〕，烏幽幽，高郵洲〔州〕，

水出東門上泰洲〔州〕，一共道有十三洲〔州〕，一個一個
不許丟。

緊緊走，慢慢遙〔搖〕，請神又到趙洲〔州〕橋。

張班造來魯班修，無數匠人把鉅〔鋸〕抽。

三百六十塊補〔鋪〕橋板，三十六個獅子看水流：

九個獅子管星斗，九個獅子看水流，

九個獅子朝南海，九個獅子鎮橋頭。

二〔兩〕邊造的石欄杆，上頭又造八仙樓，

南頭有造奶奶廟，北頭有個鎮海樓。

仙橋造的亭亭〔停停〕當，城隍土地過橋頭。

橋樑使者分左右，八洞神仙過橋頭。

關公打我橋上過，夜點明燭看《春秋》；

張飛打我仙橋過，大喝三聲水斷流；

劉海打我仙橋過，戲灑〔撒〕金錢過橋頭；

張果老打仙橋過，道〔倒〕騎驢子過橋頭；

韓湘子打仙橋過，口品玉簫過橋頭；

鐵拐李打仙橋過，手柱拐棍過橋頭；

曹國舅打仙橋過，盂〔漁〕鼓將〔簡〕板唱道歌；

呂純陽打仙橋過，寶劍插在肉裏頭；

漢鍾離打仙橋過，手執芭蕉過橋頭；

何仙姑打仙橋過，手捧壽花過橋頭；

蘭〔藍〕采和打仙橋過，手捧花籃笑呼呼。

四大名明〔名〕山走過去，驢蹄子陷大橋南頭。

你知古來我知文，可知泥〔尼〕丘上大人。

夫子本在魯國住，曲阜縣禮〔裏〕是家門。

父親名叫叔良紇，母親亓氏老安人。

然後又娶顏氏女，後來生下孔聖人。

身長九尺零六寸，臉上毫毛有三根，

嘴裏三十六牙齒，頸下鬍鬚拖過胸。

只因夫子生得醜，文人武相不相當。

七十二歲生〔身〕亡古〔故〕，平陽縣裏立墳塋。

王母娘娘看風水，九天仙女執羅盤。

葬在高處出皇帝，葬在低處出公卿，

葬在左邊出宰相，葬在右邊出王侯。

前朱雀來後玄武，左青龍，右白虎，

葬在一塊平安地，一代一個孔聖人。

留下仁義禮智信，教訓後來讀書人。

「上大人」二十五個字，十三抄來十二真。

十三抄的安天下，十二真的定太平。

上大人，孔乙巳，化三千，七十士，

爾小生，八九子，佳作仁，可知禮也；

也禮知可，人〔仁〕作佳，子九八，生小爾，

士十七，千三化，己乙孔，人大上。

顛過倒，倒過顛，明〔名〕爲珍珠到〔倒〕卷連〔簾〕。

這事〔是〕一部交代主，會壇法事講主聽：

旛杆生來三丈三，三把楊柳往上按，

江南木頭爲旗杆，豎立燒香會壇門。

仿〔紡〕紗多虧張氏姐，繡幡多虧李迎春。

繡一對來飄一雙，上繡昊天張玉皇。

繡二對來飄二雙，中繡東嶽天齊王。

繡三對來飄三雙，下繡幽冥地藏王。

九截頭來十九截尾，二十八宿鬧坤〔昆〕陽。

兩條力索顛倒扯，有條陰來有條陽。

東南風往西北飄，好相〔像〕黃龍下九霄。

豎起旛杆做大會，拉倒旗杆保平安。

外壇石灰要四石，裏四門來外四門。

五張桌子五方擺，五個牌位按五方。

五把鋼刀五碗水，斬去五道五倀狂。

旛杆豎在東南上，兵廠按在西北方。

外壇法事居〔俱〕不講，內壇法事講主聽：

上壇文疏二百八，除起玉皇請星君。

中壇文疏三百六，除起東嶽請諸神。

下壇文疏一百八，除起地藏請能仁，

內壇禮〔裏〕邊有張斗，五穀珍珠在裏頭。

斗案上有一把稱，長命線接上邊安。

內壇石灰要四斗，禮〔裏〕四樓夾外四樓。

剪子插在斗案上，剪去口舌永不回。

斗案一面青銅鏡，照得合會人等、大大小小、老老少少、男男女女保團圓。

這是一部《混天元》，小卿有點記〔計〕不全。

全不全的主代照，望主謝〔赦〕出臣父親。

附錄三：天地問（江都神書抄本）

（問）起日當初先有地？還是當初先有天？
　　　幾分山來幾分水？山在前來水在前？

（答）起日當初先有地，地氣浮雲變作天，
　　　三山六水一分田，山在後來水在先。

（問）天到那裏缺一角？地到那裏缺半邊？
　　　什麼人煉石將天補？補到如今可周全？

（答）天到東南缺一角，地到西北缺半邊，
　　　女媧氏煉石將天補，補到如今未周全。

（問）天到地來地到天，共計幾萬另幾千？
　　　日出周圍有多遠？東南西北可相連？

（答）天到地來地到天，共計十萬另八千，
　　　日出周圍萬萬里，東南西北一樣圓。

（問）東幾天來西幾天？南幾天來北幾天？
　　　不知一共多少天？天裏天外可有天？

（答）東八天來西八天，南八天來北八天，
　　　四八共計三十二，三十三天天外天。

（問）天上大星有多少？中等星君幾里寬？
　　　餘下小星可有數？補在淮河那岸邊？

（答）天上大星三百六，中等星君九里寬，
　　　餘下小星無記數，補在淮河兩岸邊。

（問）東斗星君名和姓？西斗星君叫何名？

　　　　南斗星君什麼女？北斗星君叫何名？

（答）東斗星君張柳國，西斗星君趙林芳，

　　　　南斗星君黃氏女，北斗星君黃文昌。

（問）什麼星是前娘養？什麼星是後娘生？

　　　　什麼星挑過淮河壩？什麼星落水紅眼睛？

（答）石頭星是前娘養，燈草星是後娘生，

　　　　石頭星挑過淮河壩，燈草星落水紅眼睛。

（問）什麼星站在東南角？什麼星站在西北邊？

　　　　每年幾月幾日幾時會一面？要得相逢等那年？

（答）牛郎星站在東南角，織女星站在西北邊，

　　　　每年七月初七半夜子時會一面，要得相逢等來年。

（問）什麼星君站河邊？什麼星是姑和嫂？

　　　　什麼星君正帳子？那角高來那角垂？

（答）擺度星君站河邊，姑嫂二人踩水星，

　　　　拙婆娘星正帳子，上角高來下角垂。

（問）什麼星出來一蓬鬆？什麼星出來像把弓？

　　　　什麼星君來路遠？什麼星落在那一宮？

（答）烏鴉星出來一蓬鬆，犁星出來像把弓，

　　　　過天星君來路遠，黃昏星落在斗牛宮。

（問）什麼星一出四更時？什麼星一出萬民知？

　　　　什麼星出來刀兵動？什麼星出來是荒年？

（答）雞星一出四更時，曉星一出萬民知，

　　　　掃帚星出來刀兵動，灰星出來是荒年。

（問）什麼星君站船頭？手中執把什麼鈎？

　　　　　鈎竿鈎線幾尺面？一鈎那朝多少秋？
（答）飛熊星君站船頭，手裏執把釣魚鈎，
　　　　　釣竿鈎線八尺面，一釣周朝八百秋。
（問）什麼星往娘家去？什麼星在後面跟？
　　　　　跟得何人發了怒？拔下什麼劃什麼河？
（答）織女星往娘家去，牛郎星在後面跟，
　　　　　跟得王母發了怒，拔下金釵劃銀河。
（問）什麼星出來紅滿天？什麼星君缺又圓？
　　　　　什麼人造下量天尺？誰人能量地與天？
（答）太陽出來紅滿天，太陰星君缺又圓，
　　　　　楊二郎造下量天尺，他能量天地有多遠。
（問）天上淮河什麼人開？月中丹桂什麼人栽？
　　　　　丹桂樹下什麼洞？什麼東西拜月跑出來？
（答）天上淮河玉皇開，月中丹桂吳剛栽，
　　　　　丹桂樹下神仙洞，玉兔拜月跑出來。
（問）丹桂樹有幾杈枝？幾杈東來幾杈西？
　　　　　幾杈東來落何物？幾杈西來落什些？
（答）月中丹桂九杈枝，四杈東來五杈西，
　　　　　東四杈落鳳凰鳥，西五杈上落金雞。
（問）淮河幾曲有幾彎？彎彎曲曲投那間？
　　　　　第幾曲裏有什廟？第幾彎裏有什山？
（答）淮河九曲十三彎，彎彎曲曲投凡間，
　　　　　第五曲裏仙王廟，第六彎裏有桃山。
（問）桃園桃樹何人栽？何人澆水長起來？

幾年活來幾年開？幾年結下桃果來？

（答）桃園桃樹王母栽，九天仙女澆水長起來，

三千年活四千年開，一萬年結下桃果來。

（問）結下桃果有多少？多少甜來多少酸？

什麼人上樹偷桃吃？他是那方什麼仙？

（答）結下桃果三百六，紅的甜來青的酸，

東方朔上樹偷桃吃，他是東方第一仙。

（問）什麼人能數天上星？什麼人能數世上人？

什麼人能數江湖浪？什麼人能數眾魚名？

（答）玉皇能數天上星，閻王能數世上人，

龍王能數江湖浪，七公能數眾魚名。

（問）什麼菩薩遊四方？什麼菩薩掛屋樑？

什麼菩薩三隻眼？什麼菩薩看廟堂？

（答）觀音菩薩遊四方，趙公玄壇掛屋樑，

二郎菩薩三隻眼，哼哈二將看廟堂。

（問）什麼廟裏不燒香？什麼廟面無和尚？

什麼廟裏無羅漢？什麼廟和那裏隔江望？

（答）古脹廟裏不燒香，土地廟裏無和尚，

觀音廟裏無羅漢，金山寺與瓜洲隔江望。

（問）那裏寶塔光又尖？那裏寶塔出神仙？

那裏寶塔龍抓頂，那裏寶塔浪上顛？

（答）秦郵寶塔尖又尖，杭州寶塔出神仙，

揚州寶塔龍抓頂，金山寶塔浪上顛。

（問）外面颳的什麼風？看你肚裏通不通？

一張犁上幾個眼？幾大幾小幾不通？

（答）外面颳的東南西北風，君也明來臣也通。

一張犁上十一個眼，四大五小兩不通。

（問）什麼鳥做窩在樹頭？什麼鳥做窩在屋樑？

一丈麻布有多少眼？一斗菜籽有幾雙？

（答）烏鴉做窩在樹頭，燕子做窩在屋樑，

麻布認丈認尺認寸不認眼，菜籽認斗認升認合不認雙。

（問）金鑾殿有幾重門？幾重門走的幾等人？

東華門裏走那個？西華門走的什麼人？

（答）金鑾殿有四重門，四重門走的四等人。

東華門裏文官走，武官走的西華門。

（問）糧草走那個門進？孤王走的什麼門？

東幾拜來西幾拜？當中幾拜拜何人？

（答）後宰門裏進糧草，萬歲走的正陽門，

東八拜來西八拜，當中八拜三八二十四拜君恩。

（問）請神法表什麼童？要用何物把路通？

請神請到那一殿？送神送到那一宮？

（答）請神法表是神童，關文度牒把路通。

請神請到凌霄殿，送神送到斗牛宮。

（宦玉英抄）

附錄四：脫衣咒（金湖民間故事）

　　聽老一輩子講，過去有個叫林玉佩的，是個「大香火」。這一帶人家做會都要請他，名聲大呢！他年輕的時候到龍虎山學過法，還得了仙人一本書。他會使很多法，一念咒就能把人定住，叫你半天走不動。後來，林玉佩到太湖去做會，被強盜傷了眼睛。他就在家帶徒，不替人家做會了。

　　有一天，他在門口乘涼，大路上遠遠走來一個女的。有人說：「林師傅，聽說你會脫衣咒，我們一回沒有看見過。你能叫那女的把衣服脫掉，算你本事。」林玉佩快活起來了，說：「好，讓你們見一回。」

　　他就念了。那女子果真一邊走一邊脫衣服，……（原注：此處做了刪節。）等走到林玉佩跟前一看，原來就是他自己的妹妹。林玉佩羞得沒有地洞拱，一氣就把那本「仙書」燒了。從此，就再也沒有人會使這些法了。

講述人：耿恆祥，男，72歲，農民，不識字，夾溝鄉冀河村人。

記錄人：戴之堯

搜集時間：1986年8月9日

搜集地點：夾溝鄉文化站

作品來源：小時候聽老輩講

流傳地區：金湖縣東南片

（原載《中國民間文學集成·金湖縣資料本》，金湖縣民間文學集成辦公室編印，1987·10，江蘇金湖。）

江蘇南通農村的童子戲和

太平會（調查報告）

　　在江蘇省長江以北，北起連雲港市、南到南通市的廣大農村中，流傳著一種民間演唱活動，從業人員稱為「童子」。童子在為民眾舉行消災降福、驅鬼治病的「太平會」時，表演講唱、歌舞和戲曲等技藝，民眾稱之為「童子戲」。這種童子戲在各地發展不同，在連雲港地區早已成為一種有專業班社組織的地方戲曲劇種，俗稱「大戲」（當地其他地方戲曲多演出家庭生活和愛情婚姻問題劇目，稱「小戲」），其演員仍稱「童子」，並為民眾做會還願等活動；在南通地區，三十年代在童子戲基礎上也發展為地方戲曲劇種——通劇，但在農村中仍保留著原始的童子戲演唱；揚州、淮陰地區的香火戲與南通童子戲屬同一類型的演出活動，現代揚劇的形成便大量吸收了香火戲的藝術積累。

　　本文所介紹的是南通市南通縣（通州市）西北部及如皋、如東縣鄰近地區的童子活動，包括五窯、英雄、劉橋、石港、石南、新聯、新店、永紅、紅旗、新姚等鄉鎮，面積約 400 餘平方公里。這一帶農村十分閉塞，交通不便，與外界聯繫困難，民間的迷信活動十分盛行。與童子相配合的是巫婆，她們設「仙方堂」；也有土和

尚「做道場」、「放焰口」等。本文著重考查童子和童子戲的來歷及童子所做「太平會」的情況，資料來源均為直接調查所得。

一、童子和童子戲的來歷

童子自稱「巫師」、「巫醫」。民眾當面尊稱他們為「先生」，背後稱為「童子」，有的地方也稱之為「香火」。童子都是男性，現在有少量女童子，或夫妻童子。據童子講，1949 年前他們歸舊政府「陰陽學」管理，發給「方單」，在方單規定的範圍內活動。如果越「方」活動，除對方邀請（對方出面邀請者稱「醮首」，被請者稱「客師」），否則將受到譴責。舊政府中有無「陰陽學」這一機構，尚待查證，但童子們所說的這種活動方式，與揚州等地香火以「方」、「堂口」（或「壇口」）為組織和活動範圍是相同的。現在童子們沒有組織意識，但活動的範圍仍大致有定。

童子的傳承有兩種方式：一是師徒傳授，一是父子相傳。父子相傳，兒子出師後，父子可同場做戲。其授業方式，因對象而異，識字的以讀「懺」（方音 qian，有的地方讀 tian）為主，「懺」即童子做會時講唱的神書，據說有數百種；不識字的靠口授。規定學法七年，才能出師，單獨司職。取得童子的資格，還必須經過「賣身」，即把自己的靈魂「賣」給神。這種儀式在在拜師學藝之初舉行，很隱秘：先寫一張「賣身」給東嶽大帝的「合同」，然後選定一天的夜間，賣身者獨自一人在荒場（墳場）裏祭拜後，急跑出去，發現的第一個昆蟲，便是自己的「替身」，將它和賣身合同一齊埋在只有自己知道的地方。賣身有「賣全身」和「賣半身」的分別。

「童子不把身來賣，三魂七魄叫不來」，只有賣了身以後，才能通神，為人招魂醫病。童子內部也有等級，主要是以能演唱的「懺」多少而定，會唱的「懺」越多，本領高，地位就高。

童子做會由「信士」（民眾）去請，講定會期、會錢，童子們相邀按期前往。

童子被認為是一種低賤的職業，現在雖然收入較高，仍如此。目前真正拜過師的童子多在六十歲以上，他們以此為職業。他們均不授徒，一方面是自己不願帶，另方面他們的後代也不願意學。由於現在童子的生意興旺，賺錢多，有些青年也隨童子做會。他們一般不懂做會的儀軌和法術，只是跟著老童子照本唱「懺」，或演唱其他節目。目前這類唱本在當地農村中有手抄本或油印本流傳。

關於童子的來歷，當地民間有三種傳說，現摘要介紹如下：

（一）爲武則天驅鬼娛神

唐高宗駕崩後，武則天做了皇帝。她淫蕩無度，以招考狀元為名，把許多美男子招進後宮，供她玩弄，稍不如意就殺掉。此事震動天庭，玉皇大帝派遣烏龜精下凡，與武則天結為夫妻，滿足她的淫欲。她怕夜間行「夫妻之禮」時聲音過大，驚動鬼神，便命許多童男女在外面敲鑼打鼓，驅鬼娛神。這些童男女被封為「童子」，後來童子便專司驅鬼娛神，成為一種職業。

（二）三仙女子爲唐公主治病

唐王李世民的公主生病，只剩一絲游氣。皇上貼出皇榜，告示天下，誰能爲公主治好病，賞銀萬兩，加官進爵，仍無人揭榜。公主的貼身丫環三姑娘爲公主病著急，夜裏夢見自己脫光衣服，腰束花裙，頭戴彩帽，手執一把神刀，在後宮左砍右殺。然後從宮門階下鏟來一塊「墊腳土」，從香爐裏取了一撮香灰，泡了一壺茶，請公主喝了，公主的病馬上就好了。三姑娘一陣歡喜，驚醒了。她告訴公主，公主同意試試看。第二天夜裏，三姑娘按夢裏所歷重演一遍，公主的病果然好了。公主奏明皇上，皇上遂封她爲「巫醫」、「三仙女子」。

（三）爲李世民還願心

唐王李世民的宰相魏徵斬龍，龍王向玉皇大帝告狀：唐王原答應救他，言而無信。玉皇大帝令將李世民拘入地府，他陽壽已終，求地府閻王給添壽，閻王不許。地府中管「魂簿」的判官崔旭（他是魏徵的表兄）見皇上遇難，用「掉包計」頂替同姓名的人，爲李世民添了十年陽壽。李世民爲報此恩，許下願心：「一許西天經來取，二許進瓜入幽冥，三許陽元洪門會。」

李世民回到陽間，派唐僧去西天取經，派劉全到陰間進瓜，

還了兩件願心。唯獨「陽元洪門會」開不成，因爲這種會要把上中下三界神仙都請到才能開成。他讓宰相魏徵去請，魏徵年老體衰，託病不從。李世民一怒之下把魏徵打入牢中，要斬他。

魏徵的九子魏九郎在崑山讀書，見烏鴉枝頭高叫，聽出家中凶信，辭師回家救父。途中太白金星送他鑽天帽、登雲靴、斬妖索三件法寶。回到家中，請仁伯程咬金保出父親。九郎背「表」上天入地，請來三界神仙，帶領衆童子開了陽元洪門會。李世民還了願心，封九郎爲神，封童子爲巫醫。後來童子做會，必請九郎神背表上天，請三界神仙赴會，爲信士醫病還願祈福。

　　第一種傳說顯然對童子很不尊敬，表現童子在民衆意識中是一種卑賤的職業。第二種傳說在部分童子中流傳，有的說三仙女子是天上的仙童，被玉皇大帝派下凡間，爲唐王公主治病。後來的童子由男子充任，但仍然要扮女裝，束花裙，戴花帽，因此被人看不起。第三種傳說也在許多童子中流傳，持這種傳說的童子尊李世民爲祖師。後兩種傳說在上述地區童子中同時存在，師承各異，各持己見。三種傳說都說童子起源於唐朝初年，都與宮廷有關。它們分別說明了童子活動的特點：童子是巫醫，能驅鬼醫病、請神還願，活動時男扮女裝，敲鑼打鼓。這些傳說雖係附會，但說明童子來源甚古。

　　巫，古代稱能以歌舞降神的人。《說文》：「巫，祝也，女能事無形，以舞降神者也。」巫有男女：「在男曰覡，在女曰巫。」（《國語·楚語（下）》）秦漢以來特重女巫，如《史記·封禪書》

載，漢高祖劉邦在「長安置祠祝女巫」，有梁巫、晉巫、秦巫、荊巫、九天巫等，各有所祠，「皆以歲時祠宮中」。後代男巫遂多爲女裝，東北各民族的薩滿教神漢薩滿，作術時男性也要著女裝跳舞。《廣東通志》引《粵東筆記》：「永安俗尚師巫，有人病重，則畫神像於堂，巫作嬌好女子，吹牛角鳴鑼而舞，以花竿荷一雞而歌。」這同南通的童子做會時男扮女裝是一致的。

中國古代的巫有多種門類：史、祝、卜、尸、醫、蠱、儺等。巫醫是古代巫術之一。巫醫在古代被認爲是一種低賤的職業，《後漢書·許楊傳》載，王莽篡位，太尉許楊「變姓名爲巫醫，逃匿他界。莽敗，方還鄉里」。童子自稱巫醫，也被認爲是卑賤的職業，這同古代一致。

童子之稱同古代的「儺」有關。儺是古代驅逐疫鬼的儀式，故又稱驅儺。古代傳說：「顓頊氏有三子，生而亡去爲疫鬼。一居江水，是爲虐（瘧）鬼；一居若水，是爲魍魎蜮鬼；一居人宮室區隅，善驚人小兒。」（《後漢書·禮儀志（中）》注引《漢舊儀》）先秦時便有宮廷中的「大儺」和民間的「鄉人儺」爲驅鬼之儀。《呂氏春秋·季冬紀》：「季冬之月，……天子居玄堂右個，駕鐵驪，載玄旂，衣墨衣，服玄玉，食黍與彘，其器宏以弇，令有司大儺旁磔。」《論語·鄉黨》有孔子觀看「鄉人儺」的記載：「鄉人儺，朝服而立於阼階」。漢代大儺的情形，見《後漢書·禮儀志（中）》：

先臘一日，大儺，謂之逐疫。其儀：選中黃門子弟年十歲以上，十二以下，百二十人爲侲子，皆赤幘皁製，執大鼗。方相氏黃金四目，蒙熊皮，玄衣朱裳，執戈揚盾。十二獸有衣

毛角。中黃門行之，冗從僕射將之，以逐惡鬼於禁中。夜漏
上水，朝臣會，……乘輿御前殿，黃門令奏曰：「侲子備，
請逐疫。」於是中黃門倡（唱），侲子和……

中黃門和侲子唱和的歌詞是說「十二獸」（由人扮演）吃各種
疫鬼，命令疫鬼趕快離去，「女不急去，後者爲糧！」方相、十二
獸舞蹈，侲子敲鼓唱和，歌舞三遍，持火炬，「送疫出端門」。數
千騎士傳遞火炬，最後將疫鬼逐入洛水中。

上述記載中的「侲子」，即十至十二歲的兒童，亦即「童子」。
同書注引《漢舊儀》：「方相帥百隸及童子，以桃弧、棘矢、土鼓，
鼓且射之，以赤丸、五穀播灑之。」這裏直稱「童子」，可證。上
述記載雖爲宮廷大儺，也可瞭解「鄉人儺」的情況，後者的聲勢、
規模自然會小一些。北朝宮廷大儺用侲子二百四十人（《隋書·禮
儀志》）。唐朝宮廷驅儺用「侲子五百，小兒爲之，衣朱褶素襦，
戴面具」。（《樂府雜錄》）宋代以後的驅儺舞中便沒有侲子（童
子）的記載了。

童子本爲古代驅儺中的侲子，至唐代仍如此，而南通農村中至
今仍稱那些爲人驅鬼醫病的迷信職業者爲「童子」，說明它同古代
驅儺的密切關係。這種關係，在揚州地區的香火中有明確的表述，
其「開壇請神」的「盤家門」答詞中便說：「老祖本是鄉人儺，孔
子階前觀得明」；「五嶽內壇」開唱詞更說得明白：「周朝手上敲
木鐸，唐朝遺留鑼鼓響。鑼隨鼓隸鄉人儺，驅邪逐疫一柱香。」這
說明香火戲、童子戲同古代的驅儺有直接傳承關係。

江淮地區古屬淮夷之地。歷史上這一地區盛行巫風，雜祀鬼

神。這一地區流行童子的活動，不足爲怪。童子戲歌舞技藝表演起源於何時？史無記載。上述民間傳說，均稱童子和童子戲起源於唐代，有一定道理。南通童子演唱的各類「懺」，目前尚未全部挖掘出來。已知其主要部分，與揚州香火內壇「十大神書」基本相同，即以唐初魏徵、李世民爲中心的神話傳說故事，如《袁天罡賣卦》、《魏徵斬龍》、《李世民遊地府》、《九郎官救父》、《劉全進瓜》等，旁出有《秦始皇趕山塞海》、《劈山救母》等；另一組是以東嶽大帝爲首的神話傳說故事，如《陳梓春》（文昌帝君）等，均以唐代爲背景。此外還演唱一些明清以來戲曲、講唱文學的傳統故事。因此，可以推測，童子戲和香火戲都是唐代以後在古代驅儺歌舞的基礎上逐漸發展起來的。

二、太平會

　　南通童子活動的主要方式是爲民眾「做會」。會的名目繁多，如「消災會」、「催生會」、「青苗會」、「豬欄會」、「牛欄會」、「羊欄會」、「換土會」（一名「安土會」）等，其中以「消災會」最爲普遍。這些會的內容都同民眾的生活、生產有密切的關係。舊社會民眾（特別是農民）在天災人禍面前無能爲力，便轉而求神，而童子則是神與人的溝通者，於是便請童子做會。做會的目的是消災免禍求太平，所以各種各樣的會也總稱爲「太平會」。

　　民眾一般把做會稱爲「燒紙」，因爲做會時總要燒掉許多紙錢（俗稱冥票）。有「燒大紙」、「燒小紙」之分。燒大紙請的童子多，時間長，可達三天三夜；燒小紙請的童子少，一天一夜可做完。

各種會的程序大致相同，這裏以「消災會」爲主介紹做會的全過程。

民衆請童子做消災會，大都是因家中有人生病。請童子做會之前，先到巫婆的「仙方堂」去討「仙方」。這些巫婆在家中設仙方堂，稱菩薩附身，爲人治病。仙方有兩類：一是香灰、「仙水」之類；一是「礙方」，是爲病家解除致病原因的指示。如有人患頭疼，巫婆降神指示，該人家中西山頭（房屋山牆）外十三步處地下有大椿，釘在一座野墳頭上，觸怒野鬼。病家把木椿拔出，燒點紙給野鬼，便可痊癒。如果病人病重，巫婆就要病家向菩薩「許願」（或稱「准願」），以求病除，這就要請童子做消災會。當地的巫婆都同童子合作，幫童子攬生意。在巫婆的指點下，病家去請童子做會。做會時巫婆也到場，名曰「坐堂」，實際上沒她的事，只是跟著吃飯。做會結束後，童子們也會分一些錢給她。巫婆和童子的這種合作關係，自然是合夥欺騙民衆，但也說明他們都來源於原始的巫術。

童子到了信士（病人）家，開始設香堂（或稱「香壇」），並在庭院中樹起神旛，俗稱「百腳旗」。過去爲布製，高達數丈，現在多用紙製。香堂設在堂屋（正房中間一間屋，幾家合做會也臨時搭簡易棚架式香堂），靠北面牆的長條櫃上，最裏面供奉神仙牌位，每個牌位配有黃元碼子（神像）。這些牌位從右到左的次序是：東廚司命九齡竈君、三元三品三官大帝、五方五路通達之神、五福都天金容大帝、昊天金闕玉皇大帝、東嶽天齊仁聖大帝、大華教主地藏能仁、主郡城隍忠佑之神、本坊土地里戚正官、豬欄菩薩、受願城隍朱伯太尉，共十三位，東嶽大帝居中。牌位左首偏前擺一個五升斗，斗裏放一面「照妖鏡」（即家用鏡子），一塊毛巾，一個草把兒，一些米和大中小旗子。大旗（長約 50cm、寬 7cm）上書有

「金橋度命大天尊」，中旗上書「星光主照本命元辰」。小旗五面，分別書「甲乙木」、「丙丁火」、「戊巳土」、「庚辛金」、「壬癸水」。櫃前是一八仙桌，桌子上放香燭和供品。供品有葷有素，花樣繁多，其中豬頭是不可缺的。童子講唱時在八仙桌東西兩面對坐。他們穿戴的彩帽（稱陽元帽）、花裙和法器（小木魚、小銅鑼、平鑼、千金、神刀等），也放在桌上。八仙桌上方拉兩條線，後面一根上懸掛五路神像（剪紙），前一根上掛六個彩飄兒，分別書「家堂香火」、「司命竈君」、「玉皇大帝」、「東嶽大帝」、「主郡城隍」，「本坊土地」。每條下面均書有「奉聖祝貢消災信士×××叩封」，由信士具名。做會開始前童子還要先把「關文」（或稱「榜示」）寫好。做完這些準備工作，做會即開始。

消災會（或其他會）有一定儀軌，但在實際做會中，童子們師承各異，做法不盡相同；因時間或其他原因，童子們「偷工減料」，也省掉一些程序。目前民眾做會的娛樂要求明顯增加，因此除了最基本的儀式，多要求增加演唱節目，這樣舊式做會的程序也被打亂了。現據調查中童子們所述，大致可歸納爲以下幾個程序：「開壇」、「巫壇」、「發關文」、「叫魂」、「做武場」、「領生」、「消災」。中間穿插「上聖」，也可加進其他儀式活動，如「度關」、「添壽」等。

(一)開　壇

開壇時全體童子身著花裙、頭戴陽元帽登上香壇，一個童子大聲喝道：「鑼鼓齊鳴，諸神降臨，弟子誠心，禮拜天君！」這時整個香堂內烟霧繚繞，彩飄飛舞，鑼鼓齊鳴，並吹起海螺；香堂外點

火燃爆竹，全體童子齊唱：

> 鑼鼓嗆嗆連聲鳴，點火堂外放高升。
> 連放三聲高節炮，鳴鑼接駕出仙庭。
> 青龍東方駕一馬，白虎西方庚辛金。
> 南方丙丁朱雀舞，北方壬癸水得興。
> 中間太極戊巳土，五色祥雲透三清。

開壇同時是「祭壇」，即把一切供品全部陳列出來。過去有些大戶人家用整豬整羊，現在只用豬頭，簡單多了。

(二)巫　壇

開壇後便是「巫壇（記音）」，或稱「巫壇接駕」，包括「請神」、「念表」、「獻酒」。請神由魏九郎承擔，他背「表」赴「三界」，請三界諸神臨壇。而魏九郎則由本坊土地去請，同時講唱魏九郎的故事，就是《九郎官救父》。其中有一段唱詞是講魏九郎的出身來歷：

> 家住浙江金華府，蘭溪小縣魏家村。
> 父在朝庭為宰相，馬李肖氏三母親：
> 大兒三郎馬氏養，四五六郎李氏生，
> 七八九郎肖氏養，肖氏門中小外甥。
> 一父三母生九子，我今取名小魏巡。
> 大郎東方駕一馬，二郎西方庚辛金，

三郎南方丙丁火，四郎壬癸水得興，

五郎中央爲五道，六郎六才六丁生，

七郎能斷人間事，八郎會堂進公文，

唯有九郎年紀小，杭州城裏讀書文。

九郎崑山將書讀，天文地理記在心。

不表九郎將書讀，再表唐朝李世民。

世民唐王遊地府，奈河橋邊許願心：

一許陽元做盛會，三表三貼請三清，

西天取經唐三藏，劉全進瓜入幽冥。

三條願心還兩條，欠掛一條未曾盡。

天上玉皇知道了，差下五嶽降凡塵。

五嶽王宮來討願，唐王一見了不成：

「哪個替我將表進，官封全家一滿門：

男子七歲封官職，女子九歲受皇恩。」

可恨京城李道忠，保奏一本見當今：

「滿朝倒有文共武，不能背表上天門。

朝中只有魏宰相，能背表帖駕祥雲，

夢中能把蛟龍斬，能駕祥雲發力能。」

萬歲聽說龍心喜，詔選南街老魏徵。

魏徵回言不能去，打入地牢苦當身，

九郎崑山將書讀，烏鴉帶信轉家門。

家中見過三位母，又到朝中見父親。

萬歲聽說心歡悅，曉得九郎成了神。

魏九郎的故事與揚州香火戲內壇神書中的《九郎官替父》相同，包括了魏徵應詔上殿、九郎辭學救父、龍宮借馬、西市買鞍、龍宮借鞭等情節。如果加以敷衍，前面還有「袁天罡賣卦」、「魏徵斬龍」、「唐王遊地府」、「劉全進瓜」等故事，有「十三部半巫書」的說法，能否講全，就看童子本領了。目前南通的童子多不能講唱這些長篇的故事了。大都像上述唱詞一樣，簡單交待一下應景。

請來魏九郎，接著「念表」。「表」共有「三支」：上界「天仙表」，請的是玉皇帝大帝等天宮的神；中界「陽元表」，請的是東嶽大帝等神；下界「下元表」，請的是地藏王等神。

下面舉陽元表為例：

表迎東嶽大帝，九郎叩封

　　×× 縣×× 鄉×× 村敬祝太平勝會一所，有煩符官邀迎東嶽大帝、張康二相、十大朝臣赴會。設收香花送駕回鑾，保佑會首會後人口平安。

信士　××ׯ

年　月　日

念表時不僅念出諸神菩薩的名號，還要講述他們的出身和讚頌他們的神通。實際上是講唱諸神的故事，中又穿插上「上聖」，所以念表時間拖得很長。上聖又稱「上神」，表示神仙附體（請來的神附在童子身上）。這時童子手持神刀，放聲高叫，時而氣勢洶洶，時而輕輕細語，時而唱（齊唱、對唱、輪唱），時而跳。唱跳打鬧，

形如顛狂，所以當地人責備小孩子胡亂打擾時便說：「看你像『上聖』的！」

菩薩請來，即向菩薩「獻酒」，又稱「接駕獻酒」。獻酒就是向菩薩獻香、燭、紙、馬，同時唱《香酒》《燭酒》《紙酒》《馬酒》，它們是唱香、燭、紙、馬的來歷。下面舉《香酒》為例：

> 長在西天佛國裏，出在蜜蟠古山上。
> 纖纖多年長數寸，萬萬歲月長數尺。
> 上長柳條枝共葉，下有古根土內藏。
> 日間長得毫毛現，夜間長得子弟連。
> 上無飛鳥來棲遲，下無蛇龍虎豹獐。
> 那月一日神風起，颭下樹枝擺過江。
> 漁家客人來撈起，數尺圍圓幾丈長。
> 劉王天子回朝久，順帶一段轉朝綱。
> 一朝天子認不得，兩班文武亂來詳。
> 文官認它成香木，武將錯認柳松楊。
> 認寶回子眼睛強，認得木頭是大香。
> 柏香本是鋸口出，八寶爐裏焚大香。
> 八卦磨子磨成粉，羅櫃底下面揚揚。
> 造香師傅手段強，一樣木料造九樣。
> 造成線香一尺四，古來繡香七寸長。
> 盤香造得多巧妙，螺絲接頂掛高梁。
> 線香燒得去霧氣，焚起大香進天堂。
> 上燒一組請玉帝，中燒二組請龍王。

下燒三組請幽主，四府迎神早監堂。

天香丁香廣木香，雲香閨女鎮衣裳。

松香點火好火顯，風流浪子帶正香。……

(三)發關文

巫壇以後即「發關文」。發關文之前還要「跳筆劃字」，即寫關文。其實在做會開始前童子早已將關文寫好，此時只是提筆比劃一下而已。但寫關文的筆很貴重，童子拿著筆，邊舞邊唱筆的來歷。有一段唱「筆的娘家」：

筆桿出在衍聖宮，夫子聖廟長兩廂。

左身下去造箭杆，百步紅心射穿楊。

右身下去造筆桿，萬寶流通洗在上。

巫人今日要用筆，跳筆劃字封表章。

目前的童子文化水平低，所寫關文大都格式不整，文理欠通，錯字連篇。反正民眾也不講究這些，由童子胡亂寫來。下面是童子楊××爲農民蔣××之女治病時寫的關文。

啓建賭咒求神家堂竈君案下　　　准此
　　今爲
　南瞻部洲共和世界今掛中華人民共和國江蘇省南通縣××區××鄉××村人氏，居住本坊土地界下，奉聖祝貢賭咒改罪懇求申文太平信士蔣××，謹以丹誠是日上干洪造申

文：二女蔣××名下，行庚二十五歲，堂生本命於四月初四日辰時建生。上叩天恩主照，掌判禎祥，言念患人身體不逸。近於六月二十二日，不知在家在外，行東走西，走南行北，戊巳中央三岔路，蹉前落後，一時闖見家堂竈君見責，纏繞患人，不得妥妥，至今未脫。冒犯家竈，二位靈神宮廷大量，小女口言不淨，今日祭謝家竈神，奉經改罪，未的罵風罵雨，冒犯神明，當諸事一筆勾銷。今日受買上色金錢細馬、明燭寶香、三牲酒禮供獻之物，一心呈上諸位靈神，保佑患人百病消散，抖長精神。

神壇玉皇令官

一九八七年古曆七月× 日具睹咒申文信士蔣××

求文奉行

代辦巫師楊××

關文豎寫，結尾處蓋有大印，印文「雷霆都司」。「發關文」是把病家病情告訴有關的菩薩（如上例關文是發給「家堂竈君」的）。由童子念一遍，燒掉。持送關文的是「當坊土地」，這時要唱土地菩薩的故事，故事的大意是：楚漢相爭時，劉邦被追到烏江邊，無路可走，躲到張士貴的田裏。張士貴脫下蓑衣蓋到劉邦身上，躲過難關。劉邦登基後爲報救命之恩，封張做土地公公。張士貴請求玉皇大帝允許他建廟，玉皇大帝講：你箭射多高，廟建多高。張士貴想建座高廟，拼命開弓，不料弓斷了，箭出來只有舉手高，於是玉皇大帝只允許他建舉手高的廟。現在各地土地廟都不高，就是這個緣故。

「叫魂」時，是由本坊土地持送關文到病人鬼魂所在的地方討回。如果病人魂魄丟失在百里之外，則要請土地的上司城隍菩薩去辦，這時就要唱《請城隍》：

通州城隍本姓李，如皋城隍本姓季，

石港城隍本姓張，三位城隍有三姓，

哪位城隍願受「關」，土地把他引進堂。……

㈣叫　魂

這是消災會特有的內容，所以消災會也稱「叫魂」。童子認為人有三魂七魄，人生了病，大都是掉了魂魄，把魂招回來，病也就好了。根據魂魄丟失的多少、遠近，叫魂的方式分為「小叫」、「大叫」、「高叫」。小叫不需做會，用繡針、站筷、點水等巫術即可把魂招回來。消災會上做的是大叫、高叫。高叫又稱「難叫」，招的魂魄離去百里之外，或掉在水裏。高叫要在院子裏搭高臺。點「招魂燈」。一般分「審替身」、「開關」、「准千金」、「送替身」幾個步驟。童子認為病人魂魄離去，必有妖怪附身，首先要審問是什麼妖怪。這時要紮一個病人的「替身」（用紙或稻草做），穿上病人的衣服，童子自稱包公附身來審問：「哪路妖怪，快快招來，饒你不死！」（這段表演稱做《包公審替》）「開關」是把妖怪從病人身上趕走。童子手持銀針，在替身的穴道上從上到下用力刺戳，這些穴道是妖怪藏身之處。魂魄是否招回，要用「千金」（又稱「告知」，記音）檢驗。千金是三棱形、羊角狀的木器，長約10cm、寬約4cm。童子手握兩個千金，掉在托盤裏，據其正反，判斷病人

魂魄是否招回。「告知兩木板，不正就是反」，大致都是已招回來了。最後「送替身」，把替身送到十字路口，用石灰粉畫圈（稱「神灰圈」）圍住，放火燒掉。

㈤做武場

這是做會活動的高潮。童子們拿出平生本領表演各種特技，如臥刀山、油鍋撈錢、踩鍘刀、走火練、穿火圈、翻桌子等等。這些表演都在室外進行，相當於香火戲的「外壇」。目前老童子年紀大了，多年未練功，已經沒法表演這些高度驚險項目。新加入童子隊伍的年輕人，本來就沒有這些功夫，因此很少見到這類表演。做武場時童子們還可表演一些以武打為特點的故事，如《關公過五關斬六將》等，也表演傳統戲曲劇目，如《孟姜女》《陳世美》等。做武場的表演是為娛神、也是娛人。武場之後，往往插進其他儀式，如「度關」、「添壽」等。

「度關」是為死去的人做。童子說：人死後要過「十八關」，比如血湖池關、雞關、惡犬關、鋸子關、磨子關、剝衣亭等。在世時犯了某罪業，便過不了某關。比如雞關由神雞把守，在世間曾調戲婦女，過雞關時便被神雞啄瞎眼睛。童子做度關時，把一張長凳放在八仙桌上，在凳子腿上拉起一根紅線，掛上一把鎖，邊說邊唱邊把鎖從一端移向另一端（從東往西），來回移動十八次，就過了十八關。

「添壽」是為活人做，也叫「並燭添壽」。童子站著唱《福壽歌》，病人的家人和親眷、來客把錢扔在盤子裏（一般一角到五角不等，這些錢最後歸童子）。如果投進的錢不多，童子就不停地唱

「添壽添福」，大家知道童子嫌錢少，就再添，直到童子滿意爲止。添壽後童子拿來神牌，讓病家在上面劃字，並問請神求福是否本心自願？花錢是否後悔？待病家對答滿意後才停下來。

(六)領生

又稱「領生還願」，即再次向菩薩供獻，了結願心。這時要唱《豬酒》《羊酒》《豆腐酒》《雞酒》等。讓神享用供獻的這些食品。這些酒歌實際是一些故事，比如《豬酒》是講鄭三屠受觀音點化和小豬救母的感動，不再操刀爲屠的故事。鄭三屠買回一隻老母豬準備殺掉，老豬生下五個小豬。一個月後鄭要殺老豬，五個小豬爭相代母。鄭見小豬誠心孝母，受到啓發，決心放下屠刀，朝拜聖佛。這六隻豬也有來歷：

老豬不是凡人變，本是行雨老龍王。
小豬不是凡人變，佛國降下五妖王。
只爲行錯風和雨，罰變豬子在世上。
凡人懷胎九個月，豬子帶身四月光。

(七)消災

領生還願後把菩薩們送走了，於是病家（或會首）關起門來請所有的來客（包括看熱鬧的人），把所有的東西統統吃光，說是吃「晦氣」。正式名稱爲「消災飯」，民眾習慣稱之爲「關門吃」。這種大吃大喝，耗資巨大，一般人家吃不起。現在的排場不如以前，

但做會結束大吃一頓還是必不可缺的。

以上是消災會的全過程，做其他會或增或刪一些活動項目。

三、結　語

南通童子是民間迷信職業者，他們做的太平會是一種民間迷信活動。它來源於原始巫術和驅儺，同時又吸收了一些道教的齋醮法會的形式。做會時童子講唱歌舞和演劇活動，即童子戲，帶有明顯迷信色彩，是一種特殊的民間藝術演出形式。它吸收了我國傳統戲曲、曲藝、民間傳說的內容和各種表演技藝（如雜技、武術）的形式。因此具有豐富的民間藝術積累。

南通童子做會和童子戲調查的意義，可以從兩方面去考慮：

作為民間迷信活動，應當清楚地看到它對民眾生活的危害，比如以消災去病為目的消災會，實際上會延誤病人的治療，造成本可避免的悲劇，童子們對此有一套應付辦法：「信士（病家）心誠則靈。」這是民間迷信職業者慣用的騙術。大吃大喝和做會的沉重負擔，也給本來並不富裕的的農民造成生活困難。這種迷信活動的存在有其歷史根源和現實基礎。經濟貧困和文化落後是它存在的土壤。只要這些偏僻閉塞的農村缺醫少藥的狀況不改變，生產力不發展，農村迷信活動便有市場，童子們搞的這套迷信活動便會公開或隱蔽的形式存在下去。從蘇北地區來看，在經濟較為發達的揚州，香火便銷聲匿迹了。因此對目前童子搞的這種迷信活動，一方面不能任其氾濫成災，同時，單靠明令禁止也禁而不止。必須積極、全面的發展經濟和文化，加快農村改革的步伐，才可能把農民從落後

迷信束縛中解放出來。

　　另一方面，童子戲作爲民間藝術表演活動，是有待挖掘的十分豐富的民間藝術積累。古代的驅儺活動中便包含了明顯的娛人因素，其中的歌舞、戲劇可以脫離迷信活動而發展爲民眾的藝術活動，南通的通劇、揚州的揚劇便是這樣發展起來的。這種演變過程，在過去是民間藝人的自發活動，現在應當主動去發掘、研究、整理。應當看到，在這一民間藝術寶庫中，珍品很多。五十年代上海舞劇團編演舞劇《小刀會》，其中的舞蹈《香花鼓舞》，便採自揚州地區香火戲的舞蹈《跳娘娘》；南通市近年發掘出的《舞判》，是童子戲的支派。目前國內對各地各民族的儺戲、儺舞的研究已引起有關方面的重視，研究者對安徽貴池的儺池戲，貴州的地戲、儺堂戲、「撮襯姐」，廣西的師公戲、毛南戲，雲南的關索戲，山西、內蒙、河北的「賽賽」等等，都已進行了多方面的研究和介紹，它們與南通的童子戲都屬於儺戲、儺舞的範圍。中國的儺戲、儺舞十分豐富，它們不僅是民族民間文化中的特殊的珍品，也是人類文化的寶貴遺產。1986 年 10 月貴州安順蔡家屯地戲團應邀赴巴黎參加法國第十五屆秋季藝術節和西班牙馬德里第二屆藝術節演出，獲得了有不同戲劇文化傳統的歐洲觀眾的認可。最近國內有學者提議，建立中國的儺戲學。

　　對於南通的童子戲，不能讓它隨老一代童子的去世而「一代淨」，經過挖掘、整理，剔除其封建迷信精粕，把它作爲民間藝術的一種形式和特殊的旅遊資源，是有其價值的。希望有志於此的同志共同努力，也希望得到有關方面的支持。

（原載《東南文化》，南京，1990：1）

附記：

　　1987年，我為揚州師院中文系南通本科班學員講授民俗學課，要求學員自選題目做一次民俗調查。在學員交來的作業中，如皋中學教師金鑫、殷儀關於「叫魂」的調查報告很有特色。同他們交談後，始知為香火童子的做會活動。「香火」在揚州地區已難見蹤迹，因決定將這一調查繼續進行下去。金、殷二位同學對調查的積極性很高，但困難很大：沒有經費支援；地方政府管得很嚴，群眾顧慮大，童子做會主要在夜間活動，如不熟悉，很難接近。有利條件是，他們都是中學教師，家在通州，可以通過學生家長進行調查；殷儀同學的一位祖輩曾經做過童子，可做調查對象。調查報告最後由我定稿，原則是把沒把握的資料一概刪除，「寧缺勿錯」：缺了後人可補充，錯了則誤人。比如當時對童子做會的規模，調查到的情況是按「一表三聖」到「九表十三聖」來表示，但對什麼是「表」、「聖」？調查對象也說不清楚，便將這部分材料刪去了。調查報告的初稿在1988年12月江蘇民俗學會年會上發表。學會會長梁白泉教授（南京博物院院長）當即決定在其主編的《東南文化》1989年第一期上發表。現根據原來調查所得的材料，在個別地方做了修改和補充。

　　本文是關於南通童子會（也是蘇北香火神會）正式發表的第一篇調查報告。它的意義在於突破了研究者從未涉獵的這一「禁區」。本來，南通的通劇、揚州的揚劇都是在本地區童子戲或香火戲的基礎上發展起來的，兩個劇種最初的主要演員，大都做過香火童子。

但因事涉迷信，所以五、六十年代有關這兩個劇種的介紹，均有意迴避了這一事實，或含糊其詞，自然也不可能有調查報告發表。

在從事這一調查時，我同時參加上海社會科學院文學所姜彬教授主持的課題「吳越地區民間信仰與民間文藝的考察和研究」（我是這一課題三位「牽頭人」之一，另一位是上海《民間文藝季刊》副主編已故王文華先生）。我介紹了這一發現，姜彬教授當即決定將它納入上述課題的調查研究範圍，同時他又介紹給日本東京大學田仲一成教授，田仲氏隨即決定來南通調查。1990 年 10 月初，通州市（原南通縣）文化部門組織香火童子和通劇團的演員，在當地農業銀行禮堂內爲他們做了三天的表演。田仲氏即據此寫出報告收入所著《中國巫系演劇研究》（東京大學東洋文化研究所出版，1993·3）中。

「外來的和尚好念經」。由於日本學者前來調查，地方政府有關部門便重視起來。南通童子會乃至整個蘇北地區的香火調查，一時成了熱門。以後數年，大量的調查和研究成果出版發表，成績斐然。我因沒有經費支援和爲教學工作所困，難以脫身，卻放棄了這一課題的調查研究。

1993 年 11 月在南京召開「江蘇儺文化學術討論會」，我被邀參加。使我感到困惑和不安的是這幾年中南通童子活動本身的發展。由於 1990 年 10 月當地政府部門爲田仲等組織了那次童子演出，同時又拍了電視片，作爲本地特殊的民俗風情，於是，以營利爲目的的童子們，便不再有所顧忌，而盡力鋪張做會的規模，使之成爲各種巫術和迷信活動的大雜燴。從此後的一些調查報告中看到，各種各樣的「執事」（儀式）林林總總，多達數十種，而香火

童子必須演唱的「十三本半巫書」（這是蘇北各地香火童子演唱的主要作品，另有「八大神書」「十大神書」等不同表述）卻少見或不見蹤迹了。

　　如果說這是南通童子做會在這段時間的一種「新發展」，這種發展給民眾帶來的是沉重的經濟負擔。1988年我們調查時，一般的「消災會」都是做一天一夜（主要在夜間活動），如今則必是三天三夜「九表十三聖」（「表」指通神的表文；「聖」指童子「上聖」，即跳神）的大會。據那次學術討論會上邀請來做表演的南通童子及有關人士講，三天大會最低費用是三、四千元（人民幣），高者達萬元以上。當地中等收入的農民，一年的經濟收入，不夠開支一次「消災會」。農民對香火童子的態度，向來是「敬鬼神而遠之」：無災無病不會去找童子，請童子做會是不得已，爲的是「去病消災」。其效果，按照童子們的說法是「誠則靈」，就是說最多起到一點心理治療的作用；對器質性的疾病，只能延誤治療時機。如此，卻讓農民付出這樣高昂的經濟代價，它實際上已成爲當地農村的一種「公害」，這是當初我決定進行這項調查時未曾預料到的事。

浙江嘉善下甸廟鄉王家埭村 的贊神歌（調查報告）

一

　　嘉善縣位於浙江省北部，與江蘇省吳江縣、上海市金山縣相鄰。王家埭村是一較大的自然村，屬下甸廟鄉，在嘉善縣北部，與吳江縣的蘆墟鎮隔河相鄰。全村共 124 戶人家，約 500 多口人（1984年統計）。村民以種植水稻爲主，也有少數人從事運輸業（船）。

　　王家埭村過去盛行一種「贊神歌」。這是一種依附於民間的宗教性信仰活動的說唱文學形式，以唱爲主。演唱者均係男性，民眾稱之爲「道士先生」。這些道士先生同時是此項信仰活動的執事人員，但並不具道教「道士」的身分，多數是農民兼業爲之。他們在執事和演唱贊神歌時要穿長袍、穿布鞋，以示「先生」的身分。有的道士先生是當地私塾的教書先生。

　　贊神歌以一人演唱爲主，也有二人或四人演唱。一人演唱時，演唱者手持一面小鑼，每唱四句或八句敲一記小鑼；另外有一人手持大鑼附敲四記，此人不唱。二人演唱適用範圍廣，一人稱爲「上

聯」，一人稱爲「下聯」。上聯手持小鑼，下聯持大鑼，邊唱邊有節奏地敲打。四人演唱多用於喪儀，代替和尚、道士念經做法事超度亡靈；當地把道士先生主持的這類祭儀稱做「擺閻王桌」。四人手持的樂器有大小木魚、響鈴、銅鉢頭、鼓等。

　　唱贊神歌主要依附於當地民眾祈福禳災的民間信仰活動中，如祭天（又稱「齋天」）、青苗社、菩薩聖誕廟會、宣菩薩等，一般演唱一個晚上。

　　「祭天」，又稱「齋天」，是江南農村、鄉鎮比較普遍的一種信仰活動。目的是祈求天神加護，五穀豐登，人口太平。王家埭村的祭天同嘉善縣其他鄉鎮齋天儀式有所不同，該村祭天的時間在春、秋兩季的月初一或十五，每年舉行一次或兩次。它是全村民眾的集體祭祀活動，由村中婦女念佛組織「庚申會」出面組織和主持，主要參加者也是婦女，也有些男孩和成年男子參加。

　　齋天儀式在本村最大的穀場上舉行。搭起大棚，座北朝南分設東、西兩張供臺：東面供奉天上的「老爺」（當地民眾對各種神、佛的稱謂），西面供臺供奉本地的「老爺」。所需的香燭、供品均由本村各農戶湊集。據說天上的老爺們是吃素的，所以東臺上供素品：方糕、糰子、素桃、水果之類；本地的老爺們則吃葷，供豬頭、雞、羊、魚、肉等。每戶送的供品下面用紅紙條寫上自家姓名，祭天結束後，各家取回食用。

　　祭天儀式在上午開始。由庚申會中某位年高望重又有組織能力的老年婦女主持，宣佈祭天開始，點燃香燭。執事的道士先生（一般是兩位）唱《發遣》，奉請上、中、下三界符官去請三界諸神：

上請到三十三天天頂上，

下請到五湖四海各州城；

東請到日出扶桑國，

西請到釋迦牟尼佛門村，

南請到普陀珞迦山頂上，

北請到潼關外世轉回程。……

這時青年人便敲鑼打鼓，搖船到本村及鄰村的廟中請本地的老爺：金七老爺、劉王老爺、朱二老爺、施老爺和土地神等。這些老爺的神像被從廟中「請」出來，用轎抬上船，運來祭天穀場上，依次被擺在西供臺上。東供臺上用「馬幛」（紙馬）代表被請來的神、佛。各路神、佛都請來之後，點燃香橋（用香捆紮而成），由道士先生帶領民眾跪拜，並唱《恭佛敬茶》。入夜，蠟燭通明，道士先生開始唱世俗故事的神歌。直到第二天清晨，祭天儀式結束，仍由道士先生帶領唱歌送神。從各處抬來的「老爺」像，仍由年輕人抬轎搭船送回各廟中。農戶提供的供品，各自取回。

「青苗社」也是全村民眾的祭祀活動。農曆六月間舉行，祭祀本地的各位「老爺」，保佑稻穀豐收。其活動形式同祭天相似，但規模要小，沒有祭天那麼隆重、熱烈。

王家埭村的廟會在每年二月十二日（農曆）舉行，與鄰村的廟會聯合舉辦。廟會上由道士先生執事，入夜以後「老爺」上堂，便開唱贊神歌，唱一個晚上。另外，一些當地民眾崇信的神佛「誕辰」也可集會祭祀，並唱神歌，如「三官」（天、地、水）生日（農曆三月半、七月半、十月半）唱《解厄》；二月十九日觀音菩薩生日，

唱《金沙灘賣魚觀音》。

「宣菩薩」是當地民眾生病時祈求神靈保佑消災袪病，或病癒後酬謝神靈「了願」的信仰活動。宣菩薩時由道士先生主持，並唱贊神歌。這是當地經常性的演唱贊神歌的活動方式，也是那些以此爲業的農民靠唱贊神歌獲得經濟收入的主要來源。宣菩薩均在民眾家中進行，請宣菩薩的民家被道士先生稱爲「福主」、「東翁」，多是兩位道士先生執事演唱。開始時「通神」，說明某地某人生病請神靈消災。然後唱《發遣》，請三界符官去請各路神靈。神靈請來後，唱敬香敬酒歌，然後可以隨意唱些故事歌，一直唱到天亮，送神，儀式結束。

另外，當地村民在建房、修牆、排糞缸、坌土等「動土」時，爲了討個吉利，也要請道士先生舉行「慰土」的儀式，並唱《土經》，求土地老爺保佑平安。

以上是王家埭村贊神歌演唱活動的情況。

二

王家埭村演唱贊神歌的各種民間祭祀活動中，例有「請神」一項儀程，並唱《發遣》。各位道士先生請的神靈大致相同，以下是一本清末抄本《發遣》所請的「神靈」（按原請的順序），現整理如下。由於原抄件錯訛的字太多，有許多神靈的稱謂似有錯誤：

　　觀音大士，護法韋陀；
　　雲臺山上三官大帝，三百六十睛官天尊；

武當山上玄天上帝、張大帝、捧劍將軍、龜蛇二將，馬、趙、溫、周四大元帥；

福祿山上福祿壽星君，本命星君；

泰山青府東嶽大帝，大聖神聖帝，水靈宮太子，十殿將軍；

三天門下，三界伏魔大帝，關平、關聖、周倉、馬夫童子；

比陰照天侯皇楊老太尊神，楊龍、楊虎、牛頭、馬面；

嘉興府主城隍，內役六房皂快，外役三班；

嘉善縣主城隍，判官、殤司；

行者五聖佈福之神，南天尊神；

五方都天賢聖正神：東方張元伯、南方劉玄德、西方趙光明、北方史文君；

康復正神、土穀州王；

利市仙官，招財童子；

福儉五聖尊神：一殿靈官、仁儉夫人，二殿靈官、義儉夫人，三殿靈官、禮儉夫人，四殿靈官、智儉夫人，五殿靈官、信儉夫人；

聖公聖母，當方土地，守廟將軍；

嘉興三清石上施王大神，護國施儉一郎、施聖二郎、施秀三郎，滿龍娘子、白蛇小將；

關西五路將軍：東方青袍力士將軍，南方赤袍力士將軍，西方白袍力士將軍，北方黑袍力士將軍，中央黃袍力士將軍，五方五絡金頭土地；

江涇塘敕封朱主徵老太正人，朱五官神、朱六舍神、朱行八相、朱九相公，十官神主，代天巡狩朱府二老爺，逍遙宮內

太君娘娘；

松江府上海縣泗涇七寶青龍莊會龍橋上天曹司猛將尊神，岳安楊四將軍；

淀山湖北灘神齊侯金元六總管，利濟侯七相正神，月下大都侯王金七相公尊神，托天金面八相尊神；

蘇州蜜度橋宋相公尊神，通靈馬福總管；

牛長涇先鋒三將楊家三位大將軍；

清朝滿州太太，韃兵韃將，韃臘蘇侯王，哈咪俐聖帝；

西宮殿上正月齊王，萬歲天子，四宮老夫人，清天上帝；

紫微宮中十郎、十娘子，探花娘子、獻花娘子、獻果娘子、吹笙娘子、拍板娘子、簫奏娘子；

真村肅王太祖夫人，東江六主施相公；

上中下三殿三宮夫人：濃妝一界夫人，描龍繡鳳夫人，吟詩作賦夫人，攀花織景夫人，自進自退夫人，撐眉立眼夫人，伸手縮腳夫人，發寒發熱夫人，頭紅面白夫人，朝涼暮熱夫人，頭疼肚痛夫人；

繡奶公，繡奶婆；

茅山道士，葉靜仙師，擒鳥白鶴仙郎，虎豹二頭王子；

青樓太尉，韃道五郎，攔路退財五郎，招財進寶五郎，傳言送女五郎；

土皇天子，年土月土夫人、日土時土夫人，東方青土夫人、南方赤土夫人、西方白土夫人、北方黑土夫人，中央黃土神君，大土小土神君、土鄉土相神君、土文土武神君、土公土田神君、土子土孫神君，青龍、白虎、朱雀、元（玄）武神君；

怪皇天子、怪異神君：有形無形怪異神君，石磨不推自動怪
異神君，雌雞報曉怪異神君，雄雞生獾（豬）怪異神君，老
鼠祈懺怪異神君，蛇掛高樑怪異神君，家犬扒壇怪異神君，
抱磚攏瓦怪異神君，有頭無尾怪異神君；

陰陽宮內，天中雄煞、地中雌煞神君：年煞月煞神君、日煞
時煞神君，子午卯酉煞神君、辰戌丑未煞神君，東方青煞神
君、南方赤煞神君、西方白煞神君、北方黑煞神君、中央黃
煞神君，三十六大煞神君，一百二十煞神君；

河內水仙朝奉，河內七官人；

五道大明王，五道小明王；

令殤聖衆，有妙殤官，無妙殤將；

年夢月夢神君，日夢時夢神君，是夢非夢神君，夢江夢海神
君，夢橋夢路神君；

敲鑼擂鼓兒郎，掉篙布跳兒郎，搖船水手，解纜將軍；

蘇州府吳江縣內人，神河白蕩灣爲住，西正圩上女千金陳太
夫人。

　　以上這份神靈的名單，是一龐雜、奇特的民間神靈系列。它以
少量佛、道教神靈爲首：觀音大士、護法韋馱爲諸神之首，是因爲
江南一帶觀音大士幾乎爲全民信仰的神，韋馱是任何一座佛教寺廟
中都設的護法神；道教的三官大帝、玄天上帝、東嶽大帝及當方城
隍，及它們的下屬神，都是民間普遍崇信的神靈。

　　除了上述佛道教的神靈之外，主要是兩大類神靈。一類是本地
及鄰近地區民間祭祀的地方神，這類地方神有的是古代帝王將相等

歷史人物，也有是對一方民眾做過貢獻的特殊人物，如列入名單的嘉興施王大神，嘉興江涇塘朱府二老爺，上海縣泗涇劉猛將尊神，淀山湖北灘金元六總管、七相公，蘇州蜜度橋宋相公、馬福總管，牛長涇楊家三大將軍，東江六主施相公，吳江縣的陳太夫人等等。江南一帶民間歷來有雜祀群神的信仰傳統。這類神靈被民眾崇祀，大都附有世代相傳的傳說故事。比如王家埭村祭天時請的幾位本地「老爺」：

「金七老爺」，抄本中作「利濟侯七相正神」，有的文獻中稱「金元七總管」。《鑄鼎餘聞》卷三引明姚宗義《常熟私志》云：宋汴梁人金和隨駕南渡，僑於吳，歿而爲神，其後代也多爲神。元代，其孫金昌及昌子元七，均被封爲總管（元代官職名）。元至正間，因他們「能陰翊海運」，金昌封爲洪濟侯，金元七爲利濟侯。元代改漕運爲海運，這位神的被封，同海運有關。清代以來又衍化出不少金姓神，如金元六總管、金萬一太尉、金七四相公等。蘇南及浙江北部地區均有神廟，光緒《歸安縣志》卷十二稱：「湖（指湖州地區）俗好淫祀，有金元六總管、七總管，市井中目爲財神」。嘉善縣內也普遍建有金七老爺廟，則是另一傳說：金七原爲明末漕運官吏。某年，江南大旱，顆粒無收。金七從杭州押運一百條運糧船到應天府（今南京市），路過嘉善西塘，飢民要求放糧。他同情災民，讓災民取走押運的糧食。九月，應天府下公文追查，金七跳河自盡。百姓爲之建廟祭祀，尊他爲「護隨糧王」。

「朱二老爺」，抄本中作「代天巡狩朱府二老爺」。當地傳說這位神君是一青年獵人，曾在汾湖（位於嘉善縣同吳江縣交界處）邊射虎救了朱元璋。朱元璋做了皇帝後派人尋訪，始知獵人當時因

射虎受傷，早已死去，於是封他爲皇弟，賜姓朱，立廟祭祀，人稱
「朱二老爺」。

「劉王老爺」，抄本中作「天曹司劉猛將尊神」。這位神君的
原型是南宋抗金英雄劉錡（1098-1162），傳說他死後爲神，曾在
江淮一帶驅蝗蟲，被封爲「揚威侯天曹猛將」。清代雍正年間，清
政府改換原型，說這位神君是元末江淮指揮劉承忠，並列入國家祀
典，稱「劉猛將軍」。同治間賜號「普佑上天王」，所以江南漁民
一般稱他爲劉王，而以嘉興荷花鄉漣泗蕩劉王廟會最盛。其地在王
家埭村西的三、四十里處。

以上這些地方神，大都是不爲佛、道教和官方承認的「淫祀」。
它們是受江南一帶民眾祭祀的神靈。

另一類則是這個抄本《發遣》所特有的一批神靈，比如：

配「五方」「五色」的一批「將軍」「夫人」「神君」，如「五
方都天賢聖正神」（「東方張元伯」等五位）、「關西五路將軍」
（「東方青袍力士將軍」等五位）、「土皇天子」的五方五色「土
夫人」（「東方青土夫人」等五位）、五方五色「煞神君」（「東
方青煞神君」等五位，它們可能即「地中雌煞神君」）。以「五方」
（東、西、南、北、中）配「五色」（青、赤、白、黑、黃）源於
古老的五行觀念，古代神話中也有「五方天帝」的說法。但以此衍
生出這麼多的男、女性神，則是這個抄本的創造。

以人的生理和精神現象命名的神，如「上中下三殿三宮夫人」
之下的「撐眉立眼」、「伸手縮腳」、「發寒發熱」、「頭疼肚痛」
等「夫人」及「年夢月夢」、「夢橋夢路」等以夢象爲名的神君。

另外，在「怪皇天子」屬下，以某些特殊的怪異變化命名的「怪

異神君」，如「石磨不推自動怪異神君」、「蛇掛高樑怪異神君」等。

後面這兩部分是把人的某些精神、生理現象和物的種種怪異變化都具體爲某種神來主宰，這明顯帶有原始信仰的色彩。

以上是對抄本《發遣》所述神靈體系的簡要分析。實際上這個抄本羅列出的神靈有許多值得探討，如「清朝滿州太太」、「韃兵韃將」何以也被視爲神靈？「韃臘蘇侯王」、「哈咪俐聖帝」從稱謂上看則非中國神靈，何以又進入贊神歌祭祀的諸神系列？……如果進行深入地調查研究，這份神靈體系還會發掘出更多的民間信仰資訊。

三

目前王家埭村演唱贊神歌的話動已消失，因此，口頭流傳的贊神歌本無從記錄。所幸從該村農婦余六姑處，發現一批清道光以來的贊神歌抄本，從這批歌本可以看出清代後期和民國年間當地贊神歌的面貌。這批贊神歌抄本，按其內容和形式可分爲以下幾類：

1.**讚頌神靈的歌**：有《金沙灘賣魚觀音》和《設殤司》兩種。

《金沙灘賣魚觀音》，原卷無題，據內容擬題。抄寫年代不詳。述觀音菩薩化爲「網船婆」和「姣娥」到金沙灘除強徒的故事。這一故事源於中國佛教馬郎婦觀音的故事，被認爲是觀世音的化身之一。宋代以後這一故事便廣泛流傳，江浙寶卷中有《魚籃觀音》，又名《魚籃觀音二次臨凡度金沙灘勸修行寶卷》。神歌故事內容另具特色：先述觀音來歷，她大姐、二姐均已出嫁，而她一心念佛不嫁。聽說金沙灘出了強徒，玉帝傳旨斬妖魔，她自願去除強徒救凡

夫。她變成「網船婆」來到金沙灘，白天賣魚，晚上又變成一「姣娥」，令各行各業的人看了吃驚。強徒姚四郎想娶她爲妻，她銳：「我有親娘年老母，現今有病受災魔。若肯供養親娘母，情願成親嫁丈夫」。「五色蓮花描一朵，誰人足踏就爲夫」。但當「四郎足踏蓮花上，一跤跌死見閻羅」。馬強徒又要娶她爲妻，她銳：「吾有親娘八十歲，船中受盡苦災魔。敬我親娘如敬我，情願成親叫丈夫。」當馬郎跨進船時，「祥雲一道歸東海，馬郎一命付南柯」。這樣便把金沙灘的兩個「強徒」除掉了。這同原傳說及寶卷中的故事便不相同。寶卷中觀音化身先是教眾人念誦「蓮經」，使他們改惡向善；繼而在同惡人之首馬二郎成婚之夜，腹痛而亡，具有更多的佛教勸化特微。

這個抄本神歌中，將近一半的篇幅是用誇張描述各行各業的人見到觀音化身時的失態行爲，以襯托觀音的美麗：「官家子弟看仙姑，文章勿讀念彌陀」；「和尙抬頭瞧見，《心經》念是《血湖》；道士貪花愛色，『天尊』稱是『妖魔』」；「糴糶店倌心不在，三合糧是一升羅；絲竹巧匠記心多，要做筲箕做飯籮」。不去正面描述女主人公的美麗，而誇張地描述旁觀者的顛倒、失態，以烘托女主人公的美麗，這種描寫方法在漢樂府民歌〈陌上桑〉所首見，而在這首神歌中卻得到淋漓盡致的發揮。這也說明，贊神歌雖係讚頌神佛的歌，並在民間祭儀上演唱，但作爲民間歌謠，它們也未脫離民間文學的傳統。這個抄本通篇唱詞，無說白。一般七言四句，繼六言四句，與一般贊神歌多用七言句式有異。卷末四句是：「弟子傳香懺悔，年豐歲月調和。福主今宵完神願，災難消除一的無。」

《設殤司》，無抄寫年代。「殤司」是贊神歌神靈系統中城隍

手下的小官，它主管各種「殤官」。這些殤官都是慘遭橫死的冤魂屈鬼，如雷擊、水淹、火燒、獸咬、殺傷、餓死、病痨、自殺等。這些殤官冤孽深重，無法超度，便作亂生事，為祟人間。《設殤司》是祭贊這些殤官的歌，安撫和解脫它們，使它們遠離人間。其中對各個殤官的描述詼諧幽默：

> 鑼要打，鼓要敲，位位殤官本事高：
> 一道殤官面白紅，南上北洛過西東，
> 東家吃酒東家好，西家吃酒罵東邊；
> 一道殤官本事強，撒拳攏腿施刀槍，
> 日間盤山捉老虎，夜間開船去搶糧；
> 一道殤官逞威風，好像當年小武松，
> 搖船不要動耍櫓，但要一陣鬼頭風；
> 一道殤官事頭多，一年四季養白鵝，
> 鴿子常常養，時時攏鵓鴣；⋯⋯
> 一道殤官本姓高，一心但喜鑼鼓敲，
> 路上行去倘然有人沖犯，當頭拉去一啞篙。

2.**用於祭祀儀禮的歌**：有《土經》、《發遣》、《解厄》、《贊龍船》。

《土經》，又稱《土懺》、《太上靈寶慰土消安懺法》，共三冊，內容相同。一冊於卷末署「光緒丙子年（1876）壹陽月朔日抄錄」，一冊封面署「光緒五年（1879）歲次己卯□月抄錄」，一冊年代不詳，均係一人抄寫，其中一冊末附《地龍經》。這本經是農

家遇「動土」的事，請道士先生做「慰土」儀式時唱，內容為祈求各種「天尊」、「上帝」、「帝君」、「尊人」、「仙師」、「神君」、「星君」（共列出名目近百種）保佑動土平安。

《發遣》，無抄寫年代。道士先生主持的祭天、青苗杜及宣菩薩等活動時，開始都要請「三界符官」（上界符官天仙使者、中界符官雲仙使者、下界符官水仙使者）去請三界神靈，並唱《發遣》。這本《發遣》所開列的幾百位神靈，已見上文介招。最後尚有「河天內外，八萬四千星宿，恭望天德，普降洪恩」。

《解厄》，無抄寫年代。內容為祈求各種「星君」解救各種厄難。可能是「拜斗」或「禳星」（又稱「詳星」）以消災祈福時唱的歌。江南的宣卷先生也主持這類消災祈福的活勤，並有《禳星寶卷》。

《贊龍船》，附抄於咸豐七年悟崗書《洛陽橋》之後。是放龍船儀式前唱的歌。龍船由道士先生現場用竹片（或稻草）和彩紙紮製。這項儀式的意義是讓各種兇神惡煞、殤官等為害人的神靈，乘上龍船，送走它們。方式：一是拿到野外燒掉，即毛澤東〈送瘟神〉詩所說「紙船明燭照天燒」；一是放在河中，拴在事先準備的一條活黑魚上，讓黑魚將龍船拖著游去，最後沉沒水中。整個儀式是很嚴蕭的，但〈贊龍船〉歌則唱得幽默風趣。這個抄本的歌詞全文如下：

> 龍船造起簇簇新，不用油灰不用釘。
> 陽間要它無用處，陰司拿來載亡靈。
> 龍船打起兩頭高，殤司便把櫓來搖。，
> 正位大神艙中坐，都頭坐在兩船艄。

　　　殤亡帶入船頭內，順風旗插後船梢。

　　　龍船造得日（實）希奇，殤司見是笑咪咪。

　　　不用木頭不用竹，又無籬席共平棋。

　　　三梗草鞭槳來做，一陣鑼鼓化作灰。

　　　靈神自有靈通法，變作龍船載聖神。

　　　是從今日完心願，送出殤亡度有餘。

　　　掇轉船頭來送出，行糧寶鈔滿船回。

　　　解纜開船撑一篙，艄公就把櫓來搖。

　　　船前好像龍聚水，兩邊好像白雲飄。

　　　殤司上路實逍遙，也有磚橋共木橋。

　　　木頭原是西山出，磚頭原是北窯燒。

　　　殤司吃得醉呼呼，人人快活打銅鑼。

　　　上路猶如離弦箭，都頭酒醒唱山歌。

　　　今宵福主虔誠意，總有災殃送出門。

　　　載了殤亡歸東海，保護主（人）樂滔滔。

　　3.**世俗故事的歌**：有《賣花傳》、《洛陽橋》兩種，它們改編
自戲曲或民間傳說故事。《賣花傳》，上下兩卷，上卷末署「道光
念四年（1844）菊月日立，太原政記」。它是這批抄本中年代最早
的一種。述劉恩進妻孫氏三娘子賣花遇害故事。孫氏製作絨花去西
京售賣，被國丈、丞相曹太師搶入府中，逼婚不從被打死，埋在花
園內芭蕉樹下，又將劉恩進騙入牢中。孫氏冤魂攔住包龍圖的轎告
狀，包龍圖從芭蕉樹下挖出孫氏屍體，使孫氏還魂，並抓了曹太師。
曹太師夫人和正宮皇后一起向宋仁宗求情，仁宗赦了曹太師。包龍

圖扯了聖旨。仁宗大怒，要殺包龍圖。玉皇大帝差太白金星下凡警告仁宗，赦免包龍圖。最後，包龍圖將曹太師凌遲處死：「割一塊來剪一塊，滿身割得血淋淋」。發兵三千，將曹府「合家老小多殺盡」，又放火燒了曹府。它表現了民眾對殘害人民的權貴的憤恨。江浙宣卷中的《賣花寶卷》（全稱《張氏三娘賣花寶卷》）及鼓詞《賣花記》（全稱《張小姐賣花記》），均演唱這一故事，但女主人公名張三娘。寶卷、鼓詞的流傳版本，均爲清末民初的本子，較抄本遲四、五十年。這一故事的源頭，可追溯到明成化間的詞話唱本《包龍圖曹國舅公案傳》，直接來源則是清初佚名作《雪香園傳奇》（《曲海總目提要》卷三十三著錄）。傳奇劇本中劉思進妻孫氏，因賣花被國戚曹鼎騙入府中逼死，與神歌《賣花傳》主人公姓氏基本相同，則神歌本改編要早，寶卷和鼓詞後出。

《洛陽橋》，卷末署「咸豐七年（1857）小春月，悟崗書」。述蔡狀元奉母命修建洛陽橋的故事：洛陽湖水浪滔滔，擺渡公公夜夢龍王給一錦囊，裝一片紅荼葉，上書「蔡狀元」，被一懷孕婦人吃下，然後讓他開船。他因此要等姓蔡的懷孕婦人到了，方開船擺渡，果然有蔡姓王氏婦人上船來。行船湖內，風急浪大，王氏許願：「如生男爲官，造橋湖內」。隨即風平浪息。後王氏生子，中狀元，選官洛陽。臨行王氏囑其造橋，以了願心。蔡狀元上表皇帝，准以八府錢糧造橋。因潮頭水急，錢銀花去，三年橋未造成。觀音菩薩化爲美女，坐彩船到洛陽河口，聲稱不論何人，只要用金錢打著她，即時上岸結姻緣。結果打滿一船金銀，送與蔡狀元造橋。蔡狀元給龍王下文書一道，吏人夏（下）得海去投文書。龍王回書免潮三日，限期「醋」字。蔡狀元識得爲「八月二十一日酉時」，果然到期三

日海邊無潮頭，三天造成洛陽橋。

　　洛陽橋在福建泉州市，北宋蔡襄守泉州時建，是古代著名梁架式大石橋。初名萬安橋，因其建在臨海的洛陽江上，浪大潮急，工程艱巨，後遂有海神協助修橋的傳說，並被編爲戲曲、說唱，如明代有無名氏《狀元香》傳奇（《曲海總目提要》卷三十六著錄）。江南寶卷中另有《洛陽橋寶卷》，又名《受生寶卷》。這個神歌抄本的編者，地理知識混亂，以爲洛陽橋在河南洛陽府，故蔡狀元有「選官洛陽爲太守」之說。較之《洛陽橋寶卷》，這個抄本神歌更多保留了民間文學的特色，比如擺渡公公同艄婆夫妻爲開不開船的爭吵，觀音菩薩化爲美女後引起的轟動，及夏（下）得海到海龍王處下書和下書回來後向眾人吹牛，都有極生動的描寫。

　　像《賣花傳》、《洛陽橋》這類神歌，本來同祈福禳災敬神的活動無直接關係，它們是穿插在那漫長的祭祀儀式中（一般是在夜裏）娛人的節目，所唱也多民眾熟悉的戲曲、說唱或民間傳說故事。只是在演唱的開始和結尾，加上一些套語，說明它們是神歌。如《賣花傳》上卷開頭唱：「香煙飄渺繞華筵，銀燭煌煌供佛前。弟子今宵完心願，鳴鑼奏敬諸大神。」上卷結束：「今宵奉敬諸神佛，自然病體就除根。一點誠心來完願，停鑼除鼓敬通靈。」《洛陽橋》開頭唱：「金頂龍煙紫雲霄，菩薩雲端放玉毫。佛面容顏如滿月，端嚴清淨樂逍遙。虔誠致意多表贊，災障冤愆魔難消。今對佛前來懺悔，宣揚表贊《洛陽橋》」。卷末唱：「焚香今日虔誠表，患者唐寧得太平。」這些唱詞說明它們是在爲病人禳災卻病的「宣菩薩」儀式上歌唱的。

　　4.民歌俗曲：這批抄本中有一冊是民歌小曲集，包括〈田家樂〉

〈十杯酒〉〈十二個字〉等。〈田家樂〉篇幅較長，多在祭天、青苗社時演唱，內容爲描述農家一年四季的勞動生活和美好的願望。開頭也有敬神禮佛的套語：「東翁完神願，禮物盡通全。簿書攤開著，願心盡還清。種田三石八，看蠶廿四分。養豬蓄財動，元寶滾進門。官□諸消敬，盜賊不進門。四季如龍虎，太平掛門庭。」〈十杯酒〉〈十二個字〉同當地流傳的田歌差不多。

保存以上贊神歌抄本的余六姑的丈夫蘇興邦（1954 年去世，時年 54 歲）是位曾任道士先生的農民，也搖航船，兼唱贊神歌。這批抄本是他留下來的，但並非蘇本人抄寫。從字體看，道光二十四年「太原政記」抄的《賣花傳》爲一體，抄者署名，說明他可能姓王。咸豐七年署名「悟崗書」的《洛陽橋》同《金沙灘魚籃觀音》字體相同，爲一人所行抄，且兩本中均有觀音化爲美女的情節，均用旁觀者的失態來襯托，字句不同，手法相似，可能是一人編寫。《解厄》同光緒初年抄本《土經》字體相同；《設殤司》和《發遣》爲另一人抄寫，但封面題籤與《土經》題籤爲一人筆迹。這眾多不同時代，不同人的抄本如何集中到蘇興邦之手，因蘇本人已逝，無從調查了。

從以上介紹看出，王家埭村的贊神歌是中國民間信仰文化的產物，雖然贊神歌中大部分作品是民間文學作品，但它們同民間信仰活動緊密結合在一起，因此，當這些民間信仰活動消失之後，贊神歌也就不存在了。這就是五十年代王家埭村贊神歌迅速消亡的原因。

（原載《民間宗教》，臺北，第三輯，1997‧12）

附錄一：關於「贊神歌」的定名

　　本調查是 1984 年同浙江嘉善縣文化館金天麟先生合作進行的。起初是在我指導下，由金先生調查該地區的宣卷和寶卷，在他收集到的手抄本材料中，我認為有些不屬於寶卷。因為它們的內容多是讚頌神靈的，且抄本有「宣揚表贊×××」的唱句，題目中也有「贊×××」的說法，所以我便將它們定名為「贊神歌」。並在《曲苑》第二輯（1986·5）發表〈浙江嘉善的宣卷和「贊神歌」〉一文。當時在海鹽縣文化館工作的顧希佳先生發表《騷子歌初探》（刊《民間文學論壇》1983 年 3 期），我認為「騷子歌」也是「贊神歌」類的作品。後來多次在一些學術會議上提及這一問題，於是這類作品便被研究者統稱為「贊神歌」。說起來，我是「始作俑」者，隨著調查研究的深入，我也有些恐慌。我不願出現那種情況：當代研究者大談其「吳歌」如何，有人甚至編造了唱「吳歌」的歌，但民間唱「吳歌」的歌手和一般民眾卻不知「吳歌」為何物！因為這個概念是顧頡剛先生從歷史文獻中借來的。就這類作品來說，在民間是如何稱謂？尚待進一步調查確定。就現在調查來看，江蘇吳縣民眾把其中歌唱神靈故事的歌稱為「神歌」；其他地方也有不同的說法，如海鹽稱「騷子」（記音）。目前研究者既已通用這一名稱，本文則仍沿用此名，而說明其由來如上。

　　又，上述調查報告正式發表於《民間宗教》（臺北）第 3 輯（1997·12）。此後筆者讀到了路工編《梁祝故事說唱集》（中華書局，1960 年新一版，上海）所收彈詞腳本《新編東調大雙蝴蝶》，

所據底本爲清道光三年（1823）文會堂補刊本。這個刊本前有杏橋主人乾隆三十四年（1769）序，說明這本彈詞出現於乾隆年間。

在這本彈詞中提到了「贊神歌」，見第四回「柳素英春心放蕩，俏紅顏勾引梁生」。文中寫到柳家莊海神廟海神誕日廟會的情況：

> 就有祝獻上前，通了鄉貫、姓名，念幾句太平詩，名曰「贊
> 神歌」，念道：
>
> 有靈有感是神機，（的都的）
>
> 起死回生不用醫。（的都的都都的）
>
> 但把藥資還了願，（的都的都都的）
>
> 不曾破費甚東西。（的都的都都的）
>
> 有靈有感是神靈，（哩羅來）
>
> 歲歲村中落慶雲。（哩羅來羅羅來）
>
> 年年莊上施甘雨，（哩羅來羅羅來）
>
> 家家安樂盡康寧。（哩羅來羅羅來）
>
> （唱）念罷神歌就動身，廟中鼓樂鬧盈盈。
>
> 橫吹笛，捧吹笙，琵琶弦子共和琴。
>
> 九色雲鑼叮噹響，又聞鼓板木魚聲。……

文中引用的兩段「贊神歌」，又稱「神歌」；文中說它們是「念」，不確。其中第二段加襯腔襯詞的唱法，同筆者在蘇州市吳縣太湖鄉採集的《猛將神歌》的唱法相同（見拙文〈江南民間信仰的劉猛將〉，載《中國寶卷研究論集》，學海出版社，1997，臺北）。上述彈詞文本也產生於蘇州，說明過去在蘇州地區（包括太湖流域），民間是把此類讚頌神靈的特殊歌謠稱做「贊神歌」或「神歌」的。發現

上述歌本的嘉善下甸鄉，亦在太湖邊，因此，將它們定名爲「贊神歌」或「神歌」，除了可能有「以偏代全」的缺陷外，大致不差。

附錄二：贊神歌本《賣花傳》❶

上　卷

香煙飄渺繞華筵，銀燭煌煌供佛前。

弟子今宵完心願，鳴鑼奉敬諸大神。

自從盤古分天下，三皇五帝治乾坤。

幾朝君王多有道，幾朝無道帝王君？

幾朝奸臣能誤國，幾朝忠烈佐君王？

忠烈留名傳千古，奸臣遺臭萬年名。

聽表黃袍趙太祖，紫氣騰騰夾馬營，

陳橋兵變爲天子，上合天心下順民。

太宗皇帝重登位，傳位真宗治萬民。

仁宗皇帝傳正統，佛補天差有道君。

天下萬民多樂業，玉皇差下治乾坤。

文曲星君包丞相，武曲就是狄將軍。

說罷浮文歸正傳，聽表劉恩進一人。

---

❶ 此卷據道光二十四年「太原政記」抄本校點，原抄者可能姓王，「太原」係其族望。這個民間抄本錯誤特多，特別是同音假借的（包括方音相同）的白字。對明顯的錯誤，均逕行改正，不出校；個別難以把握的地方，則仍舊。原抄未分卷，今據文中所述，分爲上、下卷。

家住西京河南府，洛陽城外綠夢村。

娶得一妻孫氏女，笙簫細樂結成親。

夫妻同庚十七歲，如魚似水過光陰。

侍奉爹爹劉百萬，孝敬娘親老院君。

父母夫妻多快樂，誰知禍事到來臨。

劉公忽然身有病，遍身疼痛不安寧。

請醫服藥全無效，化作南柯一夢人。

夫妻兩人哀痛哭，衣衾棺槨盡豐盈。

孝堂擺在高廳上，思想生身老父恩。

就請道士三十位，七十二位眾高僧。

三日三夜梁王懺，七日七夜祭孤魂。

七七道場方已畢，九曲光明放水燈。

殯葬劉公墳塋內，母親又病在房門。

熱來好似生炭火，冷來就像一團冰。

告廟求神多不應，數天也做九泉人。

恩進官人號啕哭，夫妻相對淚如傾。

仍舊十分來殯葬，可憐舉目再無親。

二人尚未身安樂，一場奇禍又臨門。

禍不單行從古有，一頭人命不非輕。

人命未完天火至，家私財物化為塵。

福無雙至話來說，禍不單行自古聞。

廳堂房屋多燒盡，使女安童各散奔。

恩進此時無可奈，典賣多少田地變花銀。

連忙又造門樓正，天火又燒光打精。

· 413 ·

夫妻弄得多愁結，三餐茶飯不均勻。
又要租房尋住處，日間費用怎區分？
從來女人受這苦，終朝珠淚落紛紛。
忍使當初貧了富，難過今朝富了貧。
娘子此時將言說，丈夫今且聽原因。

娘子便道：「官人，自古養兒防老，積穀防饑。就是千年之後逢生日，百日春秋祭掃墳。目下清明將近，家家準備祭掃墳堂。我家不能勾燒一碗羹飯、化一塊紙錠？噯！公公、婆婆，要我兒子媳婦何用？眞不孝也！」

恩進聽說暗思量，目今窮到如此腔。
當初父母在日人來借，見我之時也問一聲。
我今窮是誰人見，與人借貸不通行。

說道：「娘子阿！並不是我劉恩進不孝，則爲無錢！」

娘子即便回言答：「丈夫你且聽原因，
終日在家呆呆坐，尋須生意度朝昏。
奴家幼年工針措，諸般花朵盡皆能。
何不買些絨和線，做其花朵過時光。
賣些銅錢來祭掃，餘來又好度朝昏。」
恩進此時將言說：「賢妻今且聽原因，
吾家即祖劉百萬，漕當糧長獨爲尊。

吾去賣花人笑我，恥辱門牆作話文。」
娘子將言回答道：「那家保得萬年興。
窮來休去尋親眷，富在深山有遠親。」
官人聽了娘子話，將衣典當做營生。
街坊去買絨和線，一日一夜趕完成。
諸般花朵俱齊備，娘子即便告夫君。

說道：「官人，你拿去到西京，賣完早早回來。」

恩進那時忙開口：「親朋見我怎區分？」
娘子哀哀來相告：「夫阿，事到頭來怎認真！
吾夫惜羞不肯去，奴家願做賣花人。」
荷葉煎湯來洗面，村莊打扮便行程。
一到堂前來祝告：「家堂聖衆共神明，
保佑阿奴奴西京去，途中常遇善心人。」
祝告了時來相別，恩進叮囑兩三聲：
「妻阿，你是不成出路慣，路上行程要小心。
逢橋些要當中走，過渡之是莫要爭。
遇著遊頭光棍休要問，問路要問老年人。
賣完之時速急回家轉，免我家中盼眼酸。」
孫氏娘娘回言答：「丈夫不必細叮囑。
奴家心中諸般曉，拜別夫君就啓程。」
恩進送出牆門外，烏鴉頭上連三聲。
劉生就叫賢妻不要去，三娘說既出門庭要走一巡。

> 不表劉恩進回進家中事,聽表三娘路上行。
>
> 那時正遇春三月,孤單獨自往前行。
>
> 良辰美景無心看,趕近西京一座城。
>
> 進了城中人煙廣,六街三市鬧匆匆。
>
> 三娘上前忙忙走,後頭跟了許多人。

那三娘雖只村莊打扮,行走之時大不相同,所以麼驚動這些油頭光棍,多道:「這個娘子生得標致,不像個村莊婦人!」話說光棍,你也擠,吾也擠。

> 個個上前來觀看,三娘退後亦無門。
>
> 欲要行走路不熟,前頭就是個惡牆門。

若說三娘曉得前頭格曹家牆門,也勿走起,第只爲不曉得。

> 含羞忍恥來行走,前邊只見一衙門。
>
> 多少穿紅並著綠,外邊鐵索共麻繩。
>
> 軍卒旗牌分左右,不知這個甚衙門?
>
> 娘子正在心中想,遇著公公年老人。
>
> 上前萬福來動問:「公公阿,怎個衙門叫什麼人?」
>
> 公公即便回言答:「說起之時怕殺人。
>
> 敕封太師曹丞相,女兒皇后正宮身。
>
> 滿朝文武多欽敬,上管軍來下管民。
>
> 若是有人來行過,二十四拜過衙門。

娘子今朝門前過，任憑尊意自忖論。」
三娘見說如此話，走到衙前戰戰驚。

欲要回轉，光棍甚多。

只得依他念四拜，起來重又過衙門。
誰知背了花籠走，正撞冤家作對人。
太師在內親眼來望見，登時起了不良心。
看見三娘生得好，世間難有怎種人！
兩位夫人生得好，看來難及賣花人。
若得此人成親事，明朝就死也甘心。
不得妐娘成親事，枉在朝中做大人！

那曹太師坐在廳前，見了賣花娘，果是如花似玉，斷非村莊婦女。眉頭一促，計上心來，便叫：「把門軍何在？」兩個門軍聽說，飛跑走到廳前，跪倒身，說道：「太師在上，有何吩咐？」太師道：「吾的衙門什麼衙門，有一個婦人在外經過？」門軍道：「太師，是一個賣花婦人過去。」

太師說道清明近，夫人小姐要去遊春。
要買些花朵來插戴，去喚賣花婦人轉來臨。
那兩個門軍聽說飛跑走，走到街坊叫幾聲。
即便高聲來大叫，當時忙叫賣花人。
賣花娘子來聽得，猶如天打被雷驚。

　　　欲要走轉曹家去，諒必今朝受苦辛。
　　　欲待不走曹家去，拖拖拽拽不成文。
　　　譬如爹娘不養吾，拼死曹家走一巡。

　　說這三娘走到太師面前，放下花籠，雙膝跪下。太師便問：「你哪方人氏，爲何京中賣花？」便道：「太師聽稟，小婦人

　　　家住洛陽東門外，綠古村上住居身。
　　　丈夫便叫劉恩進，奴家孫氏賣花人。
　　　只爲家貧無度日，紮幾朵殘花過光陰。」

　　太師道：「花朵怎樣賣？」三娘巴不得脫身，便道：「上等五分一枝，中等三分一枝，下等二分一枝，這多是殘花不是夫人小姐用的。」太師道：「府中夫人小姐金銀珠翠多不愛，夫人小姐偏偏愛草花。

　　　隨吾到後堂拿銀子，多少花兒賣吾身？」
　　　娘子曉得其中意，此刻要脫身時難脫身。
　　　太師立起忙又說：「你隨吾去見夫人。」
　　　三娘只得隨他走，亂箭攢心別抽抽。
　　　走過廳堂並內室，前樓穿過後花廳。
　　　聞說曹家多富貴，話不虛然果是真。
　　　太師朝南來坐下，牌軍左右兩邊分。
　　　便把排軍盡喝退，只留娘子在廳門。

三娘那時無擺佈，今日如何好脫身？

若要上天天無路，算來入地地無門。

娘子又乃來哀告：「太師方便與奴身，

公婆在家來盼望，賣些錢去度朝昏。」

太師垂又將言說：「吾是敕封丞相獨爲尊，

見你容顏生得好，要你做同床共枕人。」

三娘將言來回答：「伏望太師細詳明，

你是天來奴是地，山雞那入鳳凰郡？

自有皇親並國戚，豈少門當戶對親。」

太師便說：「何妨礙，夫妻那論富和貧。

若然勿肯成親事，進時有路出無門！」

娘子此時將言說：「太師言語欠聰明，

一馬一鞍從古有，一夫一婦古來聞。

奴家丈夫劉恩進，決不將身再嫁人！

有夫婦女該何罪？太師聰明伶俐讀書人。

認可今朝刀下死，不是貪生怕死人！」

太師此時來聽得，再將言語勸佳人：

「你今若肯成親事，奏王封你正夫人，

再宣你夫爲官職，一家盡得愛王恩。

後來生了男和女，天大家私你掌成。」

惱得三娘心焦躁：「太師枉作棟樑臣！

你若放奴回家去，萬事全休不必論。

若還要奴成親事，叫你家私化作塵。

後來托著包家手，拔樹根連要見清。」

那時惱了曹丞相：「執掌朝綱我獨尊，
又賜金牌廿四道，那怕皇親與國親！
這樣婦人稀奢罕，田雞蛤蟆一般能。」
說得三娘心焦躁：「老驢老賊老牛精！
強姦婦女該何罪，你今犯法罪非輕。」
太師聽了來發怒：「賤人你敢罵誰人！
大女隨朝爲皇后，吾兒國舅在朝門，
我欺別人千千萬，別人欺吾未曾聞。」
喝叫牌軍忙動手，麻繩綁在剝衣亭。
不與妖嬈成親事，反把旁人作話文。
便把銅槌拿在手，將槌就打少年人。
可惜賣花三娘子，死於地府做冤魂。
忙叫左右來抬去，花園埋葬此人身。
丈二深潭停到放，葬得他家少後人。
就把石皮來蓋好，鬆泥蓋好上邊存。
頂上種棵芭蕉樹，巴巴結結不超身。
不表曹家一席話，聽表三娘魂靈一段因。
好個賣花三娘子，三魂六魄各處分。
一魂曹家討飯吃，二魂泥土伴屍靈，
三魂托夢親夫主，叫他做個報仇人。

那劉恩進只因妻子西京賣花，終日家中思望：爲何不見回來？明日是清明節了。自己肚內煩悶，等到晚來點上孤燈，獨坐一回，只得睡了。

睡至三更交半夜，得其一夢見妻身。

只見三娘披頭併散髮，鮮血淋淋走上前，

放聲大哭叫一聲：「夫阿！快與奴報仇！」

三娘托夢劉恩進，丈夫連叫兩三聲：

「指望夫妻同到老，如今半路兩離分。

只爲賣花街坊走，西京遇著不良人。

正是當朝親國丈，騙奴衙內逼成親。

奴家不肯成親事，一定打死阿奴身。

屍靈葬在花園內，芭蕉樹種上頭停。

若見龍圖包鐵面，才把妻兒怨氣伸。」

恩進夢中來哭醒，雞兒報曉兩三聲。

起身就把行李來收拾，急到西京花錦繡。

一程來到街坊上，挨尋得訪吾妻身。

玉皇大帝親看見，差下星神太白星。

太白星君來變化，手提方杖降凡塵。

恩進見是低頭拜，請問公公年老人：

「有個賣花三娘子，來京數日未回程。

小生特來問個信，不知若落那坊存？」

公公便乃回言答：「果然有個女釵裙，

賣花打從曹家過，被他哄進府衙門。

太師要他成親事，你妻不肯結成親。

把他一槌來打死，屍靈葬在後園門。

要報娘子冤仇事，須見龍圖包大人。」

恩進聽時號啕哭，星君即便上青雲。

　　那時恩進來思想，要寫呈詞把狀論。

　　怎等龍圖包丞相，登時就把狀來呈。

　　休說官人劉恩進，再談曹丞相一人：

　　雖然打死三娘子，他家必定有丈夫尋。

　　若不除根終有害，此時些當要小心。

　　太師正在來思想，兩個牌軍報事因：

　　「稟上太師，前日賣花婦入太師打死，今日街坊有個郎君東尋西訪。問其情由，原來是她丈夫，口口聲聲要等包老爺告狀。」「有怎等事麼？」

　　太師聽時吃一驚，半個時辰不出聲。

　　心中定個牢籠計，假扮龍圖包大人。

　　吩咐半朝排鸞駕，吆吆喝喝振天淫。

　　人人盡說包爺到，劉郎便把狀來伸。

　　曹公接狀來觀看，字字行行寫得真。

　　一直從頭看到底，正中憤謀八九分。

　　正是冤家來訪若，扭個頭來撞個丁。

　　太師即便將言罵：「你今有罪不非輕！

　　你妻打死誰人見，告官告吏罪該應？」

　　就叫牌軍拿住了，帶到衙門問實情。

　　回衙急忙升堂坐，便叫帶進劉姓人。

　　四十迎風來蓋腿，腳鐐手肘進牢門。

　　休說恩進來受苦，聽表陰司地府門。

話說三娘自從打死，冤魂不散，哭訴閻王。閻王便叫注錄司判官查她壽數。判官奏道：「孫氏命不該死，只有四月大難，夫妻分離。曹公積惡多端天數盡❷，合該剮罪滿門抄。」閻王道：「既如此，差小鬼押孫氏冤魂前❸往曹家。」閻王道：「孫氏，你聽著：

　　你丈夫在曹家牢中多受苦，並無茶飯點心吞。
　　你往曹家去化飯，救取丈夫劉恩進。
　　待包文正陳州來回轉，到天齊廟內把香焚。
　　你住在太平橋頭來等候，起一陣陰風訴個明。

他是然取溫涼帽救醒你還魂便了，其曹家滿門處斬。」

　　孫氏叩謝來退出，兩個小鬼緊隨跟。
　　日夜曹家來作怪，青天白日現原形。
　　屋上瓦飛如燕子，磨盤推轉像人能。
　　一魂府中來做禍，一魂泥土守屍靈，
　　還有一魂來送飯，牢中連叫丈夫身。
　　恩進暗裏來見鬼，口中連喝兩三聲。
　　要知見魂如何樣：再將下卷接前回。
　　今宵奉敬諸神佛，自然病體就除根。

---

❷　原抄本這兩處是行尾，它們下有大字「短子」二字，義不詳，且文氣不順，難
　　以輯入正文。

❸　同❷。

一點誠心來完願，停鑼除鼓敬通靈❹。

下　卷

香煙爐內透祥雲，聽表恩進一段因。

說那劉恩進，半夜之中鬼魂呼喚，連喝幾聲，說道：「異怪者，為何叫□！」那時三娘只得說道：「阿呀，吾的丈夫！

阿奴奴不是別一個，也非鬼怪與妖嬈，
與你同衾並共枕，西京去做賣花人。
正遇奸賊曹國丈，騙奴府內逼成親。
阿奴烈性言不肯，一時打死命歸陰。
屍靈葬在花園內，魂在陰司把狀伸。
虧得閻王來做主，今朝放吾回轉程。
吾今到來無別事，送飯拿來丈夫吞。」
恩進坐在監牢內，聲聲句句聽分明。
陰魂又乃將言說：「夫君不必苦憂論。
閻王叫奴來告狀，包爺到了把冤伸。」
不表陰魂相告事，聽表龍圖在陳州轉回程。
糴米轉來曾許願，天齊廟內把香焚。

---

❹　原抄本此後有一行題記「道光念四年　菊月　日立　太原政記」。此為原抄者
　　題識。據文中說明，知此以上為上卷，下文為下卷。原抄未注出，今補入。

頭戴烏紗無情帽，身穿緋袍簇簇新。
五百軍民分左右，八人抬轎好驚人。
一聲喝道包爺到，家家下閂盡關門。
包大人來到天齊廟，一炷明香了願心：
「一願吾王萬萬歲，二願民間五穀登，
三願夫妻同偕老，一年四季保太平。」
廟中禱告方已畢，將身來上轎轉回程
霎時一陣狂風起，黑地烏天不見人。
屋上瓦飛如燕子，嚇散龍圖手下人。
包爺那時忙吩咐：「有何冤枉這般形？
若有鬼魂來告我，還你斷得甚分明。」
龍圖說聲言未了，鬼魂來告相公身。
只見一個少年女，口口聲聲叫大人：
「小奴洛陽孫氏女，丈夫恩進姓劉人。
夫妻家貧無可奈，賣花過活到西京。
不道當今曹國丈，原來是個不良人。
哄騙奴奴衙內去，強逼奴家要做親。
阿奴不肯成親事，就把銅槌打死身。

阿呀！大人阿！

屍靈葬在花園內，上種芭蕉樹一根。
反捉吾夫劉恩進，三拷六問在監門。
奴家兩個來受苦，伏乞龍圖包大人。

若得夫妻重相會，生生世世不忘恩。」
說罷了時哀哀哭，霎時不見鬼魂靈。
休說鬼魂來告狀，聽表龍圖包大人。
吩咐張龍並趙虎，快拿曹公見我門。
張龍趙虎忙跪下：「相公說話不聰明，
貴戚王親非小可，吾們那哼去拿人。
若然要捉曹國丈，如非親自去一巡。」
張龍趙虎回言答，龍圖心下自吟沉。
開口將言來便問：「依你今朝那哼行？」
兩人那時忙又稟：「老爺可用計來行，
只說陳州多辛苦，要借花園散散心。

那麼到曹家園內，看見格有芭蕉樹，掘下去，見了屍首，用計拿他。」

包爺聽了稱好計，連忙投帖就登程。
就差裏軍人兩個，投帖曹家相府門。
說道南衙包相到，到相府門庭散散心。
太師聽說龍圖到，心頭好像榔槌登。
日間不做虛心事，半夜敲門不吃驚。
若是南衙包相到，這場禍事到來臨。
太師面熱心驚跳，說與夫人商議情。

說道：「夫人，南衙包相到來，未知何事？」夫人道：「相公，

莫非黑包公？」「正是。」夫人說：「只消三碗酸酒、一碗豆腐與他吃是麼，下次自然不來了。」

太師即便回言答：「夫人說話欠聰明。
皇帝敕封包鐵面，豎起眉毛怕殺人。」
快叫牌軍來備酒，太師遠遠出來迎。
寒溫以畢分賓坐，香茶一盞到來臨。

太師說道：「包年兄，辛苦了！」龍圖道：「非也！太師你好辛苦也！」曹太師一見包大人，

臉赤中變無情色，不慌心處也慌心。
就請包爺高廳坐，面南背北飲杯巡。
珍饈百味般般有，美酒肥羊色色新。
二人對飲多時候，太師生計害包卿。

那太師退入後堂，叫夫人把酒一壺熱一壺冷將他灌醉，然後取出金銀獅子送與他受了，面奏朝廷，說他貪財愛寶便了。

太師集計來出外，重到廳前飲酒巡。
太師暗把茶來飲，龍圖只把酒來吞。
斟酒佳人來唱曲，唱一回來吃一巡。
一盞熱來一盞冷，看看吃到夜黃昏。
包爺曉得其中意，思量假醉暗籌論。

那包爺假醉，靠在桌上，看他那哼。太師就叫：「包爺！」叫他不醒，想是醉了，吩咐牌軍抱出一對金銀獅子，竟說：「承蒙光臨，無物相送，望乞收留勿道。」

> 那時惱了包丞相，眉毛豎起秀丁能：
> 「別個做官貪財寶，老包不要半分毫。」
> 假做和顏並悅色，將言說與太師聽：
> 「同在朝中爲丞相，到來敍敍舊交情，
> 相處何必用金銀？
> 只爲陳州多辛苦，借你花園散散心。
> 聞得花園有幾座，願求引道散散情。」

太師道：「我家東西北三處花園，開不得，只有新造的南園有須景致，可帶南園飲酒罷！」包老爺道：「可先到東園，後往南園去麼！」那時包爺立起身來，

> 將身先到東園去，太師只得後頭跟。
> 又到西園觀佳景，更從南園散步臨。
> 看看北園前來到，只見封鎖不開門。
> 包相便叫曹國丈：「請將鑰匙快開門！」
> 太師回言難領命：「園中實有怪和精。」
> 那時惱了包鐵面，偏要園中走一巡：
> 「平生正直沖天地，哪怕花園鬼怪精！」
> 便叫張龍並趙虎，打破花園兩扇門。

太師便乃心中怒：「上門尋事爲何因？」
包爺細看曹丞相，面上驚慌眼又清。
鬼兒告狀有冤枉事，莫非就是此園林？
包相心中生一計，太師心中也籌論。

包老爺來到園中，說道：「好花景！我們諸花勿愛，只愛水仙花、海棠花，那芭蕉樹可送與我吧！」太師想道：其間必有蹊蹺了！

那時太師心中生一計，便叫包兄聽吾因：
「此花乃夫人生日來種下，難奉年兄尊□情。
非是卑職無面情，要別樣花兒皆可聽。
東園是有好花來相送，送與先生散散心。」

那包爺哪裏肯聽，便叫張龍趙虎：「給我掘嚇！」那時張人來掘下，只見一塊大石皮。那包老爺假意說道：「想必有財寶在內，我與你平分如何？」崛起石皮，原來是有個死屍。嚇！如此！

龍圖便問曹太師：「格是何人葬在此？
爲何不買棺來殯？埋在此處有來因。」

太師道：「這是夫人房內丫頭，惡病身亡，埋在此處。」包爺道：「何不燒化了？」太師回言：「夫人所愛，不忍燒化暴露他，於心何忍呢！」

　　　　包爺即便叫牌軍：「買個棺木殮其身，

　　　　些須好事皆可做，作惡之人禍事多。」

　　那曹太師格些無法可治，只得說：「何勞大人費心。」包爺說：「這個小事，叫牌軍去吧！」

　　　　牌軍扛了前頭走，龍圖後面緊隨跟。

　　　　還有太師不識氣，趕來搶奪死屍靈。

　　　　包爺喝道忙拿住，登時捉住太師身。

　　　　五百軍士齊動手，鷹拿燕雀許多人。

　　　　一程來到開封府，八十大板蓋精臀。

　　　　將人押到牢中去，再表龍圖包大人。

　　　　牢中放出劉恩進，低頭拜謝大人身：

　　　　「難得青天來見面，剪肉燒香報答恩！」

　　　　龍圖此時將言說：「在吾衙門且住停。」

　　　　休表衙中劉恩進，再說來朝天色明。

　　　　五更三點王登殿，二十四拜武和文。

　　　　君王殿上開金口，一般文武聽分明：

　　　　有事出班來啓奏，無事捲簾退內門。

　　　　別人並無來啓奏，閃出龍圖包大人。

「萬歲在上，臣有奏。」「奏來！」

　　「臣奏只爲親妻子，中風病死早亡身。

要借溫涼帽一頂，救臣妻子早還魂。」

君王見奏心中想：當初借去禍苗根。

決斷福州皇親事，如何今日又來行？

想罷之時無可奈，便開御庫借包卿。

叩頭謝聖方以畢，出了朝閣回府門。

便把屍靈香湯浴，戴上溫涼帽一乘。

三娘一命還魂轉，猶如夢裏一般能。

醒來便拜包丞相：「多多虧了大人身！」

放進後堂來相會，宛然枯木再逢春。

不表夫妻來相會，回文聽表國夫人。

一程來到金鑾殿，二十四拜口稱臣。

君王殿上開金口：「有甚事情見我門？」

夫人一一從所奏：「欺君亂法姓包人，

借我花園來飲酒，假醉猖狂亂打人。

無事掘開丫鬟墓，詐稱人命索金銀。

擅捉皇親曹國丈，三刑六拷受苦辛。

伏望我皇來做主，必須要見事分明。」

仁宗皇帝開金口，傳旨開封包愛卿：

「太師若犯違條事，要卿發丈轉回程。

萬事須當看朕面，人情又看國夫人。」

聖旨到了開封府，包爺香案出來迎。

接了聖旨重重惱：「可恨當今太不明！

若然赦了曹丞相，走遍天下少罪人！」

使臣聽時驚呆了，急忙回轉午朝門。

俯伏金階來奏聖，奏得包卿不聽情。

君王見奏無言語，正宮皇后箭攢心。

就生一個牢籠計，假扮太子救爺身。

便叫內侍行皇榜，經到開封太府門。

包爺快排香案來接詔，雙膝跪讀赦書文。

只聽單赦曹丞相，兩太陽中放火星。

獨赦奸臣無道理，詔書扯得散紛紛。

「正宮分明傳假旨，要赦生身老父親！」

捉住差官人一個，押入牢中做罪人。

動手吩咐來排好，自己上馬到朝門。

二十四拜來見駕：「我皇萬歲納微臣，

身奏奸臣曹丞相，害了多多少少人！

洛陽城外劉恩進，妻房孫氏賣花人。

國丈見她生得好，騙她內府逼成親。

只爲佳人多貞節，登時打死葬花林。

微臣陳州糶米轉，孫氏陰魂把狀伸。

仔細思量無形迹，只推飲酒到園林。

掘起芭蕉並石板，見其屍首宛如生。

強姦打死真人命，國法從來不順情。

皇后娘娘傳假旨，假稱太子救皇親。

這場罪犯如天大，應該點入冷宮行。

今朝若要容情放，吾皇那哼治乾坤？

小臣情願歸山去，不想朝中做大臣！」

君王聽了身大怒：「這般無理是包卿！

自己借圍來飲酒，丫鬟墳墓掘屍靈。
索作金銀獅一對，貪財好酒豈忠臣。
扯了御書非小可，合當死罪逆朝廷。」
喝叫儈子忙不住，登時綁起姓包人。
大人即便開言說：「我皇在上聽原因。
掘起丫鬟墳墓非此事，賣花人現在我衙門。
若說索作金銀財寶物，微臣不要半毫分。」
君王只作勿聽得，吩咐推出午朝門。
玉皇大帝親看見，差下多羅太白星。
六丁六甲來救護，天神天將盡來臨。
說道「仁宗皇帝你無道理，屈斬清官太不明。
上蒼差下包文正，保你江山盡太平。
仁宗聽我忙發詔，法場赦轉姓包人。
若然斬了包文正，鐵打江山坐勿成。」

那君王聽得空中喚自己，肚內暗籌論，說道：

「空中大神言有理，待寡人即赦姓包人。」
君王聖旨忙傳下，差官就到法場門。
包爺得赦回朝轉，俯伏金階拜聖人。
仁宗御筆封官職，封爲正直老忠臣。
敕賜錦墩相對坐，王封御酒飲三迅。
「太師若有違條事，卿家從直斷分明。」
龍圖謝聖回程轉，出了東華龍鳳門。

一程來到開封地，坐了黃堂定罪人。

牢中吊出曹國丈，八十大板蓋精臀。

便叫儈子來綁起，登時綁出法場門。

束髮吊起將軍柱，兩腳分開八字形。

割一塊來剪一塊，滿身割得血淋淋。

再唱龍圖包鐵面，點起三千馬共人。

一棒鑼聲前來到，團團圍住太師門。

先把夫人來綁起，開刀就殺本家人。

合家老少多殺盡，連忙放火變灰塵。

一棒鑼響回程轉，三軍齊唱凱歌聲。

龍圖回到朝門內，直至金階拜聖人。

「敢蒙我皇封官職，先斬後奏進朝門。

太師犯了違條事，臣今依律斷分明。」

君王見奏龍顏悅：「卿家斷事正該應。」

包相執笏重又奏：「吾皇萬歲納微臣，

就是洛陽劉恩進，夫妻行孝盡知聞。

妻子賣花來祭掃，國丈招親受苦辛。

今奉我皇來做主，封些官職與他身。」

君皇那時依卿奏，去詔夫妻兩個人。

不談包相辭王轉，再表恩進一雙人。

三呼萬歲來見駕，□□□□□□□。

君王一見龍情悅，御手親扶坐錦墩。

即時光祿排筵席，忙開御口賜劉卿。

夫妻行孝多受苦，敕封護國好忠人。

月給俸錢三千貫，遊街三日看垂京。

孫氏敕封貞節婦，一家多受帝王恩。

鳳冠霞披孫氏□，夫妻叩謝聖明君。

五鳳樓前來辭駕，回轉開封大府門。

拜謝龍圖包鐵面，救命之恩怎報清。

娘子說與官人聽：「丈夫今且聽原因，

不如不要回家去，伏侍爺爺報之恩。」

包公便與三娘說：「小事何須怎用心。

斷事斷了千千萬，衙中容得許多人？

且到內衙來便飯，分賓坐飲不須論。」

二人吃得醺醺醉，辭了包公轉洛城。

夫妻不願爲官職，終朝念佛反修行。

功成行滿升天去，夫妻兩位上天庭。

原來不是凡間物，乃是天曹降下星。

奉勸世人休碌碌，舉頭三尺有神明。

不信但看《賣花傳》，善惡報應不差分。

今宵奉敬諸□佛，果然病體就除根。

後　記

　　本書是 2000 年春天編定的。此後，我又寫出〈明清教派寶卷中的小曲〉和〈明代的佛教寶卷〉兩文。前者是〈明清教派寶卷的形式和演唱形態〉一文中「小曲」部分的拓展，並附錄歷年所見五十餘種寶卷中使用小曲的情況，供研究者參考。本文已發表在《漢學研究》（臺北），20：1（總第 40 號）。〈明代的佛教寶卷〉一文，醞釀時間已久，直到今年才定稿。本文輯出文獻記載近三十種佛教寶卷，對其中有傳本的十幾種寶卷分類做了介紹，（這些寶卷多經後人改編過，寫來很費文字）同時，介紹了明代民間佛教寶卷的演唱活動和佛教寶卷的發展。這篇文章尚未發表。

　　上述兩文和本書及前此收入《中國寶卷研究論集》（學海出版社，1997）中的系列論文，已對中國寶卷的淵源、形成及寶卷在各個時期和地區的發展等問題，做了較爲全面的論述。本書「自序」中說：「寶卷發展中的某些問題，我還沒有弄清楚」。主要指清代以河北地區爲中心的民間念卷和寶卷的發展，文獻中找不到記述；前往調查，也不見蹤迹。但我所讀到的民間抄本寶卷，屬於這一地區的非常多，且多有清代前期的抄本。對這一地區民間念卷和寶卷的研究，是一個空白。這個問題不是一時能解決的，所以，自去年以來，我已基本轉回到中國俗文學史（民間文學史）的專題研究。

　　我從事寶卷研究已二十年。1979 年我調到山東大學中文系工

作，先師趙 景深教授（1902-1985）即囑我拜見關德棟教授，此後即在關先生領導的民間文學教研室工作。1981年我奉調揚州，關先生囑我關注江浙一帶與民間信仰活動有關的演唱文藝的研究。繼之，我們擬出《中國講唱文學叢鈔》研究計劃，其中便包括《寶卷叢鈔》。後因出版社方面變動，這一計劃未能實現，但從此我便開始了對寶卷的研究。此後，除了南來北往，當面向關先生請教外，又通信近百封；在得知本書將出版後，關先生即賜序鼓勵。關先生多年對我從事寶卷和俗文學史研究的指導和鼓勵，是難以用「感謝」二字來表達我的心情的。

　　臺灣大學曾永義教授把我對寶卷的研究介紹給臺灣學術界，使我的研究成果得以陸續出版。1996年應曾先生邀請，我在臺灣大學中文系主辦的「中國文學的多層面探討國際學術會議」上發表〈中國寶卷的發展、分類和社會文化功能〉，這是我第一篇系統談論寶卷的論文。此前，曾先生已推薦出版了拙著《俗文學叢考》（學海出版社，1995）；此後，拙著《中國寶卷研究論集》和《中國寶卷總目》（中央研究院中國文哲研究所，1998），都是得到曾先生的力薦，得以出版。我同曾先生是1990年在揚州召開的中國散曲會研究會議上才認識的，但在1982年，先師 景深先生即將鄭因百先生的《景午叢編》（上、下冊）和曾先生的《中國古典戲劇論集》推薦給我，內子陳企孟女士（1937-1991）便把兩部著作編入《四十五種論文集古代戲曲研究論文索引（1950-1983）》中。（這個「索引」，後來正式發表在我們編輯的《曲苑》第二輯，江蘇古籍出版社，1986）那時兩岸學術界還「不通」，鄭、曾二位先生的著作都是輾轉傳入大陸的。後來聽關德棟先生言，始知先師 景深先